本书出版获以下资助,特此致谢:
- 集美大学出版基金
- 集美大学文学院行健学术基金

集美大学文学院行健学术丛书第三辑

点与面：
中国现当代文学史论

罗关德 ◎ 著

中国社会科学出版社

图书在版编目(CIP)数据

点与面：中国现当代文学史论 / 罗关德著. —北京：中国社会科学出版社，2016.10

ISBN 978 - 7 - 5161 - 9358 - 7

Ⅰ.①点… Ⅱ.①罗… Ⅲ.①中国文学 - 现代文学史 - 文学史研究 ②中国文学 - 当代文学 - 文学史研究 Ⅳ.①I209.6

中国版本图书馆 CIP 数据核字（2016）第 280719 号

出 版 人	赵剑英
责任编辑	任　明
特约编辑	李晓莉
责任校对	李　莉
责任印制	李寡寡

出　　版	中国社会科学出版社
社　　址	北京鼓楼西大街甲 158 号
邮　　编	100720
网　　址	http://www.csspw.cn
发 行 部	010 - 84083685
门 市 部	010 - 84029450
经　　销	新华书店及其他书店

印刷装订	北京市兴怀印刷厂
版　　次	2016 年 10 月第 1 版
印　　次	2016 年 10 月第 1 次印刷

开　　本	710×1000　1/16
印　　张	18.5
插　　页	2
字　　数	288 千字
定　　价	75.00 元

凡购买中国社会科学出版社图书，如有质量问题请与本社营销中心联系调换
电话：010 - 84083683
版权所有　侵权必究

总序：在遥远的海滨

苏　涵

展现在您面前的这套丛书，是由一个居住在遥远海滨的学术群体——集美大学文学院的教师致力于各自学科的研究，近期所推出的部分学术成果。这套丛书的内容涉及中国古代文学、中国现当代文学、语言学、文艺学、比较文学与世界文学等若干学科方向，分界交融，见仁见智，各立一说，从不同角度体现着这个学术群体所做出的勤劳而智慧的工作。

这套丛书之所以能以这样的形式出版，并且冠以"集美大学文学院行健学术丛书"之名，是因为一个必须铭记的事实：它是由吕行健先生捐资设立的集美大学文学院行健学术基金资助出版的。吕行健先生是集美大学文学院的校友，毕业后曾经留校工作，后来求学于北京，驰骋商海，再将自己所获得的财富回报于母校，支持母校的学术事业，其行其意都令人感佩。

当然，不论是这个学术群体所作出的努力，还是吕行健先生对母校学术研究的支持，都与集美大学源远流长的精神传统与学术传统有着密切的关系。

远在1918年，著名的爱国华侨领袖陈嘉庚先生就在他的家乡——集美创建了集美师范学校，1926年又在集美师范学校设立了国学专门部，我们将此视为集美大学的前身。虽然那个时候，这"前身"仅仅是师范学校的格局，而非陈嘉庚先生所期望的"大学之规模"，但是，却有着卓越的教育理念与学术思想。这些，都绝非我们今天所认识的同等学校可比拟，甚至值得我们今天具有"大学之规模"的诸多学校管理者借鉴与思考。

在当时的集美学校，校主陈嘉庚先生不仅倾尽自己在海外经营所获得的财富，在内忧外患的年代里，倾力支持集美学校的发展，而且倡导以最优厚的待遇聘任优秀教师，支持他们的学术研究。先后聘任过诸如国学家钱穆、文学家王鲁彦和汪静之、教育学家朱智贤和罗廷光、哲学家王伯祥和杨筠如、生物学家伍献文、经济学家陈灿、地理学家盛叙功等到校任教。这些或盛名于当时，或享誉于后来的学问大家，在这里教书、在这里做学问，培养了一批批杰出的人才。翻开至今保存完好的当年出版的《集美周刊》，几乎每一期上都刊登了当时师生的学术论文、文学作品，以及大量的学术活动与教学活动的报道，使读者可以感受到一股扑面而来的学术气息，感受到朴实而充满灵性的学术研究品格。

20世纪50年代之后，陈嘉庚先生创建并维持了近半个世纪之久的集美学村里门类众多、规模巨大的所有学校，逐渐归属于国家所有，并以"大学之规模"迅速发展，才有了今天作为福建省重点建设高校之一的集美大学，也才有了正在蒸蒸日上的集美大学文学院。

正是在这样的地方，我们的教师融洽相处、切磋砥砺、致力学问、锐意进取，不断提高着自己的学术境界，也不断扩大着自己的学术影响。到目前为止，我们学院已经拥有中国语言文学一级学科硕士学位授予权，拥有一大批颇具影响或崭露头角的优秀学者。他们在中国古代小说、中国戏曲文学、古代文艺理论与批评、西方小说史、英美当代文学、现当代文学批评、现当代纪实文学与乡土文学、应用语言学、文字学、方言学、文艺学基本理论、民间文艺学等研究方向上都作出了优异的成绩。尤其值得一提的是，这个学术群体有着非常明晰的学术发展理念，那就是：以中国语言文学的基础研究为主体、为根基，做扎实的学问；以现实文化问题研究为辅翼、为延伸，增强学术研究对社会现实的介入可能。在这一学术理念的引导下，我们近年不仅获得了一大批国家社科基金、教育部社科基金、省社科基金项目，而且获得了来自社会的有力支持，正在开展着大方向一致而又丰富多彩的各种系列的研究。

也正是因为这样，我们才决定组织出版全由我们教师自己研究推出的"集美大学文学院行健学术丛书"。我们计划，这套丛书，每年一辑，每辑可以根据情况编排不同的数量。而每一辑的丛书，既可能是不同作者在不同方向上的撰著，也可能是围绕相同或相近方向，不同作者各抒己见。但不论如何，我们都希望它成为一个见证，从一个角度见证我们学院教师的学术努力，见证我们不断向更高境界前行的足迹。

我们不可能停留在学术研究的某一个层面上，维持现状，我们期待的是在这个前行的过程中，不断地向自己挑战。因为只有这样，才有学术上的真正创造和持续发展。

虽然我们遥居海之一隅，但是，这里不仅有着由陈嘉庚先生亲手创建并在后来日益扩大、愈臻优美的校园，而且有着陈嘉庚先生用一生的言行所体现的伟大精神为我们注入持久不竭的精神动力，我们一定能够不断地达到我们追求的一个个目标。

从集美大学文学院的楼顶望去：近处，红顶高楼林立于蓝天之下，湖泊花园散布于校舍之间，白鹭翔集，群鸟争鸣，正乃自然与人文交融为一的景象；远处，蓝色大海潮涌于鹭岛之外，连通着广阔的台湾海峡，交汇汹涌的太平洋洋流——有时暖气北上，幻变成风雨晴阴，有时台风遥临，呼唤出万千气象，恰是天地造化之壮观。置身于斯，不生江湖之远的感慨，反而令人常常想起李白的名句："阳春招我以烟景，大块假我以文章。"

是为序。

于集美大学文学院
2012 年 6 月 29 日

前 言
确立开放的中国近现代文学史教学观念
——"中国现当代文学"教学的整体构想

中国文学根据现代意识与传统意识的对立，从第一个层面上可分为古典文学、现代文学两大文学系统。1840年西方的入侵标志着中国新文学的开始。1840年既是封闭的、完善的、僵化的古典文学的终结，又是开放的、杂乱的、新生的现代文学的开始。由此，广义上的中国现当代文学教学应从1840年的中国文化背景说起，而中国现代文学的下限至今仍是一个未定的开放的文学格局。

一 中国近现代文学发生的政治历史背景

林毓生在《中国意识的危机》一书中说道："20世纪中国思想史的最显著特征之一，是对中国传统文化遗产坚决地全盘否定态度的出现与持续。"[1] 认为："五四运动中激烈的反传统主义，正如过去一百四十年中国历史中知识界所出现的很多其他现象一样，其所以产生，是因为有一个重要的事实背景，即西方文明的入侵。"[2] 西方的经济入侵和文化入侵改变了中国封建社会的自循环模式，并使中国传统的思想文化遭遇到空前的挑战。从而改变了中国社会的既定模式，把中国社会引向了西方化，或者说现代化的道路。因此，探讨20世纪以降中国社会的诸种问题，探讨20世纪和21世纪中国的文学，乃至于探讨中国近现代文学的历史分期，都不能忽略西方文化的因素。

从中国近代历史的演变过程上看，自1840年以后，中国社会就在

---

[1] 林毓生：《中国意识的危机》，穆善培译，贵州人民出版社1988年版，第2页。
[2] 同上。

一种屈辱的状态下被迫向世界开放了。外国资本主义用大炮打开了中国闭关自守的国门,把中国引向了半封建半殖民地的社会。西方资本主义的"文明"入侵,亦使中华民族固有的价值观念受到了冲击。面对这一特定的历史转折关头,中国知识界迫切需要做出文化的回应与抉择,以适应形势,救亡图存。从鸦片战争到"五四"新文化运动,中国知识界的文化思想经历了如下四个历史阶段的三种文化思想的演替:

其一,是以经济改革为中心的洋务运动。

鸦片战争,中国的战败,《南京条约》的签订,强烈地刺激了中国的文化思想界,也暴露了老大帝国在经济、技术,尤其是军事上的落后。于是,中国最早接触到西方新的文化思潮的南方先进的知识分子,开始把视野转向了西方。龚自珍、魏源、林则徐等率先提出了向西方学习的主张,其着眼点主要在于发展军工业、制炮造船等。受林则徐等先觉的知识分子的影响,到19世纪60年代,"洋务运动"形成了高潮,曾国藩、李鸿章、张之洞等一大批掌握军政大权的知识分子是其代表。一时间,工业救国、商业救国、教育救国等口号沸沸扬扬。然而,客观上由于中国严重的落后状态,不可能使国力在短期内迅速地改变。主观上说,由于洋务运动发起者们采用的是"中体西用"的文化模式,从而大大限制了他们所能取得的实绩。尤其是一场甲午海战,彻底粉碎了洋务派虚设的梦想,使得一场声势浩大的器物革命运动也随之破产了。

其二,是以政治改革为中心的维新运动和辛亥革命运动。

洋务运动的失败,促进了中国知识分子对救亡图存的深入思考,使他们把视点转向了政治体制的改革方面。客观上看,由于洋务运动的推进,扩大了中国知识分子的视野。随着工商业的发展,西方的意识形态也逐渐得以渗透。中国的知识分子在接受西方的科学、技术的同时,在文化层面上也越来越认同于西方的民主制度,从而意识到封建专制对社会发展的严重制约。于是,以政治启蒙为核心的维新主义成为一种新的文化思潮。代表人物有康有为、梁启超、严复、谭嗣同等。他们不同于洋务派的"中体西用",而是主张推行"体"上的变革。从"公车上书"到"百日维新",体现了中国知识分子对体制改革的热衷和向往。然而,由于他们并未掌握实际的政治权力,一场如火如荼的维新运动很快就被以慈禧为代表的政治实力派平息了下去。

维新运动的失败，唤醒了一部分先觉者的革命热情。以孙中山、黄兴为代表的资产阶级民主派提出了推翻帝制的革命主张，力图建立共和制。然而一场辛亥革命运动，却由于民众的普遍不觉悟，致使袁世凯篡夺了领导权，从而只是在形式上实行了民主共和，中国的封建专制体制仍然没有被彻底摧毁。

其三，以伦理道德为中心的"五四"新文化运动。

洋务运动、维新运动和辛亥革命标示了中国走向现代化的曲折轨迹，同时也步步加深了中国知识界对中国社会的深刻认识。先进的知识分子在历史的陶冶中逐渐对民族文化有了清醒的了解。意识到，只有改造中国的人文精神，彻底摧毁封建文化，才能建立一个全新的社会。在这种意识状态下爆发的五四新文化运动。开始了对中国传统文化最彻底的否决。陈独秀在《文学革命论》中说道："吾苟偷庸懦之国民，畏革命如蛇蝎，故政治界虽经三次革命，而黑暗未尝稍减。其原因之小部分，则为三次革命皆虎头蛇尾，未能充分以鲜血洗净旧污。其大部分则为盘踞吾人精神界根深蒂固之伦理、道德、文学、艺术诸端，莫不黑幕层张，垢污深积，并此虎头蛇尾之革命而未有焉。以单独政治革命所以于吾之社会不生若何变化，不收若何效果也。推其总因，乃在吾人疾视革命，不知其为开发文明之利器故。"[①] 于是，五四新文化运动高举起反对旧道德，提倡新道德，反对旧文学，提倡新文学两面大旗，提出了全盘性反传统的偏激主张。对于有着几千年中庸传统的国度来说，全盘性反传统实在是一个奇特的现象。一批受传统文化熏染，有着深厚的传统国学积淀的知识分子，面对特殊的历史国情，尤其是面对西方强势文化的侵袭，毅然背弃传统文化，以彻底的反叛精神进行文化创新。这实在也是一种悲壮和历史的无奈选择。当时，那些在今天看来似乎更加理智、清醒的文化观念，像所谓的"中学为体，西学为用"等，虽然不乏公允、平正，然而对当时痼疾深重的中国社会却于事无补。而五四新文化运动者们的彻底性反传统的非理性主张，反而获得了知识分子整体上的认同。成为一个时代的价值选择。

---

① 陈独秀：《文学革命论》，张若英：《中国新文学运动史资料》，上海书店出版社1982年版，第40页。

今天，用理性的观点来看，五四新文化运动表现出的彻底性反传统的偏激主张，之所以成为历史的合理选择，原因在于，五四时期的知识分子先天地受到传统文化的浓厚熏陶，当他们在西方现代文明入侵的条件下接受西方思想和价值观念时，又必然地是以复兴民族文化为根本旨归的。加之西方文化的个性主义与中国文化的集体主义本质上的差异性，使得这一彻底反传统的主张，先天地带有不彻底性。诚如李泽厚所说：当他们"把这种本来建立在个体主义基础上的西方文化介绍输入以抨击传统打倒孔子时，却不自觉地遇上自己本来就有的上述集体主义的意识和无意识，遇上了这种仍然异常关怀国事民瘼的社会政治的意识和无意识的传统"。[①] 然而，正是这种客观上的不彻底性却矫枉过正地使全盘性反传统的偏激主张获得了历史的合理内涵。

　　从情感的角度上看，自1840年鸦片战争以后，中国先觉的知识分子普遍存在思想和价值观的两难矛盾，即他们作为中国文化的承传者，一方面，他们继承了忧国忧民、兼济天下的文化传统，于是大胆引进西方先进的文化价值观念，力图以西方文化的引进实现中国文化的再度辉煌；另一方面，他们又最早意识到传统的中华文化的衰微，发现了西方文化的种种优势，于是，对传统文化进行彻底的否定，他们摇摆于东西方两种文化的夹缝之间。这在五四时期的知识分子中表现得尤为突出、鲜明、尖锐。中国文化大转型时期知识分子这种本土意识与外来意识的缠绕、传统文化与现代文化的纠结、民族主义与世界主义的冲撞、势必造成他们在文化价值选择上和判断上的两难状态，用李泽厚的话说，表现为"启蒙与救亡的双重变奏"。而20世纪出现的中国新文学最突出地表现的正是知识分子在这种文化大转型时期的复杂矛盾心态。诚如陈平原、钱理群、黄子平在《"二十世纪中国文学"三人谈》中所说，20世纪中国文学是以"改造民族的灵魂"为总主题，以表现"现代的悲剧感"为总体美感特征的。因此，从中国新文学产生的文化历史背景上看。1840年西方文明的入侵标志着中国新文学的开始。1840年既是封闭的、完善的、僵化的古典文学的终结，又是开放的、杂乱的、新生的现代文学的开始。中国文学根据现代意识与传统意识的对立，从第一个

---

① 李泽厚：《中国现代思想史》，东方出版社1987年版，第12页。

层面上可分为古典文学、现代文学两大文学系统。尽管1840年以后，由于两千年封建文化的强劲惰性，使根深叶茂的古典文学仍未迅速走向终结，现代文学也尚未呈现它的实绩。但是，自1840年以后，伴随着西方文明的入侵，一种现代意识已经产生。在旧文学中表现为狭邪小说和谴责小说的出现。它寓示了古典文学的衰亡。而蕴含现代意识的进步诗文的出现，尤其是政论文的出现，则为20世纪的政治小说起了先导作用。因此，在中国现代文学教学中，必须首先阐明新文学产生的特定文化历史背景及其民族化、政治化的特殊使命，这样才不至于遮蔽新旧文学在转折过程中的内在关联性，同时亦从特定历史文化的角度印证了中国现代文学开端的必然的政治化诉求。

二 中国近现代文学生成的世界文化背景

从世界历史的演进历程上看，所谓现代性是一个内涵丰富的概念。西方著名的社会学理论巨匠古登斯认为，现代是一个工业化和全球化的时期。被誉为当代黑格尔的哈贝马斯则从哲学的角度把现代理解为是一套源于理性的价值系统与社会模式的历史进程，认为理性主义、科学观念、自由的价值追求构成现代社会的基本特征。西方历史学家习惯上以17世纪英国的资产阶级革命，标志着人类历史从封建社会进入了现代的资本主义社会，而英国的资产阶级革命不仅对欧洲产生了影响，而且对世界历史格局产生了巨大的作用，促成了全球性的或自发现代化或后发现代化运动的到来。到目前为止，这种现代化运动仍在进行时中。这是一种全球性的社会运动，它必然对世界的经济、政治、文化产生全方位的冲击。而中国作为一个后发现代化国家，步入现代化道路显然是从1840年开始的，于是我们才有了"近代文学"、"现代文学"、"当代文学"这些语意含糊的文学史时段的界定。今天如果我们再遵循这种业已习惯的编史法而拟出一个"目前文学史"，这无异于表明我们思维速度的严重滞后性。面对21世纪，人们开始了对文学史分期整合的努力。《复旦学报》在2001年重新展开关于中国现代文学史分期问题的讨论，其意即在于此。而在中国历史学界，以胡绳为代表的历史学家，也已趋向于把"中国近现代史"进行整合。历史学家黄仁宇在《中国大历史：自序》一书中也说道："中国过去150年内经过人类历史上规模最大的一次革命，从一个闭关自守的中世纪国家蜕变而为一个现代国家，影响到10亿人口的思想信仰、婚姻教育与衣食住行，其情形不容许我们用寻常尺度衡量"。① 黄仁宇先生也是把1840年作为中国社会历史的大分界点的。因此，把所谓的"近代"、"现代"、"当代"作整一的考察，似为一种必然的趋势。而且随着现代化的延伸，现代文学仍在进行时态中。笔者早在1996年发表的《现代文学史分期的宏观鸟瞰》一文中，针对文学史分期就认为"中国文学从宏观上看，可分为整一和谐，完美的，然而却封闭的古典文学；和在承继古典文学基础上，吸收了现代西方文化的养料，从而打破了传统文学的既定秩序，因而显得杂乱无序，然而却是开放的现代文学两大系统"。② 随着现代化运动的不断推进，这种开放的现代文学观念将会更加彰显起来。笔者设想，当几百年或上千年的中国现代化运动完成之后，那时的文学史家当会重新界定文学的分期。到那时，如果把两千多年的古典文学命名为"上古文学"的话，那么伴随着世界现代化运动而创生的中国文学将可命名为"中古文学"，从而宣告中国文学史分期的第三个大质变点的降临。

法国新史学巨擘、年鉴学派第二代领袖和史学大师费尔南·布罗代尔的"长时段"历史学理论，为我们标示出了人类社会存在三种不同的时间量度。既历史时间可分为长、中、短三种不同的时段。这三种时段在历史运动中所处的层次、特征和作用各不相同。布罗代尔认为长时段的历史对人和社会的制约性最为显著，它呈现的是"结构"的历史，而中时段的是"局势"的历史，短时段的是"事件"的历史。也就是说，历史的变革，有宏观、中观和微观之分，远距离观照和近距离观照之分，大质变点、中质变点和小质变点之分。如果从整个中国历史的"结构"上来看，公元前476年的春秋战国时期，可谓中国历史有文字记载以来的第一个结构上的巨大变异。是时，诸子百家群起，诗经、楚辞集成，是为中国封建文化的孕育期。孔子起了集大成的奠基作用。尔后，文学伴随着儒道思想的生成而定型，伴随着儒道文化的发展而经历了魏晋的刚健、盛唐的壮阔、两宋的华丽、元明清的仿古，延绵了两千

---

① 黄仁宇：《中国大历史·自序》，生活·读书·新知三联书店1997年版，第7页。
② 罗关德：《现代文学史分期的宏观鸟瞰》，《宁德师专学报》1997年第3期。

多年，形成了文学内容上的"文以载道"、风格上的"温柔敦厚"的总体格局。而封建儒道文化的独尊性，使中国文学在"载道"的使命下趋于一格，亦造成中国文学的表情作用大大受到抑制，呈现为类的文学和理（指"道"的说教）的文学的僵化局面，从而抑制了中国文学的发展。

而1840年西方文化的侵入，使中国儒道文化的独尊性受到了挑战。并给中华文化注入了现代意识。这种现代意识，突出地表现为人的觉醒，以及伴随而来的科学、理性观念，从而表现出一种全新的文化转型。呈现为以人的文学为特征，以现代理性、科学、自由为表征的新价值观念。因此，从宏观的视野上看，中国文学到目前为止有两个时间坐标，一个是公元前476年，它标志着中国古典文学的开始；另一个是公元1840年，它标志着中国现代文学的降临。

三　中国近现代文学教学的整体构架

就开放的现代文学而论，自1840年以后，随着鸦片、洋枪、洋炮的输入，西方文化也借着这些物质的载体而在中国得以渗透。中国先进的知识分子率先做出了文化的回应。尽管在1840—1898年，文学的现代意识及创作表现得并不充分。但是，由于西方经济的强力冲击，必然带来文化意识上的强烈震荡。中国人的文化意识形态，在1840年以后就急剧地改变了。沈永宝在《政论文学一百年》一文中说道，"龚自珍、魏源开政论文学新体，或评、或议，'慷慨论天下事'，影响很大。诚如戈公振所说：'光绪以后，排议杂兴，或以桐城派局于议论，遂有复尚龚自珍，魏源之文。一为驰骋开阖之致，于是新闻评议之书，竞盛于世'"。并认为"政论文学为新文学之起源'只是'当政治改革家们想到利用文学来为他们的思想启蒙和改革理想服务时，政论文体对文学的冲击也随之出现了"。[①] 于是才有了晚清文坛的"小说界革命"、"诗界革命"。我以为沈永宝先生的见解是中肯精当的，亦证明了晚清文学与现代文学的内在联系性。因为有政论文在前，才有小说界革命之后的

[①] 章培恒、陈思和：《开端与终结——现代文学史分期论集》，复旦大学出版社2002年版。

政治化小说。换句话说，由于中国社会的特定情势，使初创时期的现代文学先天地带有救亡图存的社会历史重负，亦使五四以后的文学有着浓厚的政治色彩。从整个现代文学史的高度上看，自1840年到1917年，只是现代文学开始前的一个序幕，可称为准备期，这是从中国文学史分期的第二个层面上来看的。如果从第三个层面上看，又可以把1840—1898年的文学称为文化准备期，把1898—1917年的文学称为文学内容改良期。

而现代文学的真正形成期自然是1918年白话文学出现以后的事了。自1918年始到今日，应当说现代文学的形成期仍在进行之中，如果对这一时段的文学进行第三层面的观照，我以为可以分为如下三个时期：从1918年到1942年为文学内容和形式上的变革期，1942年到大致1984年为文学的政治化（或一元化）探索期，1984年到今天为文学的多元化探索（或无名化）时期。对此，笔者在《现代文学史分期的宏观鸟瞰》一文中已有陈述，在此不再赘述，谨对文学史分期予以图示（见图1）。

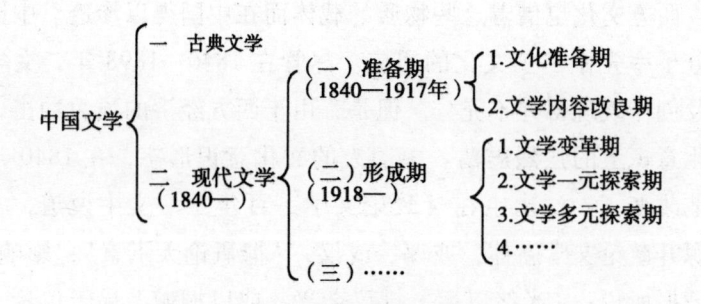

中国文学 { 一 古典文学；二 现代文学（1840—） { （一）准备期（1840—1917年） { 1.文化准备期；2.文学内容改良期 }；（二）形成期（1918—） { 1.文学变革期；2.文学一元探索期；3.文学多元探索期；4.…… }；（三）…… } }

图1 中国文学分期图

笔者认为1840年至今的中国现当代文学是一个不可分割的有机整体，如果未看到晚清的政论文学对20世纪中国的以政治化为主流的文学的影响，势必模糊晚清文学与现代文学的内在联系性，亦无法厘清这一时段文学的历史流脉；如果未看到所谓的"当代文学"与毛泽东1942年《在延安文艺座谈会上的讲话》的内在因果性，势必割裂解放区文学与新中国文学的承传性；如果未看到1977年以后的"伤痕"、"反思"、"改革"文学与"文革"文学在文学观念和思维模式上的一致性，势必曲解"新时期"的"新"的真正意涵。因而，在《中国现当代文学史论》课程的教学活动中，如果没有对中国文学史历史分期的宏观认识，也必然会模糊文学史的整体格局及其各子阶段的划分。

文学史分期有宏观与微观之别，远距离观照与近距离观照之别，大质变点与小质变点之别。而微观探索，必须以宏观的整体把握为前提，这样才不至于在文学史的分期和文学史的教学活动中遮蔽文学史内在的逻辑层次。

目 录

上 篇

第一章 鲁迅小说的文学史价值 ……………………………（3）
  第一节 鲁迅研究的历史状况 ……………………………（3）
  第二节 鲁迅小说的个人风格 ……………………………（13）
  第三节 鲁迅小说的多元主题 ……………………………（20）
  第四节 鲁迅小说的范式意义 ……………………………（28）

第二章 郭沫若与20世纪中国浪漫派诗歌 ……………………（34）
  第一节 浪漫派诗歌的产生背景 …………………………（34）
  第二节 郭沫若诗歌的最初浪漫 …………………………（35）
  第三节 艾青诗歌写实中的浪漫 …………………………（39）
  第四节 舒婷与朦胧诗人的浪漫晚唱 ……………………（47）

第三章 周作人与20世纪中国现代散文 ………………………（56）
  第一节 周作人的文学史地位 ……………………………（56）
  第二节 林语堂在散文史上的地位 ………………………（65）
  第三节 杨朔与20世纪60年代散文三家 …………………（77）
  第四节 余秋雨、刘亮程与20世纪90年代散文 ……………（82）

中 篇

第一章 茅盾与中国现当代小说的史诗性建构 ………………（91）
  第一节 现实主义与中国现当代小说观念 ………………（91）
  第二节 茅盾《子夜》与家国合一的宏大叙事 ……………（94）
  第三节 从《小城春秋》、《红旗谱》、《创业史》到《白鹿原》
  　　　 的国家宏大叙事 ……………………………………（99）

第二章　中国现当代家族小说 ……………………………………（104）
第一节　现代家族小说的源起：巴金的《家》 ………………（104）
第二节　20世纪前期现代家族小说的写实性与象征性 ………（106）
第三节　20世纪后期现代家族小说的传奇性与写意性 ………（111）

第三章　现代文化视野中的中国乡土小说 ……………………（117）
第一节　现代化与乡土小说的人文关怀 ………………………（117）
第二节　20世纪写实性文化乡土小说的发展脉络 ……………（121）
第三节　20世纪抒情性文化乡土小说的发展脉络 ……………（125）

第四章　现代文化视野中的中国都市小说 ……………………（132）
第一节　"夕阳"的乡土与"朝阳"的都市 …………………（132）
第二节　海派小说与施蛰存笔下的"乡巴佬" ………………（136）
第三节　张爱玲、王安忆的都市书写 …………………………（142）

第五章　20世纪中国女性文学的主题变迁 ……………………（146）
第一节　女性文学概说 …………………………………………（146）
第二节　冰心的升华与张爱玲的沉沦
　　　　——20世纪中国女性文学的两种误区 ………………（148）
第三节　丁玲的女性小说创作
　　　　——20世纪女性文学的崛起 …………………………（155）
第四节　张洁与新时期女性小说主题的演化 …………………（160）
第五节　陈染与后新时期女性小说的主题变异 ………………（166）
第六节　王安忆：从女性小说到超越女性 ……………………（169）

第六章　20世纪中国战争小说的主题变迁 ……………………（172）
第一节　战争文学的人类学依据 ………………………………（172）
第二节　20世纪前期中国战争小说概说 ………………………（174）
第三节　20世纪后期中国战争小说概说 ………………………（181）
第四节　20世纪中国战争小说主题变迁
　　　　——从英雄主义到人道主义到莫言《红高粱》的
　　　　战争本体还原 …………………………………………（184）

第七章　20世纪中国文学的草根性 ……………………………（195）
第一节　关于"草根" …………………………………………（195）

目 录

第二节　鲁迅的草根性

——引领了启蒙时代的文学走势 …………………（196）

第三节　赵树理的草根性

——曾经领导了一个政治化、大众化时代 ………（200）

第四节　沈从文的草根性

——开启了一个去政治化的时期 …………………（202）

第五节　莫言的草根性

——引领着当下颠覆传统的一个混合体 …………（204）

第八章　20世纪中国的"贵族文学" ……………………（209）

第一节　问题的提出 ………………………………………（209）

第二节　周作人的"隐士"与林语堂的"绅士"写作 ………（212）

第三节　"贵族文学"的经典：钱锺书《围城》的

文学史价值 ……………………………………（219）

第四节　京派文人的另一面：汪曾祺的"贵族"情怀 ………（226）

下　篇

第一章　生成、繁荣与变迁

——现代化进程中的大陆与台湾乡土文学 ………（233）

第一节　总述 ………………………………………………（233）

第二节　大陆与台湾乡土文学理论内涵的同质性 …………（234）

第三节　现代化进程与两岸乡土文学的繁荣 ………………（238）

第四节　现代化进程中两岸乡土文学发生地的空间位移 ……（241）

第二章　从"风情"到"风云"

——20世纪乡土小说向"农村题材小说"的演化 ……（245）

第一节　农村题材小说的发生 ………………………………（245）

第二节　作为个案的赵树理的《三里湾》 …………………（248）

第三节　农村题材小说模式化的表现 ………………………（250）

第三章　论舒婷诗的复调情感 …………………………………（257）

第一节　古典与现代情感的交织 ……………………………（257）

第二节　现实与理想的冲突与妥协 …………………………（259）

第三节　爱人与自爱情感的复递 …………………………（260）
　　第四节　曲折断裂的句式营构 ……………………………（262）
第四章　毛泽东诗词的人格个性 ……………………………（264）
　　第一节　政治家的胆识——"问苍茫大地，谁主沉浮？" ……（265）
　　第二节　军事家的气度——"欲与天公试比高" …………（267）
　　第三节　文学家的奇情——"战地黄花分外香" …………（269）

后　　记 ………………………………………………………（273）

上篇

第一章 鲁迅小说的文学史价值

第一节 鲁迅研究的历史状况

鲁迅研究是20世纪中国文学研究中的一个极为重要的个案。鲁迅研究不仅体现了大陆文学研究对鲁迅认识的深化过程,而且从中亦折射出不同时代、不同理论角度研究文学的不同方法及其不同的价值取向。

以鲁迅为代表的五四时期的作家的历史功绩在于:他们完成了对传统文化的颠覆和铺平了接纳西方文学的道路,正所谓"他山之石,可以攻玉"。在20世纪中国文学当中,鲁迅开创了中国现代小说,郭沫若开创了中国现代诗,周作人则开创了中国现代散文,而曹禺奠定了中国现代话剧。鲁迅由于其思想和文学创作的深邃性、领先性,又使他成为中国现代文学的第一人。对鲁迅的研究,在研究生阶段可能要注意的是鲁迅研究的研究。这样我们才能知道这个人在近百年的文学史中前人研究了什么,又是怎么研究的,从而对鲁迅的了解有个循序渐进的认识过程。

鲁迅于1918年5月在《新青年》发表短篇小说《狂人日记》,这标志着他小说创作的开始。也由此,《狂人日记》被认为是中国具有划时代意义的第一篇白话小说。以小说创作为正宗的中国现代文学从而得以确立。在20世纪20年代,鲁迅出版了他的两个重要的短篇小说集,这就是《呐喊》和《彷徨》。鲁迅发表这些小说在当时就引起了评论家的关注。比如吴虞就在1919年11月1日的《新青年》第6卷第6号发表了《吃人与礼教》的评论,以具体史实阐发鲁迅《狂人日记》的强烈的反礼教观点。还有沈雁冰、周作人对鲁迅的《阿Q正传》的分析。沈雁冰认为"阿Q这人很是面熟,是呵,他是中国人品性的结晶呀!"① 周作人则认为这部作品"艺术无论如何幼稚",但是在思想上、在人物形象的塑造上,却有它很高的价值,② 这大概是对《阿Q正传》比较早的评价。

在20世纪20年代,茅盾对鲁迅小说作了很多精要的评价。他在署名雁冰的《读〈呐喊〉》一文中,记录了读鲁迅《狂人日记》的感受:"这奇文中冷隽的句子,挺峭的文调,对照着那含蓄半吐的意义,和淡淡的象征主义的色彩,便构成了异样的风格,使人一见就感着不可言喻的悲哀的愉快。"③ 茅盾是20世纪20年代的著名评论家。他对当时的小说创作做了整体的研究。他在整体研究的基础上,对鲁迅创作给予了极高的评价。

茅盾写于1921年的《评四五六月的创作》一文,从三个月全国报刊发表的120多篇小说的题材类型分析,提出"切切实实描写一般社会生活的还是少数",最少的却是"描写城市劳动生活的制作,只有三篇";"描写农民生活的创作也只有八篇",而"描写男女恋爱的小说占了百分之八九十"。认为大多数作家对于农村和城市劳动者生活是很疏远的,"知识阶级中人和城市劳动者,还是隔膜得利害,知识界人不但没有自身经历劳动者的生活,连见闻也有限,接触也很少"。④ 而对于描写乡村题材的小说,也普遍存在"只见'自然美',不见农家苦"的现象。主张应向鲁迅那样真实地描写农村,说"过去的三个月中的创作我最佩服的是鲁迅的《故乡》"。认为"《故乡》的中心思想是悲哀那人与人中间的不了解,隔膜。造成这不了解的原因是历史遗传的阶级观念。《故乡》中的'豆腐西施'对于'迅哥儿'的态度,似乎与'闰土'一定要称'老爷'的态度,相差很远;而实则同有那一样的阶级观念在脑子里。不过因为两人的生活状况不同,所以口吻和

---

① 转引周作人《阿Q正传》,引自李宗英、张梦阳《六十年来鲁迅研究论文选》上,中国社会科学出版社,第10页。原载一九二三年三月十九日《晨报》副刊。

② 同上。

③ 引自李宗英、张梦阳《六十年来鲁迅研究论文选》上,中国社会科学出版社,第12页。原载一九二三年十月八日《时事新报》副刊《文学》第九十一期。

④ 茅盾:《评四五六月的创作》,《茅盾全集》第18卷,人民文学出版社1989年版,第135页。

举动也大异了"。①

当然，我们也要看到，鲁迅在20世纪20年代的时候，确实是一个有独特个人风格的作家。茅盾正是看到了这一点。茅盾认为鲁迅小说在主题上主要表现人与人之间的隔膜。张定璜则认为鲁迅的小说充满乡土气息。

从总体上看，20世纪20年代，评论家对鲁迅的评价是以鲁迅个人为基础的，注重的是鲁迅小说的个人独特风格。尤其是茅盾，他在分析20年代小说创作的整体状态的时候，评价道：当时的小说创作百分之七八十都是写男欢女爱的爱情小说，而相比之下写工人、农民劳苦大众的比较少。在这一方面鲁迅的小说很具有表现力。也就是说，鲁迅的小说已经把视野转移到劳苦大众身上了。而当时大多数的创作者，关注的还仅仅是知识分子自身的爱情及知识分子的一般生存状态。以此亦彰显了鲁迅的不同之处。当然，我们也要看到，鲁迅在1918年创作《狂人日记》的时候，他已经37岁了。而当时的许多作家都是年轻人。那么，鲁迅作为一个37岁的成年人，他看问题的角度，显然跟一般的作家大不相同。像鲁迅写的《伤逝》，在写法上就跟当时大量写爱情小说的作家不同。因为大部分作家写的仅仅是男欢女爱，写男女青年为挣脱父母包办婚姻、挣脱传统的羁绊，毅然决然地主张婚姻自由，冲破阻力，最后是皆大欢喜的完美结局。而鲁迅《伤逝》的写法则不同，他是从别人结尾的地方开始写起。写涓生与子君的恋爱过程，这个过程是简短的，更多的是写他们同居以后的生活，以及在生活中逐渐产生的物质和心理的各种阻力，最后则以悲剧的结局给人以警醒。因此，《伤逝》这部小说比之同时代的爱情小说在立意上便高出了一筹。在20世纪20年代，鲁迅创作确实是很有自己独特风格，也受到当时评论家普遍的好评。

大约到了1927年，也就是我们所说的五四的第一个十年到第二个十年的过渡时期，国内兴起了大革命运动。在大革命的浪潮中，进步作家、共产党作家就逐渐地接受了俄国传来的马克思主义文学观。因此，

---

① 茅盾：《评四五六月的创作》，《茅盾全集》第18卷，人民文学出版社1989年版，第135页。

文学中的阶级论思想就占据了评论的主导地位。在这种情况下，早期的创造社、太阳社的一些革命作家开始对鲁迅做出了一些非难。太阳社的钱杏邨在1928年3月写的《死去了的阿Q时代》就是从革命文学的角度对鲁迅作品作出的政治评价。指出鲁迅的小说虽然也描写了农民，但其笔下的农民都不具有反抗性，不符合现实，现实中的农民已经开始觉醒了，开始反抗了。但鲁迅笔下都还是老一代农民的形象。唯独阿Q喊了几句革命的口号，但不是真正意义上的革命。阿Q所谓的革命目的不过是取代"赵七爷"，娶上"吴妈"。创造社的成仿吾在《在〈呐喊〉的评论》一文中，就《呐喊》小说集中的小说一篇篇进行分析，说"前期的作品之中，《狂人日记》很平凡；《阿Q正传》的描写虽佳，而结构极坏；《孔乙己》、《药》、《明天》皆未免庸俗；《一件小事》是一篇拙劣的随笔；《头发的故事》亦是随笔体；惟《风波》与《故乡》实不可多得的作品"。① 认为在该小说集中最好的是《不周山》。以至于后来鲁迅把《不周山》删掉了，因为它是一篇不同写作类型的作品，后来放进《故事新编》里了。作为创造社重要评论家的成仿吾，固然恪守着表现主义的成见，对鲁迅等的现实主义小说评价失当，但是，在整体上，他对鲁迅小说是肯定的。在文章开篇，成仿吾写道："近半年来的文坛，可谓消沉到极处了。我忍着声音等待震破这沉默的音响到来，终于听到了一声洪亮的呐喊。"这便是鲁迅的小说集《呐喊》。②"实际上，成仿吾对鲁迅小说是作出高度评价的，只是面对好评如潮的时代，作者选择了完美批评的角度，把鲁迅放在世界文学这样一种地位来予以评价。所以才有"以上的苛求。因此，成仿吾才在同一篇文章中提出："我觉得《呐喊》确是今日文艺界一部成功的绝好的作品"的总体评价。对此，我们不应断章取义。就整体来说，鲁迅在20世纪20年代确实堪称大家。反面的意见不过是从时代政治的立场或完美批评的角度以鲁迅创作为例而作出的一种文学的政治阐释和创作方法的阐释罢了。

从客观上来看，由于太阳社和创造社对鲁迅的批评，促成了鲁迅自

---

① 引自李宗英、张梦阳《六十年来鲁迅研究论文选》上，中国社会科学出版社，第24页。

② 同上书，第21页。

身对马克思主义的了解。在论争中，鲁迅翻译了俄国的普列汉诺夫的《艺术论》，从而自觉确立了马克思主义文学的阶级论观点，完成了个人思想的质变。从外部条件看，论争受到了党中央的关注。党中央陆续派出一些人接近鲁迅，像瞿秋白、冯雪峰、胡风、冯乃超，这些人都是当时中国共产党文艺界的主要领导。他们都成了鲁迅的好朋友。也就是在共产党的积极争取下，鲁迅逐渐被挪进了革命的阵营。特别是在左联的会议上，鲁迅被选举为七个常委之一，并作了《对于左翼作家联盟的意见》。也就是说，在20世纪30年代左联成立的时候，鲁迅实际上已经被推上了盟主（左翼联盟）的地位。所以，左联成立以后，鲁迅的地位显然就已经被抬高了，也就是说30年代的鲁迅已经不是个人的鲁迅了，30年代的鲁迅已经成了无产阶级的代表性作家。

而20世纪40年代以降占据支配地位的是毛泽东对鲁迅作的"民族魂"的定评。1940年，毛泽东在《新民主主义论》中说："二十年来，这个文化新军的锋芒所向，从思想到形式（文字等）无不起了极大的革命。其声势之浩大、威力之猛烈，简直是所向无敌的。其动员之广大，超过中国任何历史时代。而鲁迅，就是这个文化新军的最伟大和最英勇的旗手。鲁迅是中国文化革命的主将，他不但是伟大的文学家，而且是伟大的思想家和伟大的革命家。鲁迅的骨头是最硬的，他没有丝毫的奴颜和媚骨，这是殖民地半殖民地人民最可宝贵的性格。鲁迅是在文化战线上，代表全民族的大多数，向着敌人冲锋陷阵的最正确、最勇敢、最坚决、最忠实、最热忱的空前的民族英雄。鲁迅的方向，就是中华民族新文化的方向。"[①]

毛泽东从政治家的角度看到了鲁迅小说强烈的教育功能和深厚的情感震撼力，以三个"伟大"和六个"最"高度概括鲁迅的文学创作。毛泽东对鲁迅的评价把20世纪20年代具有独特小说风格的"个人的鲁迅"和30年代代表无产者的"阶级的鲁迅"上升到"民族的鲁迅"的高度。毛泽东的这一论断在新中国成立以后成为中国现代文学教学的圭臬，这在北大二代学人王瑶、唐弢的《中国现代文学史》教材中都体现了出来，并深刻影响了中国大陆半个世纪以上的鲁迅评价。

[①]《毛泽东选集》，人民出版社1991年第2版，第697页。

尽管毛泽东从政治家的角度对鲁迅作出的评价具有特定历史的合理性和现实的必要性，但是，他毕竟是从文学外部作出的对鲁迅的一种政治定评。而毛泽东的定评在当时特定历史条件下，客观上却制约了对鲁迅这一思想家和文学家个体的丰富内涵的多元阐释，使鲁迅的研究和评价一度徘徊于定于一尊的局面。在中国大陆的现代文学研究中，最早从文学的立场出发对鲁迅作品作出系统评价的是陈涌。早在20世纪50年代，陈涌发表了《论鲁迅小说的现实主义》(《人民文学》1954年第11期)，该文从革命现实主义的视角解读鲁迅，改变和提升了毛泽东的鲁迅论的单一性，亦由于其观点与毛泽东的评价不冲突而被当时的社会所接受。

到新时期，随着思想解放大潮和改革开放实施，鲁迅研究开始迅速火热起来。1985年5月，王富仁在博士学位论文基础上写成的专著《中国反封建思想革命的一面镜子——〈呐喊〉〈彷徨〉综论》在《文学评论》上刊出，标志新时期鲁迅研究的一个新的开端。王富仁的鲁迅研究从"还原"真实的"鲁迅"本体开始，发出"回到鲁迅那里去"的呼吁，通过重新回到鲁迅作品本文，凸显了鲁迅作为一个独立的现代知识分子的思想意义。王富仁说："鲁迅所选取的人物典型主要不是以自身存在的价值的大小和自身行为的优劣为基准的，在很大程度上他们只是封建思想环境的试剂，谁能在更充分的意义上试出这个环境的毒性，谁就有可能进入鲁迅小说人物形象的画廊。他们不是让人敬的，也不是让人恶的，不是让人效法的，也不是让人排斥的。敬与爱鲁迅自有评判，憎与恶读者自有公允，但鲁迅之所以把他们而不是把别种类型的人物放在自己小说的画幅中，却只是因为通过他们，鲁迅可以使人们更深刻地感受到封建思想环境的吃人性质。"[①] 鲁迅小说中知识分子扮演的历史角色，注定了他们必然的悲剧性命运。他们作为从传统文化中分离出来的现代知识分子，必然地对传统的封建专制采取抵抗和拒斥。于是有了狂人的觉醒和发现，有了夏瑜的奋斗和悲哀，有了N先生的失望和愤激，有了吕纬甫的颓废和自责，有了魏连殳的孤寂和复仇，有了涓

[①] 王富仁：《中国反封建思想革命的一面镜子——〈呐喊〉〈彷徨〉综论》，北京师范大学出版社1986年版，第275—276页。

生的重新寻找生路和子君的不归路。他们以现代意识进行反传统的主张，显然是基于这样一个不争的前提，即中国传统思想文化深患痼疾。然而，作为吸吮着传统中国思想文化而成长起来的现代知识分子，又如何进行彻底的思想文化革命？对此，以陈独秀、胡适等代表的多数知识分子扬起了西方文明的义旗，以为思想革命借着西方的外力可获得预期的结果。

只有李大钊和鲁迅等个别知识分子意识到了中国文化的根本问题。特别是鲁迅，他凭着思想家的敏锐透视和革命家的道德热情，感悟到了这场思想精神革命的深刻危机，感到"透过思想与精神革命去治疗中国人的精神病症。然而，一个思想和精神上深患重病的民族如何能认清它的病症的基本原因是它的思想和精神呢？"[①] 这体现了鲁迅思想的深邃性和反传统的彻底性。

而王富仁的另外一部专著《鲁迅——中国文化的守夜人》则是从文化学的角度来分析鲁迅，认为鲁迅是"中国文化的守夜人"。说："鲁迅自己好像也是把自己视为一个守夜人的，他曾经说他是徘徊于明暗之间的，这就是说他认为他处的是个文化的暗夜了，在夜间而能够知道自己是在夜间，说明他还没有像大多数人那样昏睡过去，他自己还是清醒着的。"[②] 而鲁迅的历史价值既在于"守夜人有守夜人的价值，守夜人的价值是不能用走路的多少来衡量的。在夜里，大家都睡着了，他醒着，总算中国文化还没有都睡去"。[③] 鲁迅正是以其站在黑夜中的"呐喊"与"彷徨"，为中国文化寻找新的支点。特别是在五四时期，守卫中国文化最好的办法就是反叛与改造。因为作为中国文化培养出来的知识分子，他必然传承自己本民族的文化，他也以传承本民族文化为己任。而在吸收西方文化之时，其最终目的依然是重建中国文化。王富仁对鲁迅做文化学的研究，从先秦诸子百家的角度观察鲁迅，认为其有儒家的成分、道家的成分、墨家的精神、法家的色彩，当然也蕴含着多样化的西方文化元素。

---

① 林毓生：《中国意识的危机》，贵州人民出版社1988年版，第256页。
② 王富仁：《鲁迅——中国文化的守夜人》，《自序》，人民文学出版社2002年版，第3页。
③ 同上。

汪晖《反抗绝望——鲁迅的精神结构与〈呐喊〉〈彷徨〉研究》，则是从哲学的角度来研究鲁迅的，汪晖着重探讨鲁迅精神世界的独特性。他以"历史的中间物"作为鲁迅的核心意识。采取回到个人的方法，通过对鲁迅自身经历的研究，从鲁迅的生活、个性心理，来把握鲁迅独特的思想和哲学观念。以及如何形成反抗绝望、绝望抗争的思想。汪晖在探讨鲁迅精神世界的时候说："感性经验和理性观念的冲突构成了心理分裂和理性的矛盾，但是，这种分裂和矛盾恰恰也是鲁迅不断地探索，寻找历史真理的内在动力。鲁迅怀疑自己的个人经验，于是他试图从更为广阔的理论视野观察世界、历史、个人；他迷惘于自己的理性观念，于是他不断地从自身和历史的经验中寻找理性与历史更为真实的契合点。他迷惘了、惶惑了，甚至绝望了，于是他开始了新的求索。对于一个充满活力和生命的创造者，内在的矛盾性正是创造性的源泉。"[①]鲁迅及其笔下知识分子的心理，突出体现的正是20世纪现代化过程中，作为"历史的中间物"的中国知识分子的一种普遍心态。

汪晖在《反抗绝望》中还说："当鲁迅用'中间物'来自我界定时，这一概念的含义就在于，他们一方面在中西文化冲突过程中获得'现代的'价值标准，另一方面又处于与这种现代意识相对立的传统文化结构中；而作为从传统文化模式中走出又生存于其中的现代意识的体现者，他们自觉或不自觉地对传统文化存在着某种'留恋'——这种'留恋'使他们必须同时与社会和自我进行悲剧性抗战。"[②]

汪晖对鲁迅的"历史中间物"意识的界定、对"反抗绝望"的"在"而"不属于"的存在主义人生哲学的分析，将鲁迅研究从文学层面推向哲学层面，从社会学、历史学层面推向存在论、本体论层面，并以此反观鲁迅的文学世界和精神世界，发现了鲁迅充满悖论性的思维方式的精神内核。从而打破了鲁迅研究中长期存在的单一、静止的阐释方式，还原了作为个体性存在的鲁迅，再现了鲁迅心灵世界的复杂矛盾性，从而在文化哲学的高度上来把握鲁迅。

---

① 汪晖：《反抗绝望——鲁迅的精神结构与〈呐喊〉〈彷徨〉研究》，河北教育出版社2000年版，第177页。

② 同上书，第183页。

此外，钱理群的专著《心灵的探寻》，从鲁迅的思维、心理、情感方式和意象学、语义学等的多维角度来研究鲁迅，对鲁迅做了很多精到的评价。王晓明《无法直面的人生——鲁迅传》，从心理学层面对鲁迅复杂心理的发现，尤其是对鲁迅心理阴暗面的透视，特别独到。而李欧梵的《铁屋里的呐喊》则从意象学的角度来建构鲁迅特定的时代背景和复杂的心理世界，亦颇有新意。

21世纪以来，鲁迅研究在整体上出现了"历史化"和"学术化"的趋势。学者们更加注意"还原鲁迅"了，同时也更注重学理性的鲁迅研究，注重实证和细节，并强调合理性的逻辑推论。此外，从跨文化的视角建构"东亚鲁迅"形象，也成为21世纪鲁迅研究的一个新亮点。

在国外的鲁迅研究方面，日本的鲁迅研究一向比较活跃。因为鲁迅和日本有着很深的渊源关系。日本的鲁迅研究也一度特别发达，形成了不同的研究学派，汪晖的《反抗绝望》就是从日本学者竹内好那里汲取了"反抗绝望"的命题，而以哲学的视角阐释鲁迅悖论式的思维特征。汪晖在《反抗绝望》中论及鲁迅的存在主义思想，也受到日本的竹内好鲁迅研究学派的启发。

还有海外华人学者的鲁迅研究。1961年美籍华人夏志清《中国现代小说史》出版，站在世界文学的立场对鲁迅进行了片面而深刻的分析，被海外华人所称道，亦深刻地影响了中国大陆20世纪80年代以降的鲁迅研究。夏志清在20世纪50年代末，就发表了很多单篇论文，对中国现代文学做了整体的考察。这中间也涉及鲁迅研究。在20世纪60年代初他写下专著《中国现代小说史》，对鲁迅做了很多精到的评价，他自称是站在世界文学的眼光来看中国现当代作家，因为他有海外的经历，跟我们国内学者相比较来说，在当时我们国内学者受到时代环境的影响更多地是从政治的、阶级的角度来进行分析研究的，到今天这种格局仍有余绪。而夏志清特别注重西方的多元的批评方法。夏志清是从世界文学的眼光来看鲁迅的，夏志清在他的专著《中国现代小说史》中，肯定了鲁迅在中国现代文学史上第一人的地位，但在中国现当代文学刚刚产生之初，鲁迅的创作固然比较成熟，然而，从世界文学的眼光来看，鲁迅的创作也确实存在种种的不足，他缺少大师的胸襟和气度。鲁迅的民族主义情绪非常浓厚，这不是坏事也不是好事，正像一个学者所说的，民族主义浓厚的时候与爱国主义诗人、爱国主义作家大量出现的时候，往往是我们国家不幸的时候。就好像忠臣出现了，是因为这个时代的不幸；爱国主义人士出现了，是因为我们处在一个落后挨打的境遇，这个讲法是有一定道理的。鲁迅当时的民族主义情绪非常浓厚，这与中国处在落后挨打的局面有关。而西方人最看不惯我们的民族主义情绪。如果从世界文学的角度看，所谓大师一定要有全人类的胸襟与气度、全人类的悲悯情怀、全人类的眼光。从这一点来看，鲁迅可能不够。当然，我们不能因此而非难鲁迅，因为这是受时代、文化与个人经历影响的。夏志清强调鲁迅很偏激，这一点我却不能认可，因为如果站在鲁迅的时代来看，他那种偏激是时代的选择。在这一点上，李泽厚在《中国现代思想史》里面也做了详细的描述，五四时代那些偏激的人，在我们中国讲究中庸、讲究礼教的国度，怎么会占据主导地位？这是因为我们处在一个变革的时代，在变革的时代要采取一种矫枉过正的方式。变革的时代不强调中庸，中庸是做不成事情的。一旦到了和平年代，孔子就被抬出来了；一旦到了变革时代，往往又会出现打倒孔子。因为变革的时代需要偏激。李泽厚在分析这批文化界人士的时候，他在强调，因为当时中国是一潭死水，中庸思想、封建礼教根深蒂固，那么这个时候只有采取偏激的手段才可以彻底地摧毁它。而由于摧毁孔教的都是一批饱学中国文化的传统知识分子，使他们的偏激取得了一种矫枉过正的效果。所以，五四时期的偏激是一种策略。李泽厚在《中国现代思想史》里面说，正是由于这种策略，我们才有了一个新的起点。我们彻底粉碎了封建道德观念，但这只是暂时性的，封建礼教观念延续了两千多年，不能那么容易粉碎掉。到今天我们每个人还都是亦儒家、亦道家的。正因为有了五四打倒孔家店，才有我们今天一个新的起点，才有我们对西方有限的接纳。所以要明确偏激是一个策略，鲁迅的做法是个策略，在这个意义上看，鲁迅当时完成了新文化运动，成为新文化运动的干将，完成了时代的转折。

其实我们回过头来看，鲁迅自己也是很儒家化的、很传统的，一直到最终，仍然是一个很恪守儒家仁义道德的人。夏志清对鲁迅总体评价是肯定的，从世界大家的角度看鲁迅也确实存在许多局限性。我觉得，它对我们国内鲁迅研究起到了一个很好的参照作用。海外学者研究的介入，亦成为国内20世纪80年代鲁迅研究火热的一个重要动因。

第二节 鲁迅小说的个人风格

鲁迅的小说写的是平凡人的平凡生活，没有离奇的故事，没有引人入胜的情节，却充满了无穷的艺术魅力。这种魅力是从哪里来的呢？是从他对生活的细致入微的描写和对人的内在微妙心理入木三分的刻画所带来的。而造成鲁迅小说独特个人风格的原因自然与鲁迅的思想、情感有关。布封说过"风格即人"。中国俗话也有"知人才能论事"一说。那么，让我们"回到"20世纪初期、"回到"鲁迅自身，从鲁迅的独特人生经历来感受鲁迅小说的个人风格。

鲁迅，原名周树人，出生在绍兴的一个富裕家庭，祖父周福清是晚清的进士。鲁迅的父亲周伯宜是周福清的大儿子，考上秀才后尚无更高的出身。中国有句古话叫："穷秀才，富举人。"因为中国是个权力社会，官本位社会。考上秀才，可以教书，教书相对还是比较穷的。考上举人，就可以做幕僚了，用我们今天的话说，就是可以做吏，相当于科级以下干部。考上进士，就成为朝廷命官，相当于今天的处长以及副厅以上官员。那么，他祖父是进士出身，所以家境是殷实的。周家可以请绍兴最好的老师到周家的私塾教书，可见周家在绍兴城的地位。而鲁迅在周家又是长房长孙，这么一个周家大少爷，小时候是很受人瞩目的。人家看见周家大少爷，都是毕恭毕敬的。我们看《社戏》，里面讲迅哥儿到了外婆家，因为没看到戏、不高兴，几个小孩就拥着他去看戏。可以看出迅哥儿是受到热情款待的。看完戏后，孩子们偷了"六一公公"的蚕豆。第二天，"六一公公"听说蚕豆是周家大少爷爱吃的，他也就不在乎了，而且还又端了一碗来。也就是说，鲁迅作为周家大少爷，是受到世人尊爱的。这么一个周家大少爷，如果常态地成长起来，可能中国就没有"鲁迅"这么一个作家了。鲁迅少年时期的家道中衰：一是由于祖父的科场案，被关进了监狱；二是由于父亲的病，导致鲁迅经常出入当铺和药铺，逐渐受到了世人的白眼。鲁迅在《呐喊》自序中说："有谁从小康人家而坠入困顿的么，我以为在这途路中，大概可以看见世人的真面目。"[①] 鲁迅《哀范君三

[①] 《鲁迅全集》第1卷，人民文学出版社1981年版，第415页。

首》之一有："华颠萎寥落,白眼看鸡虫"的诗句为证。在仙台医学专门学校也有一伙人以白眼看鲁迅。也就是说,鲁迅是敏感的,生活的巨大反差,造就了鲁迅的怀疑、刻薄,形成了鲁迅看世事的独特角度和个性。所以讲一个人的个性,跟他的遗传、经历都有关系。那么,鲁迅之所以为鲁迅,是因为他早年生活在一个非常优越的环境中,得到了很好的教育。根据西方心理学家基尔福特的观点,一个人要想成功必须具备以下四个要素:第一个是遗传,我们讲书香门第,就是比较良好的遗传,鲁迅的祖父、父亲,都识文断字、考上进士、秀才。鲁迅和周作人早年也参加过科举考试,周作人比鲁迅考得好。那么他们当时也是要走科举这条路的。只是后来废除了科举,加之"家道中衰",才造就了鲁迅"走异路"。第二个是早年教育,第三个是个人经历,第四个才是勤奋加毅志力。这是一个人成功的四要素。但我们中国人往往强调后期的努力,其实早期这几个要素非常重要。鲁迅早年受到非常良好的家庭教育,因为有"三味书屋",能把全县最好的老师请到家里面来教书。所以,周家两兄弟的古文功底非常厚实,即使在五四时期,周家两兄弟的古文水平也堪称佼佼者。我们看鲁迅早期的论文《摩罗诗力说》、《科学史教篇》等就可以看出鲁迅深厚的古文功底。从人生经历看,科举的废除、家庭的败落,促使了鲁迅"走异路"。1898年,18岁的鲁迅,怀揣着母亲筹措的8块银元,抱着到"异地"去寻"别一类"的"人们"的目的,离开了故乡,到了无须学费的南京水师学堂,后来又改入南京路矿学堂读书。然而他这时期的学问是"上穷碧落下黄泉,两处茫茫皆不见"了。毕业后,考取了官费资格,到了东京,后来进了仙台医专学校。

鲁迅在南京读书时,受到梁启超思想的影响,也接受了西方的进化论观念。像当时所有的有志青年一样充满救国热情。所以想从军,才去陆师学堂,然后又想科学救国,又去了矿务学堂。到日本留学后,转变为想学医。鲁迅在后来的回忆中说:"我的梦很美满,预备卒业回来,救治像我父亲似的被误的病人的疾苦,战争时候便去当军医,一面又促进了国人对于维新的信仰。"[①] 而在仙台医专发生的"幻灯片事件"导

[①]《鲁迅全集》第1卷,人民文学出版社1981年版,第416页。

致了鲁迅的弃医从文。

我们从鲁迅的生平经历可以看到,他有这么几个大关节点。人的一生总要有几个关节点,首先是遗传和家庭。当然这是自己不能决定的,但遗传和家庭决定了个人的资质以及受到怎么样的早期教育,包括怎么样的童年经历。其次才是少年时"家道中衰",青年时的"走异路"和"幻灯片事件"。再次是到东京搞文学启蒙、办刊物的失败。回国后的落寞。最后,才是与金心异的那番"铁屋子"的对话,完成了个人的人生定位。

从时代和地域的视角看,五四时期是中国历史的大动乱、大转折时期,西方各种文化思潮蜂拥而入。鲁迅又生活在得现代化风气之先的浙江地域,鲁迅的选择体现了一个时代有为青年的共同选择和其个人的价值选择。从军、搞科学、学医,去日本留学,剪辫子,投入革命和文学以及回国后的苦闷与寂寞,这是那一时期有热血、有抱负的青年的时代选择和共同时代烙印的心理投射。

从心理学的角度看,青年鲁迅是怀抱救国思想的。在日本东京创办《新生》流产后,他说道:

"我感到未尝经验的无聊,是自此以后的事。我当初是不知其所以然的;后来想,凡有一人的主张,得了赞和,是促其前进的,得了反对,是促其奋斗的,独有叫喊于生人中,而生人并无反应,既非赞同,也无反对,如置身毫无边际的荒原,无可措手的了,这是怎样的悲哀呵,我于是以我所感到者为寂寞。

这寂寞又一天一天地长大起来,如大毒蛇,缠住了我的灵魂。

"然而我虽然自有无端的悲哀,却也并不愤懑,因为这经验使我反省,看见自己了:就是我决不是一个振臂一呼应者云集的英雄。只是我自己的寂寞是不可不驱除的,因为这于我太痛苦。我于是用了种种方法,来麻醉自己的灵魂,使我沉入于国民中,使我回到古代去,后来也亲历或旁观过几样更寂寞更悲哀的事,都为我所不愿追怀,甘心使他们和我的脑一同消灭在泥土里的,但我的麻醉法却也似乎已经奏了功,再没有青年时候的慷慨激昂的意思了。"[①]

---

① 《鲁迅全集》第1卷,人民文学出版社1981年版,第417—418页。

那么，在这种心态的左右下，又回到了浙江，就发现国内的情况并没有多少改变。用鲁迅的话说，就是"街市依旧太平"。从 1909 年到 1918 年，这一段时期，鲁迅在干什么？很多学者关注鲁迅这段时期，认为鲁迅这段时期的思想变化是最重要的，因为等到写《狂人日记》的时候，鲁迅已经非常成熟了，那么也就是说，鲁迅的思想是在这之前形成。这些年，鲁迅个人对时事、对政治，原来还有热情，后来产生了一种悲观，鲁迅先生在《自选集自序》中意味深长地说："见过辛亥革命，见过二次革命，见过袁世凯称帝，张勋复辟，看来看去，就看得怀疑起来，于是失望，颓唐得很了。"他看到中国任何变革都是换汤不换药。于是，在这个时候，他才逐渐地从文化的层面去认识和把握中国，正是在这个时候，他看到了中国文化的病根所在。1912 年起至 1917 年，他大量抄古碑，辑录金石碑帖，校对古籍，其中也对佛教思想进行了一定的研究。可以看到，鲁迅这个时候既关注历史，也关注佛教，还关注地方先贤。在这个时期，鲁迅逐渐形成了自己的个人思想。在这个时期，鲁迅发现了中国封建礼教的"吃人"，他在给许寿裳的书信中说道："前曾言中国根柢全在道教，此说近颇广行。以此读史，有多种问题可以迎刃而解。后以偶阅《通鉴》，乃悟中国人尚是食人民族，因成此篇。此种发现，关系亦甚大，而知者尚寥寥也。"① 只不过在《狂人日记》中正式发表罢了。还有鲁迅在这个时期形成了独特的思想，就是认为中国文化出了问题，也就是后来的国民性改造问题。也就是说，这个时期是鲁迅思想的发酵期，鲁迅完成了思想的现代性转变。

鲁迅在《呐喊》自序中说："假如一间铁屋子，是绝无窗户而万难破毁的，里面有许多熟睡的人们，不久都要闷死了，然而是从昏睡入死灭，并不感到就死的悲哀。现在你大嚷起来，惊起了较为清醒的几个人，使这不幸的少数者来受无可挽救的临终的苦楚，你倒以为对得起他们么？""然而几个人既然起来，你不能说决没有毁坏这铁屋的希望。"②

这是与鲁迅的老乡，北大中文系语言学教授，当时还是讲师的钱玄

---

① 鲁迅：《致许寿裳的信》，1918 年 8 月 20 日，见《鲁迅全集》第 11 卷，人民文学出版社 1981 年版，第 353 页。

② 《鲁迅全集》第 1 卷，人民文学出版社 1981 年版，第 419 页。

同的对话。那时,钱玄同经常到鲁迅家来。鲁迅这个时候在教育部当佥事,业余时间搞点个人兴趣,研究嵇康。鲁迅对嵇康很有兴趣,因为嵇康是鲁迅的老乡,所处的魏晋时代和鲁迅所处的时代很相似,又都是适逢乱世的文人,又都有避世的心态。所以鲁迅本来想就这样搞自己的研究,自娱自乐,聊度此生的。因为他对中国文化有种洞透,看得太阴暗了,感觉中国文化是一潭死水。后经钱玄同反复劝说,鲁迅才决定"呐喊"的。故而,后来结集时取名《呐喊》。那个时期写的杂文,也因为当时文坛吹的多是冷风,所以取名《热风》。但,《呐喊》之后,鲁迅很快又《彷徨》了。然而,鲁迅的第一篇小说《狂人日记》宛如给整个文坛丢了一枚炸弹,把文坛炸开了。为什么?他看到了封建伦理道德背后的吃人。从文学史的角度看,鲁迅并不是第一个写白话小说的人,但鲁迅的《狂人日记》最能够代表现代意义的第一篇白话小说。这主要是因为《狂人日记》流露出鲁迅思想的鲜明现代性。白话小说只是用白话来写,现代文学之所以构成现代文学,不仅仅只是形式问题,还有内容,即思想。而鲁迅的《狂人日记》,具备了现代思想,也只有现代思想,才能看到封建伦理道德的"吃人"本质。所以我们现在明确鲁迅的《狂人日记》是第一篇白话小说。因为从内容到形式,这篇都是非常新的。这篇小说在发表时,鲁迅的创作个性也在这个时候昭示出来了。也就是说,鲁迅是以思想家取胜的文学家。所以从王瑶到唐弢的《中国现代文学史》都可以看到鲁迅是伟大的思想家、文学家、革命家的定评,就是说思想家是摆第一位的。鲁迅的文学史地位,主要是以思想取胜。到了钱理群的《中国现代文学三十年》,才把革命家砍掉,而思想家依然摆在文学家前面。鲁迅首先是伟大的思想家,然后才是文学家。

　　美籍学者夏济安说:"鲁迅是一个善于描写死的丑恶的能手","丧仪、坟墓、死刑,特别是杀头,还有病痛,这些题目都吸引着他的创造性的想象,在他的作品中反复出现。各种形式的死亡的阴影爬满他的著作"。[①] 夏济安的论述涉及了鲁迅小说的阴暗一面。鲁迅小说由于其深刻的思想性和语言形式上的知识分子色彩,使他的小说只能是对启蒙者

[①] [美] 夏济安:《黑暗的闸门》,《国外鲁迅研究论集》,北京大学出版社1981年版。

的启蒙。这一点鲁迅自己亦早有意识。鲁迅小说、杂文中反复出现的"疯子"形象和"看客"现象，就具有鲁迅自身和平民大众之间关系的自况。鲁迅思想的超前性和骨血中的精英品格，使得其作品的读者群只能是具有思辨精神的现代知识分子。以至于现在的中学生和大学生也必须借助于对鲁迅文章的剖析，才能间接读懂鲁迅、理解鲁迅。也就是说，鲁迅的精英品格使他的作品在事实上是远离大众的，一般的读者是从对鲁迅作品的再度阐释中去读懂鲁迅、消化鲁迅的。鲁迅的《风波》、《头发的故事》从剪头发这样的小事情，来映射辛亥革命。这是我们没有经过注解不容易看出来的。

鲁迅小说思想深刻、老辣、冷峻，具有历史的穿透力。我们从鲁迅的学养来看，鲁迅青少年时代饱学了传统的四书五经，青年时期接受了最具有现代品格的思想观念——叔本华和尼采的哲学思想，托尔斯泰的人道主义情怀。尼采作为存在主义前期的哲学家，他的否定一切、怀疑一切的思想后来成了萨特和海德格尔存在主义哲学的前导。萨特的存在主义哲学，也成为20世纪后半叶的社会主导思潮。有学者认为鲁迅小说有浓厚的存在主义思想，这种分析也是不无道理的。总之，鲁迅的思想是超前的，鲁迅吸纳了中西方文化的丰厚学养，造就了其小说强悍的理性张力和浓郁的情感张力。这是鲁迅思想的独特性所在。我们要了解鲁迅小说的风格，首先要把握鲁迅的个人风格。

钱理群认为《在酒楼上》、《孤独者》和《伤逝》是"最富鲁迅气氛"的小说。并引证说："1956年，时在香港办报的曹聚仁到北京访问周作人，一见面就谈起鲁迅的小说。曹聚仁告诉周作人，他最喜欢《在酒楼上》；周作人表示欣然同意，他说，我也认为《在酒楼上》写得最好，这是一篇'最富鲁迅气氛'的小说。"其实还可以加上《祝福》。这四篇小说最有鲁迅味。这四篇小说都是以第一人称叙事的，它的情感张力最强。当然，鲁迅小说的风格是多样的，但有一样是主导风格，这就是鲁迅思想的深刻性和强烈的情感张力。实际上，我们可以看到，鲁迅个人风格最强的小说是第一人称的小说，因为在鲁迅总共25篇短篇小说中，第一人称小说占了9篇，最好的小说都在这里。当然我们并不否定其他短篇小说，《药》、《风波》、《示众》、《狂人日记》和《阿Q正传》都可以是鲁迅的代表作。这些小说都体现了鲁迅思想的深刻性。

但，如果考虑到鲁迅强烈的情感张力，这些小说就逊色了一些。

鲁迅小说强悍的理性张力和浓郁的情感张力，呈现在叙事中、人物形象中，也呈现在其独特的话语中。钱理群的专著《心灵的激情》还专门从语义学的角度分析鲁迅的个性化表达。鲁迅擅长运用天上与地下、冷与热、生与死这种对立式的语言、辩证的语言。如他说的"于一切眼中看见无所有"，"于无所希望中得救"，"热到发冷的热情"等。在《野草》题词中写道："当我沉默着的时候，我觉得充实；我将开口，同时感到空虚。""我以这一丛野草，在明与暗，生与死，过去与未来之际，献于友与仇，人与兽，爱者与不爱者之前作证。"[①]

他的杂文《为了忘却的纪念》，一看就具有独特的鲁迅味。鲁迅的语言经常是这样，以表面的冷漠表达内在炽热的热情。宛如地火在地下运行。在《纪念刘和珍君》这篇文章中，鲁迅有七次讲"我愤怒以极，我说不出话来"。但，紧接着却又说了"我愤怒已极我说不出话来"。文章在貌似不讲逻辑的表述中，从更高的层面上表现了一种超逻辑，情感逻辑。这种情感逻辑表达了鲁迅愤怒已极的感情。还有"沉默啊，沉默啊。不在沉默中爆发，就在沉默中灭亡"。其实，语言的独特性只是思想独特性的外现。鲁迅思想的冷峻、内在情感的炽热，使他的创作既深刻，又具有内敛的强悍情感穿透力。

鲁迅曾对许广平说："你好像常在看我的作品，但我的作品太黑暗了，因为我常觉得唯'黑暗与虚无'，乃是'实有'，却偏要向这些作绝望的抗战，所以很多偏激的声音。"[②] 王晓明也认为："鲁迅心里非常阴暗。""但他又不完全悲观"，他要"作绝望的抗战"。日本有学者以"挣扎"来概括鲁迅的意象，宛如大海里绝望的挣扎者。这是一个很有意思的意象。李欧梵则以"铁屋子意象"来描述鲁迅。鲁迅就是在"铁屋子"里撞得头破血流，却还要拼命再撞的一种形象。因为他总想撞一个小洞，让孩子们能到新世界去。

鲁迅还很喜欢用关联词、转折词，如但是、然而、且、倘若等。以曲折婉转的表达，呈现他深刻的思想和沉郁的情怀。

---

① 《鲁迅全集》第2卷，人民文学出版社1981年版，第159页。
② 《两地书·四》，《鲁迅全集》第11卷，人民文学出版社1981年版，第20—21页。

第三节　鲁迅小说的多元主题

北京大学出版社出版，钱理群等编著的《中国现代文学三十年》认为：

> 1918年5月，《新青年》第4卷第5号发表了鲁迅《狂人日记》，这是中国现代文学史上第一篇用现代体式创作的白话短篇小说，它以"表现的深切和格式的特别"（注：鲁迅：《中国新文学大系·小说二集序》《鲁迅全集》第6卷，第238页）——内容与形式上的现代化特征，成为中国现代小说的伟大开端，开辟了我国文学（小说）发展的一个新的时代。

鲁迅的小说产生于"五四"思想革命时期，受时代气氛的影响，具有启蒙主义的色彩。即如梁启超《论小说与群治的关系》所说："欲新一国之民，不可不先一国之小说。故欲新道德，必新小说；欲新宗教，必新小说；欲新政治，必新小说；欲新风俗，必新小说；欲新学艺，必新小说；乃至欲新人心，欲新人格，必新小说。何以故？小说有不可思议之力支配人道故。"[①]梁启超把小说的社会作用提高到改造社会的重要位置上。而文学革命的呼声，在使小说获得了正宗地位的同时，也大大强化了小说启蒙大众的神圣使命，这就使初创的白话小说，天然地具有改造社会的功利性目的。鲁迅在《〈呐喊〉自序》中也谈到了受钱玄同鼓励写小说的原委，说："在我自己，本以为现在是已经并非一个迫切而不能已于言的人了，但或者也还未能忘怀于当日自己的寂寞的悲哀罢，所以有时候仍不免呐喊几声，聊以慰藉那在寂寞里奔驰的猛士，使他不惮于前驱。至于我的喊声是勇猛或是悲哀，是可憎或是可笑，那倒是不暇顾及的；但既然是呐喊，则当然须听将令的了，所以我往往不恤用了曲笔，在《药》中瑜儿的坟上凭空添上一个花环，在《明天》里

[①] 梁启超：《论小说与群治的关系》，转引自陈平原、夏晓虹编《二十世纪中国小说理论资料》第1卷，北京大学出版社1997年版，第50页。

也不叙单四嫂子竟没有做到看见儿子的梦,因为那时的主将是不主张消极的。至于自己,却也并不愿将自以为苦的寂寞,再来传染给也如我那年轻时候似的正做着好梦的青年。"① 这使鲁迅的小说具有浓厚的思想启蒙倾向。鲁迅小说着力描绘了 20 世纪初最具有代表意义的两大类人物群体:知识分子和农民。他以小说的样式切入中国现代化进程中启蒙者与被启蒙者的关系问题,勾画了"沉默的国人灵魂",从而具有思想上的启蒙意义。其创作的领先性、思想的深刻性、视角的独特性,深刻地影响了 20 世纪中国文学的整体走势。当然,我们在看到鲁迅伟大的一面的同时,也必须看到作为"历史中间物"的鲁迅,也存在时代历史的局限性和个人本身的局限性。从时代历史上看,鲁迅的创作意在启蒙大众,然而他的创作却根本无法被大众所直接接受。即使是鲁迅写农民的乡土小说,也只能被先进的知识分子所接受和理解,这就大大制约了其小说可能具有的启蒙作用。如能够接受新式通俗小说的鲁迅母亲,就从来不看儿子的作品,赵树理曾把鲁迅的《阿Q正传》读给识文断字的父亲(农民)听,他父亲却明确地表示"听不懂"。

鲁迅在《南腔北调集·我怎么做起小说来》中说:"在中国,小说不算文学,做小说的也决不能称为文学家,所以并没有人想在这一条道路上出世。我也并没有要将小说抬进'文苑'里的意思,不过想利用他的力量,来改良社会。"又说:"我仍抱着十多年前的'启蒙主义',以为必须是'为人生',而且要改良这人生。我深恶先前的称小说为'闲书',而且将'为艺术的艺术',看作不过是'消闲'的新式的别号。所以我的取材,多采自病态社会的不幸的人们中,意思是揭出病苦,引起疗救的注意。"② 因此,鲁迅的小说是政治小说。鲁迅小说具有突出的启蒙主题(现实主义主题)内涵。

李泽厚在《中国现代思想史》中认为,五四新文化运动,实际上包含着启蒙运动和政治救亡运动两方面内容。而历史的选择是"救亡压倒了启蒙"。作为倡导新文化的启蒙运动,必然借助于西方的先进文化。因此,人的发现、人的解放成为特定时代的文化内容。也就是说,启蒙

---

① 《鲁迅全集》第1卷,人民文学出版社1981年版,第419页。
② 《鲁迅全集》第4卷,人民文学出版社1981年版,第511页。

的时代赋予文学启蒙的使命。在中国,诗一向占据中国文学的正统地位而延续了两千多年。以至于中国古代的科举制度一度采取了以诗取士。那么,小说则一向是不被看重的,因为小说是"下里巴人"。只是在梁启超"诗界革命"、"小说界革命"的鼓动下,特别是小说拥有的民众量,才使小说在现代社会脱颖而出。梁启超正是看到了小说拥有庞大的读者群,才特别突出小说地位的。

现代文学确立了小说为文学正宗的观念模式,这实际上是与初创时期现代文学负有的时代使命分不开的。所以作为整个现代文学的创作,它都不是纯文学的文学。就像黄子平、陈平原、钱理群在《二十世纪中国文学三人谈》里面讲到的一样,"二十世纪中国文学是个不中不西的不像文学的文学",那实际上也就是说,20世纪中国文学赋有着一种社会改造的使命。而鲁迅当时的小说创作就是依据这样的一个使命,使鲁迅成为中国现代文学之父。像鲁迅最早创作的《狂人日记》。《狂人日记》就形式上来说,是比较单薄的,不过是短短的十三则日记构成,这中间也没有很多的艺术性。它似乎就是一般的日记,而且这日记也是不连贯的。但,这部小说之所以影响大,主要在于这部小说拉起了"反封建"的大旗。也就是通过狂人讲了封建礼教"吃人"。它的意义就在于此。如果从小说文本来进行艺术分析,可以分析出象征手法、童年视角、日记体等。但实际上,这些是不重要的,重要的是这部小说震撼人心的启蒙主题。

还有《阿Q正传》也是这样。周作人在20世纪20年代对《阿Q正传》作的评价是有保留的,也就是说《阿Q正传》这部小说,在形式上确实有些许苍白之处。比如说我在看这部小说时,就感觉到鲁迅似乎不适合写长篇小说。鲁迅实在是一位优秀的短篇小说家,小说开头说"我要给阿Q做正传,已经不止一两年了。但一面要做,一面又往回想"。[①] 然后,散散漫漫地谈了"文章的名目"、"立传的通例"以及"阿Q"的名字、籍贯等。一看就像是话匣子打开了,要写一部长篇巨制出来的样子。但是,接下来读着读着就发现,前面写得很松弛,后面越写越紧促了。尤其是到阿Q革命以及阿Q最后的死亡,感觉较仓促。

---

① 《鲁迅全集》第1卷,人民文学出版社1981年版,第487页。

《阿Q正传》是鲁迅应北京的《晨报》副刊《开心话》栏目之约而写的一部连载小说，也就是说整篇小说的开端有长篇小说的格局，而到了中间，也许是厌烦编辑的催稿，鲁迅改变了它的创作计划，就"给故事的主人公一个悲剧的收场，然而对于格调上的不连贯，他并没有费事去修正"。① 因此，《阿Q正传》的结构框架前松后紧。从小说的基调来看，开篇讲的是俏皮话，似乎要写一个喜剧似的故事，而后来，写着写着作者就越写越严肃了。似乎当时的编辑也看到了这个问题。所以才把《阿Q正传》这部原本放在《开心话》栏目里的小说，后来转到《新文艺》栏目里去了。当然，《阿Q正传》尽管在形式上有些许的弊端，但是，它确实表现阿Q这个人，而这个人是很具有国民代表性的。这一点正是该小说最值得称道之处，即塑造了20世纪中华民族的一个典型人物形象。

相比较而言，鲁迅同一时期的另几篇小说，艺术性更强些，比如《药》、《风波》。这里贯穿的也依然是启蒙主题。

《药》注重的是艺术上的双线结构。小说以华家为明线，以夏家为暗线。通过"人血馒头"，揭示中华民族的劣根性，就是群众的麻木不仁。而先觉者的鲜血并不能治好华小栓的肺痨病，这在整体上又是一种象征。小说的侧重点似乎是在启蒙大众。但在当时，鲁迅要启蒙的显然不是大众，而是大众中的"小众"，也就是说鲁迅启蒙的是知识分子。从特定历史条件看，鲁迅20世纪20年代启蒙的重点也只能是先进的中国知识分子。因为在这样一个年代，中国大部分知识分子是迂腐的、保守的、恪守传统的。这一类知识分子不会来阅读鲁迅的小说。而能够来阅读鲁迅小说的大抵是先觉的知识分子。而鲁迅小说要启蒙就必须超越先进知识分子的思想，站在先进知识分子的前面。鲁迅做到了。所以鲁迅是思想者，是先觉者中的先觉者，是老师的老师。还有《风波》的主题也在于揭示辛亥革命并没有完成社会的改造。小说以七斤的头发被剪为契机，意在暗示所谓的革命最多也不过是在乡村掀起了一场小小的辫子风波。很快的街市又"依旧太平"了。这是鲁迅一直贯穿的主题。还有《离婚》，表面上写的是爱姑的离婚，实际上则是爱姑被丈夫休

---

① [美]夏志清:《中国现当代小说史》，复旦大学出版社2005年版，第29页。

了，而这个所谓的"丈夫"却还能不在场。表明封建势力的异常强大。马克思、恩格斯在《德意志意识形态》中说道："统治阶级的思想在每一个时代都是占统治地位的思想。这就是说，一个阶级是社会上占统治地位的物质力量，同时也是社会上占统治地位的精神力量。支配着物质生产资料的阶级，同时也支配着精神生产资料，因此，那些没有精神生产资料的人们的思想，一般也是受统治阶级支配的。"[①] 尽管我们看到爱姑敢说、敢干。但是结果呢？无法和强大的制度抗衡，最终必然以失败而告终。鲁迅这类启蒙主题小说，主要体现了鲁迅的现实主义战斗精神。五四时期的知识分子先天地受到传统文化的浓厚熏陶，当他们在西方现代文明入侵的条件下接受西方思想和价值观念时，又必然地以复兴民族文化为根本旨归的。诚如李泽厚所说："当他们把这种本来建立在个体主义基础上的西方文化，介绍输入以抨击传统、打倒孔子时，却不自觉地遇上自己本来就有的上述集体主义的意识和无意识，遇上了这种仍然异常关怀国事民瘼的社会政治的意识和无意识的传统。"[②] 然而，正是这种客观上的不彻底性却矫枉过正地使全盘性反传统的偏激主张获得了历史的合理内涵。

鲁迅小说的第二个主题：象征主题。

鲁迅曾说到他的杂文是："论时事不留面子，砭痼弊常取类型。"这个类型的描绘，构成了鲁迅小说人物塑造的一种策略和方法。也就是说，鲁迅在小说的人物塑造上，选择了类型表现的方法。鲁迅小说人物主要由两大类群体构成，一类是知识分子，另一类是农民。我们每每津津乐道于鲁迅笔下的农民，说鲁迅塑造了中国第一代农民形象。但在我的阅读中，认为鲁迅小说的中心人物，真正的亮点不是农民，恰恰是知识分子。鲁迅是一个思想家、是一个改良者。鲁迅小说中真正突出的不应该是农民，而是知识分子。知识分子才是最重要的人物。因为鲁迅自身就是一个非常独立的知识分子存在。更何况鲁迅启蒙的对象是知识分子，鲁迅小说中的农民实际上只是一个"符号"，是一个愚昧、落后、勤劳的符号。以此来彰显封建势力对劳苦大众的桎梏。那么，鲁迅为什

---

① 《马克思恩格斯选集》第1卷，人民出版社1975年版，第52页。
② 李泽厚：《中国现代思想史》，东方出版社1987年版，第12页。

么选择农民与知识分子这两类人？从启蒙主题意义上说，它构成了启蒙者和被启蒙者的关系，知识分子代表着城市、现代，农民代表乡村、传统。鲁迅站在理性的意识上，以知识分子的立场，来揭露农民的愚昧、落后、保守。但是，在情感的立场上，鲁迅又是同情这些善良又勤劳的人们。鲁迅的情感和理性经常处于矛盾的状态，就如对于农民的"哀其不幸，怒其不争"。其实，鲁迅对于知识分子也是一样。鲁迅表现了两类知识分子：一类是传统知识分子，另一类是现代知识分子。对于这两类知识分子而言，肯定的是现代知识分子，否定的是传统知识分子。传统知识分子最值得同情的可能是孔乙己了，因为他一方面很传统，但另一方面又很善良。对于现代知识分子，鲁迅也不是一味肯定的，鲁迅着力表现了现代知识分子的种种艰难。主要体现了鲁迅那一代知识分子的窘况。鲁迅小说突出体现了先觉的知识分子——刚刚产生的新生力量，在封建势力最强大时期，"梦醒以后无路可走"的悲哀。因为是先觉者，先觉者每每处在"众人皆醉我独醒"的时代环境下，觉醒的人势必左右碰壁，就如小说《在酒楼上》中的吕纬甫和《孤独者》中的魏连殳，以及《伤逝》中的涓生。这些都是先觉者，他们是最早接受西方文化思想的人，然而，他们却受到了社会方方面面的强力制约，最终被社会强大的洪流所吞噬。鲁迅是带着深深的理解和同情的心理来描绘这些所谓的孤独者们的，表现他们种种的无奈。而我们今天来分析这些人物的时候，反而把他们贬得一钱不值。我觉得是没有对鲁迅有深入的了解。因为这些人物正体现了鲁迅自我心态的一个侧面。比如《在酒楼上》的吕纬甫的所作所为，有些是鲁迅在现实中所做过的。也就是说，描绘这批失意、落魄的知识分子，鲁迅并不是取完全批判的态度，而是着力表现他们在生活中的种种无奈。既如新生事物在刚刚萌生时一样，必然是渺小而脆弱的，必然要面对种种无奈。这才显示出先觉者的先觉，这才体现出先觉者的可贵。而鲁迅小说在人物塑造的整体设置上，就是以先觉的知识分子和愚昧的农民作一组对照来象征，表现特定的时代历史背景下人的整体生存状态的，表现社会文化转型时期劳苦大众和知识分子的双重的悲凉。还有《示众》、《头发的故事》，也在于整体上表现当时民众的普遍不觉悟。以至于知识分子事实上无法进行启蒙。因为对于大众而言，启蒙者不过是等同于"疯子"。而鲁迅写的这类知识分子，无异于表明鲁迅的思想是远远超越了那个时代的。所以，在中国现代文学史上鲁迅才会一家独大。因为客观地说，把鲁迅摆在世界文学的位置上，或者摆在大师的立场来，可能都不好评价。但鲁迅的地位却如此崇高。鲁迅固然有自身的弱点，比如说，视野、学识、胸襟，创作亦缺少长篇巨作。但鲁迅思想的深刻性确是无人可及，也就是说，我们不说鲁迅是大师，但并不意味我们否定鲁迅在中国现代文学史上的突出地位。正是因为鲁迅的创作，中国文学完成了传统向现代的转型。鲁迅为中国现代文学注入了现代思想，这就是周作人通过理论张扬的"人的文学"。周家两兄弟一个用创作、另一个用理论对中国现代文学的诞生，做出了不可磨灭的贡献。尽管周作人由于种种原因，目前还没有给予较高的评价，但周作人在现代文学史上的地位，随着时间的延续，必将逐渐提升。

鲁迅象征主题的小说，带有比较浓厚的浪漫主义色彩，每每构成城市与乡村、现代与传统的两极对立与比照。这与鲁迅的思维偏好也是有一定关系的。

鲁迅小说的第三个主题：隔膜主题。

在鲁迅的所有小说中，人与人之间的关系始终是隔膜的。沈雁冰在20世纪20年代分析鲁迅小说创作时就说过："看鲁迅的故乡，觉得鲁迅故乡这个小说，着力表现的人与人的隔膜。"其实鲁迅小说对人与人之间的隔膜是表现比较深刻的。这在鲁迅系列小说中，都可以看到。鲁迅小说中启蒙者与被启蒙者是隔膜的、传统知识分子与现代知识分子是隔膜的、大人和小孩是隔膜的、男人和女人是隔膜的；在《肥皂》、《离婚》、《伤逝》中夫妻是隔膜的，《在酒楼上》、《孤独者》、《头发的故事》中朋友之间是隔膜的，《药》、《风波》中母子是隔膜的，《兄弟》中兄弟是隔膜的；即使是人与动物之间也是隔膜的，如《鸭的喜剧》、《兔与猫》。《祝福》即表现了人与人之间的多重隔膜。小说通过叙述人"我"回乡过年，表现了"我"访同学、会朋友的落空，因为他们"家中却一律忙"，都在准备着"祝福"。接下来，写同为读书人的鲁四老爷到"我"房间的造访，结果是"我便一个人剩在房里"。然后，写同为天涯沦落人的"我"与"祥林嫂"的相遇。当"我"在街上闲逛，走着走着，远远地看见祥林嫂向我走来。于是"我"就自作聪明地把手伸到口袋里。因为祥林嫂是个讨饭婆，我打算拿两个小钱打发她了事。这就是"我"与祥林嫂最初的隔膜。结果，祥林嫂走到我面前，并不是向我讨钱，而是问"我""一个人死了之后，究竟有没有魂灵的？""我"这时候想，祥林嫂怪可怜的，她可能是想她的亲人了。于是，"我"本来是不相信所谓天堂、地狱的，但是出于为祥林嫂的考虑，"我"进行了善意的欺骗，说："也许有罢"，"我于是吞吞吐吐的说"。结果这一回答引发了祥林嫂的刨根问底的追问。"我"被追问得只好以"我也说不清楚"而仓皇逃走了。小说交代了之前柳妈曾和祥林嫂说过，你找了两个男人，你以后麻烦了，这辈子受苦，下辈子还要去十八层地狱。每天晚上要被小鬼把身体锯成两半，你的前夫和后夫各取一半。所以祥林嫂才要去土地庙捐门槛。而"捐门槛"并没有改变祥林嫂的命运，反而使她更加沦落，祥林嫂开始困惑了、怀疑了。面对着全是封建观念的鲁镇人。当祥林嫂看到"我"这么个从城里来的读书人，就很想听听"我"的意见。结果"我"却出于善意的欺骗，导致祥林嫂当天死去。所以，祥林嫂的死，"我"有不可推脱的责任。"我"是给祥林嫂最后致命一击的人。这也是鲁迅小说叙述策略之一大特点。凡事都与"我"有关系。诚如他说的"我的确时时刻刻解剖别人，然而更多的是无情地解剖自己"。《祝福》这篇小说主题的深刻性即在于此，表现了启蒙知识分子的尴尬。小说最重要的人物显然是"我"这个启蒙知识分子，而"我"与祥林嫂之间的巨大隔膜导致祥林嫂在大年三十死去。"我"在听到祥林嫂死去后，又表现出两种状态：第一种状态认为，祥林嫂的死与"我"有关系，使得"我"整个年三十晚上都沉浸在对祥林嫂的回忆中，从而构成了小说主体部分的回忆。到小说结尾，是外面的鞭炮声把"我"从回忆中带回到现实。时间已经是半夜了。而第二天是大年初一，"我"却仓皇得逃回城里去了。第二种状态认为，祥林嫂的死和我没关系，我已经说了我也说不清楚。鲁迅在小说中调侃了一番，"'说不清'是一句极有用的话。不更事的勇敢的少年，往往敢于给人解决疑问，选定医生，万一结果不佳，大抵反成了怨恨，然而一用这说不清来作结束，便事事逍遥自在了。我在这时，更感到这一句话的必要，即使和讨饭的女人说话，也是万不可省的"[①]。但实际上，鲁迅在这里表现了祥林嫂与我脱不了的干系。这种干系从人与人的关系上来说，启蒙者与被启蒙者根本上是隔膜的两类人；从象征主题上说，它表现了现代知识分子与传统民众的价值对立；从启蒙主题来说，启蒙者与被启蒙者实际上是存在于不同的生活层面的。当启蒙者迎合大众的常态要求时，启蒙者失去了启蒙的作用；而当启蒙者被要求启蒙大众时候，大众往往把启蒙者当成"神经病"。于是，在启蒙者与被启蒙者之间就形成了悖论，即如果启蒙者被当作常人，他便失去了启蒙的作用；如果启蒙者被当作非常人，他便被大众当成狂人或疯子，二者都无法实现启蒙。鲁迅小说突出表现了作为启蒙者梦醒以后无路可走的状态。

鲁迅为什么特别关注人与人之间的隔膜，这固然与鲁迅小说的启蒙目的有关。而从现代主义的价值立场看，鲁迅小说的隔膜主题是很具有时代超前性的。早在鲁迅创作小说之前，他主要接受了尼采的思想。而尼采的思想被后来的哲学家秉承，发扬光大，形成了存在主义哲学思想，代表人物是萨特、海德格尔。存在主义又成为20世纪后期的主导哲学思潮。鲁迅创作的时候，还没有产生存在主义哲学。但却表现了对人与人之间隔膜的存在主义哲学思考。这一点，汪晖在《反抗绝望》中已有论述，日本学者也谈到过鲁迅小说的存在主义倾向。解志熙的博士论文就突出分析了鲁迅与存在主义哲学的关系。总之，鲁迅小说所透射出的思想是超前的。

其实三个主题合起来就是一种社会整体情状：从人与人的关系角度来看是隔膜主题；从人的当下生存状况来看是从传统过渡到现代的象征主题，而从时代的角度来把握是启蒙的主题。也就是说，鲁迅小说整体上是至上而下的，从时代高度、从现实环境、从具体的人来启蒙和改造国民性的。

第四节　鲁迅小说的范式意义

茅盾在20世纪20年代就说道："在中国新文坛上，鲁迅常常是创

[①]《鲁迅全集》第2卷，人民文学出版社1981年版，第8页。

造'新形式'的先锋;《呐喊》里的十多篇小说几乎一篇有一篇新形式,而这些新形式又莫不给青年作者以极大的影响,必然有多数人跟上去试验。"① 鲁迅在《中国新文学大系·小说二集序》也自评其小说"表现的深切和格式的特别"。②

鲁迅的现代小说仅有短短的 25 篇,为什么却能在中国现代文学史上占据不可动摇的地位,这固然跟他内容上的现代思想有深刻的关系,但作为文学家的鲁迅,其小说的价值也还在于他开创了中国现代小说的多种范式。

在中国古代,实际上是没有现代意义上的小说的。在中国古代,我们有志人、志怪,然后是唐宋传奇,明清话本,演义、公案。这些以历史为内容的传奇故事,从西方文化的视角度来看,是不算现代小说的。中国古代传奇关注的是轶事,即"传"的是"奇"。所谓"无巧不成书",而跟现代意义的小说是有区别的。现代意义的小说是虚构的,特别注重人物形象塑造;现代意义的小说,讲究叙事的各种技巧。而不像中国古代小说一味地关注故事的曲折、生动,一味地采用第三人称叙述。说书人都是站在"上帝"的角度,无所不知地来表现已经发生过的故事,或奇事、或怪事。这是中国传统的所谓小说。今天,我们当然也可以说这是演义小说,这是公案小说,那是四大古典小说。但从西方文化的角度看,那不是西方意义上的现代小说。因为西方小说注重表现情感,就是要有情节。也就是说,中国传统小说每每是讲故事,而西方现代小说注重情节,这和故事不完全一样。小说是一种文学,文学是需要感染人的。而要感染人,就需要各种各样的表达技巧。在叙事方面,也得打破说书人是"上帝"的单一叙事方式。鲁迅小说最早引进了西方小说的多元叙事方式。我们可以看到,鲁迅在 25 篇短篇小说中,有 9 篇采用了第一人称,为什么强调这一点?这是因为中国传统小说中没有第一人称的叙事方式,中国小说习惯了第三人称。鲁迅小说不仅注重讲故事,而且特别注重怎么讲故事。这也是传统小说与现代小说的根本

---

① 转引自李宗英、张梦阳《六十年来鲁迅研究论文选》上,中国社会科学出版社,第 15—16 页。原载一九二三年十月八日《时事新报》副刊《文学》第九十一期。

② 《鲁迅全集》第 6 卷,第 238 页。

区别。

　　从艺术形式的角度看，鲁迅是中国传统讲故事向现代叙事小说转化的当之无愧的第一人。鲁迅小说艺术形式的现代意义就在于此。特别是他在语言上又运用了白话文。现在我们只强调鲁迅小说的白话文意义。其实是不太恰当的。因为在宋元市井间，早就有了白话小说，或话本小说。另外，鲁迅也不是五四时期写白话小说的第一人。但后来文学史认可鲁迅的《狂人日记》是第一篇白话小说，那是从整体的内容意义和整体的形式意义来看的。鲁迅小说，不仅仅只是语言形式的创新，而更重要的在于叙事形式、叙事结构的创新。就比如第一人称叙事方式。第一人称叙事和第三人称叙事有很大区别，在第三人称叙事中，第三人称是固定的，不受时空限制的。而第一人称叙事为什么具有现代意义，这在于第一人称叙事具有多元化的可能性。因为第一人称叙事就存在如何设定第一人称的问题，比如鲁迅的《狂人日记》，把第一人称设定为"狂人"，于是才有了"仁义道德""吃人"的表达。因为这是"正常人"看不到的。不仅如此，小说还设定了一个"余"。也就是说，《狂人日记》是由十三则日记构成的。而在十三则日记之前，还设定了一个文言小序。小序里面用文言文讲到了一个"余"。正是"余"回到老家，拜望同学，才获得了这么几则日记。这似乎是对故事来源的交代。这个"余"显然也有叙述人的影子，什么供医家研究，也只是一种托词，或是一种双关。而这么一篇文言小序和十三则日记在内容上又构成了一种双向的消解。"我"和"余"表征着"狂人"和"正常人"的认知价值的对立，也就是说，狂人是"余"的中学同学，"余"把他的日记不加修改地直接发表，前面只是加了一个小序。虽然在现实生活中，这似乎是两个人。"余"是文言叙事者，而白话的十三则日记的叙述者是狂人。然而，狂人病好后，赴某地候补矣的事实，又证明了狂人具有"病"和"病好后"的两种思想。鲁迅在这篇小说中，编织了一种悖论式的表达。一方面通过"狂人"来反封建，另一方面又通过"余"表现了反封建的不可能，从而构筑了小说的思想张力，充分展示了反封建的艰难性。因为只有"狂人"才具有新的思想，而一旦他获得了新的思想，他也就散失了启蒙的可能。我们看《狂人日记》，如果忽略了前面的小序，在阅读效果上那将会黯然失色许多，加上小序以后，整篇小说才有了理解上的新高度。所以，鲁迅的这篇小说，在艺术上，既是日记体，又运用了"狂人"视角和象征手法。当我们后来接受了巴赫金的理论时，我们发现鲁迅小说就已超前性地运用了"双声对话"。

鲁迅思想的深刻，使他的小说具有强悍的穿透力。艺术上则呈现出不断的翻新。像《药》的双线结构、《祝福》的复调叙事、《离婚》的反讽等。还有《头发的故事》也很特别。整体上来说，《头发的故事》是对话体小说。我们知道鲁迅对头发有很深的体悟。因为头发曾经构成过中国文化的大问题。鲁迅曾思考过中国文化的变迁和衰落，尤其是晚明时期，满族人入侵，对江南学子采取了"留头不留发、留发不留头"的政策，当时很多读书人坚持不要满族人的发式，结果就被杀头了。所以，头发一度成为文化的象征。而在晚清民初，鲁迅在18岁时毅然剪去了象征着反清的头发。而张勋的复辟又一次在中国历史上埋下头发可能会引发的历史灾难。所以，鲁迅小说中多次的写到头发。看客和头发，亦成为鲁迅小说反复出现的文化符号。小说以"我"与怪异的N先生的对话结构全篇，亦有文化批判和文化启蒙的双重主题内涵。而总共不到三千字的《孔乙己》是鲁迅最喜爱的一篇小说。那么，这篇小说在艺术上有何特殊之处？孔乙己这个人物形象的栩栩如生，得力于鲁迅白描手法的运用。孔乙己为什么那么生动？就是突出了他的特征，就像漫画家突出漫画人物特征一样。小说开篇就写孔乙己是"穿长衫站着喝酒的第一人"。因为穿长衫的大抵都是有钱人，他们坐着喝酒。而穿短衣的都是穷人，一般站着喝酒。而孔乙己虽然穿着长衫，骨子里却是穷人。小说又通过几个细节，分别表现孔乙己的善良、迂腐、清高、懒惰、贫穷、爱面子。于是，这个人物就栩栩如生了。就鲁迅小说的人物塑造而言，孔乙己应该是最成功的一个。从叙事角度上看，小说《孔乙己》的成功主要得益于鲁迅运用的叙事策略，小说是以多年以后的"店小二"的童年回忆视角来叙述的。这就有了孔乙己的既可爱、又可恨的状貌，同时，又超越了情态褒贬，而具有理性的审视意味。但我们今天不讲他，我们今天大多讲闰土啊、祥林嫂啊，甚至讲老栓、讲康大叔，其实这些人物形象是较苍白的。闰土在小说中仅是作者画了一幅肖像，然后就是对少年闰土的回忆。与孔乙己比较，孔乙己人物形象是非常生动的。那么，在20世纪特别关注人物形象塑造的文学界，为什么对鲁迅笔下的孔乙己不关注呢？当然，这是与我们注重分析鲁迅思想相关联的。所以，我们在研究鲁迅的时候，更应当从文本入手，以免进入人云亦云的误区。而《伤逝》这篇小说，采用了涓生手记的艺术方式，所以情感张力就特别大、特别强。茅盾在20世纪20年代对小说分析的时候就发现，五四时期发表的小说百分之七十都是谈男欢女爱的，而只有鲁迅的小说大量地写了农人的辛苦。而鲁迅也写了这么一篇似乎是男欢女爱的小说。但鲁迅写作却与他人大不一样，表现在鲁迅是从别人结束的地方开始写起。因为当时写爱情小说的人，大多是写男女之间的爱情萌动，家庭的反对，他们的抗争，最终是有情人终成眷属。而鲁迅的《伤逝》把这些过程都淡化了。涓生和子君在恋爱中固然也遇到了家庭的阻碍、经济困难等问题，但他们毅然同居了。小说着力要写的是"有情人终成眷属"之后怎么样。诚如鲁迅在小说中点出的那两句话："人必生活着，爱才有所附丽"；"爱必需常常更新"。鲁迅《伤逝》写得最精到的地方在于，这对争取自由婚姻的男女，并不是被外在的舆论、经济，而是被他们自己击垮的。父母亲、外在的舆论、经济，都没有使他们的婚姻产生悲剧，产生最大的悲剧根源在于：两个人同居之后的隔膜。就像涓生说的，爱已经燃烧完了，接下来的就只是"复习功课"，即子君不断地问："涓生，你爱我不爱我？"涓生就说"我爱你"。这表明他们之间已经没有产生新爱了。因为子君就是要争取婚姻自主，自主完以后，并没有形成新型的妇女。她让人觉得与传统的妇女并没有什么两样，养狗，和隔壁邻居争风吃醋，没有任何新的东西，从而导致了自身的悲剧。后来涓生懊悔，也是觉得当时没有和子君好好沟通，导致两个人的必然分手和子君最后的自杀。

所以，我们看到鲁迅的小说超越了当时大量的作者。鲁迅在1918年写第一篇小说的时候是37岁，而大量的作家是在十几岁、二十几岁的时候创作的。鲁迅开始第一篇小说创作的时候，就比较成熟了。再加上鲁迅是有意识地进行小说创作，鲁迅是有意识地绝不重复自己，所以他的25篇小说，一篇有一篇的样式。甚至有几篇我们今天都还无法深刻理喻，如《鸭的喜剧》、《兔与猫》。既如鲁迅的《示众》一度让人费解，它仅仅只是个场面描写，从塑造典型人物的立场看并不突出。何况

"示"的是谁？"犯人"的形象是缺失的。因为"示众"的原本是"犯人"。然而，在小说中，鲁迅完成了"示众"，即把围观的人作了群体的展示。表现了鲁迅对中国人"看客"心态的强烈愤懑。中国传统小说注重以情节取胜，现代西方小说注重典型人物塑造。而鲁迅的《示众》特别注重环境的表现。这种环境小说在20世纪后半叶才被瞩目。从这个意义上讲，鲁迅的《示众》又有了一种超前性。其他如鲁迅《风波》以小见大的象征手法，《故乡》、《社戏》采用城乡对立、今昔对比的艺术手法，都给现代文学创立了多种多样的范式。

第二章 郭沫若与20世纪中国浪漫派诗歌

第一节 浪漫派诗歌的产生背景

也许是受"诗言志"理论的影响,中国文学从创生之初就走上了一条以抒情为主的道路。以"风骚"(《诗经》中的《国风》,《楚辞》中的《离骚》)为源头的中国文学一开始就确立了诗在文学中的正宗地位。这使素有"诗国"之称的中国文学的抒情传统异常发达,又与西方以《圣经》和《荷马史诗》为文学源头的传统大异其趣。从源头上说,西方文学开创了一条以叙事为主的创作路数,这使西方的叙事文学特别发达。而作为以表现感情为主的中国诗歌自然是西方文学难以望其项背的。可惜的是,由于中国科技的晚起、经济的落后,我们一度在任何方面都以西方为圭臬。在文学理论方面亦少有系统的理论归纳和总结。从创作实际看,尤其是在诗歌方面,中国古代出现过繁星灿烂的众多诗人,以至于可以说,西方出现的任何的诗歌表现方式,在中国诗歌中都古已有之。既如西方的浪漫主义诗歌,在中国,从屈原、王维、李白,到苏东坡、姜白石等,都表现了浓厚的浪漫情愫。当然,作为一种文学思潮,浪漫主义诗歌源起于西方。正是由于18世纪西方浪漫主义产生的历史条件与20世纪初的中国社会现实有着惊人的相似之处,使五四时期的中国有了吸纳西方浪漫主义的现实土壤。鲁迅在1905年写的《摩罗诗力说》一文中,就呼吁着中国要有立意在反传统,旨归在张扬人性解放的"摩罗"诗人的产生。20世纪中国的社会现实以及中国诗歌的历史传统给浪漫主义诗歌的生长提供了温床。

其实,在1898年梁启超就已提出了"诗界革命"的主张。而五四时期的新文化运动,借着白话文的实行,诗歌才真正迎来了新变。1917

年2月,《新青年》第2卷第6号刊出了胡适的八首白话诗,这是中国现代最早的白话诗。1918年刘半农、沈尹默也开始在《新青年》上发表白话诗作,白话诗由此诞生。胡适在1920年出版了白话新诗集《尝试集》,成为白话诗最早的尝试者。胡适的白话诗率先打破了文言文的语言和形式的羁绊。胡适在其《尝试集》的自序中提出"诗体大解放"的理论主张,认为:若要做真正的白话诗,若要充分采用白话的字、白话的文法和白话的自然音节,非做长短不一的白话诗不可,诗体大解放就是把从前一切束缚自由的枷锁镣铐,全都打破。有什么话,说什么话;话怎么说,就怎么说。这样方才可有真正白话诗,方才可以表现白话的文学性,真正体现了白话的形式。胡适的白话诗理论和白话诗尝试在中国现代诗歌史上具有开创之功。

然而,早期的白话诗仅仅只有白话的语言,缺乏诗美、诗意。在形式上亦是半新半旧,因而,当时的文人普遍感到不满。直到郭沫若诗歌的出现,中国新诗才真正迎来了山花烂漫的春天。

第二节 郭沫若诗歌的最初浪漫

郭沫若一生的创作大体可分为三个时期。第一是"五四"时期。主要贡献在诗歌方面。作为浪漫主义诗人,郭沫若的《女神》发出了时代的最强音,张扬了被压抑的社会心绪,震撼了一代青年,适应了时代的精神需要。这是郭沫若的辉煌时期。这个时期,他成为新诗的奠基者。第二是抗战时期,这一时期,郭沫若的创作成就主要在历史剧方面。他告别了"五四"时期的那种朝气,浪漫主义的想象和激情也衰落了。第三是解放后,由于郭沫若身居要职,杂务缠身,加之其创作观念的实用化,主张标语口号诗,虽写下了大量诗歌,但多为应制之作,艺术上不足取。综观郭沫若的一生,前后期变化大,但郭沫若主要是诗人,而非政治家。因此,评价这个人物,应着眼于其文学成就。郭沫若的《女神》表现了一位天才诗人的天马行空的想象力和真诚的个性,为中国现代新诗的发展起到了开创者的作用,其文学史地位是不容置疑的。

五四时期,郭沫若诗歌的出现,被诗坛称为"异军突起"。郭沫若的诗歌张扬了强烈的浪漫主义精神。其胸襟和视野的开阔、感情力度的强悍、想象力的丰富,以及形式的不拘一格,给当时的诗坛极大震撼。郭沫若的诗歌具有鲜明的时代精神、创造精神和反叛精神。他的《天狗》张扬了自我和大无畏的反叛精神:

我是一条天狗呀!
我把月来吞了,
我把日来吞了,
我把一切的星球来吞了,
我把全宇宙来吞了。
我便是我了!

我是月的光,
我是日的光,
我是一切星球的光,
我是 X 光线的光,
我是全宇宙的 Energy(能量)的总量!

我飞奔,
我狂叫,
我燃烧。
我如烈火一样地燃烧!
我如大海一样地狂叫!
我如电气一样地飞跑!
我飞跑,
我飞跑,
我飞跑,
我剥我的皮,
我食我的肉,
我吸我的血,
我啮我的心肝,

我在我神经上飞跑，
　　我在我脊髓上飞跑，
　　我在我脑筋上飞跑。

　　我便是我呀！
　　我的我要爆了！

　　《天狗》最初发表于1920年2月7日上海《时事新报·学灯》。郭沫若在《创造十年》一文中说："在一九一九年的下半年和一九二〇年的上半年，便得到了一个诗的创作爆发期。"《凤凰涅槃》、《炉中煤》、《地球，我的母亲》、《匪徒颂》等一批想象丰富、激情澎湃的诗歌，就是在这一特定历史阶段写下的。《天狗》是其中最有代表性的一篇。

　　这首诗借用"天狗吞日""天狗吞月"的民间传说，塑造了一个狂放不羁、气势磅礴的"天狗"形象。这个形象既是五四时期觉醒的古老民族的写照，又是具有彻底破坏和大胆创造精神的新人形象，体现了个性解放的时代氛围、时代情绪。

　　全诗分四节，诗人以"天狗"自喻，第一节的"吞"，第二节的"光"，第三节的"飞"，分别展示了"我"的大无畏的反叛和从大无畏的反叛中吸纳了力量以及把力量转化为"飞"的行动。第四节以"天狗"的还原，表现新的蓄势待发状态。诗歌想象力的诡异，感情的激越，形式的奔放、不拘一格，充分体现出五四时期提倡科学、民主和自由的时代精神。

　　郭沫若的《匪徒颂》表达了对新生活的向往和追求；《地球，我的母亲》则充满了对劳动、创造的颂扬。《女神》最突出体现的是对富有叛逆精神的自我形象的歌颂，表现了与宇宙万物结合的自我力量。突出体现了诗人所接受的泛神论思想，也集中呈现出五四个性解放的时代风貌。

　　郭沫若诗歌的出现，让人们看到了一种超越时代、超越社会的力量，比之胡适的白话诗，有着不同凡响的情感张力。他大胆而直露地表现自我，以及反叛黑暗传统的决绝态度，让当时好些诗人感觉到新诗的基点找到了。施蛰存在后来回忆说，早年看胡适的白话诗，总感觉缺少了什么东西,而郭沫若诗歌的出现,才感受到这才是现代诗。闻一多也说,郭沫若的诗歌,这才是新诗的方向。整个中国新诗,因着郭沫若诗歌的出现,发生转变,并基本确立了郭沫若诗歌作为现代诗的基础的格局。

郭沫若的诗歌彻底打破了中国传统诗歌精致的形式,其诗的不规范、突进、粗俗,适应了那个时代精神的要求。狂飙突进的时代只有情感的极度张扬,想象的大跨度跳跃,才能表现大变革时代的力度。今天的诗歌,强调感情节制、含蓄,那是由于时代处于不同的阶段所致。所以,今天我们似乎更喜欢后来的戴望舒、徐志摩等的朦胧、优雅、含蓄,以及曲折多变的情韵。但郭沫若诗歌的想象力和感情的激越是后来人所无法比拟的。所以,以现在的眼光评价郭沫若也许会出现一定的偏差,为数众多的大学生、硕士生、博士生对郭沫若的诗歌不屑一顾,认为郭沫若的诗歌不是好诗。然而,如果从文学史的立场上来看,我们不能否认郭沫若诗歌在新诗史上的开创者之地位。在郭沫若之前,人们一度评价说胡适是中国新诗第一人。而郭沫若诗歌产生之后,则认为,胡适固然是新诗创作的第一人,但是,郭沫若才是中国新诗第一人。郭沫若的诗歌从内容到形式上彻底打破了传统诗歌固有的审美以及创作形式。他的诗歌真正体现了五四时期的反叛精神。后来的戴望舒、艾青等,延续的都是郭沫若的诗歌方向。

郭沫若的创作贡献主要是《女神》集,浪漫主义手法突出、强劲。这也与郭沫若的心性有关。郭沫若生性放荡不羁,小时候就多次因调皮捣蛋而被校长勒令退学,他喜欢庄子、屈原、李白这些浪漫派诗人、所以天生具有浪漫情调。五四时期,他发起和领导的创造社也是一个以主张打破旧世界、创造新世界为宗旨的充满反叛精神的文学社团。20 世纪 20 年代他的诗歌创作突出彰显了他的狂放风格。如果说鲁迅的小说代表了五四文学对封建黑暗势力的批判的话,那么,郭沫若的诗歌则更倾向于讴歌未来,比之鲁迅、郭沫若的诗歌更体现了五四时期的时代精神。因为五四是狂飙突进的时代。郭沫若奠定了中国浪漫主义诗歌的基石,中国的新诗才沿着浪漫主义的轨道开始不断地尝试和探索。

郭沫若诗歌重点在于表现感情。这一点在戴望舒、徐志摩、李金发的诗歌中有了继承,而闻一多走了另外一条路。也是从反方向中沿着郭沫若的诗歌开始了形式的探索。正如闻一多在自己的诗歌主张中说：诗歌感情要节制，感情节制才有厚重深沉的情怀。郭沫若诗歌的感情是不节制的，那是因为诗人的自我情感特别充沛，难于抑制。

到20世纪30年代，时代的风云变化，使中国的浪漫派诗歌较难蓬勃发展。由于中国内忧外患的社会背景，使现实主义诗歌更符合社会的需要。在这种情形下，浪漫主义诗歌在变型中得到了延续。艾青的诗体现了这种浪漫的变调。

第三节　艾青诗歌写实中的浪漫

艾青（1910—1996），原名蒋海澄，浙江金华人。出生在一个地主家庭，因被算命先生认为"克父母"而被送到"大叶荷"的贫苦农妇家哺养，这个农妇"把自己的女孩溺死，专来哺育我。我觉得自己的生命，是从另外一个孩子那里抢夺来的，一直总是十分愧疚和痛苦，这也使我很早就感染上了农民的忧郁，成了个人道主义者"。[①] 1928年他考入杭州国立西湖艺术学院绘画系，次年听从院长林风眠的教导赴法留学，在法国，他一面学绘画，一面对诗歌感兴趣。阅读了波特莱尔、兰波、凡尔哈仑等人的大量诗作。艾青曾经说道："凡尔哈仑是我所热爱的。他的诗，辉耀着对于近代社会的丰富的知识，和一个近代人的明澈的理智与比一切时代更强烈更复杂的感情。""喜欢兰波和叶遂宁的天真——而后者的那种属于一个农民的对土地的爱，是我永远感到亲切的。"[②] 艾青1931年在巴黎参加了反帝大同盟的一次集会。在业余时间读了外国大量的浪漫派诗人诗作。在回国的轮船上，他写了首《会合》的诗。这首诗在艾青到达上海后，放在自己住宿的桌子案头上，却被舍友寄去发表在丁玲主编的《北斗》刊物上。这首诗的发表，增强了艾青写诗的热情和自信。艾青回国后，在家乡曾住了不到一个月，就到上海参加了左翼美术家联盟，和几个美术青年办了"春地画会"，因倾向革命被捕入狱。艾青在后来的散文《母鸡为什么下鸭蛋》中说道："三

[①] 转引自骆寒超《艾青论》，人民文学出版社2010年版，第8页。

[②] 艾青：《艾青选集》第3卷《诗论·文论》，四川文艺出版社1986年版，第90页。

年多的监狱生活使我转向了诗的创作",他在狱中写了《芦笛》、《透明的夜》等诗,而《大堰河——我的保姆》是他第一次用艾青的笔名写的,也是他的成名作。也就是说,监狱生活造就了艾青成为诗人的人生。艾青从绘画到诗歌创作的转向是从监狱开始的,客观上因为在监狱从事美术的可能性受到更多的外在条件限制。艾青的《大堰河——我的保姆》在狱中写成后,让同事拿出去发表。诗歌一发表就大获关注。这首诗,从构思技巧上看,具有社会写实,又运用了象征手法,诗人把"大叶荷"的生活原型转化为"大堰河"的象征意象。通过人物意象和具体细节来展示祖国的苦难,大大开拓了诗的意境,写实与象征并用,浪漫和现实兼而有之。艾青在这一时期还写下和发表了大量讴歌土地的诗篇,表现了诗人忧国忧民的情怀。在中国古代诗人中,忧国忧民的情怀是屡见不鲜的。但以白话诗表现20世纪的现实内容,在这一方面艾青是极其可贵的,更何况艾青感情的真挚特别是蕴含的忧郁,强烈震撼了灾难深重的中华民族群体的心灵。艾青的《雪落在中国的土地上》一诗,亦对灾难深重的祖国表现出沉重的忧伤,体现了诗人内心深厚的爱国情感。写实与写意交织的表现方式,既不完全用写实,也不完全用浪漫。很好地呈现出那个特定时代对诗歌的特别要求。因此,艾青获得了时代歌手的称号,脱颖而出,引发了诗坛极大的反响。后来,有一大批爱国青年沿着艾青的方向进行创作。例如,胡风引领的七月派诗人,就认艾青为诗歌创作的精神领袖。从客观历史条件上看,也是因为灾难深重的20世纪中国,迫切需要有现实指向性,又蕴含丰富情感性的诗歌,以便对民众的爱国热情产生直接的现实作用。

1935年,艾青出狱后,经历了六年的流浪生活。艾青在家乡住了一段时间,又到常州女子师范教书,然后到上海继续写诗,抗日战争爆发,他写了《复活的土地》。《雪落在中国的土地上》是艾青在武汉时写下的。1938年,艾青从武汉到山西的路上写了《手推车》、《乞丐》和长诗《北方》。然后又到陕西,再到武汉转桂林。1940年在湖南衡山教书,下半年到重庆结识了周恩来,在周恩来的帮助下,辗转各地经47次岗哨检查抵达延安。

1941年艾青到延安后,受到毛泽东的接见,参加了延安文艺座谈会,担任过鲁艺文学系教师,主编过《诗刊》(延安版),1945年10月担任华北联大文学院副院长。1949年进京，任中央美术学院军代表、中国文联筹委会常委，《人民文学》副主编等职。1950年访苏，写了《宝石的红星》国际题材诗集。20世纪50年代初还写了长诗《双尖山》和用民歌体例创作的叙事长诗《藏枪记》，1957年被打成"右派"。

艾青在延安，又引领了另一个主题，即太阳主题。艾青早年表现的是土地，1941年，艾青进入延安后，太阳主题越来越浓重。太阳主题并非艾青进入延安后才开始，之前就有。因为光明和黑暗本就是一个事物的两个方面，所以艾青早年在表现黑暗时也写到了光明。赞美太阳，早在30年代就有《太阳》一诗。进入延安后，太阳主题更加突出了。《火把》、《向太阳》等诗的创作，使太阳意象成为了主要基调。体现了艾青诗歌主题的变化轨迹。

新中国成立后，客观上由于艾青担任了中央美院院长，行政公务繁忙，主观上则由于艾青诗的忧郁底色与解放区和新中国的现实氛围不协调。而一味歌颂光明，又不是艾青的擅长。因此，这时期艾青很少写诗，但也不能不拿出作品。于是，艾青尝试转变，转向长篇叙事诗，尝试民歌体。当艾青的《藏枪记》写下"杨家有个杨大妈，她的年纪五十八，身材长得很高大，浓眉大眼阔嘴巴……"[①]这样通俗而无艺术生命力的作品时，亦标志了诗人艺术探索的失败。艾青在20世纪50年代的佳作，主要表现在他的国际题材诗作上。因为国际题材小诗，使艾青那种在苦难中讴歌光明的诗歌创作风格得以延续，特别是他的诗歌的忧郁底色。20世纪的中国是在急剧变动的，而每一个时代的变化都使诗人和作家产生创作危机。艾青经历了20世纪四五十年代的两度转化，实属不易了。作为立足现实的诗人，艾青善于在时代精神和自我情感的表现上找到契合点，在20世纪30年代写土地、40年代写太阳、50年代写国际题材。当20世纪的中国作家和诗人在时代变化中新陈代谢之时，艾青却能适应于不同的历史环境，这不能不说是个奇迹。

当然，艾青在20世纪50年代的创作，在总体上是受到批评的。在1958年，艾青被打成了"右派"。而1979年，艾青的复出，他奇迹般地呈现了诗歌的又一个黄金时期。

[①] 《艾青全集》第2卷，花山文艺出版社1991年版，第108页。

新时期，年近70岁的艾青，又出现了一个诗歌创作的新高潮。艾青早年写过《双尖山》，他在20世纪三四十年代的创作是一个巅峰，而新时期又是一个巅峰。1978年，沉默了21年的艾青又开始了他的诗歌创作。他在《鱼化石》中写道："不幸遇到火山爆发，／也可能是地震，你失去了自由，／被埋进了灰尘，／／过了多少亿年，／地质勘察队员／在岩层里发现你，／依然栩栩如生。"以后，艾青开始了他的第二度的创作高潮，写下《在浪尖上》、《光的赞歌》、《古罗马大斗技场》和许多小诗，延续了三四十年代的创作风格，并且更加凝练、深沉了，并享有广泛、持久的声誉。

艾青在新时期有诗集《归来的歌》、长诗《光的赞歌》、《古罗马斗技场》等。特别要提及的是他的《归来的歌》和《光的赞歌》。《归来的歌》里面包含许多佳作，比如里面有一首诗《烧荒》，开头写道："小小的一根火柴，划开了一个新的境界——"结句说"快磨亮我们的犁刀，犁开一个新的时代！"诗人以烧荒意象，表现了整个时代变革的开始。通过生活中具体的事件表现整个时代的情绪，这正是艾青诗歌的特点。《鱼化石》写的既是鱼化石，也是诗人的自况。鱼在水里生活，火山爆发成鱼化石。鱼在石里却栩栩如生。这正是诗人复出后的自喻。艾青在新时期时写了一大批的诗歌，表现诗人新时期汹涌澎湃的激情。他的诗在当时代表了老一代诗人的共同情绪。新时期复出的老诗人们，尽管在"文革"时期受过难，但是，他们复出后，表现出的是对祖国、对人民的更加挚热的爱。诗歌领域的代表是艾青，小说方面则是王蒙。艾青新时期的代表作是《光的赞歌》，有人说这首诗是光的哲学，艾青把太阳主题推向了极致。因为在这首诗里，作者对生命、对人生的多方面、对光作了哲理的思考。从总体而言，艾青是在20世纪整个中国文艺界现实主义占主流的背景下进行诗歌创作的。这使艾青的诗歌创作，没有延续浪漫主义传统。因为现实的需要，诗人有一定的扭曲。但艾青的诗又不完全是现实主义的，艾青仍然有着浪漫的情怀。艾青在写实和浪漫之间开拓出了象征意蕴，这是艾青在20世纪中国诗歌史上的贡献，很好地抒写了这个动荡而又激进的时代。

艾青诗的主题意象——从土地到太阳

艾青研究专家骆寒超认为，艾青的诗歌意象显示了从土地到波浪到太阳（光明）的嬗递，而土地与太阳则是艾青诗的核心意象。

（1）土地意象

艾青的诗有着对祖国和人民的真挚的爱，艾青早期的《阳光在远处》、《透明的夜》，即透出了诗人对祖国的忧虑和对黑暗现实的叛逆。他的《大堰河——我的保姆》以诚挚的感情抒发了对故乡母亲的怀想，诗第一节直接抒情，暗含大堰河的无私和伟大；第三节以大量的细节历陈大堰河生活的艰辛以及对我的厚爱，在艺术上采用排比手法；第四节、第五节表达了我对大堰河无法割舍的感情，在艺术上以排比句式展示我成了父母亲家里的"新客"，表现我的"反叛"；第六节铺排了大堰河的生活的艰辛，第七节抒写她对乳儿的爱，第八节表达亲人们对她死的怀念；第九节把大堰河与农民与土地联系了起来，在表面的写实中，流溢出象征的意义；第十节表达对黑暗世界的诅咒，第十一节表达对大堰河的赞美；第十二节照应开头，对比抒情。整首诗感情真挚，善用排比。受到茅盾、胡风等极高的评价。

对土地的深情是艾青这一时期最真切的主题，他把对祖国的忧虑、对人民的爱寄托在土地这一意象中，写下了《死地》、《复活的土地》、《雪落在中国的土地上》、《北方》、《我爱这土地》、《旷野》、《树》等讴歌土地的诗篇。在《死地——为川灾而作》中，抒写"大地已死了"，"几千万的地之子"，"疲乏地喘息着……"，然而，"从死亡的大地／到死亡的大地／你知道／那旋转着，旋转着的／旋风它渴望着什么呢？／／我说／如有人点燃了那饥饿之火啊……"表现苦难的中国和即将到来的风暴。而《雪落在中国的土地上》是艾青这一时期最具代表性的作品，艾青以悲哀、深沉的心情写下此诗的第二天，就下起了大雪，他对朋友说："这场雪是为我下的"，朋友说："你这个人自我中心太厉害了，连天都听你指挥的。"艾青说，他不知道，人是有预感的。果然，这首诗成为艾青的又一杰作。诗以"雪落在中国的土地上，／寒冷在封锁着中国呀……"的象征抒情结构全篇。通过回环咏叹构成诗的五个部分。第一部分以逃亡中的马车夫象征北方农民，第二部分以乘破烂乌篷船漂泊的少妇象征南方农民，第三部分则以老母亲作为全民族的象征，第四、第五部分表现中国经受的灾难和诗人由衷的爱国情怀。在《我爱这土地》这一包含真挚深情的诗篇中，诗人把自我幻化成一只嘶哑的小鸟，以土地、河流、风、黎明的意象表现祖国的灾难和民族的悲愤，表达了时代歌手视死如归的深情。而后，宕开一步以设问的方式，直陈对祖国的一往情深："为什么我的眼里常含泪水？/因为我对这土地爱得深沉……"这里表达的是诗人刻骨铭心的、至死不渝的最深厚、最朴素的民族情感，它具有时代的典型性，诚如封·萨里斯所说，艾青的诗具有"主观经历强度"，即诗人的素质和经历产生了与客观世界的情绪感应，使他成了时代的出色歌手。

1938年以后，艾青在北方写了十几首诗歌，收集在《北方》诗集中，在序中作者说道："我是酷爱朴素的，这种爱好，使我的感情毫无遮蔽，而我又对自己这种毫无遮蔽的情感激起了愉悦。很久了，我就在这样的境况中写着诗。"正是由于艾青诗的真挚情愫使它感动了一代文学青年的心灵。

《北方》一诗，诗人以"不过/北方是悲哀的"这种口语化、无修饰的抽象表达开头，在当时就有人提出疑问"这难道是诗的语言？"作者排斥了形象化的修饰，以突兀的直率，表达了诗人朴素的深情。这里没有空洞的说教，而有的是鲜活的张力和充满动感的语调，诗人把北方和悲哀联系起来，不仅只是特指荒凉的自然景象，而且还有着时代的独特寓意，诗中写道："北方是悲哀的/而万里黄河/汹涌着浑浊的波涛/给广大的北方/倾泻着灾难与不幸；/而年代的风霜/刻画着/广大的北方的/贫穷与饥饿啊。"一腔深情，从诗行的节律中跳出，消弭了与读者心灵交流的距离。尽管北方"都披上了土色"。第三十节，诗人却说"我爱这悲哀的国土"，因为"我们踏着的/古老的松软的黄土层里/埋有我们祖先的骸骨啊。/——这土地是他们所开垦/几千年了/他们曾在这里/和带给他们以打击的自然相搏斗，/他们为保卫土地/从不曾屈辱过一次，/他们死了/把土地遗留给我们——/我爱这悲哀的国土，它的广大而瘦瘠的土地/带给我们以淳朴的言语/与宽阔的姿态，/我相信这言语与姿态/坚强地生活在土地上/永远不会灭亡；/我爱这悲哀的国土，/古老的国土/——这国土/养育了为我所爱的/世界上最艰苦/与最古老的种族"。沉重的诗句，诗人的气质与胸襟，唤醒了一代人的抗日激情，谱写了爱国主义的壮烈诗篇。《手推车》、《乞丐》亦是这个时期的作品，表现了战争给人民带来的灾难，特别是被战争的血泪塑造成的乞丐意象，没有感同身受的体验是写不出那么悲愤的诗篇的。

（2）太阳意象

如果说，艾青通过土地意象群（包括农民、母亲、生命等）抒写了祖国苦难的现实的话，那么太阳意象群（包括野火、黎明、春等）则表现人民的抗争和祖国的希望。

当艾青还在监狱中时，就写下了《灯》、《辽阔》、《窗》、《铁窗里》等期盼获得自由、光明的诗篇。1937年春，生活在嘈杂、沉闷而又孕育着大变革的上海的诗人，预感到一个新的时代就要诞生了。他写下了《太阳》："从远古的墓茔/从黑暗的年代/从人类死亡之流的那边/震惊沉睡的山脉/若火轮飞旋于沙丘之上/太阳向我滚来。"诗的第一节以排比壮气，突出太阳"滚"来的势不可当，闻一多曾质疑"滚"字，认为它有小资情调，而应改为"我"向太阳奔去，显然忽略了太阳的主体性和诗的磅礴气势。第二、三节写太阳滚来后，万物（生命、树、河流、虫蛹、群众、城市）的复杂景象。第四节表达诗人"对于人类再生之确信"。同时期，诗人还写了《煤的对话》、《春》、《浪》、《黎明》、《笑》、《生命》等讴歌理想光明的诗作。

1938年4月，从北方战地回到武汉的艾青，创作了他蕴含激越情感的长诗《向太阳》，全诗由《我起来》、《街上》、《昨天》、《日出》、《太阳照在》、《在太阳下》、《今天》、《我向太阳》八节构成，抒写了诗人心中的太阳在中国冉冉升起时的种种感触。诗呈现出的宽广审美境界，使它成为抗日战争时期最优秀的诗篇。之后，艾青又写了《吹号者》、《他死在第二次》、《火把》、《黎明的通知》等讴歌光明的诗，新时期以后，他又写下了《红旗》、《烧荒》，特别是长诗《光的赞歌》，艾青紧紧地抓住土地和太阳这两个和他个性相近的意象，正如作家耕耘着他最熟悉的领地，画家痴迷于特定的题材，如梵高执迷地画向日葵，徐悲鸿致力于画马、郑板桥专心于画竹、使他能随着主观与客观的变化与发展，不断地开拓题材的新境界，这也使艾青的诗歌获得了极高的艺术成就，被聂鲁达称为"中国的诗坛泰斗"，1988年中外54名作家提名他为诺贝尔文学奖人选，他的诗在国际上亦享有极高的声誉。

艾青诗的创作特色，首先表现在他善于以舒放的诗笔抒写时代与生活的整体风貌，艾青有着强烈的时代责任感和独特的艺术感觉，他的诗总是站在人民的立场，表达特定时代的心声，使他成为时代的歌手。艾青又有着独特的感觉，这使他善于从细微处把握时代的脉搏，如《太阳》、《乞丐》，即使是小诗《树》，尽管它们"彼此孤离地兀立着"，但"在看不见的深处，/它们把根须纠缠在一起"。

其次具有写实和象征交织的意象特点。艾青的诗，表面上倾向写实，如他的"土地""太阳"意象，具有写实性。然而艾青的特点在于，他能在写实中融入象征的意绪。例《吹号者》、《手推车》，新时期的《烧荒》写道："小小的一根火柴，/划开了一个新的境界。"

最后，在形式上，以简朴的语言营造了一种澄明的意境。艾青认为最好的诗必须"单纯、朴素、明朗、集中"，他的诗是真正的自由诗，注重口语化。然而又具有简约性、启示性，显示了诗人"深厚博大的思想通过最浅显的语言表现出来"的创作追求，例《手推车》、《春》，艾青的语言具有暗示性、启迪性。

艾青的文学史地位

在中国现代诗歌史上，郭沫若是新诗的开创者，尽管他一生没有停止写诗，但他的创作的旺盛期在"五四"时期。后来，他有时搞戏剧，有时从事学术研究（甲骨文、历史学），解放后也陆续写了许多诗，但能传世的很少而艾青是中国新诗发展史上，诗歌创作经历最长，艺术成就重大，且坚持新诗发展道路、获得广泛声誉的诗坛"泰斗"。

他从1932年到1980年的60年中，写下了二十多部长诗和上千首短诗，一生致力于新诗创作。

从艺术成就上看，艾青的诗在中国新诗发展史上完成的是历史综合的过程。

现代诗显然是西方的艺术技巧和中国的现实内容相结合的产物。在第一个十年，郭沫若引进了西方的浪漫主义。在第二个十年，革命现实主义诗歌，忠实于现实，但对艺术规律缺乏重视，而新月派和现代派诗人注重对新诗艺术形式的探讨，但却存在脱离现实和人民的倾向，而艾青正是在这个时期步入诗坛。诚如胡风在《吹芦笛的诗人》中所评价的，由于艾青的诗"明显地看出西方近代诗人凡尔哈仑、波特莱尔的影响"，这使他的创作从一开始就汇入了世界近现代诗歌的潮流之中。而艾青诗歌对民族命运的感应和抒写，使他很好地把近现代诗歌潮流和民族传统文化以及个人气质结合起来,表现出对现实主义和现代主义的兼容并收,使他成为新诗第三个十年的领袖。

中国新诗,从"五四"时期初创的幼稚与浅薄,到中国古代诗词和西洋格律诗的模拟,再进到对欧美现代诗诸流派的热衷仿制,现在已走上了可以稳定发展下去的阶段了。目前中国新诗的主流,是以自由的、朴素的语言,加上明显的节奏和大致相近的脚韵作为形式,内容则以丰富的现实为依托。而艾青对中国新诗的发展,则起了积极的承转的作用。

第四节 舒婷与朦胧诗人的浪漫晚唱

朦胧诗创作应该上溯到20世纪60年代末。这些诗人大抵是共和国的同龄人,他们大致经历过"大跃进"、红卫兵、上山下乡。在上山下乡时遭遇心灵的挫折:真正到农村后发现被社会抛弃,无所作为,于是内心产生迷茫和苦闷,然后开始了诗歌创作。特别是来自北京,下乡在白洋淀的知青,这部分知青在后来回到北京后成立了诗歌小团体。后来被称为白洋淀派诗人,以北岛和芒克为主要代表。在新时期之初,他们原来是准备自发创办一个命名为《无花果》的文学综合刊物,结果却未果。于是,其中的北岛和芒克决定办一个诗歌刊物,取名为《今天》。《今天》手刻油印出了几期。在出第三期时,他们先去公安部门申请,然后到北京的一个公园搞诗歌朗诵会。周围有警察维持秩序。他们就在公园开始朗诵。朗诵完之后,开始卖他们的油印诗刊。没想到在短短的时间里,500本油印刊物全部卖掉。而这第三期里面,就有北岛的《宣告》和舒婷的《祖国啊,我亲爱的祖国》。之后,1979年《诗刊》第三期登载了北岛的《宣告》和舒婷的《祖国啊,我亲爱的祖国》。这意味着在地下运行多年的朦胧诗人终于浮出了水面。

朦胧诗的出现,很快就受到中、老年诗人和评论家的质疑。很多人,包括艾青就说过看不懂。有评论家称其为古怪诗、朦胧诗。朦胧诗因此得名。也有一些中、老年诗人和评论家对朦胧诗表现年轻诗人信仰的迷失、茫然,表现出不认同,但认为应当给予谅解。当然,也还有一些支持的评论家,比如北大教授谢冕,写出了第一个崛起,《新诗的崛起》，说朦胧诗人的创作，代表着一种新的诗歌潮流的创作。紧接着，福建师大的孙绍振写了第二个崛起，《新的美学原则在崛起》。文章对这些新诗人给予了高度评价。认为他们改变了以往看重生活的创作路数，而更着重地表现了人的心灵。这也说明中国诗歌在20世纪一度是走向现实主义道路的，表现社会、表现工农兵一度成为时代的选择。而诗歌表现自我则被挤压在一个狭窄的空间。从20世纪中叶始，随着现实主义的高涨，诗歌中的这个自我也只能是大我，代表着劳动人民、代表着大众。作为朦胧诗人，更多的是抒写自我的情怀。当然，诗人总是某个类的代表，不可能是纯粹的自我。孙绍振在其论文中明确说明了这群朦胧诗人的创作是回到了浪漫。也就是说，20世纪动荡的社会一度把文学拉到了为现实服务的境地。而朦胧诗人则在诗歌的整体迷失中找回了自我。朦胧诗得不到中、老诗人的普遍认同，但却被当时的大学生普遍赞赏。这不能不说是种奇怪的现象。朦胧诗受大学生喜欢，却在评论界不被看好。像这些支持者不断受到官方的批评教育和关注。徐敬亚写的被称为第三个崛起的《崛起的诗群》，很快遭遇到了文化界的批评。徐敬亚迫于压力，在《人民日报》刊发了一篇相当于检讨的文章，叫《时刻牢记社会主义的文艺方向》。正是在这样一种评论机制的强力制约下，朦胧诗却蓬勃生长起来了。到1984年、1985年的全国十大诗人评选中，朦胧诗人竟然占据了半壁江山。北岛、舒婷、顾城、江河和杨炼成为新诗人的代表。

　　朦胧诗人的成长过程是异常曲折的。在"文革"时期的20世纪60年代末70年代初，他们是在地下写作，以手抄的形式流传。从1979年开始，以北岛、舒婷的诗在《诗刊》发表为标志，朦胧诗人在诗坛崭露后，又不断受到体制内的批评。到1984年、1985年，一直受到批评的朦胧诗，终于熬到民众的普遍接纳之后，朦胧诗也大致走向了退隐。因为一批更年轻的诗人们，在吸吮着朦胧诗人的乳汁成长后，又开始呼喊着北岛的时代过去了。1986年《深圳青年报》推出了现代诗群体60家大展。标志着一批更年轻的诗人开始崭露头角。尽管他们都有各种诗歌理念和主张，但创作实绩不够突出，被诗坛称为"朦胧后"。但，他们的整体出现，标志着朦胧诗完成了20世纪中国浪漫派最后的晚唱。

20世纪七八十年代的朦胧诗依旧秉持着浪漫情怀来抒写自己的豪情。在这批朦胧诗人中,北岛无疑是当之无愧的领袖人物。北岛的诗深沉、冷峭、凝重。反映了从迷惘到觉醒的一代青年的失落感和反叛精神,以及对现实的怀疑和挑战。这使他的诗最具有反抗精神和哲理高度。北岛的名字,即表现了"岛"面对整个大陆的抗争。在情感表现上,诗人运用了"冷抒情"的方式——出奇的冷静和深刻思辨性的结合,表现出一代人特有的冷静与哲思。形式上则运用了现代主义的各种表现手法:隐喻、象征、潜意识、通感和改变视角和透视关系的方法,抒情主人公表现出一种决绝的否定态度,充满了一种英雄主义的悲剧色彩。例如他的代表作《回答》:

> 卑鄙是卑鄙者的通行证,
> 高尚是高尚者的墓志铭,
> 看吧,在那镀金的天空中,
> 飘满了死者弯曲的倒影。
>
> 冰川纪过去了,
> 为什么到处都是冰凌?
> 好望角发现了,
> 为什么死海里千帆相竞?
>
> 我来到这个世界上,
> 只带着纸、绳索和身影,
> 为了在审判前,
> 宣读那些被判决的声音。
>
> 告诉你吧,世界
> 我——不——相——信!
> 纵使你脚下有一千名挑战者,
> 那就把我算作第一千零一名。

我不相信天是蓝的，
　　我不相信雷的回声，
　　我不相信梦是假的，
　　我不相信死无报应。

　　如果海洋注定要决堤，
　　就让所有的苦水都注入我心中，
　　如果陆地注定要上升，
　　就让人类重新选择生存的峰顶。

　　新的转机和闪闪星斗，
　　正在缀满没有遮拦的天空。
　　那是五千年的象形文字，
　　那是未来人们凝视的眼睛。

　　诗在第一、第二节以警句展开反诘，表达对不合理的社会现实的批判。从第三节到第六节，表现了抒情主人公具有尼采式的否定一切的反叛精神和基督式的英雄主义献身精神。第七、第八两节展示了诗人的决绝态度和必胜的信念。在艺术上，全诗以独白的方式形成节与节、句与句、词与词之间的张力，到第七节，反诘、反讽消失，最后则以星空的隐喻，表达理想主义的胜利未来。

　　舒婷的诗歌则比之北岛要温婉得多，她的诗含蓄、忧伤、温情而又执着，表现出对人及人的价值的关切。意象清纯，隽永，情感缠绵、矛盾。形式上运用了现代主义的各种表现手法，抒情主人公形象则是柔弱而坚强的。但一样也具有叛逆性。因为整个浪漫派诗歌是要宣泄个人的主体情感的。如舒婷的《神女峰》"与其在悬崖上展览千年，不如在爱人肩头痛哭一晚"。这种青年一代的别样情怀，是与当时的主流观念不一致的。所以她的诗歌也很有叛逆性。还有她的《致橡树》表达了对传统婚姻观的挑战。诗的开头连用了六个比喻来否定传统的婚姻观。然后以木棉树的形象，表达了男女之间的平等观念。这首诗被看作新时期的女权宣言。在新时期之初，女性作家虽然众多，女性文学也一度高涨，但在男女平等观念上，还没有达到《致橡树》这种高度的。这首诗明确了女性的合理地位。这在当时，也是很具有叛逆性、超前性的。舒婷的诗歌委婉、欲说还休。在转折中把自己细腻委婉的感情表达了出来。舒婷诗歌表现了青年一代特有的复杂情感，她的诗总是把两种相反的感情，同时融合在同一首诗里。无怪乎中、老年诗人会说看不懂。像《祖国啊，我亲爱的祖国》：

我是你河边上破旧的老水车
数百年来纺着疲惫的歌
我是你额上熏黑的矿灯
照你在历史的隧洞里蜗行摸索
我是干瘪的稻穗；是失修的路基
是淤滩上的驳船
把纤绳深深
勒进你的肩膊
——祖国啊！

我是贫困
我是悲哀
我是你祖祖辈辈
痛苦的希望啊
是"飞天"袖间
千百年来未落到地面的花朵
——祖国啊

我是你簇新的理想
刚从神话的蛛网里挣脱
我是你雪被下古莲的胚芽
我是你挂着眼泪的笑窝
我是新刷出的雪白的起跑线
是绯红的黎明

　　　　正在喷薄
　　　　——祖国啊

　　　　我是你十亿分之一
　　　　是你九百六十万平方的总和
　　　　你以伤痕累累的乳房
　　　　喂养了
　　　　迷惘的我，深思的我，沸腾的我
　　　　那就从我的血肉之躯上
　　　　去取得
　　　　你的富饶，你的荣光，你的自由
　　　　——祖国啊
　　　　我亲爱的祖国

　　诗的第一节一连用了五个意象表现祖国的贫穷和落后。接下来，在第三节又用了五个意象来表现祖国充满希望。祖国又落后又充满希望，这是让当时的很多中、老年诗人不懂的地方。舒婷的诗歌大体都是这样，把两种不同的感情复合在一起，表现了新一代青年对祖国复杂的情愫。诗的第四节就是这种复杂情感的和声般的展示。舒婷的诗集《双桅船》中的"双桅"也可以看成是其复合感情的一种表征，而"船"的意象也是舒婷自我的形象写照。舒婷生长在海边，她的大量诗歌都以船意象来自喻。舒婷在上山下乡的时候，是搁浅的船。特别是船的飘摇和动荡恰切地表现了诗人的主观情怀。而这种感情也不仅仅是诗人自己的，它是"文革"后一代青年共同的情感，所以才会在当时产生广泛的共鸣，尤其被当时的大学生所钟爱，这就是朦胧诗人感情的特征。如果说北岛体现了人道主义的浪漫情感的"烈"度的话，那么，舒婷则体现了人道主义浪漫情感的"浓"度。而顾城，这个被舒婷称为"童话诗人"的感情则更加奇特。顾城善于表达自己的感觉，而这种感觉也不仅仅是自己的，它也是属于那一代青年的共同感受。顾城善于用孩子的视角开掘诗的幻象世界。诗风自然、清逸、纯真，充满了贝壳、柳、蝉等清新的意象。

如他的《一代人》:"黑夜给了我黑色的眼睛/我却用它寻找光明。"在《远和近》写道:

你,
一会看我
一会看云

我觉得
你看我时很远
你看云时很近

朦胧诗人在20世纪末吹响了最后的浪漫。20世纪的中国浪漫派诗歌在郭沫若的开创下,张扬着人的主体性,以个人化的情感表达了对社会现实的反叛。而艾青则通过自我情感的放大,以象征手法曲折地张扬了浪漫的主体精神。朦胧诗呈现的浪漫精神,则带有一种受苦受难的崇高感。像北岛的《回答》说:"我来到这个世界上,/只带着纸、绳索和身影,/为了在审判前,/宣读那些被判决的声音。//告诉你吧,世界/我——不——相——信!/纵使你脚下有一千名挑战者,/那就把我算作第一千零一名。"诗人都有着英雄的底气。而在20世纪80年代的中、后期,正当朦胧诗派进入创作的高峰期,理论界刚刚表现出一种认可的状态时,一股更大的诗潮又迎面扑来。这就是新生代,又称"后崛起的一代"。他们都是吮吸着北岛、舒婷的乳汁成长的,成长后又努力挣脱北岛们的美学范式。于是喊出"北岛们已经PASS"。这标志着由郭沫若开创的浪漫派诗歌已经由北岛们竖起了一座墓碑。标志着中国浪漫主义诗潮的终结和中国现代主义诗潮的兴起。因为在20世纪80年代的中、后期,在我们现在看来还很浪漫的时候,现实社会已经逐渐进入实用化。社会在改变我们的方方面面,我们的文学也必然受到影响。浪漫情怀失去了滋生的土壤,我们进入了越来越注重物质、实用、利益的时代,情感被挤压到最小空间。文学创作必然也要适应时代而作出新的转变。

新生代的共同特征主要表现在反英雄的人生体验、反崇高的冷抒情以及反文化的现代语感。代表诗人有韩东、于坚等。新生代诗人采取的是平实的写作策略，他们消解了传统诗歌的文化内涵和意义，而进入诗歌的还原。例如杨炼的《大雁塔》充满大气磅礴的史诗气度，蕴含着许多关于祖国文化、历史及人性情感的哲理。而韩东的《有关大雁塔》：

> 有关大雁塔
> 我们又能知道些什么
> 有很多人从远方赶来
> 为了爬上去
> 做一次英雄
> 也有的还来做第二次
> 或者更多
> 那些不得意的人们
> 那些发福的人们
> 统统爬上去
> 做一做英雄
> 然后下来
> 走进这条大街
> 转眼不见了
> 也有有种的往下跳
> 在台阶上开一朵红花
> 那就真的成了英雄——
> 当代英雄
> 有关大雁塔
> 我们又能知道些什么
> 我们爬上去
> 看看四周的风景
> 然后再下来

诗人消解了历史，消解了英雄、消解了精英，用低调的语言剥落了大雁塔的文化意义。诗人关注的仅仅是当下的日常生活,关心的是个人的生命体验。它体现了新生代诗人把关注的焦点由作为人类的文化建构转向作为个体的自我确立。在形式上,则采用比较口语化的语言来表达。《大雁塔》和《有关大雁塔》分别代表了朦胧诗与新生代诗歌的不同审美趣味。

　　1989年以后,诗坛出现无主潮的状态,主要表现为现代主义模式、新古典主义、余光中的"生活流"和现实主义这四种模式状态。

第三章 周作人与20世纪中国现代散文

第一节 周作人的文学史地位

在中国现代文学史上,周氏兄弟是具有特别意义的。表现在中国现代小说创作的拓荒和理论的建设上,以及对中国现代散文的新的建构。

在中国现代文学理论的建设上,周作人是新文化运动最重要的代表人物之一。他发起和参加了文学研究会、担任过新潮社主任编辑、主持了北京大学歌谣研究会,又是《新青年》主要撰稿人之一。他起草的《文学研究会宣言》,确立了文学研究会创作的宗旨。撰写《人的文学》、《平民文学》、《思想革命》等重要理论文章,在《思想革命》里明确提出"文学革命上,文字改革是第一步,思想改革是第二步,却比第一步更为重要"的观点[1];积极提倡以"人道主义为本,对于人生诸问题,加以纪录研究"的"写实的""人的文学"。

就五四新文学运动而言,"新"主要体现在内容和形式两个方面。五四新文学形式的现代性转变是由胡适开始的。而新文学内容的界定,则主要是以周作人的《人的文学》为纲领性文本。苏州大学朱栋霖编撰的《中国现当代文学史》教程,就以周作人的《人的文学》作为新文化运动的最重要的纲领性理论。也就是说,1917年1月的《新青年》发表胡适的《文学改良刍议》;1918年5月的《新青年》发表鲁迅的小说《狂人日记》;1918年12月《新青年》发表周作人的《人的文学》;标示着新文学全方位的对旧文学的颠覆,从而开启了一个崭新的时代。

---

[1] 张明高、范桥编:《周作人散文》第二集,中国广播电视出版社1992年版,第346页。

周作人五四时期最主要的贡献是在理论方面。同时，他还从事诗歌、散文创作。尤其是他的散文创作，在现代文学史上享有最崇高的地位。舒芜在《两个鬼的文章——周作人的散文艺术》中评价说"周作人是中国新文学史上最大的散文家，这是鲁迅的评价"[①] 周作人作为语丝社的重要撰稿人，早年写了大量侧重在"社会批评"与"文明批评"的散文。语丝社对中国现代散文的建构起了重要的作用。如果说文学研究会引领了中国小说的现实主义，创造社主要是对现代诗歌起到了"异军突起"的作用的话，那么，语丝社领航了中国现代散文。

就现代狭义的"散文"而言，它是周作人借鉴英、法随笔和中国晚明小品，创造的一种新的文类。周作人把它称作"美文"，即今天说的纯散文。因为在中国古代，散文的定义是非常宽泛的，先秦时期提出"有韵为诗，无韵为文"。现在把文学体裁分为小说、诗歌、散文、戏剧。这里所讲的散文是包括史传类，报告文学等的广义散文。周作人一生不仅开创了一种新的文类，而且专事这种纯散文的创作，对中国现代散文的确立和发展作出了最卓越的贡献。

文界对周作人散文大体分为两大类：早期是批判旧文明和讽喻现实的以议论为主的散文。艺术上少温柔敦厚之风，多犀利辛辣之气，体现出"浮躁凌厉"的风格。如他的《偶感》、《死法》、《前门遇马队记》、《关于三月十八日的死者》等。

从1921年6月开始，周作人的"流氓鬼"思想淡去，有隐逸思想的"绅士鬼"逐渐抬头。他公开鼓吹"闭门读书"，以"苟全性命于乱世"。自称是从"叛徒"过渡到了"隐士"。于是，他从西方引入了"美文"的概念，将文学分为"载道"派与"言志"派，着力提倡"以表现个人情思为主"的"冲淡平和"的"言志"文学了。他开始了那种短小精悍、自由放达，书写真性情的美文的写作。内容上则以日常生活琐事来抒写自己生活情趣和人生理想的小品文，风格表现得"冲淡平和"，如《乌篷船》、《喝茶》、《苦雨》、《故乡的野菜》等。他开创了一块"自己的园地"，也给新文学中的散文开辟了一块新的园地。从而确立了"言志"派在现代散文中的重要地位。给予现代散文深远的

---

① 舒芜：《两个鬼的文章——周作人的散文艺术》，人民文学出版社1993年版，第246页。

影响。

而与此同时，鲁迅的散文走了一条与周作人不同的路数。鲁迅主要走了"载道"之路。于是创作了大量的"论时事不留面子，砭痼弊常取类型"（《伪自由书·前记》）①的杂文。载道散文使得鲁迅散文走向了杂文化的"入世"之途。当然，鲁迅也还写了散文诗，以及一些回忆性散文，比较具有周作人的美文的性质。就总体上看，鲁迅的创作对"纯散文"而言，起到了拓宽的作用。他把散文议论化、政论化或诗化了。

诚如鲁迅在《〈自选集〉自序》（《南腔北调集》）中说的："后来《新青年》的团体散掉了，有的高升，有的退隐，有的前进，我又经验了一回同一战阵中的伙伴还是会这么变化。"② 在五四新文化运动退潮以后，新文学阵营出现了分化。鲁迅在《聪明人和傻子和奴才》这篇散文中采用形象的比喻，表现了高升的"奴才"、"聪明人"的退隐和"傻子"的继续前进。文中的"聪明人"与"傻子"似乎可以看成是周作人和鲁迅不同的人生抉择的形象写照。

"郁达夫曾评价道：'中国现代散文的成绩，鲁迅、周作人两人为最丰富最伟大。'如果说鲁迅是'杂文'的代名词，那么，周作人则成了'小品文'的代名词。这对同胞兄弟虽然性格不同，文风不同，结局也大相径庭，但他们对杂文（包括小品文）这种现代新文体的创造和建立都有特殊的贡献。鲁迅的杂文博大精深，风格热烈而冷峻，以思想锐利、语言犀利著称，而周作人的小品文情趣盎然，风格平和冲淡，以感觉灵敏、见解新颖见长。"③ 诚如周作人在《地方与文艺》一文中所说："近来三百年的文艺界里可以看出有两种潮流……飘逸与深刻。第一种如名士清谈，庄谐杂出，或清丽，或幽玄，或奔放，不必定含妙理而自觉可喜。第二种如老吏断狱，下笔辛辣，其特色不在词华，在其着眼的洞彻与措语的犀利。"④ 在这一方面，周家两兄弟又分别成为五

---

① 《鲁迅全集》第五卷，人民文学出版社2005年版，第4页。
② 《鲁迅全集》第四卷，人民文学出版社2005年版，第469页。
③ 李平：《中国现当代文学基础》，北京大学出版社2006年版，第16页。
④ 张明高、范桥编：《周作人散文》第二集，中国广播电视出版社1992年版，第213页。

四时代以上两种文风的最鲜明的代表。

在中国现代文学史上，由于周家两兄弟对散文的倾心经营，使得五四散文获得了空前的成就。只是由于特殊的时代社会因素，我们一度对小说比较推崇。但就文学本身来说，白话文能够顺利地确立正宗的地位，是和周作人等的美文创作分不开的。在五四时期，白话文刚刚盛行，白话文能不能存在下去，很多人是有疑虑的。因为几千年沿用的文言文是非常简洁的、优秀的，而白话文则相对较粗俗，不大适合文人的写作。特别是当时的小说有浓厚的欧化倾向。诗歌创作又一度非常的直白。只是在郭沫若的诗歌发表以后，诗歌创作才有了别样的韵味，从而改变当时白话诗的枯燥无味。而周作人的美文则使人们认识到白话文一样能够做到精致优雅。所以，在五四时期，美文的提倡对白话文的推广起到了非常重要的作用。

鲁迅在《小品文的危机》里说过这样的话，五四时期，"散文小品的成功，几乎在小说戏剧和诗歌之上"。[①] 朱自清在《〈背影〉序》中也说道："最发达的，要算是小品散文。三四年来风起云涌的种种刊物，都有意无意地发表了许多散文，近一年这种刊物更多。小品散文，于是乎极一时之盛。"[②]

周作人散文，当然是其后期的散文，其最大特点是善于用委婉的、貌似闲适的笔调来抒写自己的真性情。周作人很反感中国传统中的许多"载道"文学的虚假和空洞。中国传统文学每每要求温柔、醇厚、节制、礼让。外表上看冠冕堂皇，实际上大而无物，从中亦可以看出中国人的两面性。周作人在《人的文学》中甚至说那是一种"非人的文学"，而现代文学必须是"人的文学"。周作人呼吁要抒写真性情。这种真性情体现他对"常识"的独特理解上。周作人在《〈一蒉轩笔记〉序》中说道："文章的标准本来也颇简单，只是要其一有风趣，其二有常识。常识分开来说，不外人情物礼，前者可以说是健全的道德，后者是正确的智识，合起来就可称之曰智慧，比常识似稍适且未可知。风趣今且不谈，对于常识的要求是这两点：其一，道德上是人道，或为人的

[①]《鲁迅全集》第四卷，人民文学出版社2005年版，第592页。
[②]《朱自清大全集》，新世界出版社2012年版，第13页。

思想；其二，知识上是唯理的思想。"周作人毕其一生的创作就在"常识"两字上。周作人之所以对所谓"载道"的、"正统"的文章不满。其本质即在于此。他说"我的偏见以为思想与文艺上的旁门往往要比正统更有意思，因为更有勇气和生命"①。因此，周作人开辟了一块《自己的园地》，并把这些抒写个人真性情的文章称为《雨天的书》或"雨天的随笔"。

周作人与鲁迅一样，对历史有着特别的兴趣，又尤为偏好野史、笔记等。因此，他们对世事有着清醒的洞透。鲁迅采取了明知不可为而为之的"绝望的抗战"的入世态度；周作人则采取"苟全性命于乱世"的自保策略。诚如钱理群所说鲁迅"更强调'偏至'，强调向恶的方向的偏至，他喜欢'恶之声'，在审美选择中强调恶的美，力的美，狂暴的美"；而"周作人提出和谐、自然的人性观"。②当然，这只是从性格上、文学观上来说的。其实，周氏兄弟在精神上是存在高度的一致性的。刘绪源在《解读周作人》一书中就说：在艺术上"鲁迅的是辛辣干脆，全近讽刺，周作人的是湛然和蔼，出诸反语"。③又说"事实上，周作人与鲁迅的分歧，早期主要是性格上以及与性格相关的政治热情上的差异，以后又发展为行为上、政治态度上以及文艺观上的不同。但在灵魂深处，在对世事的洞察上，在对人生的总体的感受和体验上，兄弟两人的心则往往是微妙地相通着的。"④也就是说，周作人在其表面的"平和冲淡"的叙述中是隐含着对"阴沉的雨天"的不满。既如他的《闭户读书论》，重点谈的是在乱世中文人如何学会用各种方式自保。文中说道，"苟全性命于乱世"有好几种方式，一是当官，二是经商，三是闭户读书。而周作人身为一介文人，当然只有"闭户读书"的选择了。"宜趁现在不甚适宜于说话做事的时候，关起门来努力读书，翻开故纸，与活人对照，死书就变成活书，可以得道，可以养生，岂不懿欤？"其实，周作人在这里说的是反话，是对不合理的现实的一种回避和拒斥，是效法魏晋文人的一种作为。了解历史的人就可以注意到，20

---

① 张明高、范桥编：《周作人散文》第二集，中国广播电视出版社1992年版，第69页。
② 钱理群：《话说周氏兄弟》，山东画报出版社1999年版，第28页。
③ 刘绪源：《解读周作人》，上海文艺出版社1994年版，第57页。
④ 同上书，第38页。

世纪的中国历史和魏晋时期有很多相似的地方。我们欣赏竹林七贤，嵇康、阮籍、刘伶被我们后人津津乐道，而这几位似乎都是酒徒。难道就像李白说的"古来圣贤皆寂寞，惟有饮者留其名"。人们没有注意他们为什么这样做？在历史上喝酒留名的其实都不是"酒鬼"，而往往是"借酒浇愁愁更愁"的无奈之举。如果以这样的眼光来看周作人，就可以看出别一种韵味。年轻时看周作人觉不出味来，大学生几乎没有几个喜欢周作人的。似乎四五十岁的人喜欢周作人。我们的文学史又几乎是由四五十岁的人来编写的，到了这个年纪的人，普遍认为周作人散文算得上是20世纪中国散文第一人。他的好处是能在茶余饭后发现民众的人情世故，能够借古喻今。通过大量的历史掌故洞察今天历史的状态和走向，特别是特定时代文人的历史心境。周作人对大量社会生活、民俗事相的表现，让我们看到，这是一个躲在苦雨斋喝苦茶的人写下的貌似平和冲淡，实际上怀有人道悲悯情怀的乱世文人逆笔的表达罢了。正因为此，以至于周作人一生致力于平和冲淡的文章写作，而当人们把这个评价送给周作人的时候，周作人苦笑一番，他觉得自己做不到。因为他内心有道德家的情怀，内心有忧国忧民的情愫，他无法真正做到平和冲淡。舒芜在《两个鬼的文章——周作人的散文艺术》一文中就阐述了这样的观点。正是因为周作人对国家和民族的现实生存方式有很多忧虑，所以，他大量地写花鸟茶食的文章并不是就事论事，只不过是以托古记事的方式来委婉抒发自己的一腔热情，做乱世中有真性情的人的一种注释而已；同时，也间接对改造国民性起到思想的"启明"和点化作用而已。用他的话说是增添一点趣味、陶冶一点情操罢了。1963年，梁实秋在为《西滢闲话》作序时，曾用"冷落冲淡"与"逸趣横生"八个字来概括颇具大家风范的周作人散文的创作风格与基调。

周作人散文特点的第二个方面表现在他的用笔上。周作人在《笠翁与随园》中说过："我在这里须得交代明白，我很看重趣味，以为这是美也是善，而没趣味乃是一件大坏事。这所谓趣味里包含着好些东西，如雅，拙，朴，涩，重厚，清朗，通达，中庸，有别择等，反是者都是没趣味。"[①] 周作人在这里道出了写作中用笔的真谛就是"有别择"。所

---

① 张明高、范桥编：《周作人散文》第二集，中国广播电视出版社1992年版，第616页。

谓"别择"就是话里有话，既如我们看周作人的散文，其朴，常常以貌似笨拙的大实话道出；其涩，每每从感情表达的贴切中生发，加之浙江绍兴人擅长的逆反思维，使他的散文惯用逆说、侧说的曲笔来表现。周作人散文总是说东喻西，说吃不是吃，如数家珍地讲吃人绝不是客观陈述而是另有指向性。比如《闭户读书论》，好像是自甘闲暇，不管国事；其实是周作人意识到作为一个乱世文人反抗的无力和生存的无奈，又不愿意隐忍，更不会同流合污。那么，也只能曲笔表现了。这闭户读书，其实也是一种正直的乱世文人的大实话。再如《黑背心》、《吃烈士》，内容写的是"告密"和"吃人"的卑劣行径，而笔法上却似乎很能超然物外，《吃烈士》的结尾写道："我自愧无能，不得染指，但闻'吃烈士'一语觉得很有趣味，故作此小文以申论之。"[1]

周作人在《知堂文集》序中也说道："我在这些文章里总努力说实话，不过因为是当作文章写，说实话却并不一定是一样的老实说法，老实的朋友读了会误解的地方难免也有罢？那是因为写文章写得别扭了的缘故，我相信意思原来是易解的。或者有人见怪，为什么说这些话，不说那些话？这原因是我只懂得这一点事，不懂得那些事，不好胡说八道罢了。所说的话有的说得清朗，有的说得阴沉，有的邪曲，有的雅正，似乎很不一律，但是一样的是我所知道的实话，这是我可以保证的。"[2]

周作人在《衣食》一文中引用了日本诗人荻原朔太郎《镜的映像》："道德律所揭示的东西，常是自然性之禁止，对于缺陷之理念（按普通称为观念）。因此在某一国民之间，大抵可以从其所最严格地提倡着道德，反看出其国民之本性即实在的道德的缺陷。尼采的这些话是极正确，极聪明的。例如中华人所提倡的第一道德，忠孝仁义，特别是严重的两性隔离主义，从这里推察过去，我们就可以反看出那些利己的重财的又最肉欲的民族之典型来。……镜中的映像常是实体的反面。"[3] 在这里，周作人是认同荻原朔太郎的看法的，并特别欣赏荻原朔太郎的"镜中的映像常是实体的反面"。可以说，这反观的思维正是

---

[1] 张明高、范桥编：《周作人散文》第一集，中国广播电视出版社1992年版，第221页。
[2] 张明高、范桥编：《周作人散文》第二集，中国广播电视出版社1992年版，第35页。
[3] 周作人：《衣食》，引自钟叔河主编《周作人文选》第2卷，第410页。

周家两兄弟共同具有的特点。周作人的散文似应作如是观。

周作人的曲笔表现法既体现了浙东人擅长逆反思维的特点,也得益于他丰富的历史常识和广博的人类学经验。他在《历史》一文中说:"天下最残酷的学问是历史。他能揭去我们眼上的鳞,虽然也使我们希望千百年后的将来会有进步,但同时将千百年前的黑影投在现在上面,使人对于死鬼之力不住地感到威吓。我读了中国历史,对于中国民族和我自己失了九成以上的信仰与希望。"[1] 周作人善于将历史和现实进行比较,从中发现现实与历史的惊人相似处,他亦能从现实中反推出历史的"破绽"。

对于中国传统文化的"吃人",周作人在《谈食人》一文中以大量的事实论及中华民族至上而下都有这一嗜好。而在《关于割股》一文,开宗明义的用曲笔手法说:"割股是中国特有的事情,在外国似乎不大多。但是老实说,我对于这件事很不喜欢。"然后,具体陈述道:"本来人肉有两种吃法,其一是当药用,其二是当菜用。当菜用又有两类,即经与权,常与暂。古时有些有权力的人就老实不客气地将人当饭吃,如历史上的舂磨寨与两脚羊,在老百姓则荒年偶然效颦,到得有饭吃了大约也便停止。"周作人在文中对俞曲园把士大夫吃人看作怪事大不以为然,说"其实并不足怪,盖他们只是以人当药耳,至于不把人当人则是士大夫之通病也"。文末,作者引了第三件事说:"第三件事真真凑巧却也正是清初的,不,这事永远会有,也永远不能决定是哪一天的事,因为这是一个笑话。这见于石成金所编的《传家宝全集》中,原书刊于康熙年间,所以我姑且说是清初,其实是在现今也很多有的,原文云:有父病,延医用药,医曰,病已无救,除非有孝心之子割股感格,或可回生。子曰,这个不难。医去,遂抽刀出,是时夏月,逢一人赤身熟睡门外,因以刀割其股肉一块。睡者惊起喊痛,子摇手曰,莫喊莫喊,割股救父母你难道不晓得是天地间最好的事么?"[2] 文章开宗明义,针对"吃人",表现"我对于这件事很不喜欢"。接着似乎笔锋一

---

[1] 张明高、范桥编:《周作人散文》第一集,中国广播电视出版社1992年版,第316页。

[2] 同上书,第563页。

转，用貌似客观的、不动声色的陈述来记事，然后是对俞曲园的"见怪"的反诘。因为在这里，周作人同鲁迅一样，看到了中国文化在表面的仁义道德掩盖下的"吃人"的本质。所以才有了愤怒至极的"冷抒情"。结尾则以俏皮的方式借古说今，微言大义，表现这种"吃人"的传统文化仍然存在，并随时可能复发。

与鲁迅表现中国传统文化"吃人"本质不同的是，周作人的表达是委婉的、节制的。如果说鲁迅的文笔更像战士手持的"匕首"、"投枪"的话，那么，周作人的文笔倒更带有文人的尖酸和内敛。其曲笔的表现手法，实质上是作者感情的复杂、委婉、深化所致。

以至于我们看到的是其表面上的"平和冲淡"。如他的《故乡的野菜》，开头说道："我的故乡不止一个，凡我住过的地方都是故乡。故乡对于我并没有什么特别的情分，只因钓于斯，游于斯的关系，朝夕会面，遂成相识，正如乡村里的邻舍一样，虽然不是亲属，别后有时也要想念到他。我在浙东住过十几年，南京东京都住过六年，这都是我的故乡，现在住在北京，于是北京就成了我的家乡了。"[1] 作者似乎在极力申诉自己对故乡"并没有什么特别的情分"，在哪里待过，那里就是我的故乡了。然而，紧接着就写妻子到市场买菜看到了荠菜。仅仅因为"荠菜"就生发出对浙东故乡的广博的联想，内容涉及挖野菜、儿歌与地方风俗，并旁及另外两种野菜。特别是当说到黄花麦果的时候，说"在北京也有，但是吃去总是日本风味，不复是儿时的黄花麦果糕了"。思念浙东故乡的浓厚之情油然呈现于笔端；显然是有与东京、北京更为不同的特别深厚的情愫。

周作人散文感情的表现是非常节制的。他又特别突出趣味性和知识性。比如一千多字的《故乡的野菜》，引文占去了六分之一。而且引文中不仅介绍了故乡的三种野菜，还介绍了故乡与三种野菜相关的大量的地方民俗风情，并对风俗背后的文化意义给予了阐释。周作人一生嗜书如命，又颇喜引用，人称"文抄公"。他的散文中引用的书籍堆积如山，具有丰富的知识含量。特别是对吃，在《谈酒》一文中，表现了他对中国酒文化颇有了解，文章从酒的用料谈到酒的制作，从饮酒的方式说到酒的种类，最后再谈喝酒的作用。在《关于苦茶》和《菱角》中引文竟占了全

---

[1] 张明高、范桥编：《周作人散文》第一集，中国广播电视出版社1992年版，第54页。

文的大半部分，内容涉及儿童、儿歌，妇女以及民间的红白喜事，甚至是对谈死说鬼也如数家珍般的，表现了他知识的广博，具有丰富的民俗学、人类学的内容。钱理群就认为周作人是中国现代民俗学的鼻祖。

我们看周作人的文章，外表上他像是个"闭户读书论"的赋闲文人。其实不然。周作人对文章的作用有其自己的看法。他在《关于写文章》中说："去年除夕在某处茶话，有一位朋友责备我近来写文章不积极，无益于社会。我诚实地自白，从来我写的文章就都写不好，到了现在也还不行，这毛病便在于太积极。我们到底是一介中国人，对于本国种种事情未免关心，这原不是坏事，但是没有实力，奈何不得社会一分毫，结果只好学圣人去写文章出口鸟气。虽然孟子舆说，孔子作春秋而乱臣贼子惧，又将观云咏卢梭云，文字成功日，全球革命潮，事实却并不然。文字在民俗上有极大神秘的威力，实际却无一点教训的效力，无论大家怎样希望文章去治国平天下，归根结蒂还是一种自慰。"[①] 正是因为周作人注重文章的精神熏染作用，而不是实际效力，形成了其独特的文学观和创作风格。我们对周作人如果有设身处地的了解，就可以体验到中国文人不同于鲁迅的另一种心态。当然，人都有多面性的，林语堂在20世纪20年代写的《鲁迅》一文，就写到鲁迅当年在北京亦有"装死"的一面。后来南迁厦大。再后来因为人事关系问题到了中山大学任教。当广州的整个空气也出现萧杀景象，有人想整鲁迅，鲁迅再敢说过激的话就要杀头了。这时候有一个社团请鲁迅开讲座准备抓他把柄，鲁迅却写了《魏晋风度及文章与药及酒之关系》。好像是一心向往学问。林语堂看到这篇文章知道了鲁迅生存之艰难。之后，鲁迅就找了个借口离开了广州，直到去世前，都在上海租界写文章。周作人的散文运用的就是如同鲁迅《魏晋风度及文章与药及酒之关系》般的一种曲笔表现法。

第二节　林语堂在散文史上的地位

林语堂在散文史上的地位

鲁迅在1936年5月接受埃德加·斯诺采访时曾被问及中国新文化

[①] 引自钟叔河《周作人文选》第2卷，广州出版社1995年版，第244页。

运动最优秀的散文家有哪些,鲁迅开出一个这样的名单:周作人、林语堂、鲁迅、陈独秀、梁启超。问这个问题的时候,是鲁迅早已与周作人兄弟失和,且正在与林语堂提倡"幽默理论"的所谓"闲适"散文笔战的时期。这种评价说明,鲁迅举贤不避亲疏。固然,鲁迅对周作人、林语堂的为人处世观念和做法是不能认同的,但是,对他们两人的文章都给予极高的肯定。特别是对比自己小了14岁的林语堂的评价。

在中国现代文学史上,林语堂的地位很特别。林语堂被认为是与鲁迅齐名的大师,然而,大在哪里?却很难确定。要说林语堂的最大贡献,应该是作为中西方文化交流的学者。因为林语堂中英文都不仅流利,而且优美。对东西方文化也有系统而深刻的体悟。然而,这都不是文学业内的事情。林语堂用中英文创作了许多小说和散文。甚至他的小说还受到诺贝尔文学奖提名的待遇。但直到目前的文学史教程都未对林语堂的文学成就给予较高的评价。

林语堂在文学上的主要建树是在散文领域。为什么在中国现代散文史上要把林语堂摆上来。周作人是第一人,林语堂仅次于周作人。20世纪中国现代散文家有很多,比如鲁迅、冰心、朱自清、巴金等。

林语堂在20世纪20年代就加入了语丝社,成为语丝派的重要成员。在这个时期,他和鲁迅、周作人一道,利用《语丝》的阵地以散文的形式进行社会批评和文化批评。但就20世纪20年代的散文而言,周作人有开创"美文"之功,鲁迅有拓宽散文领域之劳。林语堂的散文尚未得以彰显。

林语堂的散文建树主要是在20世纪30年代。林语堂于1932年主编《论语》半月刊,1933年,他借着萧伯纳在上海逗留的东风,推出了《论语》专号,大力倡导"幽默文学"。1934年又创办《人间世》,出版《大荒集》。1935年创办《宇宙风》,提倡"以自我为中心,以闲适为格调"的小品文,促成了中国现代散文形式的一种转化,亦成为论语派的主要代表人物。

可以这么说,林语堂所倡导的散文观是与周作人的散文观大抵相同的。林语堂在20世纪30年代把周作人个人对散文的追求拓展为一个时代的一种普遍风范。林语堂20世纪30年代宣扬的幽默理论和闲适小品创作,亦深化了30年代的散文理论,开拓了散文文体探索的新路子。

彰显了其个性主义的文学审美情趣。

林语堂富有创造性地把英文的 Humour 音译为中文的幽默,从而使幽默一词在中国流传。"幽默"本是西方的戏剧理论。中国古代有油滑、戏谑、俏皮,所谓的插科打诨,但是,没有幽默之说。林语堂被尊称为"幽默大师",他为什么提倡幽默?对此,他在《八十自叙》中说:"并不是因为我是第一流的幽默家,而是在我们这个假道学充斥而幽默则极为缺乏的国度里,我是第一个招呼大家注意幽默的重要的人罢了。"

关于"幽默"的定义,林语堂这样解释:"幽默是一种人生的观点,一种应付人生的方法。"① 幽默没有旁的,只是智慧之刀的一晃。林语堂不是为了引起人们发笑而去制造幽默,他认为的幽默,更像是生活的一种调剂,不刻意、不做作,顺手拈来,水到渠成。这样的幽默有别于讽刺、滑稽和诙谐,它不把挖苦他人和把世界当成笑料,而是洋溢出温馨的悲悯情怀和乐观的人文关怀。也就是说,林语堂提倡的幽默,不仅仅只是语言的艺术,而主要是生活的艺术。

林语堂在散文《论幽默》开篇说道:"幽默本是人生之一部分,所以一国的文化,到了相当程度,必有幽默的文学出现。人之智慧已启,对付各种问题之外,尚有余力,从容出之,遂有幽默——或者一旦聪明起来,对人之智慧本身发生疑惑,处处发见人类的愚笨、矛盾、偏执、自大,幽默也就跟着出现。"接着论述了幽默的源流及其在文学中的表现和作用。说:"到第一等头脑如庄生出现,遂有纵横议论捭阖人世之幽默思想及幽默文章,所以庄生可称为中国之幽默始祖。太史公称庄生滑稽,便是此意,或索性追源于老子,也无不可。战国之纵横家如鬼谷子、淳于髡之流,也具有滑稽雄辩之才。这时中国之文化及精神生活,确乎是精力饱满,放出异彩,九流百家,相继而起,如满庭春色,奇花异卉,各不相模,而能自出奇态之争妍。人之智慧,在这种自由空气之中,各抒性灵,发扬光大。人之思想也各走各的路,格物穷理,各逞其奇,奇则变,变则通。故毫无酸腐气象。在这种空气之中,自然有谨愿与超脱二派,杀身成仁,临危不惧,如墨翟之徒;或是儒冠儒服,一味

---

① 《林语堂全集》第 20 卷《吾国与吾民》,群言出版社 2010 年版,第 66 页。

做官，如孔丘之徒，这是谨愿派。拔一毛以救天下而不为，如杨朱之徒；或是敝屣仁义，绝圣弃智，看穿一切，如老庄之徒，这是超脱派。有了超脱派，幽默自然出现了。超脱派的言论是放肆的，笔锋是犀利的，文章是远大渊放不顾细谨的。孜孜为利及孜孜为义的人，在超脱派看来，只觉得好笑而已。儒家斤斤拘执棺椁之厚薄尺寸，守丧之期限年月，当不起庄生的一声狂笑。于是儒与道在中国思想史上成了两大势力，代表道学派与幽默派。后来因为儒家有"尊王"之说，为帝王所利用，或者儒者与君主互相利用，压迫思想，而造成一统局面，天下腐儒遂出。然而幽默到底是一种人生观，一种对人生的批评，不能因君主道统之压迫，遂归消灭。而且道家思想之泉源浩大，老庄文章气魄，足使其效力历世不能磨灭，所以中古以后的思想，表面上似是独尊儒家道统，实际上是儒道分治的。中国人得势时都信儒教，不遇时都信道教，各自优游林下，寄托山水，怡养性情去了。中国文学，除了御用的廊庙文学，都是得力于幽默派的道家思想。廊庙文学，不是假文学，就是经世之学，狭义言之，也算不得文学。所以真有性灵的文学，入人最深之吟咏诗文，都是归返自然，属于幽默派，超脱派，道家派的。中国若没有道家文学，中国若果真只有不幽默的儒家道统，中国诗文不知要枯燥到如何，中国人之心灵，不知要苦闷到如何。"[①]

  实际上，林语堂是把幽默提升到了改造国民性的高度来认识的。早在 20 世纪 20 年代的五四时期，鲁迅、周作人、林语堂这些语丝社的成员就以"改造国民性"为共同的旗帜。在这方面，鲁迅的小说最具有代表性。而在五四大潮逐渐退隐，鲁迅越来越激进地把文化启蒙转向了政治和革命的时候。林语堂和周作人等依然坚守文化启蒙和个人自性的建构上。于是有了策略上的分歧，但终极追求是一致的。也就是说鲁迅代表的入世的文学把启蒙引向社会改造和大众对新观念的接纳；而胡适的"健全的个人主义"，周作人《人的文学》旗帜下开辟的"自己的园地"，林语堂对"个人之性灵"的追求，都意在彰显文化人的自由独立之精神品格。也就是说，一者引申到社会的启蒙，另一者立足于人的觉醒，这两方面的结合应是五四文学启蒙的终极旨归。只是当时的特定历

---

① 《林语堂全集》第 16 卷《无所不谈合集》，群言出版社 2010 年版，第 273 页。

史时代选择了鲁迅的方向而已。

尽管林语堂大力提倡幽默的动因是为了改造国民性，但是，他提出幽默的时间很不符合当时的中国现实环境。因为当时正是"九·一八事变"以后，国内、国外的时局动荡不安。所以，"幽默"一提出就遭到鲁迅、钱锺书等的反对。以幽默来改造国民性亦未能取得社会改造的实际效果。正是由于中华民族面临的内忧外患的现实，使人的启蒙成为历史的一个未完成时，这也正是李泽厚说的所谓"救亡压倒了启蒙"。也就是说，20世纪中国社会的现实改造，使人的启蒙转化为更加入世的政治革命。林语堂提出以一种幽默来改造中国人的国民性的主张，在特定的历史条件下则显得过于迂缓了。

但是，林语堂的幽默主张，特别是他在散文领域的实践创作和理论倡导，客观上促进了20世纪30年代散文内容上的独抒性灵、形式上的闲适的谈话风。并对中国现代散文产生了久远的影响。

林语堂散文的最大特点，首先表现在他的胸襟和气度上。

林语堂写过武则天和苏东坡的传记，他对这两个人物都有好感。正如毛泽东为秦始皇和曹操平反，原因是他与这两个人的心性有相同之处。林语堂为武则天和苏东坡写传记，亦可由此见出他的气度与武则天和苏东坡有着相似之处。虽然林语堂出生在漳州下属的农村，这样一个小地方，但是，他从小受到基督教的影响，而且从小到大学习一向优秀，一生顺当。林语堂个人顺达的经历造就了他的乐观的心性，他的身心发展很健康。从家庭、社会环境、教育等多方面看，林语堂都算得上是很优越的，特别是他应赛珍珠之邀到了美国后，很快就成了畅销书的作家。林语堂的学识也培养了他的胸襟和气度。对于中国文学，我们通常讲"诗言志"和"文以载道"。其实这是内涵相异的两种不同的文学传统。"诗言志"的文学观更倾向抒发个人的性情，而"文以载道"更强调文学对社会道德、理想的宣教作用。从历史上看，春秋战国以降是"诗言志"占主导地位的，形成了中国两汉、魏晋时期充满阳刚之气的文学品格。使中国文学主气的一面被彰显。如孟子提出的"养吾浩然之气"，曹丕的《典论·论文》主张的"文以气为主"。直到晚清的桐城派文人仍然张扬主气说。而唐宋以后"文以载道"取代了"诗言志"成为新的传统，主气的文学被边缘化。这一度导致中国文学对婉约之情的执迷。中国文学以致中国文化在晚唐以后走向了低迷的情感宣泄、忧愁悲伤，呈女性化趋势。这不能不说与我们的文学理论导向有很深的关系，使阳刚之气的文学没有得到有效的张扬。直到今天这种局面仍然没有彻底改变。

在中国历史上，曾经有一个《昭明文选》，晚年的毛泽东，也曾想搞一个"昭明文选"式的文学选本。毛泽东对20世纪的中国文学是产生过重要影响的，他的文学理论主张引领了近半个世纪中国文学的走向。只是因为其政治家的光芒，遮盖了其文学的应有地位。他的诗词亦气度非凡、空前绝后。有人说，鲁迅的旧体诗和毛泽东的词是中国旧体诗词的最后奇葩。中国两千多年的诗词中，找不到一首气度上能与毛泽东的《沁园春·雪》媲美的篇章。曹操的诗也比不上。毛泽东晚年想要编一部"昭明文选"式的文学选本，就准备把包括刘邦的大风歌、三曹的诗、苏东坡和李清照等人的作品选入，可惜最终没完成。但是，可以肯定的是，毛泽东对文学文本的抉择是要有阳刚性的、正能量的，或者说是主气的文学。

而林语堂的散文就体现了阳刚的气度和胸襟。像《秋天的况味》，这是一个有胸怀和视界开阔的人才能写得出来的。固然，在中国文学史上，许多名家都写过秋天。然而，由于受到主情的诱导，绝大多数名家笔下的秋天都是悲凉、肃杀的。而林语堂笔下的秋却独具宁静幽远的况味。在文中，林语堂首先写秋天的感觉：秋是丰硕、成熟的，但林语堂并没有对秋的丰腴、肥美过多地着墨，而是以怡然心态，写秋的一种绵延，一种漫无边际的感觉。接下来的部分展开了对秋的广泛联想：在林语堂笔下，秋代表成熟的内蕴、古色苍茫的过来人，烟上的红灰，又如又老又醇的酒。最后再写人生的感悟："人的一生无论成败，他都有权休息，过优哉游哉的日子"，林语堂这一人生格言在文中洒脱地飘逸出来，充满了睿智。"正得秋而万宝成"，林语堂的秋有着豁达的人生观。这是人生经历了中年之后才会有的一种豁达情怀。秋天宛如人站在山顶上，对世界、对人生的视野和胸怀特别开阔。它与人生的成败并无直接的关隘。也如他所说的，十八九岁的少女固然很美，但四五十岁的半老徐娘又别有风韵。因为那更有内在的美，更有气质的魅力存在。

林语堂散文是主气的，在《秋天的况味》中，他突出表现的即是

"况味"这么一种无边无际的气韵。他有一篇《孟子说才志气欲》的文章,在这篇文章中说道:"我是自小爱孟子的。孟子是儒家中的理想主义者,文字中有一种蓬勃葱郁之气,令人喜欢,令人感动。在儒家中我就是推崇孟子。其气派得力于子思。"[1] 在文中,林语堂把孟子与荀子相比较,认为荀子以性为恶,制礼节欲,并被程朱理学所继承,使孔学"都是板起长脸孔的老先生,都没有孔子之平和可亲,或孟子的辣泼兴奋"。而"孟子着重志气,要人养志气,养到富贵不能淫,贫贱不能移,威武不能屈的田地。这叫做人气,这也就是'仁'"。[2] 孟子是主张"养吾浩然之气"的,认为写文章和气有关系。其实,气这个东西,在中国是一个哲学的词汇,包容面很广大。从中国文化来讲,中国文化提出了无中生有的概念,即万物是从无到有的。有即是气,气就是一。然后,因着气的清浊,于是才有了一生二,二生三,三生万物的衍生和派生。现代科学证实,中国文化的这种观念是符合宇宙创生论的正确的观点。中国传统的道家秉承了这一观点,而儒家亦未否定它,只是采取了回避的态度,儒家更关注的是社会的人伦现实。后来我们沿用了西方的唯物主义观念,于是儒家观念似乎更接近唯物主义观。而事实上中国哲学最早是唯心的。所谓无中生有,这个有,就是气,就是一。物之始是一、是气。所以气是中国哲学的原概念。中国哲学实际上就是气的哲学。这个气是宇宙之源,也是人之根本。作为人来说,气是最重要的。从人的生命来看,人不吃饭,可以维持十几天,人不喝水,可以维持七八天,但如果人没有气,那么大概十几分钟就不行了。所以我们讲人活一口气。那么,对于文章来说,气仍然是最重要的。孟子最早做出了文章与气之关系的论述。林语堂有一段对孟子文字的转述:"孟子一生都是英俊之气,于青年人立志淬砺功夫,是一种补剂,孟子专言养志养气,志壹则动气,气壹则动志,是积极的。"这句话就是通过孟子来强调气的重要性。所谓文如其人就是从气的意义上来看的。

林语堂的文章我们看到了他凝聚着一种豪气,比如他的《老北京的精神》。文中说道:"所有古老的大城市都像宽厚的老祖母,她们向孩

---

[1] 《林语堂全集》第16卷《无所不谈合集》,群言出版社2010年版,第42页。
[2] 同上书,第44页。

子们展示出一个让人难以探寻净尽的大世界,孩子们只是高高兴兴地在她们慈爱的怀抱里成长。"认为每个城市都有其个性,这种个性是自然、艺术和人们长久的生活养成的。文章结尾提道:"什么东西最能体现老北京的精神?是它宏伟、辉煌的宫殿和古老寺庙吗?是它的大庭院和大公园吗?还是那些带着老年人独有的庄重天性站立在售货摊旁的卖花生的长胡子老人?人们不知道。人们也难以用语言去表达。它是许多世纪以来形成的不可名状的魅力。或许有一天,基于零碎的认识,人们认为那是一种生活方式。那种方式属于整个世界,千年万代。它是成熟的,异教的,欢快的,强大的,预示着对所有价值的重新估价——是出自人类灵魂的一种独特创造。"① 在这里,林语堂展示出来的不是北京"大"而"老"的外观,而是北京的精神。在文中,林语堂又更进一层地把老北京的精神内化在自己的胸中,于是有了恢弘的情怀和旷达的气韵。从创作的角度看,作家的主体意识对文章起着决定性的主导作用。林语堂有着一种气度,有着一种豁达的胸襟,这是他的真性情。这亦使他能"登山则情满于山,观海则情溢于海"。林语堂散文的优异处即在于此。有人说林语堂的散文文笔优美,但是,在现代散文史上比他文笔更优美的大有人在。林语堂散文的文笔倒是很闲适、很从容的。林语堂散文的突出特点主要在于他的胸襟和气度上。林语堂宛如站在高高的山顶上,雄视整个世界和宇宙。他有一种王安石"不畏浮云遮望眼,只缘身在此山中"的胸襟和气度,有了这样一种境界,就能写出大气磅礴的文章。这就好像毛泽东的《沁园春·雪》所流露出来的那种前无古人的豪情。中国早期的文人是一向讲究文章的气度的,只是到了"诗言志"的传统,逐渐被"文以载道"的传统所取代了以后,主气之文便少了。而文以载道的"道"就和我们今天所讲的客观是一个意思。"气"有主观的意思,"道"强调为客观现实服务,这样,我们的文学就逐渐走入了为当下现实服务的境地。

所以,林语堂在《英国人和中国人》一文中才会说,中国文化和英国文化很相似,但中国文化更有女性化倾向,而英国文化是男性化的。中国文化在唐宋以后对阴柔之美的追求,是缘于我们的文学观念的转

---

① 《林语堂全集》第25卷《辉煌的北京》,群言出版社2010年版,第3页。

移。而这与儒家道统地位的确立大有关系。

　　林语堂散文的第二个特点在于他不凡的识见。胸襟和气度本就是思想的一种外在表现形态。林语堂在《思孔子》这篇文章中，从一个平常人的眼光来看孔子，他把孔子平民化了。这其实也就是思想的一种深度，即回到事物本身。林语堂把历史人物以平常心看待，不卑不亢，体现出他思想的包容性、深邃性。这种包容而深邃的思想并不是与生俱来的，而是以丰厚的学识、广博的阅历作基础的。林语堂对中华文化很有了解，对西方的文化亦很精通。所以他才能把孔子凡人化，从而看到了一个有血有肉的孔子，看到了孔子的无奈和幽默。林语堂在《英国人和中国人》一文中，则以人类学的博大视野来看世界。他看到20世纪的世界正在被理智型的具有正三角下巴的强权人物所统治，而认为智慧型的人物是倒三角下巴的，比如罗素。在世界各民族中，英国人和中国人比较相近，都不太相信理性，更崇尚经验的、常识的东西。认为罗素和孔子都是看重常识的、非常人性化的。当孔子的思想被孟子和荀子所接受以后，孟子提倡的是人性善，荀子提倡的是人性恶。孟子的观念在当时没有被接受，而荀子的观念在秦朝则被采纳，导致了秦朝的迅速强盛和迅速的灭亡。到了宋代，宋明理学实际上又是继承荀子的作为。显然，林语堂对中国文化有过深入的研究，才会有这样一种思想。他告诉我们如果要用理性治国，社会的理性化、规范化、制度化，能造就一个强大的国家，但是，也很容易毁坏一个国家。所以，在理性基础上，还必须要有常识性，即人性化的东西。而中国文化和英国文化都有注重经验的传统。林语堂是远远地站在一个制高点上来俯瞰这个世界的，他把历史和国家的界限都打通了。在现代中国作家中，只有他能站在全世界的眼光来看待问题。鲁迅在西方世界不太被认可的一个很重要的原因，就是因为鲁迅的视野显得狭窄了些，鲁迅是一个民族主义者、爱国主义者，中国人的民族观念特别强。林语堂之所以被称为大师，大就大在他的识见，他是一个具有人类学观念的作家，由此而具有了全人类的视野和胸襟。他对中西方文化都有他自己的独到理解。我们所认为的大师应该是看胸襟和气度，而不是某方面的专长，我们讲某方面的专长，那是专家。作为大师，应当是属于通才型的人物。

　　林语堂的散文雍容大度，就像他自己所说的，"两脚踏中西文化，一心评宇宙文章"。他的识见造就了他的散文立足点的高远,这是林语堂散文的最大特点,那么在文法上主要模仿晚明小品,这一点和周作人是相同的,但他没有周作人的苦涩,周作人的散文实际上有很浓的苦涩味。林语堂非常了解周家两兄弟,林语堂虽然比周作人和周树人小了十来岁,但五四时期在北京的时候,他与这两个人一度都是同人,他也知道鲁迅是一个铮铮铁骨的硬汉。但硬汉也会有装疯卖傻的时候,比如说鲁迅在北京遇到军阀的通缉时应林语堂之约逃到厦大,在厦大遇到反对派权势刁难,又仓皇跑到中山大学,到了中山大学,在白色恐怖的状况下,人家硬要鲁迅说话,想抓鲁迅的把柄,叫他去开个讲座,于是鲁迅写了一篇《魏晋风度及文章与药及酒之关系》,把讲座弄得嘻嘻哈哈。林语堂看到这些,明了了鲁迅的处境和鲁迅的机智。人有生存的本能,这也是一种策略,鲁迅在这里实际上是以魏晋时期的嵇康、阮籍来自嘲和影射现实社会,亦表现文人对政治的反叛。鲁迅作完这个讲座不久,就毅然跑到上海的"且介亭"去了,直至他去世。林语堂和周家两兄弟大不一样,一生都很平顺,被赛珍珠请到美国去后,一下子就成为畅销书作家,所以一辈子不愁吃不愁穿。回国以后,政治上他也很明智。其实林语堂是很正直的、有良心的中国人。比如说在抗战时期,日本人就很遗憾,说日本怎么就没有一个像林语堂这样的人物。因为林语堂在国际上不断呼吁为中国声援,不断在指责日本帝国主义的侵略。他的功劳是很大的,他也是非常爱国的,作为一个中国人来说,天生就有这种对民族的向往,为自己民族奋斗这样一种精神。林语堂自然也表现了这种忧国忧民的爱国情怀。他一生都过得很顺当,所以在30年代回国的时候就有钱办刊物,并引入了幽默理论。林语堂的本意是希望通过幽默来改造国民性,他考虑的是更高远的问题。国民性虽是鲁迅考虑过的,但这个时候的鲁迅已然跳进了政治的旋涡,更多考虑的是现实的社会性问题。林语堂却超脱地继续关注"人"与民族性,所以想通过幽默来改造中华民族,这也从另一方面体现了他的识见的远大。

  林语堂散文的第三个特点表现在用笔的率真。林语堂和周作人一样,都继承了晚明小品的文风,又都接受了英国和法国的随笔的写作方式。他们的散文在笔调上都显得很闲适,所谓小品文就应是这样。人们说"文章本天成,妙手偶得之",这是作为一个文人的最高境界。那么，我们后来的作文教法，就刻意强调"作"了，又是强调立意，又要讲究技巧，我要写高兴，先写不高兴，这是逆笔写起；我要写这件事，先写另一件事，由远及近，中间要有转折，要有变化，要起伏跌宕，这就是我们强调的技巧。但是，过分强调就显得我们做作了。而林语堂认为，散文的最高境界是率真，率真要用闲适的笔调，林语堂的散文就讲求闲适的笔调，所以他的文章很难走进中学课本，因为中学课本应当用范文，让人们学了以后可以马上模仿、运用。比如朱自清的《荷塘月色》，文章要写宁静，先写不宁静。开篇就说"这两天心理颇不宁静"，虽然周围的环境应该算是宁静的，但"我"还是觉得不宁静。于是想到了经常散步的荷塘。当走到小路上的时候，这条小路平时是黑黑的，有些怕人。但今天感觉却很好，虽然月光依然是这样。文章一直强调环境的不宁静，实际上是为了表现心理的不宁静。所以在家的院子里，才觉得孩子们的吵闹。而走在平时感觉阴森可怕的小路上，今天觉得特别好，也是因为情绪使然。到荷塘后，"我"被荷塘景色所吸引，陶醉了。心情也顿时宁静了。然而，当视觉从荷塘转到河岸，从河岸听到蛙鸣，又开始不宁静了。于是，有了联想，并在想象的过程中回到了家。喻示着回到家的"我"，表面上的宁静和实际上的不宁静。朱自清的这篇散文很讲究技巧，这种技巧对于中学生来讲适合模仿。其实，朱自清的《荷塘月色》还可以把它当作游记散文中的范文来讲，例如从家到路上，到目的地以及联想，最后又回到家的结构体式；还有目的地的详细展开，联想的旁衬以及其他方面的略写等，在修辞上也具有多处的可作范文之处。而林语堂《秋天的况味》是不便于模仿的。因为它融注着作者的才情和气韵。散文写的是秋天，然而先写他抽雪茄烟的感觉，吞吐之间突然觉得秋天不是像我们中国传统文人写的那般的悲和愁。林语堂感觉的秋天是充满豪气的，所以我们讲秋高气爽。在中国文学里，秋天每每和悲伤联系在一起，于是有了大量的悲秋、秋愁主题。林语堂在这里谈到是收获的、充满豪气的秋天。在表现这种秋天的时候，林语堂亦是在表现他自己的一种情怀。散文是抒写真性情的，实际上阅读散文就是透过文本看一个人的情怀。林语堂在这里表现秋天，就是通过描写秋天来表达他自己的情怀和胸襟。而这篇散文的磅礴大气，正是作者真性情的彰显。林语堂在描述读书的姿态时说道，读书就应该躺在草地上，一只手撑着头，斜靠着拿着书，然后抽着雪茄烟。认为那是读书最适意的姿态。他把读书当成是一种享受，写散文也是一种享受，因为他都是出自真性情，率性而为。当然，这种率性而为不是没有处世原则的。

林语堂推崇真性情的文章，认为"一人有一人之个性，固不待心理学证明。在文学上主张发挥个性，向来称之为性灵，性灵即个性也"。[①]在《思孔子》一文中，林语堂笔下的孔子不仅有着真性情，而且还是非常幽默的。而孟子"他又雄辩、又弘毅、又自信、又善讽喻、善幽默，是一种浩然大丈夫气象"。

林语堂在散文笔调上师法晚明小品的闲适、抒写性灵。林语堂的闲适和周作人不一样。周作人是表面闲适、平和。周作人的一生其实是忧国忧民的，他的散文总有苦茶、苦雨般的苦涩味，或如雨天的书。周作人总是在一种不太安逸的环境中苟活，在苟活中自得其乐。故而其散文有一种苦味、穷愁态。他是没有钱的，是没权没势的一介书生，装阔也不像。有钱和没钱的区别还是有的。就如孔乙己排出九文大钱，这种姿态就显示出他的穷酸，表现出他的穷，穷怕了，一排出钱来就是摆阔。周作人是苦语，却要做出一种平和冲淡的样子来。晚年又背负着汉奸的骂名。这也是无奈之举。到了晚年也是苦，也只能吃鲁迅的饭，以回忆鲁迅的一些过往旧事而苟全性命而已。这样一个人无法真正平和冲淡。而林语堂就不一样。如他的《冬至之晨杀人记》：

> 孔子曰上士杀人用笔端，中士杀人用语言，下士杀人用石盘。可见杀人的方法很多。我刚会见一位客，因为他谈锋太健了，就用两句半话把他杀死。虽然死不死由他，但杀不杀却由我。总尽我中士之义务了。
>
> 凡读书人初次相会，必有读书人的身份，把做八股的工夫，或是桐城起承转伏的义法拿出来。这样谈话起来，叫做话里有文章，文章不但应有风格，而且应有结构。大概可分为四段。不过谈话并不像文章的做法，下笔便破题而承题；入题的话是留在最后。这四

[①]《林语堂全集》第18卷《拾遗集下》，群言出版社2010年版，第238页。

段是这样的：（一）谈寒暄，评气候，（二）叙往事，追旧谊，（三）谈时事，发感慨，（四）所要奉托之"小事"。凡读书人，绝不肯从第四段讲起，必须运用章法，有伏，有承，气势既壮，然后陡然收笔，于实为德便之下，兀然而止。这四段若用图画分类法，亦可分为（一）气象学，（二）史学，（三）政治，（四）经济。第一段之作用在于"坐稳"符于来则安之之义。"尊姓""大名""久仰""夙违"及"今天天气哈哈哈"属于此段。位安而后情定，所谓定情。非定情之夕之谓，不过联络感情而已。所以第二段便是叙旧，也许有你的令侄与某君同过学，也许你住过南小街，而他住过无量大人胡同，由是感情便融洽了。如果，大家都是北大中人，认识志摩，适之，甚至辜鸿铭，林琴南……那便更加亲挚而话长了。感情既洽，声势斯壮，故接着便是谈时事，发感慨。这第三段范围甚广，包括有：中国不亡是无天理，救国策，对于古月三王草将马二弓马诸政治领袖之品评，等等。连带的还有追随孙总理几年到几年之统计。比如你光绪三十年听见过一次孙总理演讲，而今年是民国二十九年，合计应得三十三年，这便叫做追随总理三十三年。及感情既洽，声势又壮，陡然下笔之机已到，于是客饭茶起立，拿起帽子。兀而来转入第四段：现在有一小事奉烦。先生不是认识××大学校长吗？可否请写一封介绍信。总结全文。①

这篇散文写来颇为顺畅，仿佛一气呵成。小题大做，笔调轻松、俏皮。既微讽了某类政客的浮夸像，也微讽了某类文化人的酸腐气，更是对中国文化注重繁文缛节的嘲弄。表现了其雍容大度的情怀，他追求抒发个人的真性情，以"两脚踏东西文化，一心评宇宙文章"的视野和胸襟，阐发个人的私见，但又没有周作人的苦涩。艺术上具有独特的审美价值。

第三节　杨朔与20世纪60年代散文三家

20世纪中国散文比较有建树的人物还有60年代的杨朔、刘白羽、

---

① 寇晓伟编：《林语堂文集》第9卷《散文》，作家出版社1996年版，第561页。

秦牧和 90 年代的余秋雨、刘亮程。

杨朔、刘白羽、秦牧合称为 60 年代的散文三大家。在 20 世纪 60 年代中国文坛出现了一个散文创作的高潮。杨朔、刘白羽、秦牧被认为是成就最突出的，对现当代散文作出了重要贡献的作家。他们的作品分别构成了 20 世纪五六十年代散文写作的三种主要"模式"，一度产生广泛的影响。

杨朔的散文主要是以诗化散文为最大的特色，构成了一种杨朔模式。他明确提出了"以诗为文"的艺术主张，这在散文写作上是独树一帜的。杨朔散文最鲜明的艺术特点就是其意境的优美，他总能把场面、对话、景观、氛围，只用精练的几笔白描就使它意境凸显，萦绕着诗画性。如他的《雪浪花》、《海市》等。在散文的整体构思上，杨朔讲究"起笔"的先声夺人，起势不凡。然后，一波三折，极尽"转弯"之能事，以收"曲径通幽"之妙；最后，则多为"卒章显志"，从而使主题得到升华，并顺势收笔或翻出新意。如他的《荔枝蜜》开篇以逆笔写起，说"花鸟草虫，凡是上得画的，那原物往往也叫人喜爱。蜜蜂是画家的爱物，我却总不大喜欢。说起来可笑。孩子时候，有一回上树掐海棠花，不想叫蜜蜂蜇了一下，痛得我差点儿跌下来。"文章欲赞美蜜蜂，开头却从不喜欢说起。而结尾则以老梁说的："从来不用。蜜蜂是很懂事的，活到限数，自己就悄悄死在外边，再也不回来了。"点明题意。又通过"透过荔枝树林，我沉吟地望着远远的田野，那儿正有农民立在水田里，辛辛勤勤地分秧插秧。他们正用劳力建设自己的生活，实际也是在酿蜜——为自己、为别人，也为后世子孙酿造着生活的蜜。"升华了主题。最后，文章又宕开一步，以"这黑夜，我做了个奇怪的梦，梦见自己变成一只小蜜蜂"作结。

杨朔散文在语言上亦是颇具有苦心锤炼的，像诗一般精确、凝练、含意丰富又富有音乐感，具有清新俊朗、婉转蕴藉的风格。

杨朔散文在写人状物时也是充满诗意的。他写人善于选取富有感情色彩的生活片断，注重人物内在的美好心灵的刻画；他的景物描写，在写出自然美的同时，也非常注意意境的创造，使之成为深化主题的一个重要手段。

杨朔的散文形成了他的一套作文技法，这种作文技法，在 20 世纪

60年代形成,并被中学课本所吸纳,然后被一代代人所接受,直到现在还有他的生命力。如他结尾的主题升华,结构的峰回路转,以及语言上的诗性表达。这样一种散文对中学生学习和模仿是颇有效果的,作为散文本身来讲它的真性情就丧失了,成了一种模式化作文。在60年代的散文三大家中杨朔的散文是评价最高的,被人效仿的,情感一波三折,和朱自清的散文是一种路数。

杨朔早年主要从事抗日战争和解放战争时期战斗生活的通信报道,新中国成立后则有不少反映抗美援朝伟大斗争的通讯特写。1956年《香山红叶》的发表,标志着其"诗化散文"创作的开始,接着有《海市》、《荔枝蜜》、《茶花赋》、《雪浪花》等名篇问世,深受广大读者的喜爱,也得到评论界的一致肯定。"杨朔热"出现在1961年,该年也被学界称为"散文年"、"杨朔年"。这一年杨朔的《雪浪花》在党刊《红旗》杂志上发表,意味非凡;全国散文创作选以他的《雪浪花》来冠名,表明对他的重视。他在《东风第一枝》"小跋"里提出的"诗化"散文理论受到热捧,引发了十七年诗化散文思潮,并带动了一批追随者。

总之,在20世纪五六十年代的散文界,杨朔的散文可谓翘楚,是人们学习和效仿的范式,评论界均一致认为其创作无论是思想性还是艺术性都是一流的。但在一片激赏声中也出现了零星的批评声音,主要是针对其形式技巧提出了意见。从宏观整体看,杨朔是一个具有"文学史意义"的作家,他第一个提出散文"诗化"的理论,对散文美学作出了积极的贡献。"杨朔模式"固然存在情感的失真、技巧的做作,但它对新时期以后的回归个性化的散文表达,亦起到了反面纠偏的作用。

刘白羽的散文走的是林语堂的路数,很有气势,有气度的散文比较难驾驭,写情散文较好写些。刘白羽的散文总基调是歌颂光明、歌颂英雄的人民;深刻的哲理性是他散文的特色。刘白羽散文风格激越、刚健,闪耀着时代的光彩,善于借景抒怀,使作品充满鼓舞人心的力量。

刘白羽注重自我内心发现,以开阔的"战士"胸襟,站在历史发展的高度,通过富有象征意义的壮美事物,表现对历史前进的关注和对时代、人生、革命、理想的哲理性思考。赞颂着新时代、新生活,角度却各不相同。刘白羽常展开丰富的联想,描绘一幅幅画面,形成宏阔的意境。刘白羽散文具有波澜四起、富于变化、摇曳多姿的结构特点。刘白羽散文的语言激情充沛，词句鲜亮峭拔，富有充实感，具有音乐美、绚烂美、豪壮美。《长江三日》是刘白羽的代表作，其最大的特色便是哲理、诗意和景色描绘的紧密结合。全篇寓情于景，情随景迁。在这三日的长江游历中，作者航游长江，悦于景而飘飘欲仙；畅言人生，悟于理而超凡脱俗。从平凡的事情中挖掘出重大的社会本质和深刻的思考，从浓郁诗意的语言中透露出对人生和生活的感悟，从客观的自然景观里最终上升至人的时代精神，真正达到了刘勰所言的"登山则情满于山，观海则意溢于海"的艺术境界。

秦牧的散文则特别注重联想，充分体现了散文"形散神不散"的特点。秦牧的散文格调高昂，立意深刻，言近旨远，哲理性强。

秦牧的散文取材非常广泛，赞颂新中国、新生活，鞭挞丑恶现象是其一贯的主题。

他广泛采用多种表达方式，或写景抒情，或叙事议论结合，景中有情，景中生议，议中升华，叙中产议，叙中融情，表达方式的运用独具匠心。加之譬喻、警句精彩纷呈，又包含了许多知识性、趣味性十足的内容，从而满足了广大读者的求知欲，获得了新颖的美感，亦有知识性和趣味性，其影响亦是独树一帜的。

秦牧的代表作《土地》是一篇情文并茂，蕴含深厚哲理的抒情散文。在这篇作品里，秦牧怀着深沉的情思，从悠长的时间长河和广袤的空间范围里展开丰富联想，淋漓尽致地倾诉了他对土地的思虑和感触，表现了劳动人民对土地的深厚感情。作者旁征博引，取材范围很广，从历史故事到风俗民情，古今中外，目见耳闻的许多材料，都以"土地"为线索，恰当地组织到文章中，使这篇文章和秦牧别的散文一样，具有知识性强的特点。

三位散文家在营造意境上又各有千秋。杨朔散文意境深邃，诗意盎然，运用了诗的比兴手法，托物言志，借景抒情，而在营造意境时，常在谋取"情"的新意上做文章。刘白羽常展开丰富的联想，描绘一幅幅画面，形成宏阔的意境。想象与抒情相结合，感情激荡出瑰丽的思想，而思想又开拓着作品的抒情意境，是秦牧造境的特点。三位散文家各自的特点可以从以下三方面见出：

首先，从选材方面看。由于每个作家的经历不同，审美意识存在差异，决定了他们选材范围各不相同。杨朔的散文题材丰富多样，且大多充满诗意和唯美色彩。如他的《雪浪花》中的浪花飞溅，《金字塔夜月》中醉人的月色以及《香山红叶》中吐香的枫叶等，都给人留下深刻的印象。刘白羽的选材，则多立足于火热的战斗和建设生活，多以大事物为重，用大镜头、大转换来摄取大事物。如他的《长江三日》记叙"江津"号轮船冲破惊涛骇浪，绕过暗礁险滩的三天历程；《红玛瑙》中提出的从延安起步的革命者应永葆战斗青春的主题，都体现出作者的选材倾向及五六十年代关于无产阶级革命和共产主义理想的思考。秦牧的作品有如一座收藏丰富、包罗万象的博物馆，无论是山川植物、生活艺术，还是天文地理、风土人情，几乎称得上"宇宙之大，无所不谈"，让人大开眼界，目不暇接。《土地》便是其最有代表性的作品。文章以土地为对象，时而展现新时代的风貌，时而追叙惨痛的历史，时而讴歌新社会的建设者和保卫者，时而遥写古代的封疆大典，时而又将笔触延伸到殖民者的暴行。从古到今，从草木禽兽到人情世态，到故事传说，到现代科技，都囊括在一篇散文中，向读者提供了一部信息量极大的历史教材。

其次，从语言风格来看。杨朔很注重语言的美感和文字的锤炼，他的文字凝练而优美，往往使人低徊吟诵，不能忘怀。《雪浪花》着力表现浪花咬礁石的"咬"字，相当生动传神；《海市》以寻海市的"寻"来经纬全篇，很有新颖奇巧的意味；两者都很好地借鉴了古代散文的"文眼"。刘白羽的语言风格则是激情充沛，词句亮丽峭拔，声音铿锵，浓墨重彩，气势雄浑豪迈，富有充实感。有人说："读刘白羽的散文，就好像听到嘹亮的军号，催人上阵。"[1]而秦牧的语言亲切动人，潇洒自如，并且流畅讲究，文笔游走灵活，读起来有一气呵成的快感。他还注意吸收古典当中的一些语言精华，使文章情浓意满，气势酣畅，显示新的活力。

最后，从艺术结构方面来看。杨朔追求构思的新颖、奇巧，善于从大处着眼，小处落墨，抓住一人一事、一景一物，生发联想，洞隐烛

---

[1] 肖云儒：《中国当代文坛百人》，陕西人民教育出版社1998年版，第184页。

幽，见微知著，使作品的思想得到寓大于小、寓远于近的艺术表现，因而具有诗的视角和容量。杨朔还讲究曲径通幽，"卒章显志"的园林式结构，层层叠叠，变化多端，缜密精巧。如《荔枝蜜》欲扬先抑的手法，写出了"我"对蜜蜂由畏惧厌恶到乐意"变成一只小蜜蜂"的变化历程，将内心感受的起伏步步推进，在结尾处升华到最高点，取得了峰回路转，引人入胜的效果。

刘白羽的散文不像杨朔散文讲究结构的玲珑精巧、曲径通幽，也不像秦牧散文滚雪球似的罗织知识，发挥事理，他较为随意地任凭情感的激流奔突，形成壮阔流畅的结构形态，有顺流而下一泻千里或左右横溢流淌自如的磅礴气势。叙事则一气直下，节奏明快；描写则尽情铺展，波推浪涌；抒情则意识流动，时空跳跃。思绪如大河流水那样有波澜壮阔之势，有层出不穷之态。刘白羽的散文，是顺应真实自然地吐露情感之需而形成舒展流畅之结构风格的。秦牧的散文，不仅内容博大精深，而且结构灵活巧妙，做到了内容与形式的完美统一。结构布局极有条理，而且动静张弛、直曲收放，都苦心经营，调度得当。

第四节　余秋雨、刘亮程与20世纪90年代散文

20世纪中国现代散文在周作人的开创下走向了对真性情的表现。在20世纪30年代，以林语堂为代表的论语派，把周作人散文的个人风格拓展为一种普遍的独抒"性灵"的创作风范。但由于20世纪30年代的内忧外患的社会现实，促使现代散文走上了现实主义的纪实道路。从20世纪30年代中后期到80年代，散文一度是以其反映社会现实的真实度和鼓舞作用见长的。由此生发出报告文学和通讯、特写的一度火热。直到20世纪60年代，以杨朔、刘白羽和秦牧为代表的"散文三大家"的出现。现代散文才重新走回到抒情的路数。到20世纪80年代初，虽有巴金、杨绛等一批老作家对60年代散文的矫情和失真作出了一定程度的纠偏，强调散文内容上的真实性，但形式上杨朔式的抒情笔调，特别是"以小见大""卒章显志"、"主题升华"的写作手法仍然能够大行其道。但从总体上看，80年代散文的创作是波澜不惊的，那是一个小说的时代、诗歌的时代。散文，在总体上看，似乎处于悄无声息的

状态。

　　进入20世纪90年代以后，中国社会发生了相当巨大的文化转型，在一切以经济为中心的时代口号下，市场的蓬勃发展，使文学逐渐由中心位置沦落到边缘的地位。在这一特定情势下，读者的阅读趣味亦发生相应的转化，于是，精英文学让位给了通俗文学，长篇巨作让位给了短小、轻快的文学，正剧、悲剧让位给了戏谑的轻喜剧。快节奏的现实生活和消费观念的变更促使散文成为一种文学消费的方式。就社会形态来看，随着政治上一元话语权的消解，商业文化的繁荣，文学创作在市场化的强力的冲击下，必然要适应时代、社会的新需要。受市场化和大众消费的影响，传播媒介不断地把历史上的经典散文再版，这无疑又给90年代散文的繁荣营造了良好的氛围。而各种文学专栏的出现，更为人们表达自己的感情提供了可能。在此背景下，转型期的知识分子相应的也出现了精神与立场的调整和分流，散文由于其自身的文体活泛的特质，使它适时地充当了宣泄知识分子和大众情感的窗口。商业化的市场需要消费文学，而散文又最为便利，于是散文骤然兴旺起来。1992年，余秋雨的散文在《收获》杂志上刊出后，赢得了大量读者的青睐。于是文化散文开始被人们提及。"文化散文"作为一个概念，最早是佘树森在《九〇散文谈》中提出来的。这以后，"学者散文"、"女性散文"、"旅游散文"、"校园散文"、"大散文"、"新散文"、"后散文"等诸多的散文类型概念就纷纷冒出来了。到90年代末，刘亮程散文的出现，又给散文界带来了一个意外的惊喜。林贤治评价说：刘亮程是"20世纪90年代的最后一位散文家"。诚如另一位评论家吴秉杰在《散文时代——读当前散文作品随感》中说的，"我们现在，已经可以说是进入了一个散文的时代，散文写作的广度和深度都是以前无可比拟的"。[①]余秋雨和刘亮程在90年代一前一后的散文，分别代表着20世纪现代散文由雅转俗和由大俗到大雅的两种走势。

　　余秋雨的散文一度被称为文化散文、学者散文。其实，他的散文更应当叫做旅行散文或行走散文。余秋雨散文的一个突出特点就是，把散文和旅游结合起来，把旅游和文化结合起来。他的散文总是以名胜古

---

① 吴秉杰：《现实主义沉思录》，浙江文艺出版社2000年版，第398页。

迹，人文山水为切入点，在自然风景和历史古迹当中融入了自己的大量哲思和文化抒怀，比如《文化苦旅》。从而形成了一种景观与文化相交融的历史思考方式。余秋雨的行走散文，一方面，让人们在阅读的时候，既对旅游景点有了深度的历史把握，客观上也促进了中国旅游业的蓬勃发展；另一方面，他对人文景观的描绘与文化深度的拓展又给人带来了历史和文化的熏陶。余秋雨自己也从中受益良多，前期是在全国旅游，后来就到世界各地去旅游了。旅游之后写了很多游记再发表。作为一个文化学者，他在观察自然景象的时候，总是把这些自然景象赋予丰富的文化内涵，所以他的散文有很多的可借鉴之处。但是学界对他的散文有些微词，认为他的散文感情有些矫情。余秋雨的散文有感情的投入，难免会有一些溢美之词，说明余秋雨的散文还没有达到炉火纯青的地步，但是还是很有贡献的，也就是说他把文化介入了，把旅游介入了，使他的散文产生了重大的经济效益，他把大量的文化因素介入了散文中，势必增强了散文的丰厚内蕴，让人们在游走的过程中饱受到文化的熏陶。余秋雨在散文的高雅化、平民化中做出了巨大的贡献。

余秋雨结集出版的散文集有《文化苦旅》、《文明的碎片》、《行者无疆》、《秋雨散文》等，都广受读者的热评。据他自己说，单他的《文化苦旅》在台湾一年就重印了11次，可见其散文的巨大发行量。余秋雨散文的抒写内容，正如作者自己所说："我发现我特别想去的地方，总是古代文化和文人留下的较深脚印所在，说明我的心底的山水，并不是完全的自然山水，而是一种人文山水。"[①] 其散文的总主题，余秋雨在《文明的碎片·题序》中写道："写作每一篇文章都有各自的题材和主旨，那它们之间的内在联结线是什么？我究竟是凭着什么样的精神标准把这么多陈旧的故事快速召来又依次推出的呢？"其中"至少有一个最原始的主题：什么是蒙昧和野蛮，什么是它们的对手——文明？每次搏斗，文明都未必战胜，因此我们要远远近近为它呼喊几声"[②]。而余秋雨散文结构的特别之处则在于，他打破了传统散文的路数，而以景带出史、带出情、带出新意、带出哲思。他借着山水风物，挖掘其内在的

[①] 余秋雨：《文化苦旅》，东方出版中心2004年版，第3页。
[②] 余秋雨：《文明的碎片》，春风文艺出版社1994年版，第4页。

人文蕴含，畅谈个人化的烂漫情怀和人生感悟。

从文体上看，余秋雨散文突出表现了个人化的主体意识，他曾说"我写那些文章，不能说完全没有考虑过文体，但主要是为了倾吐一种文化感受"。也就是说，余秋雨的散文文体注重心灵对客体景观的历史文化内涵的思考。更何况余秋雨本来就是一个文化学者，因此，他对笔下的景观每每有深厚的历史了解和独到的个人体悟。

最后，在语言上，余秋雨散文的语言一方面具有诗性的特质，灵动而有韵味；另一方面，余秋雨散文的语言又平易浅显，可读性强。颇有一种与朋友交流心得之状。

像余秋雨散文《一个王朝的背影》，以承德，避暑山庄为话头，而抒写的却是满清的整个社会历史。作者既想象性地描写了当年帝王避暑山庄的盛貌，又抒写了清王朝从崛起、鼎盛到没落的过程，并以文化人的视角在鸟瞰中国大历史格局中，表达清王朝的历史功过。作者以超长的篇幅、包含着巨大的容量，亦流露了不以姓氏正统论和民族正统论来看待历史的态度，这使余秋雨的散文超出了普通的游记，拓宽了散文的审美形态，而把散文作为畅谈一己情怀和思想的载体。

当然，余秋雨散文在好评如潮的20世纪90年代，也遭遇到精英的病垢，例如朱大可在《抹着文化口红游荡文坛》一文中就认为：余秋雨现象是"在革除了深度和力度的所谓'后文化时代'，这是继汪国真之后在散文和历史交界处所发生的一个重要事件"。它表明，知识精英"这个曾经散发着思想香气的阶层，已经被大众与全球一体化市场与资讯的洪流所吞没"，只有余秋雨这样的"市场的先锋"还继续浮在水面上。余秋雨的散文显示了中国当代文化"在走向软化、平面化和轻快化方面所企及的程度。这种软性话语起始于邓丽君的一声娇媚浅唱，而后渐次转换为文人的婉转长吟"。

从文学史的角度来看，余秋雨现象的出现是值得反思的。他表现了商品化时代文化学者等精英写作在姿态和立场上的从俗化趋势，在这一文学世俗化的过程中，余秋雨散文固然难免有个别处失之矫情，但却当之无愧地适应了时代所要求的文学走势，是20世纪90年代文学的一种表征。这时期在小说方面，正是莫言发表《丰乳肥臀》，贾平凹写下《废都》而被一些评论家褒贬之际。它标志着文学家集体性地走出了象牙之塔。文学家亦在商品化时代找到了一条"还俗化"的生路。当然，在这一商品化大潮奔涌的年代，像张承志那样能坚守精英立场的写作，也是一种值得表示敬意的作为。20世纪90年代是文化人失落的年代。变通与坚守应当说各有各的道理。而余秋雨散文无疑是适应时代大势的，更何况余秋雨把知识分子的人格精神问题也作为自己的一个关注点，知识分子作为传统文化的承传者，在新的历史时期必将产生新的选择、产生新的质变。

在20世纪90年代末，《天涯》杂志社推出了"刘亮程散文专辑"，并附上了李锐、李陀、方方、蒋子丹、南帆5位名家的褒扬话语，引发了刘亮程散文的热。刘亮程也由此被誉为"20世纪中国最后一位散文家"和"乡村哲学家"。刘亮程不同于其他散文家之处在于，他不是站在局外人的角度以"体验生活"的姿态来表现农村。刘亮程本身就是一个地道的农民，一个回乡知识青年。他写的是生于斯、长于斯，将来也将葬于斯的自己的村庄。这就是刘亮程的《一个人的村庄》的寓意。

刘亮程散文的特色首先表现在他视角上的以物观物，而又把物拟人化了。

在刘亮程的笔下，只有他一个人，面对的是他的独有的村庄。因为，只有他才看得到、感受得到的村庄景象。虽然刘亮程散文笔下写的都是些最平凡、最常见的农村景物，比如一株树、一头牛、一阵风，但是拿着一把铁锨的刘亮程在面对一只蚂蚁、一只蚊子的时候，没有采取什么方式来消灭掉蚂蚁，而是用麸皮把蚂蚁引开，然而，在第二天，当他看到蚂蚁竟穿过大土坑，回到蚂蚁洞的时候，他惊呆了！这是他在散文《蚂蚁》中流露的感受。在《树会记住许多事情》一文中，刘亮程描写了一只老蚊子吸了他的血，而又被他放走了的事情。说"那是我可以失去的。我看见它的小肚子一点点红起来，皮肤有了点痒，我下意识抬起一只手，做挥赶的动作。它没有看见，还在不停地吸，半个小肚子都红了。我想它该走了"。[1] 显然，刘亮程把生物都人化了，即使是一阵风、一片落叶在他笔下也一样是有生命的。他在物的身上展开了对生命的沉思和体验。

---

[1] 刘亮程：《一个人的村庄》，春风文艺出版社2006年版，第63页。

刘亮程后来虽然到了城市，但，他的心里依然装着农村，家乡的一草一木，家乡的气味和鸟鸣，都早已融进他的内心深处，成为他生命的一个有机组成部分了。刘亮程的散文流溢出了浓浓的人文情愫，这对90年代的物欲化社会，喧嚣而浮躁的都市，无疑为唤醒一种人性的情怀，吹来了一股清新的气息。

其次，刘亮程散文表现了他的人文哲学思考。

刘亮程的《一个人的村庄》，可以称为哲思散文。这是因为刘亮程把其他人和都市都隔离了，他只书写他自己的村庄。在这一自足的世界里，主体性才凸显出来。刘亮程通过与身边的动物、植物和自然现象的对话，表现了当下人对世界的一种思考方式。因为，现实的物欲横流，都市的喧嚣，使人的主体性受到极大的挤压，现代商业社会使得每个人都成了这个社会大机器的齿轮和螺丝钉，在集体化、统一化的过程中人的主体性正在逐步丧失。正是在这种社会背景下，刘亮程的散文以乡村的坚守姿态，张扬了人的主体性，也赢得大众广泛的共鸣。刘亮程站在一个人的村庄，面对的是植物、动物和各种自然现象，人的主体意识就充分展示出来了，他在思考身边的一事一物，他也是在思考万事万物，他引发了读者对整个世界的新思考。从现代中国散文史的角度看，刘亮程承接的是鲁迅野草式的诗性的、哲理性的散文风格。刘亮程散文只显示了一个人，这就是他自己。诚如他在《剩下的事情》中说的"他们都回去了，我一个人留在野地上，看守麦垛"。于是，他萌生了独语，或与牛马对话，与草树对话。又运用拟人、移情手法，而使笔下的物有了思想，有了灵性。尽管刘亮程写了众多的客观存在，但那又都是他的思考。他在《风把人刮倒》中说"任何一株草的死亡都是人的死亡。任何一棵树的夭折都是人的夭折。任何一粒虫的鸣叫也是人的鸣叫"。乡村的寂寞让早年写诗的刘亮程赢得了丰富的想象力。在散文《对一朵花微笑》中他写道："我一回头，身后的草开花了。一大片。好像谁说了一个笑话，把一滩草弄笑了。一个人脑中的奇怪想法让草觉得好笑，微风中笑得前仰后合。有的哈哈大笑，有的半掩芳唇，忍俊不禁。靠近我身边的两朵，一朵面朝我张开薄薄的粉红花瓣，似有吟吟笑声入耳，另一朵则扭头掩面，仍不能遮住笑颜。我禁不住也笑了起来，先是微笑，继而哈哈大笑。"①。在《风把人刮歪》中说"刮了一夜大风。我在半夜中被风喊醒。风在草棚中和麦垛上发出恐怖的怪叫，类似女人不舒畅的哭喊。这些突兀地出现在荒野中的草棚麦垛，绊住了风的腿，扯住了风的衣裳，缠住了风的头发，让它追不上前面的风。她撕扯，哭喊。喊得满天地都是风声"。② 这只有一个人在极度的寂寞后，才能产生的浪漫情愫和哲思。在都市化的社会，刘亮程以乡村的坚守，展示了现实中凋敝的乡村中人文性的另一面倩影。

最后，从刘亮程散文的语言运用上看，刘亮程散文的语言很有个性色彩。他的语言似乎超越了当下的时代，显得特别质朴、清朗。刘亮程在获得第二届冯牧文学新人奖时的获奖评语对他是这样说的："刘亮程写作赓续着中国悠久灿烂的散文传统。他单纯而丰饶的生命体验来自村庄和田野，以中国农民在苍茫大地上的生死衰荣，庄严地揭示了民族生活中朴素的真理，在日常生活岁月的诗意感悟中通向'人的本来'。他的语言素淡、明澈，充满欣悦感和表达事物的微妙肌理，展现了汉语独特的纯真和魅力。"③

刘亮程散文的语言朴实、简洁、传神，他善于运用短语的铺排，显现了他的想象，他的凝练和含蓄，以及他的诗情。例如他的《最大的事情》："草大概用五年时间，长满被人铲平踩瓷实的院子。草根蛰伏在土里，它没有死掉，一直在土中窥听地面上的动静。一年又一年，人的脚步在院子里来来去去，时缓时快，时轻时沉。终于有一天，再听不见了。草试探性地拱破地面，发出一个芽，生两片叶，迎风探望一季，确信再没有掀来铲它，脚来踩它，草便一棵一棵从地上钻出来。"④

刘亮程散文对转型时期生活在物的夹缝中的人类来说，实在具有特别的人文价值。

---

① 刘亮程：《风把人刮歪》，新疆青少年出版社2008年版，第100页。
② 同上书，第88页。
③ 杨义主编：《中国文学年鉴2002》，中国文学年鉴社，第522页。
④ 刘亮程：《一个人的村庄》。

中篇

第一章 茅盾与中国现当代小说的史诗性建构

第一节 现实主义与中国现当代小说观念

在中国现代文学史上,茅盾是一位有文学才情的政治家,鲁迅是一位有政治抱负的文学家,而周作人则从骨子里透露出追求性情自由的文人禀赋。20世纪的文人大抵可归为这三类。

茅盾是以重视小说创作的时代性、社会性、阶级性而著称的中国现代文学史上的第一位作家。早在五四初期,他就发起和组织了文学研究会,大力倡导"为人生的文学"。注重介绍世界文学思潮,特别是弱小民族的文学,强调自然主义的写实,显示了其对文学政治性、社会性的倚重。茅盾在《〈小说月报〉改革宣言》中说"写实主义的文学,最近已见衰歇之象,就世界观之立点言之,似已不应多为介绍;然就国内文学界情形言之,则写实主义之真精神与写实主义之真杰作实未尝有其一二,故同仁以为写实主义在今日尚有切实介绍之必要;而同时非写实的文学亦应充其量输入"。① 茅盾的这种文学创作主张,在文学研究会同仁的共同努力下,后来成为了中国现代小说创作的主流模式。在20世纪中国文学创作中,现实主义文学从现代文学一开始一直影响到当下仍然居于小说创作的主流地位。

自然主义、现实主义是19世纪世界文学的一种主流模式。它是以科学的态度进行小说创作,这在法国、俄国十九世纪的自然主义、现实主义作家中最充分地显示了出来。像巴尔扎克,他就公然宣称"我爱好

---

① 《小说月报》1921年1月10日第12卷第1号。

科学","我喜欢观察我所住的那一郊区的各种风俗习惯，当地的居民和他们的性格"。① 巴尔扎克的小说采用了严格的现实主义手法，有人评价说：根据巴尔扎克的小说指引，你可以找到他所描写的地方，结果会发现那地方跟巴尔扎克笔下描绘的一模一样。也正因为此，巴尔扎克被法国的文艺评论家丹纳称作"开始写作不是按照艺术家的方式，而是按照科学家的方式"创作的人。写下《包法利夫人》的福楼拜也坚信："越往前进，艺术越要科学化。"而自然主义的代表作家左拉，则更是认为小说应以科学实验方法研究人生。还有俄国的托尔斯泰。茅盾的小说理论和后来的创作，显然受到了他们的影响。茅盾从五四时期起就醉心于自然主义、现实主义的译介，说道："近代西洋的文学是写实的，就因为近代的时代精神是科学的。科学的精神重在求真，故文艺亦以求真为唯一目的。科学家的态度重客观的观察，故文学也重客观的描写。"② 同时他又认为"文学家所欲表现的人生，决不是一人一家的人生，乃是一社会一民族的人生。不过描写全社会的病根而欲以文学小说或剧本的形式出之，便不得不请出几个人来做代表。他们描写的虽是一二人，一二家，而他们在描写之前所研究的一定是全社会、全民族"。③ 但茅盾后来的小说创作，显然决不是为了艺术而艺术的，而是具有科学理性精神的为人生的写实主义的文学。

一位外国文学评论家曾把世界上的小说家分为两类，一类是具有诗人气质的，另一类是具有社会科学家气质的，前者注重感性，倾向于浪漫，后者侧重理性，倾向于现实。茅盾显然是属于后者。他善于用理性的科学态度去分析和评判社会，运用马克思主义的观点和方法去分析特定时代的特殊社会现象。显示了其对现实社会的热情关注。他在1932年的《我的回顾》一文中，曾对自己五年来的创作说道："未尝敢忘记文学的社会的意义，这是我五年来一贯的态度。"并认为"现在已经不是把小说当作消遣品的时代了。因而一个做小说的人不但须有广博的生活经验，亦必须有一个训练过的头脑能够分析那复杂的社会现象，尤其

---

① 转引自严家炎《中国现代小说流派史》，人民文学出版社1989年版，第182页。
② 茅盾：《文学与人生》，《茅盾全集》第18卷，人民文学出版社1989年版，第271页。
③ 《茅盾全集》第18卷，人民文学出版社1989年版，第9页。

是在我们这个转变中的社会，非得认真研究过社会科学的人，才每每不能把它分析得正确。而社会对于我们的作家的迫切要求，也就是社会现象的正确而有为的反映！"① 这使他的小说创作，都不是率性而发的杜撰，而是经过严谨的科学分析后产生的。正如他自己所说："我从来不把一眼看见的题材'带热地'使用，我要多看些，多咀嚼一会儿，要等到消化了，这才拿出来应用。这是我牢不可破的执拗。"② 又说："我以为创作文艺，有三种工夫，似乎是必不可少的：（一）是观察，（二）是艺术，（三）是哲理。换句话说，（一）就是用科学眼光去体察人生的各方面，导出一个确实存在而大家不觉得的罅漏；（二）就是用科学方法整理，布局和描写；（三）是根据科学（广义）的原理，做这篇文字的背景。"③ 他的《子夜》就是经过了现实的实际观察和对有关中国社会性质大讨论方面的文章的阅读和分析，从而用小说的形式，揭示出"中国并没有走向资本主义发展的道路，中国在帝国主义的压迫下，是更加殖民地化了"。④《子夜》在具体的构思中，也是"先把人物想好，列一个人物表，把他们的性格发展以及连带关系等都定义出来，然后再拟出故事的大纲，把它分章分段，使他们连接呼应。""第二步就是按故事一章一章的写下大纲，然后才开始写作"。⑤ 他的短篇小说《林家铺子》和《农村三部曲》，也与《子夜》构成了同一个系列，其主题依然在于表现中国社会"更加殖民地化"的总体趋势。

茅盾的小说理论与创作深刻地影响了中国现代小说创作的整体走势，他开创了史诗式的以反映时代风云为主要内容的宏大的国家叙事小说模式。最大限度地表现了文学可能具有的历史深度和社会生活的宏阔面。然而，作家仅以政治的单一视角打量丰富多彩的现实生活，又把作家的超越意识引向阶级意识。这使他的小说在描绘"时代风云"时，

---

① 《茅盾全集》第19卷，人民文学出版社1991年版，第406页。
② 同上书，第409页。
③ 茅盾：《对于系统的经济的介绍西洋文学底意见》，《茅盾全集》第18卷，人民文学出版社1989年版，第23—24页。
④ 《茅盾谈〈子夜〉是怎样写成的》，《茅盾专集》第1卷下册，福建人民文学出版社1983年版，第859页。
⑤ 同上书，第860、861页。

势必遮蔽了"历史的天空",其局限亦是可见的。然而,作为文学创作的一种模式,史诗式的宏大国家叙事仍然是有其强悍的生命力的。

第二节　茅盾《子夜》与家国合一的宏大叙事

在中国现代文学史上,茅盾的《子夜》影响巨大,这部小说开创了史诗性长篇小说的建构模式,它也是现实主义小说最卓越的力作。在《子夜》中,茅盾运用了现实主义的精细写实描写,艺术地展示了20世纪二三十年代中国社会的宏阔历史画面,真实地描绘了中国从大都市到小乡镇,到江南农村的社会历史演变,以及在这一过程中,各阶级、各阶层人物的必然历史命运。小说一发表就受到了广泛的赞誉。鲁迅给予了积极的肯定,认为"茅盾的《子夜》写得很好"[①] 瞿秋白也及时地赞评道:"一九三三年在将来的文学史上,没有疑问的要记录《子夜》的出版,……这是中国第一部写实主义的成功的长篇小说。"[②] 小说家吴组缃则说道:"中国自新文学运动以来,小说方面有两位杰出的作家,鲁迅在前,茅盾在后。茅盾之所以被人重视,最大缘故是在他能抓住巨大的题目来反映当时的时代和社会;他能懂得我们这个时代,能懂得我们这个社会。他的最大特点便是在此。"[③]

茅盾《子夜》的史诗性,固然在于小说有历史感、有文学性。小说一开篇就以吴荪甫的父亲吴老太爷的从乡下逃到城里,暗示出中国农村的破产和农民在失去生存可能性的状态下,走向了旨在反抗的暴动。吴老太爷从乡下逃到城里绝不是个例,小说还表现了好几许地主纷纷来到上海。而来到上海后的吴老太爷就一直在叨念着他的"太上感应篇",并很快地死去了,这就暗示着中国的封建制度已经走到了消亡的境地。于是,小说的主人公,这个代表着民族资产阶级的吴荪甫登场了。小说塑造的吴荪甫,是一个留学欧美、深受西方实业救国观念影响的民族资

[①]《鲁迅书信集》下卷,人民文学出版社1989年版,第932页。

[②]《〈子夜〉和国货年》,《瞿秋白文集》第1卷,人民文学出版社1985年版,第438页。

[③] 吴组缃:《评茅盾〈子夜〉》,《文艺报》创刊号,1933年6月1日,转引自严家炎《中国小说流派史》。

本家。他引进了西方先进的技术和设备,他有能力、有魄力,也有实力。吴荪甫是一个优秀的实业家。凭他的才干应该完全能够把民族工业搞上去的。小说就表现了这个实业家为了把自己的纱厂经营下去而对农民的盘剥,从而榨取工人的剩余价值,周旋于股市。小说宏大严谨的结构,即表现在以吴赵斗法为主线,以吴荪甫为中心人物,通过吴公馆、交易所、纱厂这三个主要场所,表现买办资本与民族工业,民族资本家与工人,资本家与农村几方面的矛盾,从而以网状的结构展示了广阔的社会现实。

而作为民族资本家的吴荪甫这只"小鱼"要和以赵伯韬为代表的买办资本家这只"大鱼"进行斗争。这势必注定了其历史的宿命。小说着力表现吴荪甫在各个方面都做得游刃有余,虽然,他也使用一些卑劣的手段,但那是资产阶级的本质使然。吴荪甫最终还是在与买办资本家赵伯韬的斗法中彻底失败而宣告破产的,这也昭示了资本主义社会"大鱼吃小鱼,小鱼吃虾米"的历史必然性。吴荪甫和赵伯韬之间的较量,体现的是民族资本家与代表国际财团的买办资本家之间的较量,其最终结果是不言而喻的。茅盾在小说中,以形象的描写和科学的分析意在表明:在一个世界资本主义高度发展的国际大背景下,作为后发现代化国家的中国,走资本主义道路的必然失败。在这部小说创作之前,中国社会科学界就在讨论中国走资本主义道路的可能性问题,中国到底是封建社会主义制度还是资本主义制度?茅盾的《子夜》就是以小说的形式参与了这场讨论。在小说中,茅盾揭示出中国既没有走资本主义道路,也没有停留在封建社会。这和毛泽东后来提出的中国进入了"半封建半殖民的社会"的经典论述是相一致的。所以,《子夜》是很特别的,是主题先行的小说。关于这一点,在 20 世纪 80 年代以后,一些学者对《子夜》存在一些非议,认为这是左翼作家主题先行而又存在许多政治宣教意味的小说,于是《子夜》一度被人们诟病,复旦大学陈思和教授则提出,茅盾最大的成就是长篇小说《蚀》三部曲。其实,主题先行也是可以创作出优秀小说的,中国文坛不是有"意在笔先"、"胸有成竹"的佳话吗?至于政治宣教意味则要看它是否说出了真理。中国当下的经济走势也许让一部分人认为是在走资本主义了,那显然是一种误判。中国当下现实非要说资本主义的话,那也是社会主义的资本主义,因此，仅从这些方面是不可动摇茅盾的《子夜》在现代文学史上的地位的。

茅盾后来把原本为《子夜》第四章的内容写成了《林家铺子》和《农村三部曲》。因此，学界一向把它们视为一体。《林家铺子》描写的是"一二·八"事变前后，江南小镇林老板经商破产的故事。小说开篇就以日本兵攻打东三省和江南市镇抵制日货运动的时代作为真实背景，揭示了民族危难惶惶逼人的现实景象。而以卜局长为代表的国民党政府官员，在民族矛盾危难的关头，非但没有化解民族矛盾和阶级矛盾的能力，反而借助抵制日货运动进行敲诈、掠夺，以赚取个人的国难财。小镇上的商贩们则一方面受军阀的压迫和钱庄老板的盘剥，另一方面又把各种灾难转嫁到孤苦无依的市民和农民身上，使得国内的阶级矛盾异常尖锐。正是在这种复杂的政治背景下，小说以林老板的破产形象地寓示了中国不可能走上资本主义道路，而只能是更加殖民地化的现实境况。

作品以小镇上一个店铺的衰败，林老板的身世浮沉，揭示的是整个社会的病态现象。它显然是鲁迅小说文化批判的一种明晰化，表现出社会政治批判的锋芒。由于茅盾对当下的时代有着清醒的认识，对社会政治有着深刻的洞见，使他每每借助于生活上的小事件，因小见大地揭示社会生活的本质。这使他的小说在选材上具有社会缩型的特点。正如他自己所说："观察一特定生活，必须从社会的总的联带关系上做全面的考察。"[1]"在横的方面，如果对于社会生活的各环节茫无所知，在纵的方面，如果对于社会发展的方向看不清楚，那么，你就很少可能在繁复的社会现象中恰好地选取了最有代表性、典型性的，即是最具有深刻的思想性的一事一物，作为短篇小说的题材。"[2]

《农村三部曲》之一的《春蚕》，开篇就以老通宝坐在"塘路"边的想心事，从时空两个角度描述了老通宝认为"世界真是越变越坏"的感受。老通宝朴素地认为世界变坏的原因与洋货有关。"自从镇上有

---

[1]《茅盾全集》第21卷，人民文学出版社1991年版，第16页。
[2]《〈茅盾选集〉自序》，《茅盾专集》第1卷下册，福建人民文学出版社1983年版，第894页。

了洋纱、洋布、洋油——这一类洋货,而且河里更有了小火轮船以后,他自己田里生出来的东西就一天一天不值钱,而镇上的东西却一天一天地贵起来。"茅盾正是从帝国主义的经济侵略导致农民丰收成灾的现象中,揭示民族矛盾和阶级矛盾的。小说以老通宝的不满现实而又安分守己,恪守传统的天命观来表现中国农民的愚昧和保守。在《秋收》中,老通宝的性格有了些许转变,他从执拗、保守的小农文化观,到开始对自己的行为产生迷惑,临终前对小儿子多多头说:"真想不到你是对的!真奇怪!",表明了他的传统思想的动摇。然而,老通宝毕竟还是属于旧的传统观念占主导地位的老一代农民。

在《农村三部曲》中,代表作者政治倾向和人生取向的人物是多多头。多多头是中国农村破产后觉醒起来的新一代农民的典型。凋敝的农村生活带给他的不是老通宝式的感伤和对"发家"的失落。多多头比较清醒、务实。他从老一代农民那里继承了劳动人民勤劳的品性,但却不迷信、不守旧。在《春蚕》中,多多头已显露出对现实生活的怀疑和反叛情绪。到《秋收》中,多多头的性格有了合乎逻辑地展开。当"茧子卖不起价钱",老通宝一家生活困顿,而老通宝仍守着"还没有山穷水尽,何必干那些犯'王法'的事呢!"之时,多多头已经成了本村坊里斗争风潮的骨干,发起了本村的"吃大户",并领导了三个村坊的农民到镇上发起"抢米囤"的风潮。如果说《秋收》中的"抢米囤"风潮只是农民迫于生计走上与统治阶级的经济斗争的话,那么,《残冬》中,多多头等人冲进土地庙,打死"三甲联合队"的队长和卫兵,缴获了三条枪,就喻示着农民开始从经济斗争走上了政治斗争的道路。茅盾是怀着农民是会走上革命斗争的信念看取生活的。他在《我怎样写〈春蚕〉》中说道:"一九三〇年倾,这一带的农民运动曾经有过一个时期的高潮。农民的觉悟性已颇可惊人。"[①] 在《农村三部曲》中,茅盾通过老通宝和多多头这两个人物形象的对比、映衬,恰当地描绘了农民觉醒起来后走向武装斗争的历史过程。表现了农民阶级意识的萌发和对现存制度的反叛精神。

[①] 茅盾:《我怎样写〈春蚕〉》,《茅盾专集》第1卷下册,福建人民文学出版社1983年版,第874页。

自茅盾发表《农村三部曲》以后，中国现代农村小说就走上了从《春蚕》到《秋收》再到《残冬》的主题学之路。《春蚕》上承了鲁迅开创的文化启蒙主题。愚昧、保守而又善良、本分的老通宝，承载着传统文化的种种弊端和遗风。老通宝在《春蚕》中的第一主人公地位，使得《春蚕》的启蒙主题略占优势。在《秋收》中，随着老通宝的退居二线，多多头的形象鲜活了起来，小说主题亦随之转向了对农村政治风云的描绘，转向了救亡主题。这对20世纪30—40年代的农村小说影响颇大，像叶紫、吴组缃、艾芜、沙汀等的乡村小说，都表现了乡村风起云涌的政治风潮。叶紫的《丰收》及续篇《火》描写的云普叔和他的儿子曹立秋的不同人生态度，宛如老通宝和多多头在新的生活环境中的再现。而吴组缃的《一千八百担》和《樊家铺》亦对灾荒年月农民的政治心态给予了现实主义的深度描绘。表现出对《秋收》主题的继承。而茅盾的《残冬》似乎预设了40年代农村小说的阶级斗争主题。随着中国社会民族矛盾、阶级矛盾的愈演愈烈，随着赵树理的出现，多多头式的人物，已然成为40年代以后农村小说阶级斗争中的新人。中国现代近半个世纪的乡村小说已然被茅盾的《农村三部曲》所事先预设。这种特殊现象和其久远的影响力是不可忽略的。

茅盾的小说从艺术形式上看，铺设了20世纪中国小说国家叙事的史诗性构架。茅盾不仅是一位有着卓越天赋的文学家，同时，他更是一位具有现代理性意识的政治家。他善于从宏大的社会历史时空来鸟瞰中国社会的细微变化，这为其创作史诗性作品提供了可能。《子夜》就是一部"大规模地描写中国社会现象"的宏篇巨著，可惜的是，原计划中农村生活的内容被"割弃"了。而《农村三部曲》，尽管只是三个短篇，但其整体的构架一如长篇的格局，都是从时空两个方面展示现实社会的广角镜头和长焦距景深。茅盾曾说："我的短篇小说绝大部分都不是严格意义的短篇小说，而是压缩了的中篇。"陈平原也认为"综观茅盾整个创作历程，有表现从五四到'五卅'中国社会积聚转换的《虹》，有表现一九二七年前后知识青年幻灭、动摇、追求的《蚀》，有表现三十年代中国民族资产阶级命运的《子夜》，有表现抗战初期保卫上海战斗的《第一阶段的故事》，有表现抗战中期大后方国民党特务猖獗活动的《腐蚀》，如今又有表现抗战后期雾重庆的《清明前后》。把这一系列作品合起来看，简直是一幅完整的中国革命史的壮丽图卷。有意识地追求一种史诗感，使茅盾的小说大处着眼，气魄宏伟"。① 茅盾早年的从政经验，以及职业理论家的身份，大大强化了他宏观的理性意识。他的小说文化视野比起同代作家都更加广阔。他以现代理性意识审视时代生活的方方面面，既感受着时代浪潮的气息，又客观理性地分析、评判，同时还敏锐地抓住重大题材，以描绘时代社会的本质和未来的走向，因此，他的作品被人们称为社会全景小说。

第三节　从《小城春秋》、《红旗谱》、《创业史》到《白鹿原》的国家宏大叙事

在中国现当代文学史上，自茅盾1933年发表《子夜》以后，现实主义的史诗性结构就成为许多作家创作长篇小说的一种艺术追求。也成为20世纪中国近半个世纪小说创作的一种主导模式。包括《小城春秋》、《红旗谱》、《红日》在内的许多"红色经典"就是一个鲜明的表征。即使是20世纪末的陈忠实的《白鹿原》、贾平凹的《秦腔》等，我们仍然能够看到史诗性艺术作品的强悍生命力。

高云览的《小城春秋》体现了史诗性长篇小说的格局。小说一开篇就以厦门同安民间何族与李族的宗族械斗，铺设了故事展开的社会历史背景；又以何族的何大雷为代表的亲日、媚日行径交代了中国人民反帝反封建的特定时代现实状况。这使接下来叙写的以何剑平、李悦为代表的进步青年逐渐走向革命，并在斗争中走向成熟的全过程，获得了特定时代主潮的代表意义，体现了"宏大叙事"的艺术视野和胸襟。

从小说具体结构上看，前半部分主要围绕何剑平与丁秀苇的恋爱关系展开，但在实质上，它却具有青年投入革命、融入集体事业的隐喻性指向。这个部分写得如诗如画，人物刻画细致入微，心理描写颇为精到。小说的后半部分从第二十二章何剑平入狱开始，主要描写了监狱中的斗争。作者着力展现了共产党人不同的性格个性，以及共同的乐观战

---

① 陈平原：《清明前后——小说化的戏剧》，《茅盾研究论文选集》下卷，湖南人民出版社1983年版，第672页。

斗豪情。这个部分写得波澜壮阔、有张有弛、慷慨激昂。诚如小说中反复出现的歌词所写的："把你手里的红旗交给我，同志，／如同昨天别人把它交给你。／今天，你挺着胸膛走向刑场，／明天，我要带它一起上战场。"表现了共产党人革命信仰的传承和坚不可摧的强悍生命力。它也构成了小说鲜明的主题。

如果说小说的前半部分宛如一幅小城的明丽"春"景的话，那么，小说的后半部分就是一首豪迈的"秋"歌。整体结构上，前后两部分一横一纵、一张一弛、一隐一显，体现了史与诗的理想结合。

从小说人物塑造方面看，小说写作的背景正是社会主义现实主义创作方法占主导地位，以塑造工农兵英雄形象为主要目的的20世纪50年代初期。由于受到时代氛围的影响，作者未能突出个人英雄，也在尽量淡化人物的知识分子身份，而是着力表现知识分子的工农化——李悦就是一个突出的代表，着力打造共产党人的群体英雄形象：这里有倾向革命的进步青年丁秀苇、书茵等；有政治上还不够成熟的何剑平、吴七等；也有老练的共产党人吴坚、四敏等。从而形成了共产党人不同层面、不同性格个性的浮雕般的群像。难能可贵的是，作者还对中间人物刘眉，反面人物赵雄、金鳄等也做了性格的刻画。虽然着墨不多，但却栩栩如生，显示了作者长于性格塑造的深厚功力。这也是《小城春秋》能成为"红色经典"之一，至今仍拥有生命力之所在。

掩卷沉思，高云览先生的《小城春秋》堪称是一部社会主义现实主义创作方法的经典之作，是一部不可多得的"报告文学式的小说"，其继承了茅盾小说的史诗性结构方式是显然的。

梁斌的《红旗谱》是20世纪50年代最有代表性的一部史诗性巨作。

小说通过大革命失败前后生活于滹沱河畔锁井镇上的朱、严两家三代农民同冯老兰父子两代地主之间的斗争，围绕"反割头税"和"二师学潮"这两个中心事件，生动地展示了中国农民革命从自发到自觉，从个人反抗走向在共产党领导下的集体斗争的历史全过程。

小说一开篇就以朱老巩的"撞钟事件"拉开了农民与地主势不两立的阶级斗争的序幕。最后，斗争以朱老巩呕血身亡，严老祥漂泊异乡，冯兰池得胜而初告结束。后来，又以朱老明串连28户穷人三告冯兰池失败，而埋下了两个阶级对立的世仇之伏笔。

　　正文以当年为躲避冯兰池的斩草除根的追杀而逃到关外25年后的朱老忠的重返故土拉开了新一轮斗争的序章。此时的朱老忠已经是有大贵、二贵两个儿子的而又有丰富经验的成年人。他找到了世交严老祥的儿子严志和，此时的严志和亦是已有运涛、江涛两个儿子的成年人。朱老忠让儿子大贵去当兵，资助严志和次子江涛去读书，寄希望于"一文一武"继续与冯家抗争，报仇雪恨。然而在现实的残酷斗争中，朱老忠逐渐意识到要和地主进行斗争，靠个人的力量是不够的，必须要靠集体的力量，要靠党的领导，朱老忠身上有一种草莽精神，最后他走上了接受共产党领导的道路，并最终获得了斗争的胜利。

　　《红旗谱》是一部反映中国农民寻求自身解放道路的长篇小说，表现了农民与地主阶级的对立斗争从自发走向自觉，从个人走向集体的历史过程。作品立足于"反割头税"和保定"二师学潮"这两个中心事件，反映冀中农民运动的整体风貌。作品又通过与全国大革命时期的农民运动、北伐战争、四一二事变、秋收起义的呼应，在更大层面上描述和概括了民主革命斗争的历史，表现共产党领导的无产阶级革命事实上是一场农民革命。农民是中国民主革命的生力军，如果没有农民的参加，中国革命就不可能获得成功的政治性主题。

　　柳青的《创业史》是又一部具有史诗性的长篇巨制。小说的序幕把读者带到北方受灾，穷人在荒年捡老婆的年代。已经三四十岁的梁三穷得找不到老婆，正好在一个荒年，梁三就蹲在村头看过往的人。有十八九岁的黄花姑娘路过，别人劝他，你可以找个姑娘带回家做老婆了。然而，梁三却收留了一个带孩子的女人，当人们问他为什么不找黄花闺女，他说：我要找的是能过日子的人。

　　小说正式开篇则以中农梁生禄盖房的上梁把蛤蟆滩的几个主要人物都牵引了出来。此时已然是20世纪50年代，梁三家已在土改中分得了土地和牲口，梁生宝也已长大而成了强劳力，又适逢政府提出了致富的口号，几辈子想着发家的梁三家对发家致富充满了信心。但是，在这个时候，身为党支部书记的梁生宝却积极地组织起村里的第一个互助组，响应党的号召，要走农民共同富裕的道路。于是，梁家父子之间的冲突就成为走私有制和走公有制的一种代表。小说着力表现梁三立足于个人发家的创小业和梁生宝为农民的共同富裕而创的大业的矛盾。又通过蛤蟆滩"三大能人"的外在阻挠来着力表现创共同富裕的大业之难。作者柳青虽然写的是陕西渭南地区下堡乡的一个小村庄，主要围绕梁生宝的互助组的巩固和发展，展现农村合作化运动中两条路线矛盾的潜流。但却通过小村庄抒写了大时代中国农村翻天覆地的整体风貌，表现了土改以后中国农村变化的历史全过程。《创业史》原计划是一个三部曲，由于各种原因柳青没有完成，使得第二部主要叙述试办农业合作社的过程较为简略，而第三部原计划是写人民公社的亦没能动笔。

《创业史》受到肯定和好评的最重要原因是它的史诗性的艺术构架和作者流溢出的生活激情。人物塑造应该是在其次的，就人物形象的丰富性而言，诚如严家炎在20世纪60年代就作的评价：梁三老汉这个形象显然比梁生宝更有血肉，也更为生动和成功。

陈忠实的《白鹿原》是20世纪90年代史诗性长篇小说的代表之作。这部小说的开篇第一句话就很吸引人："白嘉轩后来引以豪壮的是一生里娶过七房女人。"小说意在表现白嘉轩生命力的顽强，影射中华民族的生生不息。在行文上亦自然导出了白、鹿两家的风水宝地之争。陈忠实在写这部小说时没有延续传统的现实主义小说的写法，而更多地借鉴中国传统的笔法，以民间的一种自然生存状态来表现20世纪中国的革命历史，较早的开创了新历史主义的叙事方式。白家和鹿家在价值立场上也不像以往的革命小说那么泾渭分明。此外，还着力表现了黑三一家。作者是带着历史还原的方式，通过这三家人物的辐射，在清末到中华人民共和国成立前的50年的历史跨度中，展现渭河平原下属的白鹿原在辛亥革命、国共合作、大革命、抗日战争、解放战争等不同时段中人物的盛衰兴替和世事的浑然风貌。从而被认为是披露了"民族灵魂的秘史"。

陈忠实以个人化的、感性的历史叙事隐露出历史的混沌和丰富，把家族史、风俗史、民族命运史和民族心灵史融合了起来。在20世纪90年代的中国文化传统面临延续和再造的历史选择时期，浑然地表现以白嘉轩为表征的儒家文化正负面因素交织合一的双重性特质。同时，也表现了作者在文化传承和文化改造上的两难尴尬。

小说结构宏伟、笔力雄浑，是史诗性小说从"风云"到"天空"的一种突破，堪称是茅盾开创的史诗性小说的新的传人，其文学史意义是巨大的。它给20世纪初叶茅盾开创的史诗性小说画上了一个美丽的句号。

第二章　中国现当代家族小说

第一节　现代家族小说的源起：巴金的《家》

国家叙事和家族小说之间大体上是一致的，所不同的是前者在结构上以国家为主，故人物往往呈辐射状，以多条线索的铺展涵盖广阔的社会历史内容；以国家和社会的主要矛盾来设定人物及人物和人物之间的关系，亦包括与之相统一的背景关系。而家族小说，则更倾向于从一个或几个家庭，运用象征或影射的方式呈现一个时代的缩型。当然，二者有许多相类似之处，且都可能实现宏阔的概括力。例如《红楼梦》即是一部在古代文学系列中最杰出的家族小说。在中国现代文学史上，巴金的《激流三部曲》开创了中国现代家族小说之先河。以巴金的《激流三部曲》之一的《家》它也是最有代表性的一部、《憩园》、《寒夜》为代表的家族小说，大抵以家庭为国家的"细胞"单元，通过家庭内部和外部的多重关系来表现整个社会的状貌。在这类小说中，国就是家，家就是国，家国合一。由此，家一般具有象征意义。它影射着整个社会。由于中国历史上的封建社会是一个以家族伦理关系而建构起来的等级社会，家与国在诸方面都有着惊人相似之处，这使得中国的家族小说在创作数量上尤为庞大，家族小说源远流长，因此，它每每成为国家叙事的一种特殊类型，有必要进行专门的探讨。

巴金的《激流三部曲》之一的《家》描写了一个四代同堂的封建大家庭的崩溃过程。小说从封闭的家族内部表现了以高老太爷为首的"父权"势力的专横和无耻，包括克安、克定等的荒淫寄生生活，揭露了封建大家庭的专制性、腐朽性；通过以觉慧为代表的"子辈"的激进民主思想，包括觉新的犹豫、摇摆，觉民的坚定、温和，表现了家族内部不可调和的思想矛盾冲突。作品围绕钱梅芳、鸣凤、李瑞珏这三位不同出身的女性的死,反映出封建大家庭在外在的通情达理下隐含着等级制的罪恶。揭示了封建大家庭必然崩溃的历史宿命。巴金说《家》是"找寻一条救人、救世、也救自己的道路"。

在人物塑造上,小说着力表现了高觉新这个既接受了新思想,又在家族的制约下独立个性泯灭的悲剧。高觉新受过"五四"新思潮的影响,有现代民主意识,然而,在家庭中,他这个高家的长房长孙又不得不顺从长辈的意志而和自己不爱的女人结婚,小说通过他先后爱过的两个女人的死,表现封建专制对他的严重心灵创伤,刻画了他反抗性与妥协性兼具的两重性格。其实,高觉新的长房长孙的地位又决定了他将是未来的另一个高老太爷,从而表现了统治阶级自己也在逐渐被这个制度所规范化,这种专制社会使得人人都是受害者,人人都有为难之处,坏在制度,在这种制度下,人人都在扭曲着自己。巴金的《家》就是意在表现这种封建家族制度的不合理性,这种封建制度表面上道貌岸然,实际上抑制了人心。觉新和觉慧的形象塑造,即在于表达青年一代的两种不同选择:如果说觉新选择维护这个家庭的话,那么,觉慧则选择了反叛这个家庭。小说以觉慧参加进步学生运动,大胆与身为丫鬟的鸣凤恋爱和结局的毅然出走,表达了他反叛的彻底性。

从情节安排上看,全书共四十章,第一章到第七章为开端部分。以觉慧、觉民在学校参加学生运动,觉新与梅小姐的爱情被家庭阻扰以及鸣凤苦难的身世从大背景下反映了亦新亦旧的时代整体状貌。初步展示了主要人物和人物之间的关系以及他们生活的现实环境。第八章到第三十五章为情节的发展部分。着重描写觉慧与外部军阀统治的矛盾和与内部家族专制的敌对以及他与鸣凤的爱情萌芽。三十章以后,小说以觉民的抗婚、梅的病死、克定的出丑、高老太爷的去世等系列事件,迅速把矛盾冲突推向尖锐化。第三十六章到第三十七章为高潮部分。以瑞珏的死把新旧两种势力的斗争推向了高潮,觉慧亦决定离家出走。第三十八到四十章是结局,觉慧到象征新生活的中心城市上海,走上了革命。小说的情节环环相扣,前后照应。

在艺术技巧上,小说运用了多重对比和细腻的心理描绘。例如觉慧与高老太爷的对比、高家三兄弟的对比、梅小姐与瑞珏的对比、鸣凤与婉儿的对比等。心理描写上最主要的几处是觉慧被高老太爷囚禁时的日记，鸣凤投水时的心理活动，鸣凤死后，觉慧的梦幻等。

巴金的《家》的突出特点在于，开创了中国现当代家族小说叙事的二元对立模式。这与20世纪变革的中国社会情势发展是相似的。变革社会中的"父权"严重制约了"子权"，势必阻扰种种新的探索的可能性。在家族小说中，父辈的因袭、保守往往成为针砭的对象，而子辈的反叛每每是予以肯定的。《家》中的高觉新、高觉慧的形象塑造即表现了时代青年的不同选择。高觉慧的形象在20世纪30年代引起了极大的社会反响，亦使《家》成为一部引导一代青年的成长小说。"五四"以后的很多青年都缘于看了这部小说而离家出走，进而走向了革命。就像当代路遥的《平凡世界》也影响了新一代青年的成长一样。虽然，他们不能效仿孙少平选择去挖煤，但农村青年逃离土地的人生探索，显然已成为20世纪90年代的大势。

巴金《家》的文学史意义在于开创了20世纪现代家族小说的写实性与象征性的双重写作风范，奠定了现代家族小说的基本结构范式。

第二节 20世纪前期现代家族小说的写实性与象征性

许祖华的论文《作为一种小说类型的家族小说（上）》认为"家族小说是一种有特殊规范的小说类型。它的题材内容具有特指性，常描写一个或几个家族的生活及家族成员间的关系，并由此折射出具有丰富内涵的历史和时代特征"。[①] 该文试图从"史诗性的小说与家族小说的区别"，"家族小说与写家庭生活小说的区别"的比较中来进一步明确家族小说的内涵。事实上，这从另一方面透露出家族小说的写实性与象征性特点。20世纪前期最有代表性的几部家族小说，如张恨水的《金粉世家》，老舍的《猫城记》、《四世同堂》，林语堂的《京华烟云》，路翎的《财主底儿女们》大抵都表现出这一同样的特征。

张恨水这个现代通俗文学的集大成者，他的《金粉世家》被誉为是"民国的《红楼梦》"。张恨水从具有鸳蝴派倾向的小说创作始，

---

① 许祖华：《重庆三峡学院学报》2005年第1期。

逐渐走向社会言情,逐渐融入国家叙事,其通俗文学创作的影响力是最大的。《金粉世家》就是通过北洋军阀时期的国务总理的小儿子金燕西与平民女子冷清秋从自由恋爱、结婚到离弃的悲剧为主线,以金燕西与另一豪门出身的阔小姐白秀珠的恋爱关系为辅线,在宏阔的时空背景下,描绘了一代豪门的衰败和世态人情的冷暖,从而用写实和象征兼具的笔法描绘了封建家族,本质上是封建体制的消亡。其家族叙事流溢出阴郁的伤悼情怀,具有浓厚的、感人至深的心灵穿透力。当然,小说也透露出几许亮色,讴歌了人性中的真、善、美,闪现出一股时代新思想的光芒。

然而,从家族小说的突破性看,老舍的代表作《猫城记》和《四世同堂》则更具有文学史的开拓意义。

老舍在1932年发表的《猫城记》,以科幻的笔法讲述了一个地球人乘坐航天飞机来到火星上的猫国的故事。作者以第一人称手法描绘了主人公从自救脱险,到结识猫人,再到学习猫人的语言,进入猫国游历的全过程。展示了猫国人的古老、慵懒、保守、贪婪。这个猫国的猫人以追求称之为"国魂"这一猫城的钱为最高目的,还有就是不吃饭而只爱吃一种叫"迷叶"的毒品。猫国的皇帝靠给予称作"哄"的不同政党以"迷叶"来进行统治。猫国人没有制度观念,喜欢看热闹。喜欢娶老婆、娶妾。他们既害怕外国人,又喜欢外国人。因为他们在外国人面前没有抵抗力,而他们又希望从外国人那里获得"迷叶"。小说结尾以主人公目睹猫国灭亡后乘坐法国探险飞机回到地球而收束。这部作品在1968年已经获得了诺贝尔文学奖的最佳提名,只是由于老舍的去世而使之与诺贝尔文学奖失之交臂。

《猫城记》的艺术价值在于它以寓言的笔法暗示了中华民族的文化劣根性。猫城,既是一个国,也宛如是一个家,整体上是一个象征。小说虽然超出了家族小说的外在范畴,但从本质上看,是与家族小说封闭式的叙述相一致的一种言说形式。

老舍的《四世同堂》则以抗日战争时期北平西城的小羊圈胡同这一"亡城"的缩影为背景,以代表儒家文化的旧式商人祁天佑一家四代的境遇为中心,以代表世俗文化的冠家为辅,代表道家文化的钱家穿插,展示了沦陷区普通市民生存的境况。作者在小说中力图以家庭为核心来透视中华文化的正负面因素。代表儒家文化的祁家，恪守着见人"磕头说好话"，在家庭中维护"孝悌之道"的文化传统。祁老太爷是一个倔强、正直，令人尊重的长者。八国联军打进北京的阅历，使他懂得了国家民族大事上的是与非、爱和憎。儿子祁天佑上敬父母下佑子孙，是一个正派的老好人式的生意人，结果反受日本人敲诈勒索，游街示众，最后被逼投河自尽。长孙祁瑞宣与《家》中的觉新有着某种相似性。他是一位中学英文教师，作者表现了他忠孝不能两全的苦闷性。然而，即使在极端困难的条件下他也绝不为日寇做事，同妻子韵梅艰难地维持着一家老小的生计。次孙祁瑞丰则贪图安逸享受，后来当了汉奸。三孙祁瑞全是个热血青年，出城当了八路军。全家的宝贝，祁老人曾孙小妞妞在日本投降前夕被活活饿死。这部小说的可贵处在于，老舍在日军侵略的背景下，表现了深受儒家文化影响的祁家文化的守旧、迂腐、忍让、苟且，展示更多的是儒家文化的种种负面因素。而以冠家冠晓荷，其妻大赤包为代表的中华世俗文化却在这一场民族战争中，以"有钱能使鬼推磨"，"人在屋檐下，不得不低头"的生存观念扮演了汉奸的角色。倒是以钱默吟为代表的体现道家文化特点的"钱家文化"，在民族危难中呈现出注重民族气节的积极抗争意识。钱默吟这位有着道家情怀，以消闲安度晚年的老者，在适逢日本入侵之季，毅然萌生了走向反抗的行动，显示出强烈的民族气节。

　　老舍的《四世同堂》展示了儒家、道家、俗家三家文化，着力表现了儒家文化的负面影响。老舍的小说涉及的是鲁迅最早提出来的改造国民性的问题。作为齐家文化，一旦碰到战争很容易产生汉奸，老舍通过齐家的两个儿子分别表现儒家文化的正反面影响。中国传统文化一向是儒家文化为主，道家文化为辅。儒家被认为是积极的，道家则是消极的，这种两分法实际上是很幼稚的，因为儒家、道家都有正负两方面因素。道家文化亦体现了很积极的一面，老子所说的无为是无所不为，道家的本意是无为中有大为，这才是真正的道家。鲁迅说中国文化的根底全在道。老舍在小说中着力要表现的就是道家积极的一面，即注重气节。小说最要针砭的是代表俗文化的冠家。中国百家文化中，有一种世俗层面的民间文化，这种文化在目前占据了主导地位，这就是中国俗文化。老舍在小说中对整个中华民族文化进行了深度的思考，为什么在抗日战争中，中国会生出那么多的汉奸，在世界上都是极为少见的。这固然有世俗文化的底盘，但根由在儒家文化的虚伪性一面。老舍在这部小说中，似乎也是在探讨中国文化的改造问题。诚如李泽厚说的中国的五四新文化运动没有完成，启蒙被救亡取代了，国民性改造没有完成。所以，鲁迅的时代还没有过去，还要进行新一轮的民族文化改造。

老舍的《四世同堂》通过三个家庭的成员构成的老派市民、新派市民和城市贫民三大人物形象系列，写实般地展示了"亡城"中的人们的苟且、苦难与抗争，填补了抗日战争时期沦陷区人民生存描绘的空白，具有宏大的社会历史涵盖面。不仅如此，作者赋予三个家庭以不同的文化内涵，使之具有了民族文化反思的艺术指向性。《四世同堂》和他早期的《老张的哲学》、《赵子曰》、《二马》三部长篇小说一样、贯穿着对国民性的思考、贯穿着对民族文化的反省。从这一点看，它又拓宽了家族小说表现的纬度。

如果说老舍的《四世同堂》把家族小说引向了历史文化的外在范畴的话，那么，路翎的《财主底儿女们》则把家族小说引入了人物心灵的深处。

1943年路翎开始重写他在香港战事中丢失的长篇小说《财主底儿女们》，经三四年时间完成了这部九十万言的巨著。小说以江南大地主蒋捷三家庭的儿女为主要线索，反映了20世纪三四十年代中国社会的重大时代风貌和知识分子的不同人生道路。全书分上、下两个部分。上部以"一·二八"战争到七七事变为背景，主要展现了蒋家在内、外压力下的解体过程。小说以蒋捷三的三个儿子为叙事线索，表现软弱无能的大儿子蒋蔚祖被泼辣、放荡的长媳妇金素痕所挟持，闹起了争夺家产的家庭风波。金素痕把精神失常的蒋蔚祖关在南京的家中，自己却披麻戴孝地赶到苏州找公公蒋捷三要人，在撒野中抢走了地契，蒋捷三由于本来就体虚，在这一事变中又受到巨大刺激而被活活气死。老二蒋少祖与三婿合力打的一场官司也以败诉结局。上部以蒋捷三的死和大家族的离析象征着封建制度的末路。这与《子夜》中吴老太爷的死有着异曲同工的艺术指向。下部以"八·一三"到苏德战争爆发为背景，主要描写了三子蒋纯祖在战乱中的颠沛流离，以流浪汉小说叙事的策略，展示了从工人运动的无端悲剧到军队的宗派主义以及乡间的封建文化恶势力的广阔现实图景。作者还对比描绘了追求民族出路的蒋纯祖在重庆与当年一度进步的二哥蒋少祖的蜕变,以及穿插描绘在家乡的蒋家族人的平庸、麻木生活,勾画了历史转折中人物的多种心态。体现出茅盾式的家国合一的宏大叙事框架的结构。但由于作者在人物塑造上主要倾向于进步知识分子复杂矛盾的心灵冲撞,主要人物的时代典型性不足,加之小说的历史真实性存在诸多失真处,使这部小说游走在家国宏大叙事和家族叙事之间。其写实性、情绪性兼具,尤其是对蒋纯祖的心灵刻画,达到了较为深入的程度。

而巴金的《寒夜》完成了家族小说从家族的解体到希冀家庭重建的一个轮回。

《寒夜》通过抗日战争时期三个小人物之间的感情纠葛和悲剧的描写,揭露了国民党统治下的"旧制度的罪恶"。小说主人公汪文宣和曾树生是一对大学教育系毕业的夫妇。年轻时曾有许多美丽的理想,希望能办一所"乡村化、家庭化"的学堂。但抗战爆发后,他们逃难来到重庆,汪文宣在一家半官半商的图书文具公司当校对,俨然是果戈理笔下可怜的小公务员角色。曾树生在大川银行当"花瓶"。因为工作需要,她常常穿着考究地去上班,而且经常因陪人吃饭而迟归,也常常因此而有人用车送她回来。这让从老家赶来操持家务、为儿子减轻负担的汪文宣的母亲很是不满。汪母与曾树生之间的婆媳关系一度紧张,汪文宣夹在中间左右为难,且又患上了肺病,家庭经济非常拮据,只是靠着曾树生的收入,勉强支撑着。随着战事逐渐严峻,曾树生所在的银行要迁往兰州,小夫妻俩商议,为了维持家庭开支,最后决定曾树生还是跟随银行年轻的经理乘飞机去了兰州。小说结尾,汪文宣在抗战胜利的鞭炮声中病死,汪母带着孙子小宣回了昆明老家。两个月后,曾树生从兰州回到重庆,但一切已是物是人非。

《寒夜》这部小说写的是一个家庭的消亡。作者以一个普通家庭的生活困顿来表现战争年代给人们带来的苦难。这使它获得了特定时代的写实性和象征性。然而,与巴金前期的《家》不同的是,前期的"家"是黑暗的象征物;而后期的"家"已然成了作家所珍惜的伦理组织。表现了巴金对象征着美好人情、人性的家的珍爱。

第三节 20世纪后期现代家族小说的传奇性与写意性

新时期以降，家族小说在叙事上有了一种新的开拓。曹书文在《中国当代家族小说研究》中认为，在20世纪80年代的家族小说创作中，出现了以《红高粱家族》为代表的家族英雄传奇的想象叙事、以《古船》为代表的反思家族与改革的启蒙叙事、以《罂粟之家》为代表的先锋家族史书写等多种审美风格的探索实验。在90年代的多元文化语境中，当代家族小说走向叙事上的成熟。其实，新时期以后的家族小说，随着思想的解放，以及西方各种文学思潮的涌入，并不是走向成熟，而是摒弃了茅盾式的"风云"书写，从而走向了对更为博大的"天空"进行抒写的自觉。这其中，家族小说的传奇性与写意性成了两个大的亮点。

莫言的《红高粱家族》系列小说就是这方面最早的也最有代表性的作品。

莫言以1985年的中篇小说《透明的红萝卜》而成名。他早期的小说，尽管"涌到我脑海中的情景，却是故乡的情景"。但"我一直采取着回避故乡的态度"。[①] 1984年写下《白狗秋千架》是他第一次在小说中出现"高密东北乡"。这标志着莫言从对故乡的故意排斥到有意认同。之后，莫言以高密东北乡这一虚构的空间为背景，写下了后来被集结成《红高粱家族》系列的《红高粱》、《高粱酒》、《高粱殡》等几个中篇。莫言像福克纳营造的美国南部的约克纳帕塔法县、马尔克斯描写的南美乡镇马孔多一样，以高密东北乡这一"邮票一般大"的地方，表现了中国乡村带有普遍性的人性内容和特定环境下的人类生存状况。莫言更加关注的是人类生命的物质状态。他把生活还原为最基本的吃和性。他像人类学家一样，以"他者"的目光对故乡进行"田野研究"。进而站在被研究对象的文化观点上来了解特定文化内部的生活方式和生活现象。这使他笔下的乡村具有浑然的状态下的丰富社会的内涵。

作者在《我的故乡与我的小说》中说道："人对现实不满时便怀念

[①] 莫言：《我的故乡与我的小说》，《当代作家评论》1993年第2期。

过去；人对自己不满时便崇拜祖先，这实际上是很阿Q的。我的小说《红高粱家族》大概就是这一类的东西。"① 莫言以对故乡的家族历史个人回忆的视角，抒发了对人的本真生命力的赞美和对抑制自由生命的现状的鞭笞。

莫言笔下的红高粱世界是贫瘠的，然而却是漾泛着自由生命精神的。像"我"爷爷和"我"奶奶就是敢爱敢恨，追求张扬人物生命精神的典型。我爷爷余占鳌，原是一名轿夫，他"因为握了一下我奶奶的脚唤醒了他的一生，也彻底改变了我奶奶的一生"。② 他勇敢地战胜了劫路人的"吃卡拼"，勇敢地和奶奶在高粱地里野合，勇敢地杀了单家父子，表现了集兽性、野性、匪性、理性、人性、感性于一体的特殊文化环境中的人生形式。在《红高粱家族》中，余占鳌的主导性格乃至于人物身份是难以界定的。他时而是追求个人幸福的劳动者，时而是杀人成性的土匪，时而是反对国民党军事统治的干将，时而又是维护民族独立的抗日英雄。然而，就其本性来说，他什么也不是。在他看来，他杀与他妈偷情的和尚，杀无辜的单扁郎父子，杀花花脖子，杀金大牙，甚至杀日本侵略者都是一样的，他并不为自己的杀人而忏悔而骄傲，他杀人不过是为了获得自由的生存。

《红高粱》中，"我"奶奶的形象也是豪放坦荡、自由任性的。她面对世事的不公，敢于同命运抗争，她反抗父亲以一头大黑骡的价钱，把女儿许给麻风病人，而大胆地与"我"爷爷野合。单家父子死后，她干练地承担起酒坊掌柜的重任。当爷爷后来抛弃奶奶和恋儿发生了婚外情的时候，她毅然地投到铁板会头子黑眼的怀抱以报复爷爷对她的不忠。小说借奶奶死前的道白，展示了人物狂放泼辣的心性。"天，你认为我有罪吗？你认为我跟一个麻风病人同枕交颈，生出一窝癞皮烂肉的魔鬼，使这个美丽的世界污秽不堪是对还是错？天，什么叫做贞节？什么叫正道？什么是善良？什么是邪恶？你一直没有告诉过我，我只有按着我自己的想法去办，我爱幸福，我爱力量，我爱美，我的身体是我的，我为自己做主，我不怕罪，不怕罚，我不怕进你的十八层地狱。我

---

① 莫言：《我的故乡与我的小说》，《当代作家评论》1993年第2期。
② 莫言：《红高粱》，《莫言文集》第1卷，作家出版社1995年版，第43—44页。

该做的都做了,该干的都干了,我什么都不怕。"① 表现了对自由生命的热爱和追求。

在"我"爷爷和"我"奶奶一辈的高密东北乡一带,乡民们身上流淌的就是这种自由的生命意识,和大碗喝酒、大块吃肉、大步前行的豪放英雄气概。而到了"我"父亲这一辈,尽管父亲豆官仍保留着英雄的秉性,但比之"爷爷"辈则显得顿然失色了。"父亲"最早是以乳臭未干的儿童身份参加抗日的。他后来在《狗道》中带着爷爷的武器只是与一群抢吃死人肉的癞皮狗作战。并且在一场人与狗的战争中不幸丧失了一枚睾丸,这无疑象征着生命力的衰减。《野种》中的父亲,尽管显示出勇敢豪爽、仗义的英雄底气。但他毕竟失去了一枚睾丸,况且也只是给解放大军押送军粮。就其性格、气质上看,比之爷爷的匪气和野性,亦显得"文"化了。这使他与"武"化的爷爷相较形象顿然失色了许多。由此可见,莫言的生命力主题潜藏着文明的批判的立场。而到了"我"这一代,则已是被现代文明熏陶得"带着机智的上流社会传染给我的虚情假意。带着被肮脏的都市生活臭水浸泡得每个毛孔都散发着扑鼻恶臭的肉体",有着"城里带来的家兔子气"的心性了。而且"我惶恐地发现,我在远离故乡的十年里所熟悉的那些美丽的眼睛,多半都安装在玲珑精致的家兔头颅上,无穷欲望使这些眼睛像山楂果一样鲜红欲滴,并带着点点的黑斑。我甚至认为,通过比较和对照,在某种意义上证明了两种不同的人种"。②

莫言的家族小说一反巴金以降家族小说的"父权"批判,而萌生出"祖先崇拜"意识。正是有感于爷爷辈的杀人放火、精忠报国,演出的一幕幕英勇悲壮的史剧,我才萌发了为"我"的家族树碑立传的思想。作者在《红高粱》的题记中写道:"谨以此书召唤那些游荡在我的故乡无边无际的通红高粱地里的英魂和冤魂。我是你们的不肖子孙,我愿扒出我的被酱油腌透的心,切碎,放在三个碗里,摆在高粱地里,伏惟尚飨!尚飨!"表达出作者对流逝的那种张扬人的自由精神的古朴乡村文化的崇敬和对现代都市生活方式的人性虚伪、生命猥琐的不满,表现出

---

① 莫言:《红高粱》,《莫言文集》第1卷,作家出版社1995年版,第74页。
② 同上书,第378页。

对"我们这些活着的不肖子孙""种的退化"的不满。

莫言以"我"爷爷和"我"奶奶的传奇经历,用写意的笔触描绘了原始的一种生命形态,表现出对野性般的本真生命的追怀和对当下弱化的"文"化的批判。这兴许也是贾平凹要"怀念狼"的缘由吧!

莫言的《丰乳肥臀》则以上官鲁氏为核心,通过其子女的辐射,建构了这个家族的复杂人物类群。这部小说在结构上似乎采用了家国合一的宏大叙事。然而,莫言传奇性与写意性兼具的笔法,又消解了其史诗性,表现出浓厚的民间家族叙事倾向。上官鲁氏自从嫁给上官寿喜以后,由于丈夫无生殖能力,又百般对其虐待。她出于对生命的热爱和报复丈夫,分别和八个男人生下了九个子女,最后一胎是双胞胎上官玉女和上官金童。除最小的我(上官金童)是男性,其他八个都是女性。上官家的八个姐妹在动荡和离乱的生命际遇中又分别嫁给了代表各路势力的英雄。这使得上官家族成了各路英雄矛盾冲突的一个关节点。小说借徐瞎子的嘴说道:"盼弟姑娘,你们上官家可真叫行。日本鬼子时代有你们沙月亮大姐夫得势,国民党时代,有你二姐夫司马库得势,现在有你和鲁立人得势,你们家是砍不倒的旗杆翻不了的船啊。将来美国人要占了中国,您家还有个洋女婿……"①

上官鲁氏作为民族的形象,隐喻着中华民族一个世纪的苦难历史。上官家族的阴盛阳衰透射出了民族文化的阴性化倾向。上官家族遗传基因种类的复杂,亦显示出中华民族的多元性格局。根据现代遗传学理论:"就整个种族而言,假如它的基因库——指全种族所具遗传因子的总和,所具的遗传基因种类愈复杂众多的话,那么它可以适应于不断变迁的环境能力就愈大。相反的,假如基因库所具的基因种类纯一而缺乏变异的话,那么当环境一改变,原来适应于过去环境的因子就无法适应,基因库里也没有其他因子可以调适,因此种族就可能绝灭了。"②上官家族基因种类的多元性,形象地暗示出了中华民族的顽强、坚韧的生命意志。莫言的《丰乳肥臀》以上官家族四代人近百年的悲欢离合抒写了中华民族的苦难史。而上官鲁氏的形象则喻示了中华民族在面对

---

① 莫言:《丰乳肥臀》,作家出版社 1996 年版,第 275 页。
② 李亦园:《人类的视野》,上海文艺出版社 1996 年版,第 39 页。

外来种族和文化的侵入下的顽强生存能力。尽管在变乱的社会中,上官鲁氏不是生存的"最适者",但她却是最"适中者"。因为不太特化,所以对环境具有更强健的应变能力。诚如人类学家李亦园所说:"今日西方的文明,很像是一种最适者的文化,他们的那种企图完全控制自然的态度,以及表现出过量地取自于自然的行动,显然是走上特化的道路,这种特化的文化在目前这一段时间内也许可以说是最能适应的文化,但是当环境一改变,很可能就成为不适者。"[①] 莫言以沙月亮、司马库,乃至于孙不言等人物短暂的风光与过眼烟云般地消顿,反衬出上官鲁氏生命力的顽强,亦表现出她对一切生命的呵护和珍爱。

莫言的家族小说代表着新历史主义的解构倾向,他以人物塑造上的传奇性,叙述上的个人回忆的家族叙事策略把历史的"风云"还原为历史的"天空"。从而拓展了家族叙事的多种可能性,为后来的戏说、水煮、大话等搭建了平台。

苏童的"枫杨树故乡"系列小说就是在比莫言的"高密东北乡"更加虚拟的空间中建构起来的。这在苏童80年代中期的《罂粟之家》中已经呈现。《罂粟之家》讲述的是地主刘老侠的病态生殖欲望,以此来消解"红色经典"的革命历史叙事。

小说中的刘老侠是个血气旺而乱的地主。他生命力旺盛,但生出的孩子都长着鱼尾巴。后来娶了父亲的姨太太翠花,翠花原先是个妓女。刘老侠与翠花生下的叫"演义"的儿子又是个白痴。出于无奈的刘老侠想出了"借种"的办法,他让翠花与长工陈茂交好,于是有了沉草。也就是说地主刘老侠的儿子沉草实际上是陈茂的种。而巧合的是沉草又在一次失手中杀死了自己的哥哥,也就是刘老侠的亲生儿子白痴"演义"。于是,刘老侠只能把家业交给沉草。小说戏剧性地营构了"地主"和"长工"之间的角色互换。正如余华在1993年发表的《活着》中"富贵"在一场赌局中地主少爷身份的被置换。而这一切又导出了解放后的戏剧般的错位。在《罂粟之家》中,当土改工作队来的时候,队长正好是刘沉草的同学庐方。陈茂则参加了革命,并成了农会主席。陈茂带领农民来抢刘老侠家的米,但刘家人根本看不起他的人品。后

---

① 李亦园:《人类的视野》,上海文艺出版社1996年版,第41页。

来，陈茂因强奸刘老侠的女儿被庐方枪毙了，沉草也被庐方处死。

小说诚如地主刘老侠给儿子起名叫"演义"所示，把原来作为家国叙事的阶级斗争历史观"演绎"为一个充满乱伦、劫杀的民间人物的浮沉过程。小说消解了农民和地主之间的紧张、对立，以还原历史生存本相的方式，对"红色经典"的革命历史宏大叙事进行了民间的颠覆和重构。

苏童是用一种"历史的勾兑法"来创作的，他说："从1989年开始，我尝试以老式方法叙述一些老式的故事，《妻妾成群》和《红粉》最为典型，也是相对比较满意的篇什。我抛弃了一些语言习惯和形式圈套，拾起传统的旧衣裳，将其披盖在人物身上，或者说是试图让一个传统的故事一个似曾相识的人物获得再生。"[1] 综观苏童的家族小说，他偏向于从性和生殖的角度来入笔。苏童的家族小说亦和莫言一样，表现了新一代作家对宏大历史叙事的质疑，表现了历史"天空"的多样可能性。在这一点上，家族小说比家国叙事似乎有更多的优势之处。

---

[1] 苏童：《怎么回事》，《红粉·代跋》，长江文艺出版社1992年版。

第三章 现代文化视野中的中国乡土小说

第一节 现代化与乡土小说的人文关怀

一 现代文化视野中的中国乡土文学

乡土文学研究是20世纪中国现当代文学研究的一个热点。据中国维普网统计,近30年仅题目中含有乡土的论文有近5000篇,题目中含有乡土小说的论文有七百多篇。题目中含有乡土小说的专著26部。依此可见,乡土小说研究又是乡土文学研究中的热点。然而,这众多研究大抵关注的是个别作家、作品,对乡土文学进行理论探讨的论文却极为鲜见。

目前,国内乡土小说研究的代表观点主要有四家,即陈继会《理性的消长——中国乡土小说综论》等代表的以文化审视、理性批判为主题内容的乡土小说观;丁帆《中国乡土小说史论》等代表的以地域特色和农民为主要表现对象的乡土小说观;赵园《地之子——乡村小说与农民文化》等代表的以社会政治变迁为关注点的农民文化改造的乡土小说观。而严家炎、陈平原则把乡土小说囿于20世纪20年代的一个自足的流派。新时期以降,尽管研究乡土小说的学人众多,然而,从理论上去梳理大抵呈现为如上几种向度。也由于他们分别表现出对特定地域的农村、特殊的农民群体和特定时代的文化冲突的不同关注,导致乡土小说研究出现了表象上的繁荣和内涵上的含混的格局。仅在概念上就存在乡村小说、农民文学、乡族小说、农村题材小说与乡土小说之间诸种"剪不断、理还乱"的关系,加之风俗小说、历史小说、知青小说、小城小说、家族小说等与乡土小说概念的交错现象,大大增加了厘清乡土小说概念的复杂性。究其根由：乡土小说是一个主题学意义上的概念？还是一种题材的分类？或是一种地域文学的表述？这是厘清乡土小说概念内涵和价值指向的关键。

丁帆等代表的乡土小说观是以地域特色和农民为主要表现对象的，在地域上注重"风景画、风俗画、风情画"，亦可以称之为风俗小说；在表现对象上以农民为主体。赵园关注社会政治变迁下的农民命运和农民文化的改造。这实际上已是政治小说或农民文学的范畴了。而陈继会以中西文化冲突来立论的乡土小说观凸显了乡土小说文化家园、精神故乡的根本内涵，因此最具有高屋建瓴的宏观性。然而，陈继会未能留意到乡土小说的文化主题实际上是与作家的创作视野相关的，而且呈现为多元的格局，这也从另一方面给后来的研究者提供了多元文化视角研究乡土小说的可能。可喜的是，近年来有越来越多的博士介入这一领域，并逐渐把乡土小说的主题引向文化学的层面。如张懿红博士《缅想与徜徉：跨世纪乡土小说研究》，涉入了乡土小说中民族文化建设的问题。罗显勇博士《论二十世纪大陆与台湾乡土小说的母题及其文化渊源关系》一文，提出了"乡土想像是知识分子通过文学实践来对现代性进行思考"的看法。禹建湘《现代性症候的乡土想像》把文学文本与现实社会联系的思考方式，以及余荣虎博士《中国现代乡土文学理论流变论》对乡土文学理论的历史性梳理等都是极其可贵的。

笔者从2002年承担《二十世纪中国乡土小说史》专业选修课程以来，开始关注这一论题。研究初始，首先碰到的问题是乡土文学的界定。"乡土"这个词含义太丰厚了，通过对资料的梳爬和分析，发现20世纪前期，鲁迅、茅盾、周作人由于关注视角的差异，对乡土文学理论的阐述存在不同的理解。于是开始从作家的视角入手来分析乡土小说。论文《风筝与土地：二十世纪文化乡土小说家的视角和心态》一文，发表在《文学评论》2005年第4期上。文中提出了20世纪中国乡土小说是表现知识分子文化定位、文化漂泊和文化归属的文化小说或寓言化小说的观点。并通过对周作人、茅盾、鲁迅乡土文学理论的辨析，发现周作人的乡土文学观更注重的是地域上的乡土风俗，茅盾的乡土文学观更倾向的是表现农民的政治、经济命运，只有鲁迅的乡土文学观凸显了知识分子文化怀乡的精神意义。由此，写下了《二三十年代倡导乡土文学的三种理论视角》的论文，发表在《中国现代文学研究丛刊》2004年第4期上，《新华文摘》2004年第24期作了论点摘编。通过对三位乡土文学理论家的比较，认为鲁迅文化学的乡土文学理论更具历史合理性。于是，倾向于从文化学视角来研究乡土小说。并以这些篇文章为核心，建构了以视角为中心，观照20世纪中国文化乡土小说的著作框架。2005年出版专著《乡土记忆的审美视域——20世纪文化乡土小说八家》。

通过对西方资本主义发生史的考察以及对中国现代化发生史的追踪，更可以确证乡土文学是与两种文化冲突有着内在关系的。例如，英国作家哈代的《德伯家的苔丝》、《还乡》等被作家自称为"性格与环境冲突"的系列小说，即在于表现资本主义生产方式进入农村后造成的农村古老传统文化的消失，表现出作家对人的生存状态、生活方式的关注，表现出作家对人的文化关怀。尽管哈代是以"性格与环境冲突"的小说名之，而实际上这就是世界现代化格局下最早的乡土小说。如果说哈代的小说表现的尚是原发现代化国家的人们的文化"乡愁"的话，那么，对后发现代化国家的人们来说，文化"乡愁"就更具有民族文化的寓意了。

从世界工业化和中国现代化的宏阔历史视野来观照，可以发现，世界性的乡土小说与现代化是存在同步关系的。世界乡土小说最早从英国作家菲尔丁、哈代等系列小说到北欧诸国的发生，以及19世纪在美国的昌盛，即表现了与资本主义生产方式在世界蔓延的同步性。而20世纪中国乡土文学的兴起，显然也与中国现代化具有着同构的关系。20世纪中国乡土文学的两个高峰时期，正好处于中西方文化大碰撞、大融汇的二三十年代和八九十年代。这绝不是偶然的现象，而是现代化的现实使然。这从中国乡土文学家产生的地域环境及地域环境的迁移中可以更清晰地看到。中国大陆乡土文学家最早产生于东南沿海的浙江一带，进而延展到以湖南为中心的南方一带，随后向山西等北方诸省迁移，世纪末抵达陕西，整体上呈现为从东南沿海向西北高原迁移的态势，这恰好与中国现代化从东南到西北的进程同步。无独有偶，台湾的乡土小说亦是从陈映真对台北附近的"莺歌"，到黄中明对宜兰的描写，进而延展到王祯和笔下的花莲一带，整体上呈现为从西北到东南的迁移，这亦与台湾现代化进程同步。国内大多数学者倾向于把乡土文学与农民文学对等起来，这体现出对茅盾乡土文学观的认同，而部分倾向于地域色彩的乡土文学研究的学者，秉承的实际上是周作人的民俗学乡土文学理论观。而实际上，20世纪的乡土小说随着中西方文化冲突的加剧，加之受到鲁迅乡土文学观的影响，特别是鲁迅创作实践的带动，从整体走向上看，越来越呈现出文化的蕴含，从而与茅盾、赵树理初创的，柳青、浩然等作家继承和拓展的农村小说越来越有了明显的区别。20世纪的乡土小说随着中西方文化冲突的深入，也越来越被知识分子（而不是农民）所青睐。而周作人民俗学的乡土文学理论事实上亦是一种文化的折射。

通过理论的梳理，可以看到，乡土小说在题材上已不再是农村题材小说所能包含的了。它逐渐向城市的胡同和里弄渗透（范伯群先生就提出了"都市乡土文学"的概念）。在人物上也不仅仅是以表现农民为中心，知识分子已不再只是农民的代言人了。20世纪的文化乡土小说，把知识分子的理性意识和情感矛盾推到了小说的前台，着力展示的是中西方文化冲突境遇下知识分子自身复杂多样的精神状态。而周作人提倡的那种单纯地写乡景、乡俗、乡情，以展示乡村和乡民的一种特定生活状态的文学，如果从叙事者的心态方面考察，亦可以看成是对一种文化的怀旧。只有茅盾提倡的那种表现农民对现实命运挣扎的文学，那将是宽泛意义上的乡村小说。当然，不可否认，一些乡村小说因其特定的乡土环境，特别是方言的文化韵味，都可能构成文化乡土小说的内容，但它并不是文化乡土小说的终极旨归。也就是说，它只是载体，而不是本体。鲁迅赋予乡土小说本体内涵指向的是知识分子在中西方文化冲突下的文化定位、文化漂泊和文化归属的范畴。它是一种文化小说，诗化小说。其实，从乡土小说着力表现"乡愁"这一点上就可以看出它的知识分子文化属性。乡愁并不产生于土生土长的农民，乡愁来自被故乡放逐的人们。而知识分子的独立品格和文化占有者的身份，决定了他们必然成为表现乡愁的当然代表。更何况乡土小说中乡愁的"文化乡土"，"精神家园"的韵味，决非是农民和其他身份的人所扛得起的。传统的阅读经验，往往忽视了文化乡土小说中叙述者的身份，而直接表现知识分子文化漂泊，精神漫游的小说又一度被拒之于乡土小说门外，这使得知识分子在乡土小说中的应有地位长期被悬置。而乡土小说的诗化性、写意性，亦使得一度只注重形象塑造的小说分析"忘记"了叙述人的心态。既如我们阅读鲁迅的单篇作品，确实容易忽视叙述人，尤其是叙述人的立场、态度、心境和表达方式，而把注意力转到了叙述对象上。然而，如果对鲁迅的文化乡土小说进行整体上的把握，那么，叙述者理性和情感的复杂矛盾心态就浮现了出来。鲁迅乡土小说即应作如是观。

20世纪前期，鲁迅、茅盾、周作人他们共同建立了宽泛意义上的20世纪中国乡土文学理论。然而，由于中国社会历史的特定情势，用李泽厚的话说是"救亡"压倒了"启蒙"，致使茅盾的"农民文学"一度彰显了起来，形成了"乡村小说"的繁荣和"农村题材小说"独树一帜的特别风景。只是到了20世纪80年代"寻根文学"以后，鲁迅的文化乡土小说才回归到文学创作的主航道上。这种文化乡土小说，它体现了全球化背景下知识分子的全球文化认同与民族国家文化认同的矛盾，体现了当下知识分子的精神危机与两难矛盾。因而，乡土小说才获得了知识分子的文化属性和诗化的品格。

第二节　20世纪写实性文化乡土小说的发展脉络

20世纪乡土小说的发展因着人类理性与情感的不同需求而呈现为双链交织的一种发展态势。其突出表现为鲁迅所说的写实性乡土小说和抒情性乡土小说两大模式。鲁迅作为中国现代文学的第一人，他的小说《故乡》和《社戏》分别可以作为写实性乡土小说——"还乡模式"和抒情性乡土小说——"怀乡模式"乡土小说的两种范型。他的第一篇白话小说，也是新文学的第一篇白话小说《狂人日记》可以说就是20世纪中国写实性文化乡土小说的开篇之作。《狂人日记》开篇的"文言小序"说"某君昆仲，今隐其名，皆余昔日在中学校时良友；分隔多年，消息渐阙。日前偶闻其一大病；适归故乡，迂道往访，则仅晤一人，言病者其弟也，劳君远道来视，然已早愈，赴某地候补矣"。证明这是"适归故乡"的乡土之作。《狂人日记》以接受西方启蒙理性思想的"狂人"的视角透视中国的传统社会。于是，"狂人"看到了"正常社会"中的"正常人"看不到的封建礼教表层的仁义道德背后所隐藏的

"吃人"面目。这种对中国乡土社会的全新的认知，是土生土长的农民所无法理解的。只有接受了西方的启蒙理性——狂了，才能看清封建礼教的吃人本质。小说思维观上的现代性、开放性和乡村人物的传统性、封闭性构成了两种文化之间的巨大裂痕。其浓郁的理性色彩、深厚的文化内涵，决定了小说鲜明的知识分子立场。从而开创了中国20世纪文化乡土小说中一种注重认知性的现实批判的写实性乡土小说范型，并给后来的乡土小说以广泛的影响。从小说接受者的角度上看，这种注重认知性的文化乡土小说本身就是写给知识分子看的，因此，它是先觉的知识分子对后觉的知识分子的文化启蒙。从认知性的角度上看，作品还通过狂人的反思，进一层地发现有着四千年吃人历史社会中的"自己也曾吃过人的肉"。并通过小序中叙述人的立场超越了狂人的视角，从而消解了觉醒后的"狂人"无法改造"正常社会"的"正常人"的启蒙尴尬。并以狂人后来的"早愈"和"赴某地候补"跳出了启蒙的怪圈。显示出鲁迅对中西方文化冲突深邃而清醒的认识，给当时的知识分子以强烈的心灵震撼。在《故乡》、《在酒楼上》、《孤独者》、《祝福》等系列小说中，作者都通过"我"作为"归乡"的知识分子的所见、所闻、所感，描绘了文化冲突背景下，知识分子"精神流浪汉"的形象。魏连殳和吕纬甫，也同属于流浪在两种文化夹缝中的知识分子。所不同的是，作者更多地表现他们的消沉、颓唐，而赋予"我"更多的是迷途中的思考和对未来前途寻觅的义含。《伤逝》中涓生与子君从相爱到分离，亦可以看成是中西方文化冲突的一种寓言。小说以涓生和子君分别指涉西方和中国两种文化。通过"涓生的手记"这一独语形式，强化了两种文化交融的内在复杂性。并以子君的文化退守和自杀，从反面提示了中华文明的必然出路。小说中人物的孤独情怀，作品浓郁的感伤气氛，尤其是家的破裂，使之具有一种文化精神的漂浮感和文化家园的失落感。应当指出的是，鲁迅的文化乡土小说指向的是知识分子思想和情感的特定状态和特殊情境。即知识分子作为西方文化的接受者，他们从民族情感的集体无意识中本能地产生了对西方霸权文化的排斥；知识分子作为传统文化的继承人，他们在理性上又不得不对落后的民族传统文化予以坚决地否定，特定历史把文化承传者的知识分子推到了文化失范的现实境地，迫使他们游走于文化荒原之中。知识分子文化品格的精神性特点，使之在小说的形象塑造上与农民、工人的形象有着绝然的不同。知识分子的精神特性，使得知识分子形象更多地呈现为认知性、意象性。鲁迅正是通过知识分子对中西方文化冲突下的理性思考和情感态度，描绘了知识分子复杂的思想意识和心灵矛盾的。

而20世纪二三十年代出现的一大批乡土小说家，像王鲁彦、许杰、彭家煌、台静农、萧红等，他们在创作视角上不同程度地接受了鲁迅的启蒙理性的文化观照立场，显示出对乡土社会的超越性认知，正如鲁迅说的"看王鲁彦的一部分的作品的题材和笔致，似乎也是乡土文学的作家，但那心情，和许钦文是极其两样的。许钦文所苦恼的是失去了地上的'父亲的花园'，他所烦冤的却是离开了天上的自由乐土"。[①] 尽管王鲁彦和许钦文乡土小说的创作心情各不相同，但都表现出用现代西方启蒙理性对乡土的审视。当然，他们无法超越鲁迅高屋建瓴的文化视角，但却使文化乡土小说在二三十年代蔚然成风，很好地配合了"五四"时期的文化启蒙运动。

30年代茅盾以政治理性视角写下的《林家铺子》和《农村三部曲》，40年代赵树理以实用理性的视角写下的乡村小说，在知识分子的乡土观照立场上，有了不同向度的开拓。然而，由于作者阶级意识的逐渐强化和对农民现实政治命运的过多关注，使他们的小说文化性在不同的程度上有所削弱，因而在整体上表现出向农村题材小说领域倾斜的趋向。受他们的影响，乡村小说一度回避了表现中西方文化冲突的主题。以致在五六十年代出现了农村题材小说的泛滥。而鲁迅知识分子立场对乡村文化进行理性透视的文化乡土小说，则直到70年代末和80年代初，才有了新的崛起。

客观地说，80年代中国的改革开放是五四以后中西方文化的第二次大融汇。如果说"五四"时期出现的文化大碰撞，是中华传统文化在屈辱的状态下，对自我文化的彻底否定和对西方文化的被动性接纳的话，那么，80年代的文化大交流则表现出中西方文化在形式上的一种对等性互换。尽管不同时代背景下的二次文化大碰撞有着种种不同的具

[①] 鲁迅：《中国新文学大系·小说二集导言》，见《鲁迅全集》第6卷，人民文学出版社1981年版，第248页。

体内容，但是文化碰撞在整体上的相似性却使 80 年代在文化吸纳上有着宛如回到"五四"时代的感觉。伤痕、反思背景下的乡土小说，就是在这一特定情境中，以回归"五四"的文化批判和文化反思的认知形式出现的。而 80 年代中期出现的"寻根文学"，则标志着乡土小说知识分子的文化自觉。"寻根文学"以质疑"五四"的姿态，承继了"五四"时期乡土小说的文化追寻。"寻根文学"的理论主张鲜明地标示出其对民族文化精神的探求。因此，它是鲁迅以改造国民性为目的的反传统的继续。所不同的是，鲁迅面对中西方文化碰撞的初期、面对传统文化的根深蒂固，他采取的是彻底反传统的策略。而寻根文学家则表现出对中国传统文化劣根和优根的双重揭示。像韩少功，这个最鲜明地表现出知识分子理性自觉的寻根小说家，他的乡土小说，文化冲突的意味就显得特别明显。他的《回声》、《爸爸爸》等作品，知识分子虽然表现为不在场，但作者以叙述者的理性逼视，使传统文化浸染下的农民麻木、愚昧的根性昭然若揭了。小说塑造的根满和丙崽形象也同鲁迅刻画的阿 Q 一样，具有传统文化的象征性，从而在叙述者的理性意识和被描绘的农民形象之间构成了两种文化冲突的内在张力，显示出新时期的知识分子对传统文化的深刻洞见。

在以西方启蒙理性立场对中国传统文化观照的乡土小说中，知识分子就如盘旋在空中的风筝，一方面由于距离，深化了知识分子对传统文化的理性认知；另一方面又由于受到特定文化的牵引，表现出对生于斯、长于斯的自身文化的情感眷恋。这种文化冲突的历史必然性，注定了知识分子文化漂泊者的命运。鲁迅以其深刻和清醒，使他既最大限度地拉开了"风筝"与土地的距离，又能够跳出风筝线的两端，以彻底的反传统对知识分子和农民进行双向批判。赵树理等作家则以拉近"风筝"与土地的距离，表现出对世俗生活的关注，但却使知识分子的理性意识和乡土小说的文化韵味受到了极大的削弱。而韩少功等寻根作家，则试图给风筝寻找新的支点，这使他们的种种努力，不仅在视角上没有跳出风筝线的两端，反而淡化了理性批判的力度。因而在中西方文化冲突的认知性上并未超越鲁迅，只是由于他们的乡土小说，在现代化进程中时间上的延伸和地域性上的开拓方面，丰富了中西方文化冲突的不同表现形态，并使鲁迅开创的文化乡土小说回到了文学叙写的中心位置。

从而显示了其特有的时代文化价值。

第三节　20世纪抒情性文化乡土小说的发展脉络

如果说20世纪的乡土小说家在理性认知上更倾向于西方文化立场的话，那么他们在情感态度上则表现出对传统文化立场的倚重。在这一点上，鲁迅的乡土小说仍具有范式意义。鲁迅《故乡》的还乡模式和《社戏》童年回忆视角的怀乡模式，给20世纪的文化乡土小说创立了两种诗学的范式。《故乡》以开头的景物描写和叙述者低缓阴沉的语调营造了游子归乡的落寞心境：

> 我冒了严寒，回到相隔二千余里，别了二十余年的故乡去。
> 时候既然是深冬，渐近故乡时，天气又阴晦了，冷风吹进船舱中，呜呜地响，从篷隙向外一望，苍黄的天底下，远近横着几个萧索的荒村，没有一丝活气。我的心禁不住悲凉起来了。
> 啊！这不是我二十年来时时记得的故乡？
> 我所记得的故乡全不如此。我的故乡好得多了。但要我记起他的美丽，说出他的佳处来，却又没有影像，没有言辞了。仿佛也就如此。于是我自己解释说：故乡本也如此，——虽然没有进步，也未必有如我所感的悲凉，这只是我自己心情的改变罢了，因为我这次回乡，本没有什么好心绪。[①]

小说开头以我的"回到相隔二千余里，别了二十余年的故乡去"，造成了记忆中的故乡与现实中的故乡的时空反差。作者在对现实中凋敝的乡村的否定中，引发了对童年记忆中美丽的故乡的怀念。"故乡全不如此"，"故乡好得多了"，但故乡"仿佛也就如此"，"故乡本也如此"表现了归乡的游子细腻、矛盾而又复杂的内心感受。作品将"我的这种复杂矛盾心态"归咎于"这次回乡，本没有什么好的心绪"。因为这次"回乡"的目的是"搬家到我在谋食的异地去"，故而有一种似乎是

[①] 《鲁迅全集》第1卷，人民文学出版社1981年版，第476页。

"永别了"故乡的怅惘。小说通过了现实中的故乡和想象中的故乡的对比，表现了作者心灵中的故乡的美丽。而作为现实中的闰土与童年的闰土也就有了现实故乡与理想故乡的象征寓意。我对童年闰土的追忆在把故乡历史化或他者化的过程中，却表现出心理距离上的亲近。而现实中已变成"木偶人"的闰土站在"我"面前时，我却不由地感到我们之间已经隔了一层可悲的厚障壁了。与此同时，现实中的故乡也就黯然失色而无可留恋的了。应当说，在乡土小说中，怀乡的是"我"这一类"离乡"的知识分子。他们接受了西方现代文明的洗礼，已完成了思想上的蜕变。即在价值观上已告别了故乡以及与故乡相系在一起的整套传统文化价值观念，而成了真正意义上的现代知识分子。但是，现代文明却并没有给他们提供理想的梦幻，或者说精神的家园，于是，他们在现代文化和传统封建文化的夹缝中，感受着人的寻根、恋土的本性。开始了行动上的离乡与归乡和精神上的怀乡。在这里，知识分子的归乡只是一种外在形式，目的在于描述文化转型中知识分子特有的浪子身份，或者说文化漂泊心态。这使乡土小说从整体上呈现为三个向度的故乡：一是现实中的故乡，它往往是作者批判和否定的对象；二是童年的故乡，它寄托了作者的情愫，但在理性层面上，它却依然是被作者否定的；三是理想中的精神故乡。乡土小说往往是借着对现实故乡的批判和对童年记忆中的故乡的憧憬，抒发作者在现代社会中精神漂泊和对重建精神家园的文化情怀。鲁迅的《故乡》就是在归乡又离去的过程中渐渐地转向了文化故乡的精神探求的。在这个意义上，"老屋离我愈远了；故乡的山水也都渐渐远离了我，但我却并不感到怎样的留恋"。我所希望的是，后辈们不要"都如我的辛苦展转而生活，也不愿意他们都如闰土的辛苦麻木而生活，也不愿意都如别人的辛苦恣睢而生活。他们应该有新的生活，为我们所未经生活过的"。从而把怀乡上升到了文化精神的层面。

而《社戏》的童年视角亦使怀乡具有诗学的特征。小说借"我"在城里二次看戏的不愉快经历，勾起了对乡村中看"社戏"的历史记忆。作者用"我的乐土"，"小小波折"，"看戏始末"，"无限怀念"四个层次，分写"我"与小朋友们掘蚯蚓、钓虾、放牛的生活乐趣，以及为看戏而遇到的小小波折，后来还是那一帮小朋友们划船陪我去，才实现了看戏的愿望的。至于看戏的过程，倒是很一般的，我们到时，"近台的河里一望乌黑的是看戏的人家的船篷"。我们只能远远地看，过不多久，"台下已经不很有人"了，又看了一会"我有些疲倦了"，但"支撑着仍然看"，"同去的年纪小的几个多打呵欠了，大的也各管自己谈话"，"我忍耐的等着"，最终，还是戏没演完就集体性地划着船返回了。那么，作者为什么还对童年的看戏无限怀念？作者究竟怀念什么？是戏？还是返回时偷吃的罗汉豆？小说结尾，作者充满深情地说道："真的，一直到现在，我实在再没有吃到那夜似的好豆——也不再看到那夜似的好戏了。"然而，那夜的戏竟乏味得无法看完。正如我第二天吃六一公公送来的同样的豆，"却没有昨夜的豆那么好"。一样，小说以"我"在城里看戏时感受到的人际关系的庸俗、虚伪与童年看戏时小朋友们的无私和纯正进行对比，抒发了对美好的人性与人际关系的向往，抒发了一种淡淡的乡愁，即对中华传统文化优异面的怀念与赞美。

显然，小说中的看戏只是勾连城市和乡村的一种生活契机，作者的指涉关乎的是现代城市文明与传统的乡村情结。小说的回忆实际上暗示了叙述人在城市中时间和空间的缺失，暗示了叙述人此在的孤独和焦虑，而回忆产生的童年梦幻，亦宣告了叙述人对当下城市生活的否定，这种以回忆建立起现实城市和梦想中的乡村的对比关系，构筑了小说时空上的巨大张力和主观心理的极大反差，从而把知识分子归乡的孤寂心态和怀乡的精神漂浮感烘托了出来，表现出对所谓的现代文明的批判。

鲁迅乡土小说价值论上的反城市化情绪，被废名、沈从文、汪曾祺等接受了下来。所不同的是，鲁迅饱含两种文化冲突的理性认知与情感价值选择的矛盾，在废名、汪曾祺笔下渐渐被隐没了。废名的《桃园》、《菱荡》、《桥》等乡土小说，"作者用一枝抒情性的淡淡的笔，着力刻画幽静的农村风物，显示平和的人性之美"。[①] 因此，他构筑的是纯感觉的东方乌托邦。只是由于作者回眸式的追溯笔调，使空幻的乌托邦，在表象的牧歌声中流溢出忧伤的挽歌情调。而汪曾祺的《鸡鸭名家》、《老鲁》，以及80年代的《受戒》《大淖记事》等，则以貌似无主

---

① 严家炎：《中国现代小说流派史》，人民文学出版社1989年版，第211页。

旨的民俗风情展示，流溢作者对传统文化人性美质的依依眷恋。因此，同样具有挽歌情调，只不过汪曾祺的作品更多一些暖意，更突出一种美的力量而已。三四十年代最能体现鲁迅价值论上反城市化情绪的乡土小说家是沈从文。虽然，沈从文直接师承的是废名山水田园诗般的乡土抒情小说，但在废名笔下，"其作品显出的人格，是在各样题目下皆建筑到'平静'上面的……这些灵魂，仍然不会骚动，一切与自然谐和，非常宁静，缺少冲突"。① 而在沈从文笔下，则"同样去努力为仿佛我们世界以外那一个被人疏忽遗忘的世界，加以详细的注解，使人有对于那另一世界憧憬以外的认识"，在这一方面"似较冯文炳君为宽且优"。② 也就是说，废名的乡土小说营造了桃花源式的封闭世界，内中的人物"不知有汉，无论魏晋"。而沈从文的乡土世界"则展示出乡村社会历史文化的常数与现代文化的变数交织而导致的矛盾冲突及人的生存悲剧"。③ 沈从文的《边城》，那白塔在老船夫死去的暴风雨之夜的坍塌，《长河》中象征着现代文明种种罪恶的队长和师爷对桔园的闯入，都具有中西方两种文化冲突的隐喻性指涉。沈从文小说的人物类型亦从整体上体现出中西方文化的对立模式，他笔下的人物大抵呈两类三种状态，一是文明社会熏染的城里人，他们是道德堕落、精神空虚的畸形人；二是乡土文明孕育的理想人格，像翠翠、夭夭、三三等，三是介于二者之间的正在被现代城市文明侵蚀的乡村失态人，像《萧萧》、《丈夫》、《贵生》中的主人公。正如杨义所说，沈从文对人性的选择依据是"扬卑贱而抑豪绅，非都市而颂乡野"。④ 这使他的反城市化情绪较之鲁迅显得更加突出和鲜明。

然而，无论是沈从文，还是废名和汪曾祺，他们的乡土小说都较少直接以知识分子为表现对象，而知识分子的文化乡愁主要是通过叙述中此在乡村与彼在城市的比照，通过叙述人的情感态度、叙述笔调、氛围烘托出来的。因为他们所处的时代和他们的理性意识，决定了他们对势

---

① 沈从文：《论冯文炳》，《沈从文文集》第11卷，生活·读书·新知三联书店香港分店1984年版，第100页。
② 同上。
③ 凌宇：《沈从文〈乡土小说〉序》，上海文艺出版社1993年版。
④ 杨义：《中国现代小说史》第2卷，人民文学出版社1988年版，第610页。

不可当的现代化的认识。他们的乡土写意小说，不过是现代文明冲击下乡村美丽风俗的最后一道风景。这使他们的怀乡小说在表面的牧歌声中笼罩着一股浓郁的哀怨底色。从接受美学的角度上来看，乡土写意小说主要面对的是知识分子读者群。尽管沈从文以及后来的贾平凹、张宇等怀乡小说家往往自命为"乡下人"，但是，他们小说的文化色彩，情感价值取向，甚至是语言，描写手法等，都与赵树理那种真正写给农民看的小说相去太远，尤其是他们的乡土小说，从总体上流溢出来的对正在消散的传统文化的伤悼之情，也更像是现代化进程中知识分子的普遍情绪。而对于后发现代化国家的知识分子来说，这种传统文化的怀旧情绪，是蕴含着对全球化时代民族文化深刻思考的，是蕴含着对文化现代化深入反思的，是蕴含着对民族文化新生憧憬的。因此，新时期当汪曾祺回忆起"四十三年前的一个梦"的时候，那正是对文化怀乡小说的追忆。而"寻根后小说"的出现和深化，则标志着对民族文化前途关切的乡土写意小说有了一种新的开拓和延伸。

20世纪80年代中期寻根作家在理论上鲜明地打出了推崇民族文化的旗号。韩少功在《文学的"根"》中说："在文学艺术方面，在民族的深厚精神和文化物质方面，我们有民族的自我，我们的责任是释放现代观念的热能，来重铸和镀亮这种自我。"[①]表现出民族文化观念的自觉。然而，他们这一时期的小说创作，却一度仍操守着对传统文化糟粕批判的旧道。致使寻根初期，寻根作家在理论和创作上呈现出一种矛盾状态。对此，较早作出反思的是韩少功，他的《归去来》、《史遗三录》等作品，表达了知识分子对自我文化身份迷失的反省。《归去来》以"我"（黄治先）的返乡经历表现作者对叙述者文化立场的思考。"我"作为黄治先与乡村是隔膜的，它只是"我"的城市文化符号。而在乡村，"我"是以"马眼镜"的身份出现的。乡民们根本不认识"黄治先"，他们只知道"马眼镜"。《史遗三录》中的杨猎户、何秘书、棋霸李某，他们在各自的专长上都是民间文化的精英，然而用城里人（西方文化）的标准衡量，则他们的言行往往被看成是大悖常理。借此，韩少功意识到如果以西方文化的理性视角寻根的话，那么往往只能寻到劣

---

① 韩少功：《文学的"根"》，《作家》1985年第4期。

根。只有把情感立场转向民间的、民族的文化，才能发掘民族文化潜藏着的"优根"。于是，寻根作家们纷纷到传统文化的蛮荒之地，到民族的亚文化中去寻找民族文化的新的源泉。韩少功试图复活楚文化的瑰丽，贾平凹热衷秦汉文化的气象，阿城崇尚道家的超脱，莫言则张扬初民的野性。寻根作家意在重建民族文化精神的小说，使他们一方面努力去挖掘传统文化的优根，而另一方面则对现代文明社会的人性蜕变、道德堕落予以激烈地抨击。寻根作家理论的自觉，使得他们的乡土小说文化冲突表现得异常明显。像贾平凹的《浮躁》、《土门》、《高老庄》、《怀念狼》，张炜的《古船》、《九月寓言》、《家族》、《柏慧》，韩少功的《马桥词典》、《暗示》，王安忆的《小鲍庄》、《大刘庄》等。小说在标题上就具有某种象征性，而在题材上则都是以小村庄寓意大民族，大国家的历史文化，并通过人物的兴衰展示文化冲突中的宏阔社会历史图景。特定的文化历史内涵决定了知识分子形象也被推到了小说的主体地位。像贾平凹笔下的金狗、子路、高子明，甚至是《废都》中的庄之蝶，《白夜》中的夜郎等，张炜《古船》中的隋抱朴、隋见素，《家族》和《柏慧》中宁、曲两家的三代知识分子。而韩少功的《马桥词典》和《暗示》，则以叙述人的知识分子立场看取"马桥"和"太平墟"在物质贫困中的精神亮点，打量城市在物欲膨胀下的人性失落。这里需要说明的是，知识分子无论是作为文化乡土小说的人物形象，还是作为叙述人，都是文化乡土小说的中心人物。韩少功的《马桥词典》和《暗示》，无论是乡村中的农民群体，还是城市里的游走者，都只是以整体上的文化符号而显示出他们的意义的，小说着力表现的是作为叙述人的"我"的知识分子身份的理性认知和情感意象。既如贾平凹的《高老庄》，建构了以子路为中心的两大人物系列群，而目的在于从整体上"极力去张扬我的意象"。[①] 因此，子路的还乡和离乡就具有知识分子精神困惑到精神突围的写意性。这一点在《怀念狼》中表现得更加明显。《怀念狼》以城市和乡村的虚拟，人物的简笔勾勒：一方是城市来的施德（失德）和黄疯子，另一方是乡村的傅山（负伤）和烂头。从而突现了"我"（高子明）游走于中西方文化之间的窘境，和在这窘

[①] 贾平凹：《高老庄》后记，《高老庄》，长江文艺出版社1999年版。

境中立足民族文化兼收并蓄的开放文化观念。

20世纪中国的文化乡土小说创作,诚如乡土作家张宇在《乡村情感》中的自白:"我是乡下放进城里来的一只风筝,飘来飘去已经二十年,线绳儿还系在老家的房梁上。"[1]"风筝"形象地概括了乡土作家知识分子的身份和以现代理性关注乡土中国的文化视角,而风筝与土地的关系则决定了他们立足传统文化的历史宿命。中国社会现代化过程创生的,以表现中西方文化冲突为内核的乡土小说,随着现代化的深入而发展,也将随着乡土社会历史的终结而转移。乡土小说、乡土感情正如赵园所说:"它将日益成为诗的,纯粹艺术的感情。城市人在失去乡土之后有精神漂流,却也未必长此漂流。漂流者将终止于其漂流在人与环境,人与自然的更高层次的和谐中。"[2]

---

[1] 张宇:《乡村情感》,转引自刘绍棠、宋志明《中国乡土文学大系》,农村读物出版社1996年版。

[2] 赵园:《北京:城与人》,北京大学出版社2002年版,第13页。

第四章　现代文化视野中的中国都市小说

第一节　"夕阳"的乡土与"朝阳"的都市

中国是一个有着五千年农业文明传统的国度，农耕文化一直成为中国的显性文化、主导文化。这种文化已经牢牢地渗透在中华民族的血液里，表现在社会生活的方方面面。它使中国知识分子有一种与生俱来的土地情结，与农民有着天然的血缘关系。尤其是在中国文化出现大转折的 20 世纪，中国在经历欧风美雨的现代化冲击下，乡土文学表现得异常繁荣就是一个表征。

在 20 世纪的现代化叙事中，鲁迅作为现代文学的开创者，从创作一开始，就表现了对中国民族生存的沉重忧虑。早在 20 世纪 20 年代，他就通过笔下的未庄、鲁镇，表现在现代化激荡下乡民们依然故我的生活。而其创作宗旨则在于"改造国民性"。鲁迅小说从整体上说，表现了对乡土中国的冷峻审视和批判，流露出的是对民族文化家园的深情返顾和眷恋。因为，面对着强势的西方文化，中华民族的生存危机迫在眉睫，求新求变才是民族生存的根本出路。而当时的"老大"中国却"没有一些活气"，无怪乎以鲁迅为代表的现代知识分子会产生"悲凉"。20 世纪中国的乡土小说特别发达，其原因就在于此。

在 20 世纪 20 年代，一批和鲁迅身世大抵相仿的从南方乡野流寓到现代都市的漂泊者，他们在完成自我思想从传统向现代的转变的过程中，也经历了与鲁迅相同的情感心理体验。他们一方面感受着现代都市物质上的辉煌、富丽和精神上的虚弱、颓废，另一方面由于他们又与乡村有着千丝万缕的联系，使他们又深深地感受到乡村的凋敝、破败和人际关系的朴实、纯正。像王鲁彦十八岁漂流到上海，"第一次远离故乡，跋涉山水,去探问另一个憧憬着的世界,勇往地肩起了'人'所应负的担子"。他当时的"心是平静的,平静中满含着欢乐"。然而,现实生活很快让他感受到城市的腐败和人与人关系的不平等。他在北京旁听鲁迅讲授《中国小说史》课程中,与鲁迅有了较多的交往,受鲁迅乡土小说的影响,创作也逐渐转移到乡村写实的领域,写下了《许是不至于吧》、《菊英的出嫁》、《黄金》等作品,被当时文艺批评界称为"鲁迅派"的作家。贵州的蹇先艾,在初写短篇小说时,也受到了鲁迅乡土小说的很大影响。他在后来的回忆中说,1922 年,他把鲁迅的《呐喊》读了两遍,后来又读了《彷徨》,"鲁迅的作品给我的启发更大,我师承他也更多一些"。还有鲁迅的同乡许钦文,鲁迅对他作过这样的评价:"许钦文自名他的第一本短篇小说集为《故乡》,也就是在不知不觉中,自招为乡土文学的作者。"[①] 这些南方的作家创作的乡土小说,由于受到时代和区域环境的影响,加之个人的生活经历,使他们同鲁迅一样对西方文化冲击下的乡村有着相同的理性批判和情感眷恋,因而表现出相同的创作倾向。

还有 20 世纪 30 年代的沈从文,从湘西逃离来到北京,刚刚下火车就被人力车夫"宰了一刀",而后又被多个大学拒之门外,故而萌生了对都市的"仇恨",感受到都市中人性的失落,于是才引发了他建构理想的乡土世界的愿望。在 20 世纪 40—70 年代的政治动荡中,尽管战乱时期的文学,政治性得到了突出的强调,但是,乡村的讴歌者仍然还有赵树理、孙犁、柳青等。而到了改革开放的 20 世纪 80 年代,在现代化的经济浪潮中又涌现出一股强劲的"寻根文学"大潮。究其本质而言,"寻根文学"实际上就是乡土文学的另一种表述。像韩少功、贾平凹、莫言、王安忆等的寻根小说,无不表现了传统文化的某种探寻和追怀。只不过缘于时代的差异,他们把鲁迅对中华民族文化"劣根性"的批判,转向了对民族文化"优根"的寻找。"寻根文学"是以质疑"五四"的姿态,承继了"五四"时期乡土小说的文化追寻的。"寻根文学"的理论主张鲜明地标示出其对民族文化精神的探求。因此,它是鲁

[①] 鲁迅:《中国新文学大系·小说二集导言》,《鲁迅全集》第 6 卷,人民文学出版社 1981 年版,第 247 页。

迅以改造国民性为目的的反传统的继续。所不同的是，鲁迅面对中西方文化碰撞的初期，面对传统文化的根深蒂固，他采取的是彻底反传统的策略。而寻根文学家则表现出对中国传统文化劣根和优根的双重揭示。像韩少功，这个新时期最鲜明地表现出知识分子理性自觉的寻根小说家，他的乡土小说，文化冲突的意味就显得特别明显。他的《回声》、《爸爸爸》等作品，知识分子虽然表现为不在场，但作者以叙述者的理性逼视，使传统文化浸染下的农民麻木、愚昧的根性昭然若揭。小说塑造的根满和丙崽形象也同鲁迅刻画的阿Q一样，具有传统文化的象征性，从而在叙述者的理性意识和被描绘的农民形象之间构成了两种文化冲突的内在张力，显示出新时期的知识分子对传统文化的深刻洞见。

反观20世纪中国的都市文学，成功的范例则显得极为鲜少。20世纪的中国，伴随着现代化运动，工业和后工业取代了传统农业的主导地位，这使农村人口不断涌入城市。20世纪中国的社会变迁，实际上也就是一个人们趋之若鹜地竞相来到城市的过程，是一个城市崛起的过程。因为城市已然成为社会的政治、经济和文化中心了，城市也自然成为人们向往的栖居地。然而，城市是一个理想的栖居地吗？毕竟人类经历了几千年的农耕生活或游牧生活，人类业已习惯了与自然相处，而现代化都市则把人扭结在一起，人类面临着一种新的生活方式的挑战。在以城市为表征的现代生活面前，我们的作家似乎还少有对都市取肯定态度的。从民国初年的鸳鸯蝴蝶派到后来的海派文学，虽然都不缺对都市灯红酒绿的书写，亦能迎合市民的欣赏需要。然而，这众多的所谓都市作家，他们的创作态度则更多体现了对都市的矛盾感受。都市的繁华、固然让人向往、着迷。但是，都市的物质主义至上，都市的纷乱，特别是都市的人性的虚伪、势利，每每使作家们产生了一种"想说爱你是一件不容易的事情"的感觉。这也许并不仅仅只是作家们的感受，而应看到，这是处于20世纪中国，整体民众共同的感受。毕竟中国的农耕文明有着久远的历史，在中国人的心理早已烙印着深厚的文化积淀。而中国的现代化城市的历史从人类发展的大格局来说还太短暂。中国又是一个后发现代化国家，与原发现代化国家的民族心理肯定是大不一样的。尤其是肩负着民族文化历史重负的知识分子，在一个时期，很难表露对都市的认同和赞美。中国现代化初期的都市书写在一个时期主要是以批判的姿态展现的。

从地理环境来看，在20世纪的中国，上海和北京，作为中国现代化都市的代表，最先呈现出都市文明的各种征兆，因此，也最有可能获得都市文学书写的充分条件。所不同的是：北京是"城"上海是"市"，也就是说，北京更多展示的是政治和文化方面，而上海更多展示的是商业和文化方面。因此，就都市文学而言，似乎上海更能突出商业文化的特点。故而，在现代文学史上，都市文学又更主要是以上海的书写来观照。

无论是乡土作家还是都市作家，作为城市的定居者和观察者，他们一度在打量现实的都市和想象中的故乡时，所流露出的创作心态常常是一致的，既如写乡土文学的沈从文和代表都市文学的施蛰存。从创作题材的角度看，一个是讴歌乡土，另一个是批判都市。但从作者的创作心态来看，则表现出惊人的一致性。诚如赵园所说："乡土关系也如人类在其行程中缔造过的许多其他关系，既是对于人的抚慰又是束缚。乡土感情是由乡土社会培养并在其中发展到极致的，也将随着乡土社会的历史终结而被改造。它将日益成为诗的、纯粹艺术的感情。城市人在失去乡土之后有精神漂流，却也未必长此漂流。漂流者将终止其漂流在人与环境、人与自然的更高层次的和谐中。"[1] 沈从文对乡土世界的讴歌固然给了现在生活于都市的人以种种心灵的"抚慰"，它是具有"诗性的"，因此，也更易于使读者产生共鸣。如沈从文的《边城》，作者以韵味隽永的笔墨，赞颂了未受现代文明污染的优美的乡土世界的人生方式和生命形态，表现了一种返璞归真的价值取向。但它毕竟是滞后的、理想化的。《边城》是一曲描写湘西人们人性美的"挽歌"。作为现实生活中的沈从文，他也清醒地意识到城市化是历史的必然，既如他自己都无意告别都市生活，他只是以乡村来抵御城市的种种不适。也就是说沈从文的乡土小说创作是"回望式"的。而施蛰存这个与沈从文有着同样的乡村与城市体验的作家，他通过城市这个窗口，通过对人性心理的刻画，表现人在失去乡土后的城市化过程，表现初涉都市的人们的"精神漂流"，表现传统人向现代人的转变，这是对人的现代化过程具

---

[1] 赵园：《北京：城与人》，北京大学出版社2002年版，第13页。

有建设性的、积极意义的思考。因为城市人的"精神漂流"是一个必然的历程，随着人与城市的不断矛盾与协调，最终，"漂流者将终止其漂流在人与环境、人与自然的更高层次的和谐中"。因此，从发展的眼光看，都市文学代表着未来，且更具有生命力，更具有书写的空间。从这一方面说，20世纪30年代，以施蛰存为代表的新感觉派作家，最早借鉴西方现代派的创作手法，最早对都市文明、对都市的人的生存状态的探索就显得尤为可贵了。遗憾的是，人们囿于对乡土文学的青睐、对都市文学的看轻，而使施蛰存在文学史中的地位至今未受到应有的注意。当然，当下的中国仍然还处于"告别过去"之时，都市文学的"春天"尚未到来。施蛰存从文学史中"浮出水面"似乎还为时过早。然而，如果从文学史的大历史格局来看，都市文学必将是一个文学的"朝阳产业"，施蛰存这个最早的城市人的"窥秘者"，其价值意义自然也是昭然的了。

第二节 海派小说与施蛰存笔下的"乡巴佬"

1840年6月，英国发动侵略中国的鸦片战争，这是中国历史的转折点。鸦片战争的失败，中国开始陷入了半殖民地半封建的社会。在1842年被迫与英国签订《南京条约》。这是中国近现代历史上第一个不平等条约。《南京条约》规定：中国割让香港给英国；赔偿英国200万元；开放广州、福州、厦门、宁波、上海五处为通商口岸。从此，中国的国门被打开了，中国文化走向了西方化和现代化。这一过程，客观上也造就了香港、上海与厦门从小渔村演变为现代化的大都市。特别是上海，在中国都市的崛起中是有典型代表意义的。尤其是在20世纪初叶，随着现代工商业的发展、科举制度的废除，一大批来自农村的异乡人流入上海，这其中亦不乏大量的文化人，由此开始营造了上海从小渔村成长为现代化大都市的过程。北京作为古城的现代化则有着另一类城市化的代表意义。现代都市的生成，是人类生存方式的一种巨大改变，它必将引发人类的种种欣羡与不适。然而，无论是喜欢还是讨厌，都市的生活终将取代乡村而成为人类的主要生活方式。随着都市的产生，市民阶级的形成以及报纸和出版业的出现，以迎合小市民欣赏趣味为最初目的的都市文学也开始兴起。这在上海，从城市历史的生成过程看，它没有北京城的前在历史积淀，加之地处沿海，又是中国传统的商业聚集地，以及西方资本的最初云集口。使上海在中国现代化的各方面都具有领先性，在文化传播和文学创作上也具有代表性。可以说，中国都市文学的兴起是从上海开始的，而以上海为核心的海派文学演绎了中国都市文学的兴起过程。以下谨以海派文学的创作流变，勾勒都市文学的生成与演化过程。

所谓文学上的海派是在20世纪30年代缘于沈从文的文章产生京派和海派之争而提出来的。海派文学先前主要指的是民国初期上海的鸳鸯蝴蝶派、礼拜六派和以张资平、叶灵凤、藤园、章克标代表的在小说创作上专事男女情爱的一种文学类型，他们注重市民的欣赏趣味，追求通俗化的情调，形成早期海派文学的共同特征。

其实，海派这个概念，最早指称的是晚清的上海的画派，他们承继明代扬州八怪的遗泽，代表人物是吴昌硕等，表现出创作上的标新立异。民初在戏曲上也出现京朝派和外江派。从文化传承上看，海派是植根于中华传统文化中的吴越文化的地域文化特点，又受到西方文化的影响，而逐渐形成的富有上海地方特色的一种文学。这种文学一度与代表文化精英的京派文学不同，表现出对平常人生和世俗化生活的关注。海派代表着中国南方文学的特点。中国文化传统历来就有南北之分。所谓江南出才子北方有学者。南方文化温情、闲暇，是水乡，是散文，是道。北方文化厚实、强悍，是黄土，是诗，是儒。对地域的文化阐释中国古代早有学者论及，孔颖达在《十三经注疏》中说"南方谓荆扬之南，其地多阳。阳气舒散，人情宽缓和柔"；"北方沙漠之地，其地多阴，阴气坚急，故人刚猛，恒好斗争"。[1] 地不同，民风自然有异，人的性情与文的风格也必将不同。王国维对中国人也有"北儒南道"的概括。而刘师培在《南北文学不同论》中也说："南方之文，亦与北方迥别。大抵北方之地，水厚土深，民生其间，多尚实际；南方之地，水势浩洋，民生其际，多尚虚无。民崇实际，故所著之文，不外记事，析

---

[1] 孔颖达：《十三经注疏》下卷，中华书局1980年影印本，第1626页。

理二端；民尚虚无，故所作之文，或为言志，抒情之体。"① 法国思想家丹纳在他的《艺术哲学》一书中，也特别强调了种族、环境、时代这三大因素对文艺的影响，认为"作品的产生取决于时代精神和周围的风俗"。② 用中国传统的俗话说，那就是一方水土养一方人。

一般来说，海派文学是适应市民需要，以现代城市人的精神活动为主要表现内容，在技巧上追求创新或不确定性的一种文学现象。它的特点表现在对世俗化、商业化的追求。内容上主要描写都市男女的百态生活，从日常生活中表现人的种种畸态，注重小说形式的创新。小说语言上可读性强，能迎合大众的语言趣味。对都市文明则既有幻灭感，又有欣赏处。因此，最能够代表海派文学的总体特点的是以施蛰存为代表的中期海派和以张爱玲为代表的后期海派。

海派与京派不同，在 20 世纪 30 年代，以沈从文为代表的京派作家着力描写诗意的乡土世界而为人们所注意。而在 20 世纪 30 年代，以施蛰存为代表的中期海派文学，则以都市为书写中心，着力表现繁华的都市人的种种心理畸变。海派与京派构成了 20 世纪 30 年代三大文学思潮的两翼，从不同方面支撑着居于主流地位的左翼文学。就海派与京派同左翼文学的关系来说，似乎海派立足现实社会的人性批判，而京派建构理想世界的完美人性，故而海派更切近左翼文学、更切近人生；然而，如果从讴歌还是揭露、表现常态人生还是异态人生方面看，似乎京派与左翼文学对理想的追求更一致。其实京派和海派并不是截然对立。既如沈从文与施蛰存在现实生活中是好朋友一样，京派和海派在对人性的整体建构上是相通的，就如同因为有乡村才有都市，都市和乡村都是现代化的两面。海派着力于都市人性变异的书写，其根本目的也是在于理想人性的建构。而从人的现代化角度看，海派对传统向现代过渡、乡村向都市迁移过程中的人性描绘，似乎更具有现实意义。在这一方面施蛰存的探索即使在海派作家中也是独到的。

施蛰存，1905 年出生于浙江杭州，八岁迁松江。青少年时代接受了中西方文学的双重熏陶，他外向，善交友，是有正义感和良知的文学

---

① 郭绍虞、罗根泽主编：《中国近代文论选》下册，人民文学出版社 1959 年版，第 573 页。
② ［法］丹纳：《艺术哲学》，人民文学出版社 1981 年版，第 32 页。

青年，他早期创作处于普罗文学和现代主义艺术两种力量的牵引之间，然而就文学准备而言，他更具备后者，尤其是政治的高压，促使他后来走向了"纯文艺"的创作道路。施蛰存是新感觉派的重要组织者，他运用弗洛伊德的学说写的心理分析小说，被人们称为"新感觉"小说。在20世纪30年代，以施蛰存、刘呐鸥、穆时英为代表的中期海派小说也被称为"新感觉派"。

施蛰存早年有《江干集》、《娟子姑娘》、《追》等幼稚之作。自认为文学生涯从1926年开始。《上元灯》、《周夫人》的发表是标志。施蛰存与穆时英、刘呐鸥主要借鉴日本感觉派小说的创作不同，虽然都是表现都市人的畸态心理。施蛰存着力运用的是弗洛伊德的心理分析手法。他们是中国最早的一批现代派作家，尽管，他们都着力表现了中国都市人的种种畸态，笔下也常常涉及跑马场、妓院、影院、舞厅等，充满了灯红酒绿的都市世界，体现了光怪陆离的现代都市生活。但不同的是施蛰存的小说更具有人性刻画的深度。

其实，施蛰存早期的小说也是很有乡土趣味的，这与他早年更多地受到传统文学的熏陶有关。如《上元灯》，用了诗化的、意象化的技巧，来表现乡土男女青年的爱情故事。这些故事充满着伤悼的情调。与沈从文的乡土小说很相像。后来，他转而写都市知识分子，写从乡村青年到都市知识者的心理变化，构成了他的小说的中心人物和中心内容。如《梅雨之夕》，写的是都市一个普通的职员，在下班后独自回家的心理过程。因为适逢下雨，一个摩登女郎为躲雨而站在"我"旁边。于是，"我"的心理在与摩登女郎相挨着等雨停，以及共撑一把伞前行时心绪产生复杂的波动。这标示着"我"还不是一个地道的城里人。如果是完全的城里人，可能就不会有这种心理了，可能更多的是戏谑或逢场作戏。而《春阳》写的是一个乡下来的婵阿姨，她为了获得遗产而愿意继续和那已订婚的死去的男人结婚。为了财产，独自守寡。钱存在上海银行里。在一次去上海银行取钱的路上，她期望能有奇遇。但婵阿姨毕竟是一个传统的人，她既没有勇气去主动认识路人，也不敢和陌生人搭腔。而一心关注的是对她的生活来说形同虚设的财产。小说表现了婵阿姨的心理摇摆在传统和现代之间的畸态。

《巴黎大戏院》也是通过一个城里人的艳遇，表现现代都市人的尴尬状态。小说描写了"我"与一个摩登女郎的偶然相识。在"我"和一个结交不到三天的摩登女郎上大戏院看戏时，描绘了我的猜疑、屈辱（女郎抢着去买票，旁人注视，女郎买的是两张包厢票，是对前两天我买楼座票的不满？），然后是种种揣测。她为什么肘子在我手臂上推一下？她头部不动，却用眼斜睨"我"。三天中，我和她玩遍了上海。到虹口公园，我拿手帕给她垫坐，她不屑，是否知道"我"已婚；看电影中的两性吸引画面，她向我顾盼飞笑。中间休息请她吃冰淇淋，她不吃而把小巧有汗咸味的手帕递给我；从影院出来后，请她吃点心，她却客气谢绝，雇车走了。而又约她明天到梵王渡公园。小说结尾，"我"猛然发现摩登女郎原来是一个妓女，这又导致"我"的整个心理的变化。施蛰存通过这个有妇之夫在城市与一个摩登女郎的艳遇，着力表示现代都市对人的心理滋生出的种种变化。

施蛰存不同于刘呐鸥的《都市风景线》，笔下人物已融入都市的浪荡生活。施蛰存展示的是初入迷津，又趋之若鹜者。借以展示东西方文化价值观念纠结时的种种错综相。

施蛰存小说中的人物主要是都市和小镇过渡地带的，带有半新半旧色彩的人物。这些人物共同表现出了灵与肉的冲突。而施蛰存是站在城市人和乡村人交合处的特定立场上来叙事的，着力表现对现代化城市和乡村两种文化冲突的思考，表现都市人心理的困惑和矛盾。施蛰存主要借用了弗洛伊德的理论，性心理学。两性关系构成了施蛰存小说的中心，通过两性关系揭示都市人性的畸变。施蛰存早期的小说更多采用传统的诗化、意象化手法，流露出一股伤悼的怀旧氛围。后期的创作则着力于人性的入木三分的心理分析了。这就与沈从文的创作路径分扬了，而致力于写都市人的矛盾心态。

施蛰存的文化视野是比较开阔的，他擅长于把洋场和乡村文化、宗教和世俗文化、历史和现实交结在一起。他的小说怪而不乱、玄而不晦，心理分析精当。而刘呐鸥和穆时英则侧重于洋场文化，更多表现大都市的场景，灯红酒绿、跑马场、赌场、舞厅等，来表现都市生活的阴暗面。特别是穆时英对都市的批判。在小说《夜总会的五个人中》，这五个人都正面临着各种人生的困境或者挫折。在这个晚上，都不约而同来到夜总会，而这五个人表面上看都很风光，过得也似乎很快乐。但却在这个晚上，其中一个人自杀了，剩下的四个人共同参加了他的告别仪式。其实，小说意在说明这"剩下的四个人"，每一个都可能是"自杀者"。作者充满了对都市文化的批判。但小说对人物的表现是浮泛的，不像施蛰存那般的能深入人物灵魂的深处。

中期海派作家着力表现都市人的人性堕落，这正是与乡土文学异曲同工的。沈从文也写了一些都市小说，小说中的都市人也都是负面意义的。诚如杨义所说，沈从文对人性的选择依据的是"扬卑贱而抑豪绅；非都市而颂乡野"。[①] 其美好形象翠翠、夭夭、三三，都是乡下人。而在都市作家笔下，都市人的心理都是有各种疾病的，是变态的。他们也在批判现代都市人性的堕落，这与乡土文学是一致的。

施蛰存的《渔人何长庆》通过描写杭州下属的一个古镇的婚爱悲欢，亦表现了与沈从文相似的创作情调，相同的对东西方文化冲突的思考。

何长庆家世代捕鱼，祖父淹死江中，父亲冬天打鱼染伤寒而死。孤儿寡母依托云大伯，长庆也跟云大伯练就了打鱼的各种本领。十七岁后他收回父亲遗产，又英俊勤劳，钟情于云大伯的独女菊贞。双方家庭都满意，但村中流言云大伯与何母关系暧昧，使长庆一腔痴情不敢流露，而菊贞自恃几分姿色，受上海都市文化影响，执意要到上海做工。云大伯反对，她便与"淫浪人"逃之夭夭。长庆从此古怪，在云大伯及母亲死后过着独身生活。一天，在茶楼他听说菊贞在四马路当野鸡，于是他找回菊贞，在村人的讥讽中，夫妇相敬如宾。菊贞也非常贤惠，儿子长到八岁，他们已经成了当地最大的渔户。小说以菊贞的出入风尘，透视了古朴乡村文化与奢华的都市文化的异同和优劣。作家心理取向显然在乡村这一边，亦显示了新一代青年对传统礼教的背弃。我们读这篇小说，油然会想到沈从文的《丈夫》。

作为施蛰存的好朋友，沈从文评价说："《上元灯》的作者施蛰存君，在那本值得一读的小集中，属于农村几篇作品，一支清丽温柔的笔，描写及其接触一切人物姿态声音，也与冯文炳作品有相似处。惟使文字奢侈，致从作品中失却了亲切气味，而多幻想成分。具抒情诗美的

[①] 杨义：《中国现代小说史》第 2 卷，人民文学出版社 1986 年版，第 610 页。

交织，无牧歌动人的原始的单纯，是施蛰存君长处，而与冯文炳君各有所成就的一点。"① 由此可见，京派、海派虽然有异，亦有互渗的一面。

第三节　张爱玲、王安忆的都市书写

后期海派作家张爱玲、无名氏、徐訏，他们秉承着前期海派、中期海派的风格，着力表现洋场的男女情爱。与前期海派、中期海派不同的是，后期海派作家把对都市的关注点从舞厅酒吧间转向了新老市民的日常生活，从外在的车水马龙转向了内在的情感世界，并把都市的人性变异放在哲理的层面予以拷问。特别是张爱玲，这个生于斯、长于斯的地道的上海人，她对都市的表现在许多方面是颇有深度的。张爱玲对都市的物质生活和都市的人性都具有肯定和否定相融合的两重性即是一个明证。如果说古老的乡村是个"常数"的话，那么，年轻的都市就是一个"变数"。都市的一个最大特点就是瞬息万变，永远处于流动之中，即使在夜晚也不例外。前期海派、中期海派作家往往只表现都市的变、都市的糜烂生活和都市人的虚伪，而张爱玲却能从都市的变中看到人生的无常和希望。例如《封锁》中既是身体的"封锁"，又何尝不是一种心灵的开放；还有《倾城之恋》中流苏和范柳原这对情侣的多重偶然性，在给他们带来重重阻力的同时，不是促成了他们最终的完美结合吗？正如都市的物质主义、消费主义在使人的欲望膨胀的同时，不也给人带来一定程度的情感满足和美感吗？即使是都市人的虚伪，那也有人际交往的一定合理性。张爱玲以她特有的女性的细腻和与生俱来的都市人身份体察到那也是都市人必须具有的"奇异的智慧"。诚如她在《到底是上海人》中说的"上海人是传统的中国人加上近代高压生活磨炼"。海派文化是一种洋泾浜都市文化。"'洋泾浜'一词在上海方言里涵义丰富，指一切不中不西、既新又旧、非驴非马的人或事，从来是贬义的代名词。……但是，人们不应忘记，在上海开埠之始到 20 世纪 20 年代之前，洋泾浜语是上海最实用的英语，就连英国人也要学它才能与中国人交流，谁能否认它曾起过的历史性功用呢？而且，某些洋泾浜语

---

① 沈从文：《沫沫集·论冯文炳》。

沉淀进市民的日常口语，演变成上海方言，做一天和尚撞一天钟叫做'混枪势'，上得台盘叫做'克拉'，你能忽略它的现实性吗？同理，海派小说中稍有洋泾浜气味的'新感觉派'，你能忽略它表现上海这个都市的重要价值吗？"①

因此，在中国现代化初级阶段的洋泾浜的都市文学是有其特定历史价值的。与乡村相较，都市的历史是太短太短了，以至于现在生存于都市的人还不能完全从物质层面和文化精神层面认同城市，这也是自然而然的。但以张爱玲为代表的后期海派作家已经流露出对都市一定程度的认同了。之所以如此，张爱玲才会娓娓地叙述发生在都市里的各种传奇故事。与张爱玲表现普通市民的传奇不同，徐訏的《鬼恋》和《风萧萧》则专注于诡异的故事本身。但从其创作动机看，一样是为了满足市民的猎奇心理和缓解市民的生存压力。如果从作者对城市的态度看，徐訏在《风萧萧》中塑造的三个女性似乎是一种暗示：梅瀛子是上海滩貌美且走红的交际花，她性格奔放、热情，宛如大上海华丽的外观。她象征着都市动的一面；海伦温文尔雅象征着理想的现代化都市平和的一面；而白苹这位以都市舞女身份作掩护的重庆特工，她游走在都市的各种场所，又一切都能应付自如。在白苹身上，我们可以看到徐訏的都市想象和对都市中的一种理想人格的定位。

在20世纪50—70年代，都市文学一度被理解成工业题材的文学，加之受时代环境影响，都市文学经历了一个长时段的消遁。直到改革开放，伴随着80年代以降的张爱玲热，都市文学才表现出一种复苏的势头。

在80年代以降，以及直到当下的以上海为代表的都市书写，大致有这么几个群落：一是以王安忆等为代表的精英作家，他们表现出对社会性都市的关注，既注重社会的底层，又注重对现实的不合理性的批判，更难能可贵的是创作中时有表现都市的新动向。二是90年代以卫慧、棉棉等为代表的新一代作家的都市书写，他们关心的是个人化的都市生活，其写作的个体感比较强。他们更多书写都市消费，表现对当下

---

① 吴福辉：《老中国土地上的新兴神话——海派小说都市主题研究》，转引自王晓明《二十世纪中国文学史论》下卷，东方出版中心2005年版，第40页。

都市消费的认同；但对市民消费文化也有一定程度的反叛。三是来自外地，寓居上海的都市书写，他们以边缘叙事的态度面对上海这个大都市，每每表现出沈从文式的以乡村抵御城市人性蜕变的姿态。这当是鲁迅所说的"侨寓文学"，故而，按下不表。

王安忆在80年代以降的都市书写是具有文学史意义的。从文学史的角度看，王安忆承接的是以张爱玲为代表的后期海派的创作路数。王安忆的都市书写表现出了对都市日常生活的关注和对普通市民庸常人生的人性关怀。

王安忆的《长恨歌》讲述的是20世纪40年代，还是中学生的王琦瑶被当选为"上海小姐"的第三名，从此开始了命运多舛的一生。小说表现了王琦瑶传奇的人生历程。她从中学生到拍相片，从片厂拍戏到相片登上摩登杂志，从参加舞会到当选上海小姐比赛第三名。城市造就了王琦瑶的亮丽人生，把她推到一个令人羡慕的高度。这也造成了她后来的种种不幸。在20世纪40年代的上海，像王琦瑶这样的女人似乎也只能依从李主任式的人物而以没有名目的身份住进洋房。她成了李主任的"金丝雀"，从少女变成了女人。随着上海解放，李主任的失踪，王琦瑶被人们看作是旧时代的交际花，她堕过胎，又有一个没有父亲的女儿，她成了社会生活中最卑微的女人。在20世纪50—60年代，王琦瑶成了一个普通市民，成了自食其力的劳动者。王琦瑶虽然过着平淡的日子，但却不失其低调的风雅。到了改革开放的80年代，已进入知天命之年的王琦瑶因其风韵而受到老克拉的青睐和青年人的追捧，最后，是女儿同学的男朋友为了谋取金钱，把王琦瑶杀死了。

小说在表现王琦瑶传奇的人生经历中，抒写了20世纪40年代，50—70年代和80年代上海这个城市的三种面影。在王安忆的笔下，20世纪40年代的上海虽然也同张爱玲一样是充满传奇的，繁华与流言共生的社会。但与张爱玲不同的是，张爱玲每每抒写的是"大小姐"的辉煌后的"苍凉"，营造的是一种悲调。而王安忆表现的是更具有普通市民代表性的"三小姐"平凡的追求和沦落，在叙事立场上，王安忆亦消解了都市批判的传统写法，而表现出价值还原、价值中立的平和叙事。王安忆的《长恨歌》展示的"文革"前后的上海也颇有其民间的叙事立场的。它并不表现历史的重大政治事件，而是从生活的细微处折射出"文革"时代的氛围和气味。如小说中描写的王琦瑶的两位故人程先生、蒋丽莉。作者以程先生的自杀营造了"文革"前期的时代气氛。而追逐"文革"潮流的蒋丽莉，作者也以她最后的死于癌症象征性地预示一个时代的结束。只有王琦瑶在与时代保持着一种若即若离的状态下安然地生存了下来。王琦瑶是普通的上海人之一员，王琦瑶的一生展示了上海40年的历史风貌，这使王琦瑶获得了民间化的上海都市的象征。

王安忆说她在《长恨歌》"我写了一个女人的命运，但事实上这个女人不过是城市的代言人，我要写的其实是一个城市的故事"。[1] 王安忆的都市书写以贴近底层、贴近历史叙事手法还原了都市的"乡土性"，其笔下的都市宛如乡村一般是家居的柴米油盐式的，而不是无法把握的灯红酒绿。王安忆开拓了未来都市书写的一片新天地。随着时间的推移，都市书写必将越来越多，也越来越被生活于都市的人类所认同。因为都市毕竟是人类告别乡村后的新的家园。

---

[1] 王安忆：《更行更远还生——答齐红、林舟问》，湖南文艺出版社2003年版，第75页。

第五章 20世纪中国女性文学的主题变迁

第一节 女性文学概说

女性文学是指女作者创作的，具有女性意识的文学。所谓女性意识指的是更注重日常人伦如"小"、"私"和"内"等的性别特点。

由于性别的差异，女性在生理上和心理上与男性有着许多相异处。根据心理学研究，女性在攻击性、支配性、自信心、被影响性，以及社交等方面都有别于男性；在语言表达能力、空间想象能力、推理能力和运动性方面也不同于男性。心理学研究还表明，女性躯体和脑髓的发育均比男性占优势。表现在：生命力强于男性，对疾病的抵抗力较强，死亡率也低，百岁老人女性多于男性两倍。研究还发现，女性与男性的脑髓也存在差异，女性大脑左半球受到病变损害时，很少发生语言障碍，这也使男性老年痴呆的可能性远远高出于女性。

女性生理上与男性的不同，使之在心理活动上也有许多不同于男性的地方。表现在知觉方面，女性高于男性，女性无论是阅读速度，还是领悟性都比男性会快，但对细节的知觉不如男性来得准确；在记忆方面，女性胜过男性，但在缓慢逻辑性理解上，如推论或归纳，女性不如男性。女性具有较大的耐性和良好的直觉与记忆，女性的学习能力优于男性。女性心理最突出的特征是比男性富有情感。女性因其母性本能，更富有同情心。女性比男性忠实、谨慎。女性精神成熟较早、衰退较迟，但在精神成熟度上不如男性。

因此，从心理学上看，男性与女性是存在生理和心理上的种种不同的，男性与女性是各有各的优势的。

然而，不可否认的是，在几千年男权文化占主导地位的社会历史文化环境下，人类社会一度是建立在"武化"基础上的强权制度。女性体能上的弱势导致其社会地位的次等。这种不平等的生态环境必然严重压抑着女性智能和心理特征的常态发育和健康发展。男权文化从外部规范着女性的弱者地位，使女性与男性尽管同处于同一文化传统中，却承继的是不同的文化规范。这其中自然也有例外，如黄仁宇在《中国大历史》所述：南朝时代宋国国王刘子业 17 岁登基后，他的异母姐姐山阴公主对他提出："妾与陛下男女虽殊，俱托体先帝，陛下六宫万数，妾惟驸马一人，事大不均！"于是，身为弟弟的国王为姐姐物色了面首 30 人。这一个案可以说明，尽管传统的社会历史文化制约着女性，但女性对两性平等的诉求从来没有停止过。社会对男性与女性的不同文化规范，只是从外部限制了女性多元发展的可能性，但却并没有泯灭女性对两性平等的诉求。这正是 20 世纪中国女性和女性文学面临的现实。

就文学的历史渊源来看，女性的文学创作一度是极不充分的。有学者考证，认为《诗经》中"有案可稽的女诗人有十四人，诗作近二十部"，中国汉魏时期有女诗人班昭、蔡文姬，唐朝有上官婉儿、薛涛等，宋代有李清照、朱淑真等。然而，与庞大的男性作者相较，女性创作可以说是微乎其微的。即使在这鲜少的女性作者中，也很难有所谓的女性文学的产生。也就是说，当女性还未能作为一个独立群体存在时，女性文学是不可能出现的。女性文学的出现，必须以女性意识的自觉为前提，只有女性解放成为历史的趋势的时候，女性文学才可能在社会现实中浮出水面，而这一历史过程是异常艰辛和漫长的。

从世界的整体视野来看，值得女性欣慰的是英国女作家弗尼吉亚·伍尔芙在 1929 年的一次演讲中庄严地提出了女性文学。而后，随着世界范围的女性解放大潮，女性文学在不同国度纷纷浮出水面，并展现了颇为壮大的阵容。尤其是在 20 世纪的后半期，在西方妇女争取人的权利的女权运动推动下，女性文学遍及全世界发达与不发达地区。

在中国，女性文学的诞生与世界各国整体上相同。即在"五四"思想启蒙的精神感召下，从人的发现、觉醒到女性的发现、觉醒，再到女性文学诞生的内在深化过程。"五四"前后出现的第一批既受过传统文化的良好教育，又接受了现代高等教育的现代知识女性，如冰心、陈衡哲、庐隐、石评梅、冯沅君、凌淑华、苏雪林等。她们受着时代的感召,最早在文学作品中发出了女性觉醒的呼告,从而开创了中国女性文学的先河。然而,正是由于"五四"新文学营造的是一个个性解放的语境,这使"五四"时期出现的女作家受到人的解放思潮的影响脱颖而出,也因为受到人的解放思潮的影响,而未真正表现出女性的特质,这在冰心的作品中有代表性地体现了出来。以下仅以冰心的创作为例,阐释这一代女作家的整体创作倾向。

第二节 冰心的升华与张爱玲的沉沦
——20世纪中国女性文学的两种误区

在"五四"新文化运动影响下,一批出身官宦书香门第、具有较高学历的女青年走上了文学之路,形成了女作家群体。她们以问题小说步入文坛,以追求爱情自由为创作的主题,其作品体现出明显的自传体特色及强烈的个性解放思想,表现了新型女性对性别意识最初的萌动。她们以自己的创作呼应了时代要求的人的解放,反映了女性自身对女性解放的心理愿望,从而促进了女性解放运动的发展,而且她们的创作也成为了女性文学的先声,为女性文学的出现做出了应有的贡献。这其中冰心具有代表性。

(一)升华:冰心"母爱"立场的小说创作

在中国现代文学史上,陈衡哲是第一个以白话文写小说的作家,而冰心则是中国现代文学史上的第一批女作家中最具有代表性的人物。冰心,原名谢婉莹,取"一片冰心在玉壶"之意。祖籍福建长乐,出生在福州,著名诗人、作家、翻译家、儿童文学家。她的小说、散文和诗歌都一度产生很大影响。茅盾称之为"繁星体"和"春水体"。

冰心是中国文学中集中歌唱母爱的代表作家。爱母亲、爱儿童、爱自然为其创作主题。

冰心以"爱的哲学"的文化立场,参与了中国现代文化的最初建构。如果说"五四"前后鲁迅、张爱玲等作家是以批判各种压抑生命的现象,从反面表现对生命的关爱,表现人生的终极价值追求的话;那么,冰心则是正面歌唱爱,实际上也抵御了各种否定生命的力量。

如果把冰心创作的《六一姊》与鲁迅创作的《故乡》为个案进行

主题比较分析，就可以看出各自的立足点是大不相同的。冰心小说《六一姊》的素材与鲁迅小说《故乡》有惊人的相似之处。表现在：叙述者"我"与主人公都曾经是主仆关系，六一姊的母亲是邻居家的乳母，闰土的父亲在"我"家做工；主人公都曾经是"我"亲密的童年玩伴，且都有一些特别的才能和品格让"我"仰视和钦佩。写作时，主人公与"我"都已长大并十分隔膜。鲁迅的《故乡》侧重表现人生的艰辛和闰土的悲哀，而冰心小说则把它叙述成一个美丽的故事。

阿英曾说："青年的读者，有不受鲁迅影响的，可是，不受冰心文字影响的，那是很少，虽然从创作的伟大性及其成功方面看，鲁迅远远超过冰心。"在"五四"那样一个激情昂扬的时代，冰心凭着正面歌唱"爱"，给那个时代的读者以广泛的影响，甚至影响了茅盾、巴金这些现代文学大家的创作。

冰心的创作主题是"有了爱，就有了一切"。她的爱主要体现在"母爱、对儿童的爱和对自然的爱"方面。尤其是以母爱为中心，将之扩展为对妇女、对儿童乃至对全人类的博爱，并以此慰藉人生、改造人生。因此，在她笔下，母爱的博大精深，女性的纤细温柔都得到了淋漓尽致的表现。她说："世界上若没有女人，这世界至少要失去十分之五的'真'、十分之六的'善'、十分之七的'美'。"[①] 冰心坚守的是一种纯真的、符合道德规范的普世准则，甚至与封建礼教观念也不矛盾。表现为婚前爱的对象是母亲、儿童、同性，婚后爱的对象便转化为丈夫。冰心认为上帝派遣女性是来爱这个世界的，因而女性应抱有一种神圣的"情怀"与使命。她笔下的理想女性往往都具有"母亲"般的奉献精神、牺牲精神和一种巨大的包容性。给人一种至善至美的崇高感。她们渴望美的生活，但当理想幻灭时，也不怨天尤人，而常常在失望中去寻求新的憧憬。

作为现代最早的女性作家，冰心家庭的优越富裕，父母之爱的温馨浇灌，养成了她贤淑温婉的性格特点。她的文笔也特别的清新细腻，没有强烈的叛逆色彩和震人心魄的力度。有的是浓浓的温情。冰心"五

[①] 冰心：《关于女人》后记，陈恕、东方赤子：《大家丛：冰心卷》，华文出版社1998年版，第228页。

四"时期的小说又以"问题小说"闻名。冰心在小说《超人》中表现的一个原本冷心肠的青年何彬，就是在"母爱"的召唤下，复苏了他对人世的博爱之情。

从女性文学的角度看，冰心的创作已经把女性升华为"圣母"或女神了。这既是女性自我的幻象，也是男性心目中的理想女性想象。但却未能揭示女性作为人的丰富内涵和特质，仅仅是放大了的"母性"。因而，我以为是女性文学的一个误区。

(二) 沉沦：张爱玲对畸形女性的文化批判

张爱玲的家世是非常显赫的。她的祖父张佩纶是清末名臣，祖母李菊耦是李鸿章的长女。张爱玲的祖母是寡妇熬儿，在她的调教下，张爱玲的父亲张志沂古文功底不错，旧体诗写得也很好，又喜欢眠花宿柳，颇有旧时代翩翩公子的派头。然而时过境迁，在"五四"时期只能是一个背时的人物。而张爱玲的母亲黄素琼原是南京黄军门家的女儿，从小受到良好的西方文化熏陶，很新潮，且是一个清丽孤傲的漂亮女子。婚后又到英国去留学，学习油画。这使接受了西方文明的她，更加无法接受家中那个抽大烟喝花酒的老公，回国不久就提出了离婚。张爱玲出生在这么一个充满官宦气和书香气，又具有东方传统和西洋文化组合的特殊家庭环境中。加之她与生俱来的敏感、细腻、灵巧，以及周岁的"抓周"，似乎昭示了她必然作为通俗小说家的有幸和不幸的命运。

张爱玲三岁会背唐诗，七岁写姑嫂相杀故事，小学写三角恋爱的手抄小说。14岁写鸳鸯蝴蝶派章回小说《摩登红楼梦》。豪门家庭的华丽生活表象下的情感畸变，铸就了张爱玲以畸态的女性视角观照畸形的女性。

张爱玲在香港大学就读时，因能揣摩教授的心思，各门功课总考第一，英文出奇的好。由于香港战事，张爱玲在1942年大学没毕业就回到了上海，开始了她的卖文生涯。1943—1944年是张爱玲最辉煌的两年，中篇《沉香屑·第一炉香》，代表作《倾城之恋》和《金锁记》都在这个时候发表。1944年小说集《传奇》出版，1945年抗战胜利后，张爱玲再无力作问世。

张爱玲的《倾城之恋》写的是离婚八年受兄嫂冷嘲的流苏，因偶然机缘和老留学生（范柳原）恋爱的故事。张爱玲以调侃的笔调，表现他们舞会上的一见钟情,导致流苏这个心如死灰的人,点燃了一炷生活的香,并毅然地因徐太太的一句话来到了香港。

在香港的流苏是固守着东方传统文化观念的,而受西方文化熏陶的范柳原却一味地用语言来调情。两人之间曾一度发生文化错位和误解。例如他们第一次在香港独处,范把白送回旅馆时,指着一种树说道"英国人叫它'野火花',广东人叫它'影树'"。这正象征他与她的爱情。然而流苏却误以为范是注重精神恋爱的。另有一次是半夜的电话,男的表达爱意,女的用传统文化性格势必要摆架子,要延宕,特别是对于本来就身份低微的白流苏,这又导致他们之间的误解,于是才有第三者的出现。而当范柳原以佯装对印度公主的热情,来召唤白流苏的追求时,没料到换来的只是白流苏的更加漠然。

后来两人在沙滩上互相扑打,表明爱情的火花碰撞。高潮之后又是个停顿。这就是白流苏的回上海,而当她再度见到范的时候,意味着她的决心已下。于是她们过起了同居生活。而战争成就了他们的婚姻,使得本来准备独身去英国的范没有去成。两个人的心境皆变了。当战争平息,他们过起了世俗化的家庭生活。

张爱玲在《关于〈倾城之恋〉的老实话》中说:"从腐朽的家庭里走出来的流苏;香港之战的洗礼并不曾将她感化成为革命女性,香港之战影响范柳原,使他转向平实的生活,终于结婚了。但结婚并不使他变为圣人,完全放弃往日的生活习惯与作风。因之柳原与流苏的结局,虽然多少是健康的,仍旧是庸俗;就事论事,他们也只能如此。"[①] 应当说,《倾城之恋》存在作家与人物的不同视野。这使张爱玲未能善意地看待世俗的爱情,而是以其"冷漠"对待,诚如作者借柳原所说:"我们那时候太忙着谈恋爱了,哪里还有工夫恋爱?"这也是"五四"以来知识分子的普遍态度。然而,张爱玲毕竟把民间生活的原生态展示出来。这也许正是张爱玲在八九十年代的庸俗化潮流中被新一代青年看好的原因所在。

《金锁记》写的是20世纪20年代上海麻油店老板女儿曹七巧为金

[①] 张爱玲:《关于〈倾城之恋〉的老实话》,《张爱玲典藏全集(5):对照记》,哈尔滨出版社2003年版,第123页。

钱所迫嫁给官宦家庭的一个害骨痨病的二少爷的悲剧故事。小说表现了原本心气很高，也还招人喜爱的曹七巧，受命运摆布，把一个小家碧玉的姑娘错嫁给名门望族，本来只配当残废公子姨太太的她，只是由于老太太的一念之善，客观上也是姜家无法给二公子找到正妻，于是曹七巧做了正室。正是这样的经历，使她从金钱的牺牲品沦为黄金的奴隶。

小说在情节结构上运用了传统的叙述方法。以序幕开篇，以月景勾起回忆，并营造一种苍凉氛围。然后，通过丫头对话、妯娌对话侧面交代曹七巧的身世、品性。侧面表现曹七巧在姜家的无地位的地位。

开端部分用了五个层次来展开曹七巧的性格。第一层的妯娌、姑嫂对话，正面展示曹七巧的刁蛮、刻毒。小说运用了肖像和语言描写，揭示小户人家的曹七巧进了豪宅，当上太太后，人物性格及心理的变化。第二层，表现曹七巧在老太太面前的搬弄是非及催云泽小姐出嫁。第三层，通过叔嫂调情，以语言描写，揭示人物性格和被压抑的性心理。第四层，又通过妯娌斗嘴，表现曹七巧得不到黄金的妒忌心理。第五层，以兄妹对白表现曹七巧的争强好胜、泼辣率性，显示她由金钱的牺牲品堕落到金钱的奴隶的心理变化过程，艺术上采用对照方式。

小说的发展部分亦是五个层次：第一层，以写景（镜）过渡，展示曹七巧闹分家中的精明和终被欺负的命运；第二层，通过叔嫂的叙旧，揭示七巧变态的性心理；第三层，叙述曹七巧变态性格对子女的影响和摧残；第四层，叙述曹七巧对儿子婚姻的妒忌与挑唆、施虐，对媳妇挑剔，对儿子的支使，探隐私，挑唆是非，给儿子找妾，哄儿子吃大烟，导致儿子婚姻的悲剧；第五层，重点讲述对女儿婚姻的破坏。

结局则以"三十年来她戴着黄金的枷。她用那沉重的枷角劈杀了几个人，没死的也送了半条命"来概括主题。然后是尾声，揭示悲剧的阴影仍然存在，并以月亮起，以月亮结，构成了结构上的照应和回环。

综观张爱玲小说中表现的女性，有初涉世事的少女，有遭遇婚变的少妇，而最突出的是寡妇形象。可以说张爱玲关注的主要是畸形的女性形象，表现特定历史文化背景下女性生存的畸样状态。张爱玲特别擅长以女性的笔致，揭示两性心理，尤其是寡妇的性心理及其性心理变异。其笔下的女性是缺乏自主的，每每沦为性的工具和沦为性的工具的不得而生出的性心理畸变。张爱玲表现的主要是传统环境压抑下女性自我的迷失。她把女性"妖化"了。因而,我以为这是女性文学的又一个误区。

张爱玲小说创作的艺术特色首先表现在对现代都市(十里洋场)人性的堕落与丑恶的批判。张爱玲的作品,体现了近、现代大都市东西方文化杂处的色彩。她对这种畸形文化的态度,不同于沈从文从乡土立场上予以拒斥,也不同于新感觉派作家。如果说,穆时英、施蛰存还是从外部来写舞女、少爷和各种市民的话,那么,张爱玲本身就是这个圈子里来的,她对于自己要写的人物——都市中上层女性"烂熟于心"。这是张爱玲成功的秘密。她在《写什么》中说:"我认为文人该是园里的一棵树,天生在那里,根深蒂固,越往上长,眼界越宽,看得更远,要往别处发展,也未尝不可以,风吹了种子,播送远方,另生出一棵树,可是那到底是艰难事。"①

张爱玲的家庭的不睦和畸形,使她对人生有了敏感和洞察,形成了她从不同层面和侧面,描绘名门世家的生活情景,以及它们的病态和萎靡。她擅长从表面的亲情、友情、爱情中窥探到潜藏着的金钱与利益的关系,从而揭示人物的畸态。像《沉香屑·第一炉香》中的梁太太,世故、冷漠,《花凋》中郑先生的虚伪,《红玫瑰和白玫瑰》中佟振保的自私,《倾城之恋》中白流苏的寄生性。作者既挖掘出人物心理的阴暗面,又貌似宽恕她们,表现了作者对她们受制于特定环境的理解。写出了中国现代都市的"新惰性、新病态、新国民性",因而具有重要的审美价值。当然,她是以"失落者"的心态来观照的,体现了她的冷峻和苍凉,笔触苛酷;亦流露出怀旧的心绪。

其次,张爱玲擅长以女性的笔致,从两性心理的角度,对都市上流社会的女性心理,尤其是寡妇心理进行透视。她笔下的女性,大多是新旧交替时代没落世家的淑女,她们有着旧式的文雅、旧式的妇道观念。在变革时代,她们只能以结婚来当自己的职业。这些女性大多有美丽的外表,较好的文化修养。然而,却存在生存的恐慌、艰辛。这使她们特别看重金钱。她们的追求不外乎是二种:一是嫁个有钱人当太太或姨太

---

① 张爱玲:《写什么》,《张爱玲典藏全集(3)散文卷一:1939—1947年作品》,哈尔滨出版社2003年版,第85页。

太或情人；二是在成为太太后，为巩固自己的地位变本加厉地抓住钱，或无可奈何地苦熬。她们虽然受过新式教育，过着新时代的都市生活，但是，却没有新的思想观念。她们的结局也大抵也只能是悲剧性的。

张爱玲从女性视角，零距离地窥视她们的人生。特别是从性角度刻画。像《沉香屑·第一炉香》中的梁太太，以葛薇龙作为自己的性钓饵，而葛薇龙这个当初投奔姑妈只是为了更好地读书的女孩，在经历了爱情失败后（同学卢兆麟被梁太太勾引了），走向了由良变娼的堕落。小说写道：一群喝醉的水兵，把葛当妓女。她逃跑后乔琪笑道："那些醉泥鳅，把你当作什么人了？"薇龙说："本来嘛，我跟她们有什么分别？""她们是不得已，我是自愿的！"写尽了她的自甘堕落和无奈。在《沉香屑·第二炉香》中，作者描写了一个淑女因性开化过晚而给英国绅士带来的悲剧。作者用老道而冷漠的手法，写出了一个纯洁得没有性意识的中国女孩愫细，是如何用其处女的幼稚，扼杀了一个正常又健康的男性。正是由于张爱玲希冀着正常的两性关系，她才用冷然的笔调描绘出性关系的种种不健全和变态。曹七巧从顾家到疯狂，从畸形的好奇到病态的窥淫和施虐。也就是她从性压抑到性变态的历程。以至于七巧和梁太太都愿意做寡妇。因为这使她们在悲哀中获得了自主，挣脱了潜在的买卖婚姻的束缚。诚如七巧在拒绝了季泽后说的："人是靠不住的，靠得住的只有钱。""这是个疯狂的世界"。表现世间的无情和苍凉。七巧性格、身世，引人同情、令人愤恨、发人深思。她是新文学中最复杂、深刻和成功的一个人物形象。

再次，张爱玲主要运用了弗洛伊德的心理分析和中国传统的传奇结构。这使张爱玲的作品具有大俗大雅的特点。她运用了古典小说传奇的故事结构和心理分析的手法，讲述现代市民的通俗故事。她从《红楼梦》等旧小说中得到了传统的文化素养，人物描绘与写景多有红楼梦的痕迹，其《花凋》则是《葬花词》的现代版。主人公郑川嫦也被她直称为"现代林黛玉"。晚年著有《红楼梦魇》的学术专著。

她运用传统全知全能的叙述模式，在两篇《沉香屑》开头，还正经地宣布"开始讲故事了"，以现代市民传奇故事营造小说的氛围和形象化的世界。她把自己的第一部小说集定名为《传奇》，说："书名叫传奇，目的上意在传奇里面寻找普通人，在普通人里寻找传奇。"显示了其平民视角和对世俗化生活的钟爱。作品流溢的是小女人的细腻，以知天乐命的姿态看待都市文化的矛盾性，感受都市人的孤独，并表现出清醒和冷峻的浓郁怀旧心态，形成了其讲究艺术技巧的文学观。

最后，在语言上善于营构意象化的意境。早在20世纪60年代，海外学者夏志清出版的《中国现代小说史》就把在大陆现代文学界被埋没的胡适、周作人、沈从文、张爱玲、钱锺书等抬到了极高的地位。由于夏志清的推崇，在20世纪60年代的港台和海外，张爱玲已备受关注。而大陆受夏志清影响掀起的张爱玲、沈从文、钱锺书热则是在80年代以后。夏志清对张爱玲的评价主要是推崇其语言的干净，认为张爱玲注重意象化的表现，有一种苍凉的语言意味，并说张爱玲在手法上受到弗洛伊德的影响。应当说，意象化的描写是张爱玲的突出特点。其中"月""镜"意象更是反复出现。如《金锁记》开头。"三十年前的上海，一个有月亮的晚""今月不是古时月，今月曾经照古人"以意象营造氛围，表现人物心理，亦勾起了"镜中花水中月"的无常人生的苍凉感叹。她接受了新感觉派的影响，大量运用通感、超感觉、意识流等现代主义手法，并使之与传统的民族形式结合，具有较高的审美价值。她的"月""镜"意象，从叙事学角度说，具有了过去和现在的对照或重复，从而具有回忆的诗学韵味，诚如她自己所说，喜欢用"参差对照法"，表现中西方文化碰撞的时代小资女人的一种苍凉的生存状态。

第三节 丁玲的女性小说创作
——20世纪女性文学的崛起

丁玲出生在一个仕宦家庭。1918年就读于桃源第二女子师范学校预科，1923年经瞿秋白等介绍，入中国共产党创办的上海大学中国文学系学习。1925年与胡也频结婚，1927年发表揭露旧中国黑暗现实的小说作品，处女作《梦珂》。1928年，丁玲发表了后来成为她代表作的《莎菲女士的日记》。小说一发表，就引起文坛的热烈反响。亦使丁玲第一阶段的创作表现出鲜明的女性意识。

1931年，丁玲丈夫，后来被称为左联五烈士之一的胡也频被国民党杀害，丁玲又出任左联机关刊物《北斗》的主编（1932年入党）。其创作也进入第二阶段。这时期她创作的《水》《母亲》等作品，显示了左翼革命文学的实绩。《水》是"普罗"文学重大突破，着重于表现农民觉醒、反抗的群像，放弃了对个别典型的刻画。《母亲》则体现了封建大家庭的崩溃没落以及第一代新女性的坎坷路程。1933年丁玲被捕，软禁在南京，1936年脱离禁锢后到了陕北的延安。

在毛泽东诗词中，题赠作家的只有一首，就是写给丁玲的《临江仙》：

> 壁上红旗飘落照／西风漫卷孤城／保安人物一时新／洞中开宴会／招待出牢人／纤笔一枝谁与似／三千毛瑟精兵／阵图开向陇山东／昨天文小姐／今日武将军。

1941年，丁玲发表《我在霞村的时候》。

小说写的是性格倔强的女孩子贞贞与同村的夏大宝的自由恋爱故事。贞贞不服家庭的包办婚姻，为此她进了修道院。但正遭日本人扫荡，贞贞不幸被掳走，做了慰安妇，也因此成了我方的情报员。当她受尽折磨，得了严重的妇科病后被我方救出。在她回乡探亲时，受到乡亲的蔑视和冷眼。在乡亲眼里，贞贞是一个破鞋。

小说的叙述者是一个到边区开展工作的知识女性（丁玲的代言人），她对贞贞的处境表现出极大的同情，对贞贞周围那些冷漠的群众、愚昧的言论，表现出强烈的不满和批判。小说表现了对女性特殊命运的同情和对传统男权社会的批判。

1941年，丁玲还发表了小说《在医院中》。

小说叙写由国统区来延安的知识青年陆萍的经历。陆萍毕业于上海产科医院，像一切热血青年一样，来到延安，被分配到一所医院。医院管理混乱、不少医护人员没受过专业训练。医院对病人也敷衍塞责，轻率地就给病人截肢。病房的卫生没人打扫，病人的苦痛没人过问。人们感兴趣的，倒是捕风捉影地制造谣言、传播绯闻。陆萍以一个医生的职业道德和责任心，向领导呼吁，却被领导认为她是知识分子的骄傲自大，看不起工农出身的领导和同事，结果遭来误解和批评，被扣上小资产阶级、自由主义的帽子。最后陆萍离开了医院，学习去了。小说的知识分子叙事立场、"医院"的隐喻指涉使之被当时的主流意识所非难。特别是丁玲在1942年3月9日的延安《解放日报》发表《"三八节"有感》，受到了严厉的批评。

在1942年，毛泽东《在延安文艺座谈会上的讲话》以后，延安进行了"整风运动"。丁玲在接受整风后，主动要求到基层参加土改。1948年，丁玲以土改的实践经历写成了长篇小说《太阳照在桑干河上》。该小说在1951年获得了斯大林文学奖。这也是丁玲第三阶段创作的标志。新中国成立后，丁玲担任文艺界多种重要领导职务。1955年和1957年被定为"丁玲、陈企霞反党小集团"和"丁玲、冯雪峰'右派'反党集团"。

丁玲是踏着"五四"思潮的余音走上文坛的。她崛起之初，正是"五四"时期女作家创作呈现强弩之末之时。丁玲的创作一开始就以一种全新的姿态、超前的识见和横溢的才气，把女性的生存状态、女性的自我意识的觉醒以及女性为争取人格的独立而表现出的抗争、幻想、追求、失落、苦闷暴露无遗地公之于众，"震惊了一代的文学界"。

1928年丁玲的《梦珂》、《莎菲女士的日记》、《暑假中》和《阿毛姑娘》，皆在当时的《小说月报》以头条位置刊载。又很快结集为《在黑暗中》出版（上海开明书店1928年10月版）。连续在当时最负盛名的文学杂志上发表作品，并很快出版小说集，自然使"丁玲"蜚声文坛。这时期她还有长篇小说《韦护》。

小说《梦珂》写的是，出生在破落封建家庭、长于言谈、长得漂亮的梦珂，又会喝酒，又会花钱。这与时代对女性的要求格格不入。梦珂最后去当了电影明星。梦珂的这些心性是与作家丁玲的性格颇为相似的。《梦珂》的主题在于，要表现做人难，做女人更难。做女人要忍受屈辱，要出卖身体甚至灵魂。这就势必要么无法实现自我价值，要么自甘堕落。小说以一个女性的个人遭遇引起了社会广泛的共鸣。这部作品的笔法虽然显得幼稚，但已显示出作者独立的女性意识。

而《莎菲女士的日记》的女性意识更为鲜明和强烈地呈现出来了。《莎菲女士的日记》写的是青春期少女对性和爱的幻想。它以主人公日记的形式，记叙了莎菲女士的一段生活和苦闷情绪。莎菲是一个走出家门，漂泊异地的知识女性。她孤身跑到北京求学，在大学旁听。因为患有肺病而不得不待在公寓里修养。此时，苇弟开始追求莎菲，但是莎菲却不喜欢苇弟。因为苇弟虽然年纪比莎菲还大几岁，但却是一个长不大的小男人，虽然心地善良，却只会卑微地企求着莎菲的爱。莎菲非常讨厌这种跪着的爱。她一方面从苇弟的泪水中寻找快意，另一方面却又为这种冷酷的快意暗自忏悔。莎菲喜欢的是华侨青年凌吉士漂亮的风度，内心渴望着与凌吉士接吻、做爱，但又不想自己主动去追求他。而希望凌吉士来追求自己，以满足自己征服男性的渴望。但是，莎菲和凌吉士稍一接触，就感觉到这个人思想庸俗。凌吉士渴望的是找一个居家式的好太太，而莎菲认识到自己并不可能做一个居家式的好太太。莎菲还从侧面了解到，凌吉士已经结婚，还逛过妓院。于是，莎菲最后虽然让凌吉士拥吻了自己，满足了自己对凌吉士的征服，但是，最后莎菲还是自己斩断了对凌吉士的情丝。

《暑假中》的主人公是自立女校的几位青年女教师，她们反对肉欲的社会对女性的压抑，因而奉行独身主义。在相互依存的独身生活中，她们之间产生了同性恋情。承淑痴恋嘉瑛，春芝迷上了德珍。玉子和娟娟参加游艺会回来因为过于兴奋，竟然倒在床上"用力地拥着，并恣肆的接起吻来"，承淑甚至因为自己爱着嘉瑛而对接近嘉瑛的春芝起了猜忌之心。女性同性恋是"反男权"的一种极端形式。丁玲在自己的作品中描写这类人物的生活，并对她们表现出充分的谅解与同情。这在中国20世纪30年代应当说是极为前卫和大胆的。

《阿毛姑娘》的主人公是一个乡下姑娘，家庭生活本来是很幸福的。小说表现阿毛受城市青年恋人亲热的感染，在有一天夜里也无意识地萌生出同丈夫亲热一下的愿望，所要的是丈夫"仅仅用力抱她一下"。但结果却遭到劳累一天的男人在她光赤赤的身体上打了一下，和一句伤感情的责骂："不要脸的东西，你这小淫妇。"于是，阿毛后来服毒自杀。小说将一个乡下女子性意识的萌动表现得相当微妙而又入情入理，揭示传统文化观念对女性的偏见是相当有深度和有现实针对性的。

沈从文曾经这样评价横空出世的丁玲：大胆地以男子丈夫气分析自己，为病态神经质青年女人作动人的素描，为下层女人有所申述，丁玲女士的作品，给人的趣味，给人的感动，把前一时期几个女作家所有的爱好者兴味与方向皆扭转了。他们忽略了冰心，忽略了庐隐、淦女士的词笔调太俗，淑华女士的闺秀笔致太淡，丁玲女士的作品恰恰给读者们一些新的兴奋。反复酣畅地写出一切，带点儿忧郁，一点儿轻狂，攫着了读者的感情，到目前，复因自己意识就着时代而前进，故尚无一个女作家有更超越的惊人的作品可以企及的。

丁玲把女性的独立人格追求看作是她们争取自身解放的重要内容。她在早期的创作中不仅表现了女性自我意识的萌动与觉醒，而且还充分肯定了她们追求个人幸福的价值观念。莎菲就是一个崇尚个性，反叛传统的现代女性，她对爱情的追求流溢出全新的价值观念和精神导向。莎菲形象的意义不仅在于她大胆地否定封建礼教、争取个性的自由，而且还在于她要在婚恋关系中确立女性的主体地位。女性本位意识，女性的独立人格精神和意义。至此，中国现代叛逆的女性形象诞生了，女性文学开始迈出了艰难的第一步。

在中国现代文学史上，冰心反映的是母爱和夫妇的爱；冯沅君表现的是母亲的爱与情人的爱的冲突；庐隐揭示的是爱的苦闷，即何为爱情；到了丁玲，则纯粹是女性视角的"爱"了。她早期的作品诸如《梦珂》《莎菲女士的日记》《暑假中》《阿毛姑娘》等，作者几乎没有写女主人公如何找到自己的意中人结婚以及婚后如何生活。她所描写的恋爱故事，也绝不是平平凡凡的你爱我、我爱你的含情脉脉的幸福，也不是你爱我、我不爱你的一厢情愿或我爱你、你不爱我的单相思的苦痛，更不是三角或多角恋爱的错综复杂的情感纠葛，而是深刻的纯粹的独到的女性爱情观。

丁玲把女性对独立人格的追求看作是她们争取自身解放的重要内容。她在初期创作中不仅表现女性自我意识的觉醒，而且还肯定了她们追求独立人格的精神和意志。莎菲就是一个崇尚个性，反叛传统的现代女性，她对爱情的追求散溢着全新的价值观念和精神气息。这一形象的意义不仅在于她大胆地否定封建礼教、争取个性的自由，而且还在于她要在婚恋关系中确立起女性的价值和地位。从她与苇弟和凌吉士的关系及其态度上，可以看出她所要求的是完美的、平等的、反传统的、相互尊重和理解的恋爱观和人生观。

茅盾先生早在 30 年代就给予了肯定和赞赏："她（指莎菲）要求

一些热烈的痛快的生活；她热爱着而又蔑视她的怯弱的矛盾的灰色的求爱者，然而在游戏式的恋爱过程中，她终于从腼腆拘束的心理摆脱，从被动的地位到主动的，在一度吻了那青年学生的富于诱惑性的红唇以后，她就一脚踢开了这位不值得恋爱的卑琐的青年。这是大胆的描写，至少在中国那时的女性作家是大胆的。"①

莎菲式的现代女性形象占满了丁玲早期的小说，她们以全新的精神面貌、强烈的反叛意识，撞击着当时黑暗的社会、各种陈规陋俗与旧的精神堡垒，喷射着生命力的火花和人文主义意识的光芒。丁玲正是借助莎菲式的灵肉痛苦的冲突，保持着对男权意识的警觉，质疑着男性启蒙话语所许诺的妇女解放的黄金世界，对男权意识进行着毫不留情的批判；同时，丁玲把现代女性定义为一个尚未完成的状态，强调女性永不停息的精神探索和追求，引领着中国现代女性文学进入了一个新阶段。

第四节　张洁与新时期女性小说主题的演化

1942年，毛泽东《在延安文艺座谈会上的讲话》发表以后，促使整个解放区文学向政治化、大众化方面转化。随着新中国的成立，毛泽东的文艺思想在整个大陆占据了主导地位。为工农兵服务的文学成为社会的焦点，致使一个时期以来，女性文学亦未彰显出来。

新时期，在思想解放的时代背景下，女性文学开始了新的创作征程。应当说是朦胧诗人舒婷的《致橡树》揭开了新时期女性解放的序幕的。

舒婷在《致橡树》中写道：我如果爱你——/绝不像攀援的凌霄花，/借你的高枝炫耀自己；/我如果爱你——/绝不学痴情的鸟儿，/为绿荫重复单调的歌曲；/也不止像泉源，/常年送来清凉的慰藉；/也不止像险峰，/增加你的高度，衬托你的威仪。/甚至日光。/甚至春雨。/不，这些都还不够！/我必须是你近旁的一株木棉，/做为树的形象和你站在一起。/根，紧握在地下，/叶，相触在云里。/每一阵风过，/我们

---

① 茅盾：《女作家丁玲》，《茅盾全集》第19卷，《中国文论第二集》，人民文学出版社1991年版，第434页。

都互相致意,/但没有人/听懂我们的言语。/你有你的铜枝铁干,/像刀,像剑,/也像戟,/我有我的红硕花朵,/像沉重的叹息,/又像英勇的火炬,/我们分担寒潮、风雷、霹雳;/我们共享雾霭流岚、虹霓,/仿佛永远分离,/却又终身相依,/这才是伟大的爱情,/坚贞就在这里:/不仅爱你伟岸的身躯,/也爱你坚持的位置,脚下的土地。

《致橡树》以象征抒情的手法,开篇借六个比喻反衬各种不平等的爱情观,从而凸显"木棉"与"橡树"的平等关系。《致橡树》被称为新时期女性解放的"独立宣言"。比之诗歌,新时期女性小说显示的女性意识则显得幼稚得多。

新时期女性作家阵容庞大。有50年代就已成名的老作家,如杨沫、茹志鹃、宗璞等;也有80年代才引人注目的中年作家,如张洁、戴厚英、谌容等;还有年轻的知青作家,如张抗抗、王安忆、铁凝等。她们与男作家一起在思想解放的旗帜下,从关注社会转向了关注个人,并由于女性对情感的更加重视和对平凡人生的偏爱而显露出鲜明的女性特质。其创作主题经历了从讴歌爱情,到对社会人伦道德的思考和人生哲理的探寻的嬗替过程。

以下主要以张洁的小说创作为例,考察新时期女性文学的主题变迁。新时期女性文学的主题大抵经历了爱情书写、道德喟叹和人生透析三个阶段。

一 爱情:少女对理想生活的憧憬

在新时期文学初期,男性作家与女性作家一开初就表现出对爱情的不同表述:男性作家一般是以爱情为载体的。如刘心武的《爱情的位置》、张弦的《被爱情遗忘的角落》、张贤亮《绿化树》等,男性作家大抵是通过爱情的表现,揭示"文革"社会人性的扭曲和泯灭。而女性作家则更多表达了对理想爱情的憧憬,也就是说,女性作家是以爱情为本体。如张抗抗《爱的权力》、《北极光》,王安忆的《雨,沙沙沙》等。女性作家是借着爱情抒发一种理想的生活方式。而张洁这位年近不惑才步入文坛的作家,在1978年发表的第一篇小说《从森林里来的孩子》,就表现了她的特别之处。小说写的是音乐学院的教授梁启明在"文革"下放时期把伐木工人的孩子孙长宁培养为一个长笛手的故事。

小说并没有对"文革"的苦难进行渲染或展开叙述，而是以孙长宁报考中央音乐学院的出色表现，引起评委们的惊讶和询问，才交代出梁启明的悉心培养，从而使评委们对已经过世的、熟悉的、知名的梁启明教授更加肃然起敬。小说透射出一股涓涓细流，洋溢着对未来生活的亮色。紧接着，张洁又陆续发表了小说《谁生活得更美好》、《雨中》、《有一个青年》及散文《捡麦穗》等，都跳出了爱情小说直接表现男欢女爱的窠臼，表达了生活的美好的一面，亦表现了人物闪光的心灵。从而一改新时期女性爱情小说被男性作家揶揄为"寻找男子汉的文学"的文风。张洁新时期初期的爱情小说，拓展了爱情小说主题的书写空间。尤其可贵的是，张洁新时期初期的小说，是在弥漫着阴郁气息的伤痕文学的背景下发表的，张洁也给整个文坛吹来了一股清新的气息。

二 道德：妇女对现实人生的叹息

1979年，张洁创作了她的代表作《爱，是不能忘记的》。小说以女作家钟雨和"老干部"之间刻骨铭心的精神恋爱与现实世界中，"老干部"出于道义不得不与为保护自己而牺牲的烈士女儿结婚的实际状况，表现了理想的爱情与现实道德的矛盾。在《爱，是不能忘记的》中，张洁是以第一人称的感伤笔调来进行叙述的。小说开篇安排了年纪已三十岁的就要结婚的"我"来进行叙事。作为叙事人的"我"是钟雨的女儿，"我"在婚前油然想到了已经过世的母亲。因为母亲钟雨是一个爱情小说家，然而，她自己的爱情却并不幸福。她爱过一个人，又和一个自己不爱的人结婚、分手。由此引发了"我"对"难道就没有一种比结婚更牢固、更坚实的东西把两人联系在一起吗？"这一婚姻和道德问题的思考。

钟雨的手记《爱，是不能忘记的》，记录了她与老干部柏拉图式的爱情经历：他们两个人在一起时竟从来没有牵过手，他们这辈子接触过的时间累计起来也不超过二十四小时，唯一物质上的交换就是他给她送过一套契诃夫的书。一生中唯一的一次"散步"，也只是两人"默默地走着，彼此则离得很远。几十年中，每当钟雨想着"老干部"时，她要么是在固定时间和固定地点从小轿车背面看看"老干部"的后脑勺，要么就是看"老干部"送的契诃夫选集，如果想与"老干部"说话，就写手记。这两个人,一个是嫁错了男人的寡妇,另一个是跟自己的妻子只有道义上责任的男人。钟雨和"老干部"之间的精神恋爱,无疑是痛苦的,似乎又是符合现实道德的。

小说提出了婚姻与爱情的关系这样一个社会道德问题。提出婚姻必须以爱情为基础,否则,迟早会给人们带来痛苦的社会问题。张洁从小失去父亲,她需要父亲又憎恨父亲:一方面憎恨父亲抛弃了她们,另一方面又希望有个像父亲一样的人来爱她、呵护她。所以老夫少妻是她作品的一大特色。张洁的短篇小说《爱,是不能忘记的》发表后,在社会上产生了极大的反响。

如果说张洁的《爱,是不能忘记的》表现的是对理想的爱情的憧憬的话,那么,张洁的中篇小说《方舟》则以荆华、梁倩、柳泉三个独立自强的知识女性形象的塑造,表现了女性在事业上的成功和个人婚姻上的种种不幸。也就是说,中篇小说《方舟》的发表,表明张洁已把视点转向了现实。小说卷头以"你将格外地不幸,因为你是女人"作题记。既暗示了小说的内容,也定下了小说的感伤基调。

荆华是一位思想与学识都很突出的理论工作者,她在事业上是一位能让很多男子汉都佩服的女性,但是,在婚姻问题上,却还是过着清贫而孤独的生活。柳泉,是一位热爱工作、精明能干的翻译,但是,她却在男女纠葛中伤痕累累。而梁倩,则是一个极有抱负的才华出众的导演,她在工作上,吃苦耐劳,勤勤恳恳,但,她的独身生活,则使她免不了时常被周围的人们所讥讽和嘲弄。

张洁笔下的这三个女子在终于走出了无爱的婚姻围城后却又得不到真正的自由。因为,她们要应付白复山、魏经理这样卑鄙下流的男人的骚扰和污辱,还要面对贾主任、"花蝴蝶"这类女人蛇蝎一般的心肠。她们与环境的矛盾是紧张而持久的。似乎"一个离了婚的女人,不属于自己的丈夫,那就属于所有的男人"。小说的深刻意义在于:它不仅写了一群与男性世界对抗的女性,还关注女性社会人格,即女性价值的实现问题。

在当代文学中,张洁的《爱,是不能忘记的》,最早触摸到女性爱而不得所爱,却又不能忘其所爱的悲剧,质疑两性关系中的非爱情因素的合理性。张洁以文学的方式探索和释义了恩格斯《家庭、私有制和国家的起源》中关于"只有以爱情为基础的婚姻才是合乎道德的"的命题在当下如何实践的问题。这在"文革"刚刚结束的1979年,无疑是石破天惊的,也是切中中国式婚姻命脉之作。女主人公钟雨在现实中无法实现她的所爱,只能把对他的爱投注在他的赠物——契诃夫小说选集中去,把现世的苦恋寄寓天国与来生。张洁巧妙地表达了中国女性埋藏得很久的生命欲望,而又把这种欲望置于自由的逃避之下。责任、道义、克制等人类美德,似乎瞬间化作来自远古荒原的巨垣,横卧在两颗吸引得很苦又分离得很累的灵魂之间,异化为一种伪饰的崇高。她把女性生命的焦虑,化作一种崇高,她叛逆了个性欲望而服从某种道义。张洁把主人公的悲剧,置于残酷的对话系统中去演绎,而把自己间离出来。张洁断然和清醒理性地编织着这个故事,并以第一人称的叙述,令人痴迷沉溺其中而难以自拔却依然期待着无望,作品的间离状态,使女性心理自控和辩难的复杂情状客观化了,完成了对一种普遍真相的返照。张洁因此也就实现了不仅仅站在狭隘的女性立场,而是在人的制高点上俯视两性关系中东方文化氛围中的种种诘难。

在《方舟》中,张洁开始向世俗的婚姻观念提出了挑战,其深刻性使挑战变得咄咄逼人。正如丁玲在20世纪二三十年代的女性叛逆的文学书写一样,在20世纪80年代,张洁等一批女作家集体性地开始了对男权的反叛。其声势是颇为浩大的。当年,丁玲的叛逆的女性书写、带有个人化的种种无奈,又在复杂的历史环境下受到过多次批判,而20世纪80年代的女性书写不同了,她们比之丁玲的捣乱,仿佛走向了合理的性别诉求。

三 人生:女性对自身价值的透析

女性存在的价值是什么?传统的相夫教子早已被社会现实所否定,因此,新时期女性很自然地把女性的价值实现定位在事业的追求和实现过程中。《方舟》的女主人公们对此已有着清醒而深切的认识了。因此,她们才竭尽全力地维护着自己投身事业的权利,并为此付出了艰难的努力和巨大的牺牲。

小说《祖母绿》集中描写了曾令儿、左葳、卢北河这三个20世纪50年代的同班大学毕业生的人物形象。学习优秀、个性善良、纯洁的曾令儿在大学时代因为爱着左葳而顶替了原本是左葳承担的右派。为此，她大学毕业后失去了本来应当留校的可能。而左葳与同班的团支书卢北河留在了北京，并分配在同一个研究所。后来，左葳与卢北河结婚。而曾令儿这个在大学时代，就以自己的聪明和倾力支持，帮助左葳完成了各科学业，毕业前又舍身掩护了左葳的女性，毕业时，在戴着右派帽子、怀着左葳孩子的情状下独自被发配到边地。她独自抚养儿子，后来，爱子不幸早夭。20年中，她在事业上不断进取。新时期以后，她的多篇论文在国际的重要刊物发表。当左葳再一次需要她的帮助时，她又一次不计私怨地接受了昔日情敌卢北河的安排。调进左葳与卢北河所在的研究所，帮助左葳完成凭着左葳自己无法完成的重大国家课题。

小说的男主人公左葳，被刻画成是一个承担不了男人应该承担的责任的人。他对曾令儿母子从未尽过义务，他也只算是卢北河形式上的丈夫。左葳的一生只会向曾令儿索取"爱情和事业上的支持"，向卢北河索取实惠和保护。在人生的每个关头，左葳都要依靠女人的扶持。大学时代依靠的是曾令儿，结婚以后得到的是卢北河的帮助。因为他的妻子卢北河在工作单位上是他的领导。卢北河亦深知左葳的无能，于是她才用心良苦地想把曾令儿调进来。想能通过曾令儿的奉献和业绩，让左葳能获得一个微码编制组负责人的头衔，为他的学术事业镀一层金。

小说中的两个女性都早已获得了精神上的独立性。相反的是，在张洁笔下，许多男性的主体性倒常常是失落的。小说中，曾令儿与卢北河这两个女性对左葳的帮助，也已超越了传统的相夫。对曾令儿来说，她在调来前就想明白了，她表面看是支持了左葳，而实质上她为的是国家的课题和荣誉。而卢北河亦更多的是从个人的利害角度来维护左葳，其实质也是维护自己的面子而已。

从创作的整体上看，张洁笔下的女性形象很少有逸出知识女性群落的，应当说，知识女性是新时期女性作家特别青睐的，也是用心最多的一个群类。有趣的是，这一时期男性作家笔下的女性则更多呈现为漂亮、温柔、贤惠，而学历低、社会地位低的一种状态。而女作家笔下的女性形象，则大抵表现为有较为稳定的社会地位，相当优越的社会身份，足以自立的经济保障以及思想上的现代文化观念等，这使得她们往往在精神上高于身边的男性。这是张洁小说，也是新时期女性作家笔下女性形象的整体状貌。

再考察张洁小说中的男主人公形象:他们大多是缺乏行动力的。对于女主人公们来说,这些被她们深爱着的男性实在只是雾中之花。例如钟雨爱着的老干部、叶知秋敬佩的郑子云、曾令儿献身的左葳。他们仿佛一度只是女性们想象出来的"王子",一旦拨开了迷雾,形象的光芒也就荡然不存了。她们对男主人公形象的了解一度是肤浅的,当她们在爱恋着这些男性时,她们爱的其实是自己编织的梦幻。一旦梦醒后,就产生了浓浓的失落。无怪乎梁倩、荆华、柳泉、曾令儿、叶知秋都选择了独身,选择了艰辛、孤独、禁欲的生活道路。在这种卓尔不群的行为背后,似乎隐含了女性作家在面对现实时的无奈困境和对男性的失望。

张洁从《爱,是不能忘记的》到《方舟》、《红蘑菇》和《祖母绿》,以及她的《无字》等,我们可以看到,张洁创作上的明显变化。她从爱情与婚姻的"痛苦的理想主义"转为清醒的、开放的现实主义,从女性爱情、婚姻的解放达到追求事业解放的高度,在创作手法上,则从正统叙事逐渐走向现代主义和后现代叙事。张洁只是 20 世纪末中国女性小说的一个代表,张洁以她对女性内心世界的细腻描画,揭示了现代女性对现实生存状态的深度思考,张洁的创作亦体现了新时期初期女性小说创作主题的整体流变的轨迹。

第五节　陈染与后新时期女性小说的主题变异

如果说张洁把新时期初期的女性小说逐渐引向了对男权社会批判的话,那么,陈染的女性小说则显然更多地体现为回归女性自身的一种书写策略。

陈染从 1992 年发表成名作《与往事干杯》后,小说创作便进入高潮阶段,发表了数量可观的作品。陈染的小说自始至终都表现出一种固定不变的言语方式——独语或私语。这是 20 世纪 90 年代女性小说的另一种特殊的言说方式。陈染与林白们力图以此传达出对父权文化的批判和对峙的态度。从而以女性的孤独,建构起女性自足的生存世界。表现女性不同于男性的人生经历和心理体验。当然,陈染以纯粹的女性视角审视的不仅仅只是女性,同时从另一方面看,陈染也在重新审视着男性，从而表现当下社会人类普遍的生存困境。

陈染的小说中，女主人公意识到自己的目光无法与男性对视，自己的言语也不易被男性所理解。似乎真的是男人来自火星，女人来自水星，男女两性来自不同的星球。所以，在一个男权社会，女人只能退回到自身。女人在社会生活中处于挣扎的、孤独的境地。然而，具有反讽意味的是，她笔下的男主人公又大多是懦弱的、猥琐的和无能的。他们既不能满足女主人公的物质需求、生理需求；也不能满足女主人公的精神需求。男人总是自私自利的，缺乏责任心的。甚至她小说中的男性在爱情上往往最后是会背叛妻子的。于是，悖论出现了：既然是这样一种状态，那么，男性凭借什么制控着这个社会？当然，陈染似乎不用思考这样的问题，她只要能建构一个女性自为的世界就可以了。陈染在小说《时光与牢笼》中，叙述了女主人公水水在经历了四次婚姻中的种种生活状态：水水和所有的女性一样，第一次的婚姻是以爱情为追求目标的。然而，在历经了爱情的创伤后，第二次她对婚姻的要求是对方有钱，第三次的婚姻则把条件改为能获得美国护照。水水在经历了三次的婚姻失败后，对现实的婚姻有了较为切身的感悟。于是，对待第四次的婚姻，她把条件改为选择"一位本本份份的男子，渴望平平稳稳地过日子"。她实现了。可是，结婚后，丈夫的无能、软弱，又让水水无法容忍。最后，她感悟到，两性组合起的所谓的家，也不是女性心灵的归宿地。水水只能在平淡和慵懒的生活中，渐渐老去。

小说《潜性逸事》中的女主人公雨子的婚姻，则显示为另一种情状。雨子的丈夫如果用常人的眼光看，应该是一个很优秀的男人。因为他性格随和、做人圆通，又勤快节俭。在单位能与上上下下都搞好关系，颇得领导的赏识。在家里，则做事勤劳、利索。他还常常会在下班时顺便买些最便宜的蔬菜带回家。但是，雨子与丈夫却在思想观念和生活志趣上极不相合。雨子感觉自己的丈夫太世俗气，雨子也无法从丈夫那里获得些许激情。于是，有一天，雨子怀着负疚的心情，决定跟丈夫谈离婚的事情，却不料丈夫早有准备。并郑重地告诉她，下一任的妻子竟是雨子最好的朋友李眉。陈染的小说似乎是想告诉读者，理想的婚姻是多么难以实现。

陈染的长篇小说《私人生活》中的女主人公倪拗拗，则很有陈染自己的影子。倪拗拗与陈染有很多生活上的相似之处：她们早年都一度在孤独的环境中成长、父母关系都不和谐、上学时都与同学不合群，后来也都经历了父母离异的苦痛等。小说中的倪拗拗性格偏执，她对郁郁不得志的小公务员父亲有着明显的仇恨。因为父亲经常把在外面的不顺心泼洒到妻子和女儿身上。于是，倪拗拗有一天剪破了父亲的裤子。而倪拗拗对母亲有着深深的同病相怜和眷念。倪拗拗与禾寡妇的情感也很深厚，还有与同样被他人孤立的同学伊秋的亲近。作者淡化了人物所处的时代现实环境，突出表现男权社会对女性的挤压，以及女性和女性之间的同性情谊。以此来书写女性被扭曲的生理和心理的生成过程。

陈染的小说以女性主人公的经历和心理，特别是女性的隐蔽的性心理为视角，来讲述女人的成长，以及在这一过程中的人生体验。从女性小说的角度看，陈染小说的价值在于，她发现了女性被男权世界遮蔽的现象，力图还原女性、重塑女性自身。而在现实的社会中，女性不是被扭曲化，就是被男性化。因此，女性的首要任务是获得自身的独立。在小说《私人生活》中，有一处对倪拗拗的性心理描写："她感到自己身上的某一种欲望被唤起，她想在这个男人身上找到那种神秘的，从未彻底体验过的快感，她更喜欢的是那一种快感而不是眼前这个人。"这表明倪拗拗已从男性视野中挣脱出来了，她跳脱了女性被赏玩的地位，而成了自己身体的真正主体。诚如丁玲笔下的莎菲女士一样，倪拗拗也获得了女性的独立的、自主的意识。陈染小说的女性形象，具备存在主义人生哲学的一般发展历程：她们早先都存在或多或少的人的生存和选择的焦虑，然后，像尼采决绝地杀死上帝一样，她们在心理上"杀死"了父亲，最终，她们获得了自由的，也是困惑的无路之途。

以陈染为代表的私语的女性小说表现了女性文学的某种深度，但同时也是一个泥淖。因为人类社会是有前在的文化历史的两性构成的一个整体。而私语的女性小说却要在封闭的"私人生活"中，表现"一个人的战争"。于是，自封闭的"私语"转化为与世界对话，与男性对话的"失语"。即使是女性与女性也存在沟通的种种障碍，那么，剩下的就只有回忆、独语和梦幻了。更何况陈染的女性小说仍然共存着"弑父"与"恋父"的双重意识。陈染的小说昭示了现代女性在自身角色塑造上的困惑，这似乎是当下人类共同的历史宿命。只不过女性表现得更加突出罢了。

第六节　王安忆：从女性小说到超越女性

　　王安忆，祖籍福建同安。自1976年发表第一篇散文开始，至今出版有《雨，沙沙沙》、《本次列车终点站》、《小鲍庄》、《叔叔的故事》、《69届初中生》、《长恨歌》等短、中、长篇小说，约400万字，以及若干散文、文学理论文章。王安忆以1980年发表短篇小说《雨，沙沙沙》等系列小说而开始引人注目。她的创作几经变化，可以说新时期的各种潮流的小说创作，她都经历过。从伤痕、反思到改革小说，从《小鲍庄》、"三恋"（《小城之恋》、《荒山之恋》和《锦绣谷之恋》）的女性小说，寻根小说到《叔叔的故事》、《纪实与虚构》的新历史主义，再到《匿名》的先锋小说，还有她的《长恨歌》。王安忆的创作风格几度变化，很难把她归为某个类型或某个流派的作家。王安忆固然是个女性，但是，我们也很难把她归结为女性作家。

　　王安忆的小说创作，大体可分为如下几个阶段：第一个阶段大体时间为1976—1984年，小说以优美的抒情笔调，表现"雯雯们"对理想和爱情的追求，表现生活中的美；或表现普通人的矛盾、困惑和希望。代表作有《雨，沙沙沙》、《本次列车终点》、《流逝》等。第二个阶段是1984年以后，王安忆的小说创作进入了一个较为广阔的天地。她开始在小说创作中淡化时代，淡化社会大环境，而着力表现普通人，尤其是普通女性的平凡命运与情感悲喜状态，表现民族文化历史氛围中小人物的民间生存镜像。代表作品有《大刘庄》、《小鲍庄》、《小城之恋》、《弟兄们》等。第三个阶段是20世纪90年代以后，其叙事风格发生了根本的变化。代表作有《叔叔的故事》、《纪实与虚构》、《长恨歌》等。

　　作为一个女性文学高涨时期的女性作家，王安忆与其他女性作家的不同处在于，她有着作家与女作家的两样面孔。一方面，王安忆说："女人与文学，在其初衷是天然一致的。而女人比男人更具有个人性，这又与文学的基础结成了联盟。因此，在新时期的文学中，涌现了大量的女性作家。这些女性作家一旦出现总是受到极大的欢迎。她们在描写大时代、大运动、大不幸和大胜利的时候，总是会写与自己那一份小小的却重重的情感联络。"另一方面,王安忆又说:"这种女人式的自我意识,因是不自觉的状态,所以也缺乏其深刻度,仅仅是表面的。"①

王安忆的女性身份使她天然地具备对生活细节的编织能力。她善于从现实的人事关系中发现生存的荒谬性,善于从历史的边边角角中打量人生的种种困境,善于用以小见大的方式描绘时代的风风雨雨。另外,王安忆又说:"性别对我的作用不是很大。有人问我是不是自己的经历比较顺利,所以我才没有感到性别的压迫,我想是这样。我虽然是家里的第二个女孩,但从来也没有受过什么歧视;相貌么也过得去,要是太漂亮恐怕也不好了;下乡是大家都去的;婚姻也没什么挫折……而且我也从来没有尝试过利用自己的性别,如果尝试了也许会有挫折感。"②

因此,王安忆说道:"我确实很少单单从女性的角度去考虑东西,好像并不是想在里面解决一个女性的问题。"③

王安忆与许多女性作家不同的是,她没有对所谓的男权社会进行反叛式的抨击,没有过多地表现由于是女人而造成的生活中的种种不幸,更没有把不幸的根源强加在男性身上。她以中性的,或者说是人性的立场进行小说的叙事,这是她作为上海人的一种精明,也造就了她的小说家的视野和胸襟。她小说中的女性,展示的是一种原生的状态。王安忆似乎并不在意于女人的生存艰辛,甚至于她写的也不仅仅只是某一个人,既如她在《长恨歌》中描绘的三小姐王琦瑶一样,王安忆力图通过王琦瑶的一生展示上海,乃至于中国社会的一种特定的、极普通的生活样态。而这种样态不是第一名所象征的上海的外滩、南京路、花园洋楼,或酒吧、游乐厅。而是更加贴近生活、贴近民间的一种普通市民的日常状态。王安忆的《长恨歌》在表面上的对王琦瑶一生的娓娓叙事中,力图描绘的是上海这个城市从20世纪30年代到80年代这50年的历史变迁。诚如王忆安在《长恨歌》中营造的"里弄"、"闺阁",在《富萍》中书写的"梅家桥",在《上种红菱下种藕》中营构的浙西水乡"华舍"。王安忆小说显然已超越了对女性形象的塑造,也超越了典

---

① 王安忆、刘金冬:《我是女性主义者吗?》,《钟山》2001年第5期。
② 王安忆:《为审美而关注女性》,《中国妇女报》2002年12月11日。
③ 王安忆、刘金冬:《我是女性主义者吗?》,《钟山》2001年第5期。

型的刻画,其指向性更在于表现人物生存的客观环境。表现出她对强势的现代化运动中人类整体生存状态的思考。表现出"大丈夫"式的人类全局观胸怀,而这正是女性文学或男性文学所不能触及的。

当下,对女性文学有必要进行一个冷思考了。女性文学如果驻足于两性之间的"战争",势必在拉大两性之间的鸿沟,势必遮蔽两性之间的共同性,势必限制了人与环境、人与社会的错综关系,势必淡化整体意义上的人类性。王安忆对女性文学的超越是有前卫性的。

第六章 20世纪中国战争小说的主题变迁

第一节 战争文学的人类学依据

战争是人类社会的一种特殊现象。战争是政治集团之间、民族（部落）之间、国家（联盟）之间解决纠纷的一种最高级、最有效果的手段。从文学的角度看，爱情展示了人生的美好的一面，而战争则展示了人生面临死亡的另一面。当人面临着生与死的临界点时，一切外在的束缚和内在的掩饰都被无情地剥露。故而使人的真实本性得以充分展示，这大概就是爱情小说和战争小说历来都受到文学家青睐的一个隐蔽的原因吧。

从人类的文明进化史上看，我们所谓的几千年文明史，不过是连绵不断的战争史。人类生存中的社会制度交替与朝代的更迭不过是战争留下的战利品。文明社会战争的频繁，迫使人类禁不住要怀疑人类是否具有好战的本能。虽然，从社会层面上说，战争可以区分为正义的战争和非正义的战争；但是，从人道的立场上看，任何战争本身都是违反人性的。就像生存是生命的本能和常态，而自杀是人性的异态一样。而以大规模的人与人之间的相互残杀为手段的战争实在是人类社会的一种文化怪异现象。然而，心理学和社会学研究似乎又证明：人类具有攻击的本能，也就是说攻击又是人的天性。

因此，我们在阅读战争文学作品时，首先要对战争本身进行理性反思。

弗洛伊德根据人的心理分析，发现人的行动是一种强烈的内驱力释放的结果。这就是说，行动是受制于心理上的"力比度"所左右的。康纳德·洛伦兹在《论攻击性》一书中则通过对动物的行为研究，发现这种内驱力必须通过竞争性体育运动或其他方式才能释放。弗洛姆在《人类的破坏性剖析》一书中提出了一个更为悲观的观点，认为：恶性侵犯虽然不是本能却是根深蒂固的人性潜能，它的根源已是人类的存在状况。[①] 这无异于告诉人们战争现象是必然的、周期性的。这是社会生物学家告诉人类的多么可怕的研究成果！好在弗洛伊德的"精力释放"模式，很快地就被人类学家理查德·西普斯的"文化模式"否定了。西普斯研究发现，如果是"精力释放"，那么激烈的体育竞赛，恶意的巫术、文身等应能减少战争，或战争减少那些较轻微的替代活动。但事实恰好相反，他认为："如果暴力攻击行为只是由后天学习所强化的遗传潜能的实现，那么随着战争行为的增加，其他替代形式也会增加。"[②] 西普斯进而又通过抽样调查证实了其观点的合理性。

美国的人类学家威尔逊综合了以上的观点，提出"人类攻击性是遗传和环境相互作用的产物，具有一定的规律，是可以预测的"这一结论。他还通过进一步的研究确认，动物的攻击反应可以归为23种，人类具有其中的16种，而在一般的文化环境下仅有7种。这7种是：(1) 对领域的保卫或征服；(2) 在组织良好的群体中确立支配权；(3) 性的攻击；(4) 断奶时期的敌意举动；(5) 对猎物的攻击；(6) 对入侵者的抵抗性攻击；(7) 为强化社会规则而进行的道德性及秩序性的攻击。而任何一种攻击行为都将随着基因和环境的变化而变化着。

从中、西方文化立场上看，西方文化有讴歌战争的传统。如古希腊的《荷马史诗》，张扬的是人的一种英雄气概。而中国文化是主张"非攻"的，所谓"自古兵家非好战"。所以，在中国文学中，战争文学一向是并不发达的。只有唐朝的边塞诗流露了些许的英雄主义气概，但很快地就被宋词的人道主义伤感所取代了。中国的战争文学是在抵御外敌入侵的情势下形成的，如北宋末的辛弃疾的诗词还有着立志扬名的英雄禀赋，而到了陆游就形成了报国无门的忧愁的爱国情怀，岳飞的词则流溢出更加狭隘的忠君思想了。因此，爱国主义构成了中国战争文学的传

[①] [美] 埃里希·弗洛姆：《人类的破坏性剖析》，孟禅森译，中央民族大学出版社2000年版，第234页。

[②] [美] E. O. 威尔逊：《论人的天性》，林和生、吴福临、王作虹等译，贵阳贵州人民出版社1987年版，第98页。

统。客观上说，由于中国至北宋以后的几百年，不断遭遇外敌的挑衅，从而使爱国主义成为中国战争文学的传统而延续了下来。

第二节 20世纪前期中国战争小说概说

20世纪前期中国战争小说大体可分为两个类型：一是通俗演义战争小说。

1900年洪兴全的《中东大战演义》是20世纪中国第一部战争小说，也是中国抗击帝国主义侵略的第一部战争小说。作者洪兴全是太平天国干王洪仁玕的儿子。小说从1894年夏天朝鲜东学党起义写起，生动地叙述了中日甲午战争的全过程。全书共33回，客观地展示了甲午海战的历史风云，讴歌了中华民族抵御外辱的爱国主义精神，同时也强烈鞭挞了投降派的卖国行径。小说从第22回开始，着力描绘刘永福在台湾率黑旗军对日军侵略的反抗。这使刘永福的人物形象较为鲜明地被突出出来，这是小说较为成功的部分。从整体上看，艺术水准不高。但它却延续和奠定了中国战争文学的爱国主义传统。

1921年，满族作家程道一创作的《消闲演义》是一部以清代历史为题材的战争小说。全书150万字。内容上从清初的多尔衮时代写到清末的载沣时代。小说重点描写了鸦片战争以后中国近代的几次战争。作者不仅对历次战争的过程作了细致的描述，对人物性格刻画有一定的深度，对反面人物作了相当生动的描述，而且小说还把满族人的家族伦理观念、文化观念、语言习惯结合在一起进行表现。在展示满族的族群认同的同时，亦难能可贵地表现满族族群对更大范围的族群——中华民族的认同。小说无论是从内容的丰富性和艺术技巧的娴熟性上看，都堪称是这一时期有着较高成就的中国战争小说。

蔡东藩、许廑父的《民国演义》是这一时期影响最大的战争小说。全书共4册，60回。前3册由蔡东藩执笔，1921年刊发；第4册由许廑父续写，1929年刊发。在这部百万言的巨著中，作者描绘了从武昌起义至1924年孙中山誓师北伐这10年间的军阀混战史。叙述了二次革命、云南起义、反复辟之战、直皖大战、直奉大战、江浙之战等的战争过程。小说表现了对袁世凯称帝、张勋复辟以及军阀割据、政客弄政的强烈不满和对孙中山提出的民主共和的积极支持，表达了作者强烈的爱国主义思想情愫。

此外，许啸天写于1929年的《民国春秋演义》也是这一时期反映军阀混战的较为优秀的战争小说。

1931年，"九一八"事变以后，抗日战争的小说成为20世纪前期中国战争小说的主要内容和类型。

东北作家萧军创作的小说《八月的乡村》是较早的，并受到鲁迅高度称赞的一部优秀之作。

小说描写了东北沦陷区一支由汉族和朝鲜族同胞组成的抗日队伍的战斗生活。表现了他们毁路劫车、夜袭据点、缴获军械的战斗过程和瓦解伪军、镇压恶霸，收复失地的顽强生存意志。讴歌了东北人民不屈不挠地抗击日寇的斗争精神。鲁迅在为该书写的序言中说"这《八月的乡村》，即是很好的一部，虽然有些近乎短篇的连续，结构和描写人物的手段，也不能比法捷耶夫的《毁灭》，然而严肃、紧张，作者的心血和失去的天空、土地、受难的人民，以至失去的茂草、高粱、蝈蝈、蚊子、搅成一团，鲜红的在读者眼前展开，显示着中国的一份和全部，现在和未来，死路与活路"。[①] 这部小说于1935年出版，小说开篇即写两支抗日武装的会师，然后描绘他们的打土豪，补充给养，接着是整训和投入战斗，表现抗日武装的不断发展和壮大。虽然结构较之松散，但爱国主义的主题是鲜明的。从时代意义上看，《八月的乡村》开了抗日时期战争小说的先河，在中国现代战争文学中具有重要意义。

1937年8月13号的"淞沪保卫战"是整个抗日战争时期规模最大、战斗最惨烈的战役之一。它揭开了中国全面抗战的序幕，粉碎了日本"三个月灭亡中国"的计划。战争爆发后，反映这场战争的小说创作便蔚然成风。上海的《救亡日报》、《文学》、《七月》、《抗战文艺》、《文艺阵地》、《光明》等报刊都发表了许多反映上海保卫战的战争小说。像艾芜的《八百勇士》，骆宾基的《一星期零一天》和丘东平的《第七连》、《我们在那里打了败仗》、《我认识了这样的敌人》、《一个连长的战斗遭遇》等。

[①] 鲁迅：《八月的乡村·序言》。

丘东平是抗战初期文坛上一位活跃的战争小说家。胡风评价他的小说是：中国抗日民族战争抵一首最壮丽的史诗。丘东平1910年出生于广东省海丰县的一户农商之家，少年求学期间就热衷社会活动，1927年参加彭湃领导的海陆丰农民起义。后来，根据海陆丰农民革命的生活，丘东平写了第一篇作品《通讯员》，1932年在《文学月刊》发表，受到鲁迅、茅盾的好评。1932年到十九路军翁照垣旅当文书，由此参加了上海"一·二八"战役。1934年参加福建倒戈反蒋事件。早期小说多以作家在海丰的经验和在十九路军的经验为素材，表现新的生活和新人物，或揭示中国旧军队的腐朽。

1937年，丘东平参加了新四军。1938—1939年是他创作最活跃、创作成就最高的时期，代表作《一个连长的战斗遭遇》、《第七连》等近十篇小说和战地报告文学，都发表在胡风主编的《七月》上。1941年，丘东平在遭遇日军袭击时牺牲。

丘东平短暂的一生是在革命风暴中度过的。他的创作从1932年在《文学月报》上发表第一篇小说《通讯员》，到未完成的长篇《茅山下》，都是反映战争生活的。他的代表作《第七连》表现了一个初上战场的青年军官丘俊的思想和心理转变过程。作为一个连长，他作战勇敢、机智，对待士兵像"朋友"一样。作品塑造了一个新型的、有责任感和爱国情怀的抗日军官形象。《一个连长的战斗遭遇》则通过描写一个刚从军校毕业的青年连长林青史，在一次战斗中，受广大士兵抗日激情的推动，毅然违抗上级"不抵抗"的命令，向敌人展开猛烈反击。在面临日军包围，与营部失去联系的情状下，仍奋力主动出击。最终，虽然伤亡惨重，却迎来了战斗的胜利。丘东平的小说表现了抗战初期人民奋起抗战的高亢情感，亦表现了国民党当局的腐败无能。丘东平后一阶段的创作，则主要塑造的是人民军队中的人物艺术形象。

这一时期，与丘东平抗战纪实小说取材相似的还有萧乾的《刘粹刚之死》、吴奚如的《萧连长》、荒煤的《支那傻子》、艾芜的《两个伤兵》、姚雪垠的《差半车麦秸》、罗烽的《横渡》、雷加的《一支三八式》等。这些小说都赞颂了国民党军队下层官兵的抗日爱国热情和大无畏的牺牲精神。

应当说，中国自1840年以后，经历了百年的历史动荡和无以数计的战争场面。而抗日战争是其中规模最大、为时最长的一场战争，也是在连续百年的失败后的第一次决定性的以胜利告终的战争。因此，表现抗日战争的作品数量众多。但可惜的是优秀之作却鲜少。特别是在八年抗战时期的创作。

二是新中国成立以后的战争小说创作。

写于解放战争胜利前夕的中篇小说《火光在前》是刘白羽战争小说的一部力作。这篇小说描写的是人民解放军渡江作战的伟大壮举，无论在表现战争的规模上还是在内容的丰富程度上都超过了作家以往的战争小说。作品开创了中国现代战争文学塑造人民解放军高级将领艺术形象的先河。小说着力塑造了师长陈兴才、师政委梁宾等高级指挥员的形象，特别是师政委梁宾。作者还在小说中勾勒了众多指战员和群众的形象，共同组织成了一组以主要人物为中心的英雄群像。其他如杨朔的《三千里江山》、陆柱国中篇小说《上甘岭》、路翎《洼地上的战役》、《初雪》等，分别从外围、战壕和爱情角度拓宽了战争小说的表现视域。而以峻青《黎明的河边》、《马石山上》为代表的战争小说着力营造了如同董存瑞炸碉堡，黄继光用身体堵枪眼式的残酷战争场面，来表现人物的英雄壮举，体现了作者豪迈的英雄主义气概和作品的悲壮风格。王愿坚的《党费》、《七根火柴》等为代表的战争小说则把人物的英雄壮举内化为闪光心灵的呈现，在人物英雄性格的表现上有了一定的深度。

这一时期最有代表性的战争小说是杜鹏程的《保卫延安》和吴强的《红日》。

杜鹏程的《保卫延安》是新中国成立后第一部大规模正面描写解放战争的长篇小说。小说取材于1947年国民党对西北解放区发动重点进攻的史实。抗日战争胜利以后，国共两党经历了一个短暂的"重庆谈判"，随着谈判的破裂，1946年，国民党军队展开了对全国各个解放区的全面进攻。在八个月的战争中，国民党军队损失了70多万人，从而导致国民党不得不改全面进攻为对西北解放区和华东解放区这两个地区的重点进攻。小说《保卫延安》真实记录了以彭德怀率领的西北解放军，在1947年3月到9月不到半年的时间里，采用蘑菇战术，粉碎了以胡宗南为统领的号称30万国民党军队的进攻。而吴强的小说《红日》

则以同年国民党军队大规模进犯山东解放区为真实历史背景，表现粟裕指挥的华东解放军在解放战争中的孟良崮战役，一举全歼国民党最精锐的部队整编七十四师的历史全过程。

《保卫延安》是以周大勇所在的一个连为经线，描写了青化砭伏击战、蟠龙攻坚战、榆林突围、长城线上运动战、九里山阻击战、沙家店歼灭战等战役，最后以周大勇营的返回甘谷驿构成首尾的呼应。又以周大勇连活动的瞬间展开为纬线，以纵横交织的艺术结构塑造了以周大勇为中心的，上至我军高级将领，下至基层指战员的群雕形象。如彭德怀总司令、旅长陈兴允、团政治委员李诚、团参谋长卫毅、营教导员张培，以及王老虎、马全有等战士的群体形象。小说还把延安保卫战放在整个解放战争的视野中，以刘邓大军的挺进大别山，陈庚大军的南渡黄河相呼应，表现延安保卫战的重要性，其规模和深度构成了一幅雄浑的画卷，被冯雪峰称为具有"英雄史诗精神"的一部力作。

如果说《保卫延安》充满了英雄主义气概的话，那么，吴强的小说《红日》则更多地流露出人道主义的情愫。它标志着中国战争小说的一种风格转变。当然，这与苏联文学的外来影响是有关联的。只是由于时代的制约《红日》开创的人道主义战争小说在新时期以后才得到传承。

吴强的《红日》在构思上具有更大的气魄，表现在它敢于以常胜英雄军为中心来进行叙事，又以常胜英雄军的吃败战入笔，在对我军高级将领描绘的同时，还对国民党高级将领作了正面的描绘，并且还在战争小说中加入了大量的爱情描写。这在20世纪的50年代实属难能可贵。小说主要以涟水受挫、莱芜大捷和孟良崮全歼敌整编七十四师表现了战争的历史全进程。塑造了军长沈振新、副军长梁波、团长刘胜、连长石东根等人物形象。

这个时期的战争小说还有曲波的《林海雪原》、陈立德的《前驱》、知侠的《铁道游击队》、冯志的《敌后武工队》等。

综观20世纪以爱国主义和英雄主义为主题的战争小说，其人物形象的塑造虽然在性格上各有个性，但从类型的角度观照，性格上不外乎是忠、义、勇，以及三者之间的有机组合。

类型批评古已有之，在西方十七八世纪被崇尚，浪漫主义时代被抛弃，而20世纪俄国的形式主义、英美的新批评派、法国的结构主义都很重视这种批评方法。因为它把不同时期的作品或人物进行共时性的联系、比较，从而能够说明什么是真正的独创，并彰显小说艺术的总体流向。中国当代前期战争小说的人物塑造，从总体上看，体现了革命英雄主义的乐观基调。这与当时提倡写英雄的时代要求固然有关，而更为深层的原因是，中国在百年的历史中，经历了大大小小的无以数计的失败，而最终获得战争胜利这一历史的事实。许多作家就是这场民族解放战争的参加者与胜利者。革命成功后，他们怀着激动的心情缅怀战争中的英雄，表现战争环境中那些鲜为人知的英雄及其事迹。如峻青《黎明的河边》中的小陈一家，王愿坚《党费》中地下女交通员黄新，他们都共同体现出了坚毅、勇敢的性格特征，为了党、为了革命，他们不惜牺牲个人的一切利益，甚至个人的生命，表现出对党无限忠诚的强烈集体主义精神。如峻青《马石山上》十名集体殉身的八路军战士、《党员登记表》中的黄淑英、王愿坚《粮食的故事》中为了革命牺牲的郝吉标、《七根火柴》中的无名战士等。他们既是一个个有血有肉的人物，同时也是党员形象的化身。

这些英雄在性格上虽有个性的差异，而在总体上却显示了极为相似的性格类型，其集中表现在忠、义、勇方面，以及三者之间的有机组合。

《保卫延安》中的周大勇，用团政委李诚的话说，他是一个："浑身每个汗毛孔里都渗透着忠诚"的人，他的突出特点是忠诚、勇敢，战斗前他总是"抢"任务，榆林撤围，他表现出乐观的献身精神。开始时他的忠诚、勇敢还带有一定的"稚气"而易发火，到"长城线上"升任营长后，则显得更加沉着、冷静。作者生动地展示了周大勇的艺术形象，而且还揭示了英雄的思想基础。这就是对党、对人民的爱和对敌人的刻骨仇恨。这使他受了伤，也不愿弄脏老乡的被子；行军时帮助战士背行装、武器；战斗中以身体掩护战士的生命。其他如勇猛的王老虎、耿直的马全有、乐观的李江国，以及富有牺牲精神的孙全厚，无不体现了忠、义、勇的性格特征。《红日》中的团长刘胜、连长石东根的性格总体特征亦是忠诚、勇敢。刘胜性情急躁外露，求功心切，思想上带有农民的狭隘性，但却能痛快地接受批评，改正错误。小说描写了他的农民性格和战士气质的丰富性内涵。而石东根比之刘胜，则显得更幼稚、浮躁。莱芜战役后他醉酒纵马，战斗中赤膊冲打。他"简单、爽快，像块硬邦邦的石头"，他们虽然有缺点，但却不失为英雄，反而使人物形象更加真实可信了。

《红旗谱》中的朱老忠则最能显示忠、义、勇的有机组合。朱老忠是跨越新旧时代的人物，他的思想性格是在变革的社会历史环境中形成的，家庭仇、阶级恨，使他对地主、统治阶级怀有强烈的仇恨，参加了党领导的斗争后，他逐渐把个人的仇恨和阶级解放的政治理想结合了起来，从单枪匹马的草莽英雄向着无产阶级的先锋战士转变，表现出新时代农民英雄的豪迈和坚韧战斗精神。他的性格特征在他的两句口头禅中体现了出来，"出水才看两腿泥"表现了他的勇，"为朋友两肋插刀"则显示了他的义。他的勇并非逞血气之勇，而是有胆有识，从长计议。从大贵的被抓壮丁，他想到了"一文一武"的复仇大计。他的义也非草莽义气，如果说先前他资助朱老明看眼瞎、江涛上学，济南探运涛等行为还有历代农民那种路见不平、拔刀相助的江湖义气的话，那么后来在《播火记》、《烽烟图》中，他的江湖气魄，在革命战争中，则更多地表现为阶级情和对党的忠心。他是一个兼具民族性和时代性、革命性的英雄性的人物典型。

在对我军高级将领性格塑造及地下工作者的人物性格塑造上，忠义勇也依然是人物性格的基础内核。只是表现形式因不同的人物地位而有所差异而已。如《保卫延安》彭总的平易、忠厚及战略上的果敢、刚毅。《红日》中沈振新的忠诚、机智，《红岩》中许云峰的大智大勇的非凡胆识，江姐的温和、高尚等，都体现了革命者对党的忠诚和勇敢的战斗精神。

这种忠、义、勇的性格，我们可以在《三国演义》、《水浒传》中，甚至从更多的侠士中找到其原型，如聚集在代表汉王室政权刘备属下的"天下第一忠臣"诸葛亮，其忠诚和智慧（内勇）似可在许云峰的形象中找到影子，而朱老忠的侠气也有"天下第一义士"关羽的遗传，尤其是《水浒传》中宋江这一忠的化身和李逵、林冲等的义气之间的关系，我们可以在当代前期大量的战争小说、电影中的高级指挥员、或者基层指挥员与普通战士之间的关系看出其内在的联系性、延续性。这说明，这个时期战争小说在人物塑造上，似是延续了传统的忠义思想，所不同的是，其忠的指向性发生了根本的转移，一个指向封建王室或君主，另一个指向革命的阶级和政党。这种类型上的一致性，表明这时期的战争小说在人物塑造上并没有取得独创性的重大突破，而仅是在既有"原型"基础上的完善、重复或丰富。它秉承和宣扬的是爱国主义的传统主题，忠义勇为基础的人物性格类型自然得到了延续。

第三节 20世纪后期中国战争小说概说

新时期的战争小说是以徐怀中《西线轶事》开端的。如果说20世纪前期的战争小说是以英雄主义和爱国主义为主题的话，那么徐怀中的《西线轶事》续接的是吴强《红日》的英雄主义和人道主义的双重基调，开创了新时期以人道主义为主调的战争小说。

《西线轶事》描绘了对越自卫反击战的壮丽画面，作者摒弃了以往作品津津乐道地描写战争过程、战斗故事等既定模式，避开了"水深火热"般的战争书写，而用力描写战斗之外的战士生活，作者能深入社会的各个层面，去揭示和显现发生战争的特定时代，表现强烈的时代感和历史纵深感。在人物形象塑造上，小说一改以往军人形象塑造中追求高大完美、神化、净化的倾向，不对笔下人物作净化处理，而是充分显示人物的多边立体性。作者在写作过程中甚至不曾预想过哪一位战士可以计入英雄行列。作者追求的是每个战士身上所固有的普通而真实的本色，尤其是在对小说主人公刘毛妹的形象塑造上。

刘毛妹是一个在十年动乱中成长起来的青年，心灵上刻有时代的创伤。他有苦闷、迷惘、偏激、冷漠，有对社会抱有某种不满和埋怨，甚至外表上还有点玩世不恭。似乎任何管束性行为都与他无关，他吸烟、大胆追求爱情，他甚至对入党也持消极的态度。然而，刘毛妹又是经历过"文革"风雨的，不那么容易被摧折的现代青年。对现实他有着自己清醒的意识和理解。他在表面的冷漠外壳下，内心却怀有忧国忧民的赤子之心，并从骨子里透出一股正直和勇敢。

《西线轶事》就是主要把笔墨用于以刘毛妹为代表的一男六女这七名电话兵的日常生活和琐事轶闻上，细致入微地揭示出当代军人丰富而又复杂的精神世界。既如刘毛妹，生前，他表面与母亲对抗，但是，在牺牲后的信件里却表现出他对母亲的无限热爱。当祖国需要，他毅然受命。在战场上，这个电话兵冒着弹雨给总机班当人梯；挺身而出接替牺牲的排长去指挥战斗；在身、嘴部负重伤情况下依然唔唔有声地报告连队的方位。这是个具有时代性特点的新式军人形象。

李存葆的《高山下的花环》是紧接着《西线轶事》之后，反映对越自卫反击战的又一部具有英雄主义和人道主义双重基调的战争小说力作。李存葆的中篇小说《高山下的花环》、《山中，那十九座坟茔》分别获全国第二、第三届优秀中篇小说奖。

在《高山下的花环》的叙事策略上，作者显然做了思考。小说从李干事对作品主人公之一的赵蒙生的采访开始，然后，摒弃了李干事式的传统叙事角度，而采用从赵蒙生的第一人称的角度来进行叙述。这显然与徐怀中的《西线轶事》的追述"轶事"有异曲同工之妙。

小说中的第一主人公当是赵蒙生，然而，赵蒙生的英雄形象似乎很难得到人们毫不犹豫的肯定。因为他是高干子弟，因为他到部队是来"镀金"的，更何况他一度有优越感，看不起农村兵。表现在刚下连队时，他自备高级香烟和点心，养尊处优，生活懒散。特别是开战前，他贪生怕死的"曲线调动"，令人感到义愤。然而，因为雷军长的甩帽子，也缘于雷军长放下的话，激起了这个将门之子的英雄秉性。在参加战斗前，他就做好了必死的准备，在整个战斗过程中，他都表现出了勇敢和坚定。以指导员的身份带领战士冲锋陷阵，后来是梁三喜为他挡了子弹，才使他免于牺牲。赵蒙生经过战火的洗礼后，在战友们的生命和鲜血的感召下，他整个人发生了根本的转变。他立了战功，却把自己的奖章给了应当有战功却未得到的烈士靳开来的家人。他目睹着梁三喜的烈士勋章和比烈士勋章更沉重的欠账单，以及梁三喜的老母亲和留下的孤儿寡母。他的思想并没有停留在当下，而是把思考引向深处。小说是以赵蒙生的视角来进行叙事的，而赵蒙生本身又是一个被叙述者，这就使赵蒙生的心理得以最大程度地被再现了出来。也正是由于赵蒙生的视角，才让读者没有被李干事式的视角所遮蔽，而能看到英雄的另一面。从小说人物形象的丰富性、饱满性来看，赵蒙生从先前的"镀金"和"逃兵"，到最后在战争中成长为"英雄"亦是性格发展最为充分的一个典型。更何况他是现代文学人物画栏里鲜见的一个，是中国战争小说中仅有的"逃兵"英雄。

　　小说最具有英雄代表性的自然是梁三喜和他70岁的老母亲。梁三喜是来自沂蒙山革命老区的现任连长。他的老母亲梁大娘在战争年代就已为革命献出了第一个儿子，二儿子和丈夫又在"文革"中死去。但她独自用双肩支撑着那个只有女性的家庭，把唯一的儿子交给了部队。为国家的尊严作出了默默地奉献。而在部队中的梁三喜，依然保持着老区农民的本色，他勤劳肯干，艰苦朴素，严于律己，关心部下，带兵有方。在战场上，他身先士卒，事事冲在前面。最终，为赵蒙生挡子弹献出了宝贵的生命。因此，赵蒙生这个沂蒙山出身的将门之子的第二次生命又有了老区人民的印记。小说描写的英雄梁三喜临死前并没有留下什么豪言壮语，留下的竟是一纸染上鲜血的欠账单和一件省下来的军大衣。梁大娘为省下一点车票钱，竟和儿媳抱着出生3个月的盼盼翻山越岭走了4天，才来到部队。到了部队的梁大娘又为了偿还儿子欠下的债，她拿出了全部的抚恤金。小说以梁三喜和他70岁的老母亲表征着中国的普通军民，他们都太平凡了，但，正是他们在艰难的生活中挣扎着，在祖国最需要的时候，挺身而出，甚至不惜牺牲自己的生命。表现了他们崇高、圣洁的美丽心灵。其他，如富有正义感的牢骚排长靳开来的形象塑造也是颇为鲜明的。靳开来为人正直，疾恶如仇，快人快语。战前，他体贴梁三喜，劝梁三喜在妻子生孩子之前赶回家。说自己兄弟4人，死一个不怕，而梁家只有三喜一个了，必须留下续香火。他在临战前被提为副连长，他明白这是一个送死的官，但他依然恪守职责，断然把带尖刀排的任务留给自己。在战斗中，他冲锋在第一线。在战斗间隙，他为了解决战士的口渴，带领两名战士到地里拔甘蔗，不幸被地雷炸死。临死前，他也没有留下什么豪言壮语，而是叫战士从他胸前取出了全家福，最后看了一眼就离世了。正是这种描写使解放军官兵成为有血有肉、有七情六欲的人，从而增强了小说的真实感。还有铁面无私、高风亮节的雷军长形象塑造，以及雷军长的儿子"小北京"的现代新型军人的形象塑造，都给读者留下难以磨灭的印象。总之，在人物塑造方面，小说没有简单地把那些兵写成清一色的服从纪律、认真训练、板着同一副面孔的好战士，而是注意写出他们不同的个性，哪怕是通过缺点体现出来的个性，从而大大增强了小说人物的感染力。作家大胆地表现了特定社会环境中部队生活的复杂性乃至阴暗面。比如赵蒙生的母亲吴爽在战斗打响之前给赵蒙生父亲的老部下雷军长打"曲线调动"的电话就是最好的明证,使这部中篇小说具有特定历史现实的穿透力。

新时期战争小说在《高山下的花环》之后的创作容当下一节补续。

第四节 20世纪中国战争小说主题变迁
——从英雄主义到人道主义到莫言《红高粱》的战争本体还原

战争使人的生命价值得以实现,表现出对人的个体——精神的张扬,这是战争文学之所以被人们肯定的一面。战争又是以个体的毁灭为代价的,在战争中,一个人往往失去了其独立的生命价值,而成了某种意义上的工具,即人的物质化。因而,战争又表现出反人性的一面。这是战争又被人类加以否定的一面。因此,描述战争、评价战争,叙述视角就成了一个特别重要的问题。视角的转换能使一场战争呈现出不同的风貌,甚至构成截然对立的道德评价。这使得文学史上各个时期的战争文学呈现出各不相同的色彩。因此,从宏观上来整体考察战争文学就成了一个理论要义。本节将从人性的多侧面性,表达对战争文学不同的层面理解。而不同层面其视角的变化亦使战争文学呈现出不同的价值判断,导致在某些作品中好战者成了"英雄",而在另一些作品中"逃兵"或厌战者却成了正面人物。本节将分用不同的层面来加以论述。

一 战争文学的感性层面

既然攻击是人的一种天性,那么它必然有其合理因素和心理因素。正如毛泽东所说:"人者,动物也,则动尚矣……动以营生也,此浅言之也;动以卫国也,此大言之也,皆非本义。动也者,盖养乎吾生,乐乎吾心而已。"[①] 这里指的虽然是人的普遍行动,但亦可把它看成是人的攻击性,以及大规模的攻击活动——战争。也就是说,战争适应了人的生存的基本需要,以及对生存空间的扩展和群体秩序的界定。而这一切直接导源于人的身理、心理需求,导源于人的基本情欲。

---

① 毛泽东:《体育之研究》,《新青年》1919年4月号。

从心理学的角度看、情欲有狭义情欲和广义情欲之分。狭义的情欲是指两性之间的性爱，广义情欲是指从人的内心迸射出来的各种欲求、欲望、情绪、情感的总和。本文涉及的自然是广义的情欲。它是人的性格的重要组成部分。如果说性格是一种追求体系的话，那么情欲就是这个追求体系的生理心理动力。

情欲本身亦有不同的层次，最低层次的为"欲"。宋明理学家的"存天理、灭人欲"曾被王夫之所批判，认为"饮食男女之欲，人之大共也"。清朝的大学者戴震亦认为"凡事为皆有于欲，无欲无为，又焉有理？"可见"欲"乃是人的基本属性。战争即是人欲受挫或张扬的一种表现方式。正如毛泽东所说的："哪里有压迫，哪里就有反抗。"历次的农民战争，每每爆发在贫病汇聚的灾年就是佐证。从个体的角度看，如果人的最低生存欲求遭到了外在的挑战，那么应战也就是必然的选择了。《水浒》中的阮氏三雄和解家兄弟即是如此。他们本来并未滋生反抗的欲望，只是由于人的基本生活欲求——衣食男女遭到外来的挑衅，才逐渐萌生了反抗的动机，最终走上农民起义的道路。

当某种欲的需求产生了一种贯一的趋向时，它就形成了第二层次的"情"，这种情是流动的、隐蔽的一种情绪状态。它存在于人的内心，并将做出两种选择，或消散，或上升到第三层次的"意"。只有到了"意"的层次，情欲才表现为一种社会的情感和行动。像《水浒》中的林冲，身为大宋八十万禁军的总教头，凭一身好武艺，在社会上颇有些脸面。然而，社会的腐败使他个人的价值难以实现，而又不得不屈就于靠"踢球"发迹的高太尉帐下。他一方面对社会现实和个人现状不满，另一方面又保持着容忍的态度。如果不是胡作非为的高衙内调戏到他的妻子，他也许仍对社会现状保持着容忍的态度。只是由于他的基本情欲受到高衙内的挑衅，他才萌发了捍卫自身利益的攻击情欲。他抓住高衙内，举手便打。然而，当他举手之间，发现此人原来是顶头上司的义子，便颓然地手软下来，表现了长期形成的习惯理智对情欲的压抑。于是愤愤然离去。然而，被压抑的情欲未得到适度的释放，便只有转化为另一种形式——喝酒。高衙内的不死心，好友的为虎作伥，曾一度使林冲产生了强烈的反抗冲动。然而，在理智的控制下，随着时间的冲淡，又转化为一种朦胧的情。以至于他莫名地买下宝刀，昏昏然地被骗进白虎堂。后来的断案、休书、公人的欺凌，他都忍受了。直到火烧草料场，才最终冲决了他的理智堤坝，而使压抑日久的情欲转化为一种坚定的反抗意志，并凭此坚决地投入了农民起义的洪流。孙犁笔下的水生们，知侠的《铁道游击队》、法捷耶夫的《青年近卫军》们都是由于人的基本情欲受到阻挠，进而投入战争行列的。在这个层次上的战争文学，表现的大抵是被压迫者的反抗，因而，他们发起的反抗乃至于战争往往是被人们所肯定的。

当然，情欲也有负面的作用。表现在作为个体的人的情欲差异性上。如果说，人类的基本情欲受阻而采取的反抗行动是符合人类道德的话，那么，离开了基本这一特定的前提，其道德评价必然产生相应的变化。因为就个体的基本情欲而言，存在多样的差异性，而个性多样化又为文学创造了取之不尽、用之不竭的生活内容。当人的情欲表现出一种对自我的扩张欲望时，即如对他人的征服欲、权力的扩张欲、性索取欲而产生的攻击等，情欲就转化为一种逆向的效应了。美国电影《巴顿将军》塑造的巴顿形象，就是一个突出的个例。

巴顿这个出生于军人世家，毕业于西点军校的军官，其早年的文化教育和个人的专业特长，使之形成了强烈的好战意识，好战已成了他的基本情欲。从个性的角度上看，只有战争才能满足其情欲，发展和完善其个性。如果离开了战争，他也就失去了生存的意义。而从人类整体的意义上来看，巴顿的个人情欲的张扬，意味着他人权益的被压抑、被支配。因此，巴顿的好战，从个性的角度看，固然有英雄主义的一面，特别是他又代表着正义之师。而从人类的角度看，巴顿对个人情欲的张扬，则表现出反人道的倾向，因而，是不值得肯定的。也正是缘于此，朱苏进才在《射天狼》中塑造了一个和平时代的军事人才袁翰的悲剧生涯。在《引而不发》中塑造了西帆、西丹石父子俩的默默献身。他们以个人才能的压抑，换来了他人才能的发挥。难道和平时代的军事家、战争时代的教育家，其个人的用武之地能不受抑制？因此，从感性的个人角度上看，战争文学就表现了两种不同的价值判断，为欣赏者的见仁见智留下了广阔的想象空间。

二　战争文学的理性层次

当一个族群、一个阶级或一个民族的共同情欲受到了来自外部的挑战进而爆发了大规模的战争,战争就有了超越个人情欲范畴的某种社会意义。此时的战争已不再是个人的事情,而是体现了阶级的或民族的共同意识。战争中的个人亦已在某种程度上失去了其个性存在的独立意义,而成为某种理性制约下的整体的一个有机的部件,这一层次的战争,已经不再是以个体的毁灭或张扬为标志,战争的焦点已摆脱了人的因素转化为某种客观的"公理"的冲突。如制度的冲突、阶级的冲突、观念的冲突等。于是人在战争中"物化"成了"非人"。它故然有悖于博爱论者的人道观,但却是阶级社会的道德现实。正如恩格斯所言:"我们驳斥了一切想把任何教条当作永恒的、终极的、从此不变的道德格律强加给我们的企图,这种企图的借口是道德的世界也有凌驾于历史和民族差别之上的不变的原则。相反地,我们断定,一切已往的道德论归根到底都是当时的社会经济状况的产物,而社会直到现在还是在阶级对立中运动的,所以道德是阶级的道德;它或者为统治阶级的统治和利益辩护,或者当被压迫阶级变得足够强大时,代表被压迫者对这个统治的反抗和他们的未来利益……但是我们还没有超越出阶级道德;只有在不仅消失了阶级对立,而且在实际生活中也忘却了这种对立的社会发展阶段上,超越阶级对立和超越对这种对立的回忆。真正的人的道德才能成为可能。由此可知,阶级社会的人必然是从属于一定阶级,表现出一定阶级的道德意识,个人的性格个性,情欲,以至于生命,也不再是纯个人的事情,而是汇入了所属阶级的群体之中,有如大海中之一滴水,或为整体的一个有机部件。"① 如王火的 160 余万字的长篇巨制《战争和人》,小说展现了童霸威这个世界观已定型的国民党要人,在阶级矛盾和民族矛盾的尖锐复杂冲突中,本着爱国主义的良知,阶级观逐渐由资产阶级立场转移到无产阶级革命阵营的艰难曲折的过程。王火在《战争和人》第二部《后记》中说:"我是在为全民抗战,为那个伟大的时代,为中国共产党领导的抗日民族统一战线和坚持抗战、团结进步的方针,为中国民族的优秀儿女树碑立传。"这正是阶级社会中,作家的强烈阶级意识的表白。从作品本身而论,人物的阶级性势必一定程度上决定了其所属的道德范畴,而读者的阶级性、民族性,亦势必对作品

---

① 恩格斯:《反杜林论》,《马克思恩格斯选集》第 3 卷,第 133—134 页。

的人物采取不同的价值判断。于是,我们才有了站在某种理性的阶级角度而作出的正、反面人物的评价,有了杀了许多"敌人"的勇敢的"战士"和同样杀了许多"对立"者的残酷的"刽子手",有了"坚强"和"顽固"的不同道德评价。就这个层次的战争文学而言,人物的性格个性的定性,已经不是个体所能决定的了,而是取决于其阶级的属性,人物的死亡也因其阶级属性的不同而具有"崇高"或"卑劣"之分。像20世纪50年代的长篇小说《保卫延安》中的周大勇、电影《英雄儿女》中的王成们,无不带有阶级的或民族的某种精神意义。在这个层面中的战争文学,个人的死亡已经背离了个人的求生本能,表现出人的理性对死亡的超越,死是一种英雄主义的壮举,个体的死亡是对死亡本身的挑战。只有战胜了死亡,才使个体的生命获得人类精神上的某种价值意义。相反,逃避死亡,则势必成为群体、阶级、民族,甚至是全人类的败类。

因此,从阶级的、民族的视角描述的战争文学,在情节上往往有一对尖锐的矛盾线索。在人物塑造上则有忠与奸、善与恶、正与反的鲜明对比。作者的倾向性亦较为鲜明,表现出特定历史条件下,特定的民族和阶级对特定的一场战争的价值判断。即使描述的是历史题材的战争小说,亦表现出强烈的阶级性和民族性倾向。像姚雪垠的《李自成》,凌力的《星星草》分别都以强烈的阶级倾向性对农民起义领袖进行了热情的讴歌,对明末的崇祯皇帝,清末的官僚曾国藩、李鸿章等进行了强力的针砭。而罗贯中的《三国演义》表现出的"拥刘反曹"思想,徐兴业的《金瓯缺》表现出的民族主义思想,正是表现出了中华民族的特定"理性"观念。故而,战争文学的理性视角,实质上是阶级性和民族性在文学作品中的鲜明体现,其不过是使人的阶级性、民族性更加突出罢了。

三 战争文学的人道层次

随着人类对战争现象的认识深化,意识到战争的主体只能是人。战争中的人,即不是纯粹的情欲左右的人,也不是纯粹理性的"物",而是包含着情感和理性多重性因素的活生生的人。于是,作家对战争中的人有了新的看法。表现在中国当代小说史上,较早做出这方面探索的是吴强、孙犁、徐怀中和李荐葆等。早在50年代末，吴强的长篇小说《红日》就分别从战争的主战场和战争中的爱情和生活的角度，表现了英雄主义和人道主义的双重基调。然而，一场"文革"，使吴强开创的人道主义的战争文学夭折于萌芽之中。直至20年后徐怀中的《西线轶事》，才续上了中国当代战争小说的人道主义主题。《西线轶事》塑造了男电话兵刘毛妹和陶坷等六位女电话兵的感人形象。作者借几则轶事，打破了战争文学是要求写超过董存瑞炸碉堡的、水深火热的文学，这一既定范式。选择了班长熏蚂蟥，三位女兵跨过越南兵尸体等战场上的轶事，并在战前把这些女兵放在群体男兵的视线中，表现这群"五香嘴儿"、"眼窝儿浅"的女兵在战争中成长的过程。凸显了战争中普通人的生活。即使是作品中的男性英雄刘毛妹，作者也是着力表现他的在战争中的性格成长过程。小说在情节上和风格上近似于瓦西里耶夫的《这里黎明静悄悄》，突出了战争过程的人的生活情趣，以此把中国当代的战争小说带出了水深火热的"炎酷的夏天"。

紧接而来的是李荐葆的《高山下的花环》（以下简称《花环》），亦以表现战争生活的人性为中心，塑造了赵蒙生、勒开来、梁三喜等人物形象，尤其是赵蒙生这位将门后代的从"镀金"到当"逃兵"到成为"英雄"的性格曲折发展过程。表现了战争生活与人的性格的成长与完善。

《高山下的花环》也是中国当代战争文学的一个"花环"，然而《花环》之后，中国的战争文学在这一方面又很快建立起了一个《坟茔》（李荐葆《山中，那十九座坟茔》）就却而止步了。虽然，在当代作家中，我们有刘亚洲、乔良、海波、简嘉等一大批成长于军人家庭，生活于军人之中的军人作家；有宋学武、周大新、唐栋、雷铎等一大批来自农村的军队作家。但是，继《花环》之后，军事文学的得意之作，已经离开了战争文学的主航道，而着力表现的是《第三只眼睛》（朱苏进）看到的《天山深处的"大兵"》（李斌奎）的《最后一个军礼》（方南江、李荃）；是《新兵连》（刘震云）的《女炊事班长》（简嘉）这个《汉家女》（周大新）的《射天狼》（朱苏进）的《少将》梦；是《敬礼，妈妈》、《欲飞》、《秋雪湖之恋》等军旅小说。而被海明威称之为"文学中最重大的主题之一"的战争文学，在《花环》之后，只有王中才的《最后的战壕》、刘亚洲的《一个女人和一个半男人的故事》，以及莫言的"高粱系列小说"、马原的《战争故事》算得上小有突破。而这些作品，大抵是把战争文学引向人道主义的道德伦理探索。于是，马原才在《战争故事》这个短篇中，编织了情欲的、宗教的、道德的冲突的几个战争小故事后，发出了疑虑："读者朋友，你们谁知道战争故事该怎么讲吗？希望能听到有见地的意见。"表现出作家对战争文学的困惑和新思考的意向。

那么，我们不妨先从他国的战争文学中去获取些启示吧。

战争文学的人道主义，在50年代"解冻"以后的苏联展现出了另一番景象。

从托尔斯泰的《战争与和平》开始，苏联的战争文学已经从英雄主义走向了人道主义的主题倾向。这从小说主人公安德烈的形象中已经透出。安德烈这个公爵的儿子，是怀着英雄主义气概走进战场的，在战争中，他两次面临死亡的威胁：一次是在俄军溃退中毅然举旗率先冲锋，另一次是在炸弹爆炸时的临危不惧，表现出英雄主义者对死亡的超越。然而，当他两次死里逃生后，却流露出厌战的情绪。开始对杀人越多，战果越大起了怀疑，显示了安德烈的人道主义者的忧虑。但是，此时的安德烈终究还是英雄主义者。相形之下，小说中的比尔形象则更具有人道主义的倾向。比尔目睹俄军失败或胜利时，法军胜利或失败时，人民都处于不幸的境地。他切身地感受到善良的人民的厌战而又不得不卷入战争的矛盾心态。认为战争是一部分好战者策划的。于是，萌生了刺杀法王的念头，后来，他又意识到，导致战争的并非某一个人，而是一种制度。觉醒的比尔感到无力挽救人类面临的战争灾难，最后，他也只能无奈地从事救死扶伤的补缺补漏的工作。

托尔斯泰的这一人道主义战争文学传统，由于适逢两次世界大战的客观历史情势，而在苏联间隔了相当长的英雄主义主题时期，到20世纪50年代的"解冻"以后，才在肖洛霍夫的《一个人的遭遇》中承接了下来，《一个人的遭遇》把对战争的书写转向了对战争不幸的抒怀。接下来，瓦西里耶夫的《这里黎明静悄悄》、《礼拜五》，拉斯普京的《活下去，并且要记住》等的战争小说，都把英雄主义主题转向了对忧伤、哀婉的人道主义的战争叙事，从而把苏联的战争文学从炎热的盛夏带入了深秋。

而战争文学在西方现代派的笔下则呈现为另一种景观。

如果说中国的战争文学继承的是以忠义思想为内核的爱国主义传统，苏联的战争文学继承的是悲悯的人道主义主题的话，那么，西欧的战争文学继承的则是《伊里亚特》中的带有温情味的英雄主义。这种英雄主义是对人的尊严、价值的展示。即使在19世纪西方的爱国主义战争小说中，如都德的《最后一课》、《柏林之围》，莫泊桑的《羊脂球》、《米龙老爹》，仍然从骨子里透露出对人的尊严的肯定。然而，这种传统在经历了第二次世界大战后，却急剧性地转向了对战争英雄的怀疑和否定，转向了反战情绪。所以，20世纪中后期的西方战争小说不再是《战争风云》了，而是《永别了，武器》（海明威），是冯尼格的《第五号屠场》，是海勒的《第二十二条军规》，笔下的人物也一反英雄主义的气概，而出现了冯尼格的《第五号屠场》中的神智不清的军官毕利，他在目睹法西斯煮死女学生，把人的脂肪制成蜡烛、肥皂，对不设防的城市狂轰滥炸后，在被外星人抓去询问时却意外地说出了一句爱和平的清醒的话。小说如同《好兵帅克》，以主人公的精神病患，反衬出整个战争的社会病态。作者冷峻地把战争比喻为全人类的屠宰场，表现出严峻的人道主义立场。

海明威与海勒则别具匠心地塑造了亨利、尤索林两个逃兵的形象。《永别了，武器》以丢掉武器的亨利的理性觉醒，表现了人类对和平生活的憧憬。而《第二十二条军规》则用全然不动声色的黑色幽默，使20世纪西方的战争文学，英勇的阿喀琉斯丢下了武器，冷眼观望着人类愚蠢的厮杀，嘴角还流露出黑色幽默的嘲笑。这种大彻大悟式的对战争的理解，取代了英雄主义、爱国主义的浅层主题，也超越了同情怜悯的悲伤感怀，而表现出人道主义精神的大彻大悟的成熟。

随着20世纪世界性文学的交融，中国的爱国主义、苏联的同情怜悯和西欧的英雄主义汇成了战争文学的人道主义的整体流向，共同体现出人类对战争和战争文学的新的思考和理解。

四　战争文学的本体层次

在人道主义者眼里，一切战争都应该否定。正如亨利设想的人人都应该自觉地放下武器一样。然而，应该却终究只是一种理想的愿望，而理想的愿望却终究是代替不了现实的。既然现实中，战争的危险依然存在，那么战争也依然是文学的一大母题。它也不会仅仅踏步于理想的人道主义这一单一的表述层次上。而人类在个人情欲的、阶级的、民族的、全人类的（即人道主义的）视角上来把握战争之后，对战争文学产生了集体性的困惑。战争文学究竟该怎么写，就成为困扰新一代作家的一大难题。其难度在于作家对战争文学的视角的困惑，或者说态度上的困惑，于是战争文学一度呈现出沉寂的状态。

当人类步入了某一方面的迷宫之时，摆脱困境的唯一办法就是"寻找精神家园"，抑或说是回归事物本身，以求得新的突破。战争文学也正如列宁所说："对战争的态度应根据历史环境，各阶级的相互关系等在不同的时间而有所不同。"（《列宁军事文选》）作家开始回到了历史，回到了历史中具体的人本身。

在中国当代战争文学方面，首先作出新的突破的是莫言。莫言在当代文坛上被认为是具有奇特感觉的作家，他借鉴了日本新感觉派大师川端康成的创作风格。在《红高粱》、《高粱酒》、《高粱殡》等系列小说中给人以其妙莫名的感觉。

《红高粱》写的似乎是土匪余占鳌抗日的战争故事，余司令似乎是一个有缺点的英雄。而在《高粱酒》中，余占鳌却成了正宗的土匪。《高粱殡》中的余占鳌的主导性格亦显得模糊，他既非英雄的土匪，也不是土匪中的英雄，而是集兽性、野性、人性、匪性、理性、感性多种气质于一体的特殊的文化环境中活生生的一个人。显然，在这里，莫言并没有给人物作前在的定性，莫言感觉到的是余占鳌这一特殊环境中的整体的人。他时而是追求个人幸福的劳动者，时而是杀人成性的土匪，时而是反对国民党军事统治的干将，时而又是抗日的民族英雄。然而就其本身来说，他什么也不是。在他自身看来，他杀与他妈偷情的和尚、杀无辜的单扁郎父子、杀花花脖子、杀余大牙，甚至杀日本侵略军都是一样的。他并不为自己的杀人而忏悔而骄傲。他不过是生存并活得痛快。莫言以生活还原的姿态，表现出特殊环境中人的生存的本然状态。小说中的孙五活剥罗汉大爷的人皮，以及《高粱殡》中的三支抗日队伍的"火并"：余占鳌的铁板会为戴凤莲出殡遭共产党胶东大队的袭击，两败俱伤之际遭国民党冷支队的袭击，于是联合对付冷支队。最终，当三支火并的队伍遭到了日本军的袭击时，于是又联合抗日。其目的亦是生存并活得痛快。

莫言通过感觉以达到对一场战争的浑然的、整体的把握，从而描绘了特殊环境中人的一种特殊生存状态，又通过叙述的隔离达到了对一场战争的理性透视，从而还一场特殊的战争于历史的本来面目，显示出一种冷眼旁观的"莫言"姿态。因而，就有了对"最美丽最丑陋最超脱最世俗最圣洁最龌龊最英雄好汉最王八蛋最能喝酒最能爱"的地方和人的深度感受和认识。

莫言的战争小说，标志着战争文学的视角回到了战争本身，恢复了一场战争的历史本来面目。战争文学的视点亦返归于自然状态中的人和人的特定的文化原生态环境。它预示着战争文学已突入一个新的历史纪元。

无独有偶，庞天舒的长篇小说《落日之战》亦是以历史为背景，用浑然的叙述描写，还一场历史战争于本来面目。小说叙述的是大金灭辽吞宋入主中原的战争故事。关于满清社会，人们可能对八股文和没落的"八旗子弟"记忆犹新。而庞天舒这个满族的后代，力图展示的却是11世纪满族的前身女真人先驱的雄姿。小说通过斜也大将这位胜利者的收辽灭宋，通过辽国的耶律大石对菊儿汗王朝的设想，也通过战败逃亡的汉人子拎对新生活的憧憬，表现了宏伟而苍凉的战争历史画卷。从创作角度看，这篇小说把战争同爱情紧密地结合起来，通过子拎和芣楚兄妹俩各自的爱情纠葛，把战争与爱情，战争中的人的感情与理想紧密地扭结，从而以近乎原生态的还原方式，展现各路"英雄人物"因战争而变化和成长的过程。小说通过胜利者斜也，失败者耶律大石，逃亡者子拎的共同心态和命运，表现了一个无奈的事实。战争既重塑了人的灵魂，又摧毁了人的美好的生活；但战争又无法避免，并使人不得不投入它的怀抱。战争对于个人、民族、人类都是一个无法回避的灾难。作者以历史为背景，成功地超脱了对具体战争的历史价值评判。从而客观地描写历史上各民族之间的战争，达到了还历史战争于历史本来面目的预期目的。用冷抒情的笔调描写了不同历史背景下不同民族中不同人物的不同行为方式和心态，以达到对战争的冷静观照。

综上，战争文学在经历了个人的情欲观，阶级的和民族的理性观，人类的人道观之后，重新回到了历史事件中的人本身，战争文学完成了一个否定之否定的回归过程。尽管本着还战争于本来面目的本体观战争文学现在正处于方兴状态，但是，理论的贡献不仅仅只在于对历史现象的经验描述，它将继续追踪或探索新的突破口。那么，战争文学的新视角何在？它是否将导入或已经导入新的轮回？历史将以事实作出证明。

第七章 20世纪中国文学的草根性

在构想这个题目的时候，我首先想到的是莫言。因为莫言现在是个热点，而我又正好对他有些研究。然后想，莫言为什么会获诺贝尔文学奖？想到他的成名作《透明的红萝卜》，想到《红高粱》，那大概算是他的国际成名作。进而想到莫言的《食草家族》，于是"萝卜"和"高粱"的"草根性"跳出了脑际，"黑孩"和"豆官"也有了民间的、大众的寓意。之后又想，"草根"不是一个个人现象，而是与20世纪的时代、社会有关的。就20世纪中国文学的演化轨迹看，鲁迅旨在"捣乱"的文学开启了启蒙的"五四"新文学；而20世纪30年代的"救亡"运动，又造就了赵树理的浮出水面。新时期文学对政治的疏离和对普通人情人性的钟爱，才有了汪曾祺的《受戒》，并勾连出沈从文热、张爱玲热。之后，才有了作为"杂种"的莫言。这样想着，慢慢就有了现在这个题目。这个题目很好，很宏观，由此，我也发现了20世纪中国文学发生过程中的四个"音节"。

第一节 关于"草根"

什么叫"草根"，作为本体的"草根"不言而喻，而人们口语相传的"草根"大体指向的是民间的、基础的、基层的、通俗的引申义。草根的主要特点在于它的顽强性、广泛性。今天我们讲的"草根"指的是"草根文化"，它是相对于"正统"文化来说的，相对于"精英"文化来说的。草根文化"一般指的是非主流、非正统、非精英的文化群体"。有一位叫艾君的民俗学者在《改革开放30周年解读》中认为："每一次思想的解放、社会变革和科教的进步，都会派生和衍生出一些特殊的文化现象。而草根文化现象，正是伴随着社会的历史变革而产生的一种发自民间的大众文化现象。"也就是说"草根"是大众文化现象。在任何时代、任何社会环境下都存在诸多的草根文化。草根文化在一个常态社会下，将以其普遍性、多样性、随机性而自生自灭地不断生长和消亡，这是草根文化发展的一般归途。因为草根文化毕竟是草根文化，它每每充当主流文化、精英文化之外的支流文化，如俗文化等。而20世纪的一个突出文化现象则表现在：草根文化的不断主流化、精英化。

20世纪的草根文化怎么会那么强大呢？这就跟20世纪的社会性质有关系了。20世纪的中国处在一个非常态的社会背景下，20世纪的中国是一个翻天覆地的、变化巨大的世纪。这种变化就体现在草根逐渐地变为主流，主流又不断受到新的草根的挑战，这就构成了20世纪的一个独特社会现象，也构成了20世纪的一种独特的文学现象。我是从文学的角度来谈20世纪几个"草根"对我们中国文学产生的重大影响的。这里挑选了四个作家，他们依次是鲁迅、赵树理、沈从文、莫言。这里有一个重要的观点：20世纪中国的社会巨变，每每使草根文化获得了主流文化的地位。也就是说，我在讲这四个作家的时候，实际上是在讲这四个代表性的草根逐渐走向了主流和次主流的过程。那么我们先从鲁迅开始讲起。

第二节 鲁迅的草根性
——引领了启蒙时代的文学走势

鲁迅作为草根，应该是能够得到认同的，有《野草》为证。鲁迅在《野草》中讲道："野草，根本不深，花叶不美，然而吸取露，吸取水，吸取陈死人的血和肉，各各夺取它的生存。""我自爱我的野草，但我憎恶这以野草作装饰的地面。""我以这一丛野草，在明与暗，生与死，过去与未来之际，献于友与仇，人与兽，爱者与不爱者之前作证。"[①] 鲁迅一生最出彩的文章是《野草》，虽然鲁迅影响力最大的是小说，但是，他的哲学思想都在《野草》里面，《野草》也是他的所有书里最难读的。

---

① 《鲁迅全集》第2卷，人民文学出版社1981年版，第158页。

在《野草》中，诗人是以"野草"自况的，表达了"野草"对整个黑暗装饰的"地面"和"天空"的反抗。这正是鲁迅一生的所为。鲁迅自己说过，他是"从旧营垒过来的"，以求"反戈一击把旧营垒彻底打破"，从而使他成了"新文化"的代表人。这里我们应该看到，鲁迅作为反对强大的封建体制的反传统斗士，他是属于草根派的，在"五四"以前的"铁屋子"里，面对众人皆醉的现实社会，鲁迅一度是躲进古籍校勘中的，是他的老乡钱玄同笑嘻嘻地左说右劝才使鲁迅为了"前驱者"的"不太寂寞"才摇旗《呐喊》的。在1920年以前，当白话文还没有被民国政府认可和大众认可之际，鲁迅以白话文写小说当是很离经叛道的"草根"行为。因此也造就了本来是助阵的鲁迅，成了新文化的主将。其实，在新文化运动之初，整个新文化运动群体都是属于草根派的。比如那时参加语丝社的林语堂、周作人等，都是作为草根出现的。我记得林语堂在当时写了一篇题目叫《祝土匪》的文章，大意是说以鲁迅为代表的这些语丝社的成员们，新文化的干将们曾经都是"土匪"。周作人当时就自称是叛徒——封建社会的叛徒。郭沫若有诗歌《匪徒颂》。正是这些"土匪"和"叛徒"们砸碎了黑暗的封建统治，开启了文化革新的启蒙运动。才创生出了新的现代文学。于是，随着新文化运动的成功，鲁迅完成了"草根"到主流的转变。鲁迅的一生实际上就是从草根走向主流的过程，鲁迅也因此成为中国现代文学的奠基人。

当然，鲁迅草根思想的形成是有特定历史条件的。综观五千年的中国历史文化，有两个时间节点非常重要，一个是公元前476年，春秋、战国分野的时期，出现了诸子百家，孔子、老子、墨子、邹衍等都产生在那个时候，而从诸子百家中脱颖而出的儒道思想在历史的选择中才逐渐地从"草根"走向了封建时代的主流思想。这个封建的儒道思想左右着中国历史文化两千多年。另一个是1840年以后。1840年鸦片战争以后，由于西方文明的输入，中国的文化和历史拐弯了。中国社会在被动状态下走上了我们今天说的现代化道路。从1840年到1919年，中国社会经历了洋务运动、戊戌维新和辛亥革命及"五四"新文化运动，完成了从经济到政治再到文化的第一个轮回的中国现代化转型。根据法国新史学领袖布罗代尔提出的历史长、中、短三种时段理论：认为"长时段"的是"结构"的历史，对人和社会的制约最显著；"中时段"的是"局势"的历史，"短时段"的是"事件"的历史。也就是说对一种文化来说，长时段理论发挥的作用更大。用法国美学家丹纳的观点来说，在人类历史的大转折时期，每每是伟大的时代，也是出伟人的时代。在中国，公元前476年是一个伟人辈出的时代，1840年以后也是一个出伟人的时代。这样的伟人一千年以后更能彰显出来，他们的影响力亦将逐渐加大。鲁迅，我们现在已经很仰视他了，那五百年、一千年以后会更加仰视他，因为整个现代文学是他开创的。我们这个时代是整个历史的大转折点，鲁迅的时代对整个文化的转型是至关重要的，就像春秋战国对我们非常重要一样。春秋战国形成的儒道思想一直延续了两千多年没有变，后面只是做一些小修改，使它更加丰富、完善而已。鲁迅开创的现代文学，随着时间的延续，也将成为一个大的节点。对整个中国文学的研究，如果把眼光放宏观一点，可能我们会看到很多短时段内看不到的东西。这就是布罗代尔的长时段理论的优势。黄仁宇的《中国大历史》、《万历十五年》为什么引起轰动？因为他吸收了布罗代尔的长时段理论。因此，眼光是非常重要的，不同的历史观，能对历史产生很多新的看法，跟我们传统的历史观将大不一样。

鲁迅正好生存在中国历史文化大转折的时空节点上，从历史经度看，鲁迅处在古典向现代转化的时期，这使鲁迅接受的是文言文教育，却成为用白话文写小说的第一人。他实际上就在中国古代和中国现代的交接点上。从文化纬度看，鲁迅所处的时代正好是中国文化与西方文化交汇的节点，再加上他深厚的古典文学功底和西方文化背景，特别是他思想的深邃性，使得他成为我们时代选择的一个"草根"。

我记得鲁迅有一篇散文《秋夜》："在我的后园，可以看见墙外有两株树，一株是枣树，还有一株也是枣树。"[①] 这两棵枣树是谁？其中有一棵就是鲁迅，因为在当时的社会中，统治阶级是天空、星星、月亮，高高在上，眨着冷色的眼光，而大量的百姓是小草，小粉红花，在做着美丽的梦。只有鲁迅和他的为数不多的同人（两棵枣树），在黑暗

[①] 《鲁迅全集》第2卷，人民文学出版社1981年版，第162页。

天空下的《百草园》，用枝杈指向天空，再粉碎小草们、小粉红花们的梦，这就是鲁迅在当时的处境。所以鲁迅是草根的代表，这两棵枣树就是草根的代表。在这么一种状态下他发出了最强音：封建制度的吃人、仁义道德的吃人，然后兴起了新文化运动，彻底地反传统。

从鲁迅思想形成的个人条件来看，鲁迅正好处在"历史中间物"的时间节点上、空间节点上、文化节点上和个人经历的转折点上。鲁迅生在浙江。中国文学、中国乡土文学、中国的经济乃至一切方面在20世纪都有一个地缘的变动。也就是说现代化的大势与我们方方面面都能产生关系。所以文学研究也跟现代化紧密相关，为什么呢？因为我们整个中国的现代化是在被西方经济侵略的状态下，被迫西方化的。在这个西方化的过程中，1840年鸦片战争后开放了五个通商口岸就是一个标志。这五个通商口岸现在都变成了现代化的大都市，而且都在东部沿海。也就是说，中国的现代化是从东南向西北推进的，中国现代最早的思想家几乎都产生在东南沿海一带。鲁迅也生长在东南沿海一带。碰到西学东渐、文言变白话，他刚好在这个时间节点上和文化节点上。这么多个中间点使得鲁迅有了个人草根思想成长而逐渐转变成主流的可能。特别是从个人经历上看，鲁迅曾经讲过"文学是破落户子弟干的"。设想一下，鲁迅如果不是因为祖父的科场案、父亲的病，不至于"家道中衰"而沦落到经常出入于"当铺"和"药铺"；也不至于后来会使这位周家大少爷遭受世人的冷眼，心理产生极大的反差；更不至于迫使他去"走异路"。鲁迅的诸多"历史中间物"处境，生成了他的旨在"反叛"的草根思想和对人情世界的洞透。于是，他的写作才能直指人心，具有思想的穿透力。

总之，鲁迅否定一切的草根思想被社会启蒙思潮所吸纳，后来，成为五四时代的主流思想了。

"五四"以后，正当鲁迅的思想被社会主流思想肯定了以后，时代又发生了变化。从"九·一八"事变日本入侵犯东三省，到1937年抗日战争全面爆发，这意味着我们的新文化运动终结了。现在很多学人都有这样的看法：鲁迅开创的新文化运动没有进行下去，后来被政治运动所取代。李泽厚在《中国现代思想史》中就有"救亡压倒了启蒙"之说。也就是说，鲁迅开创的文化启蒙时代还远未完成，就被"救亡"的现实需要所取代了。导致20世纪30年代以后，鲁迅虽然被推上了"盟主"的地位，即主流的地位，但文化启蒙在实际上却被边缘化了。这就有了 20 世纪 30 年代以后，以延安文学为代表的政治化、大众化时代。

第三节　赵树理的草根性
——曾经领导了一个政治化、大众化时代

赵树理是一个地道的农民，他的文学创作真正是草根化的。赵树理致力于通俗文学创作，原本在解放区并不被看好。因为早期的解放区文学和整个中国新文学都已确立了鲁迅启蒙文学的主流地位。赵树理所写的作品一度被嗤之以鼻。由于一个偶然的机遇，赵树理的《小二黑结婚》发表了，这部雅俗共赏、风格独特的小说一下子就引起了轰动，仅当时在太行山区就发行了几万册，还被改编成秧歌剧，到处流动演唱。赵树理因此而一举成名。

从客观历史条件看，20 世纪中国现代文学在鲁迅为代表的启蒙文学占据主导地位以后，文学的新精英化亦随之产生。显然，鲁迅启蒙的是知识分子。以鲁迅为代表的启蒙文学意在促进知识分子的觉醒，通过一个漫长的启蒙过程，才能逐渐落实到启蒙大众，最终实现人的现代化。而 20 世纪中国的历史现实却没有给启蒙运动那么充分的展开时间。由于内战，特别是外战——抗日战争的特定历史境遇。文学为适应救亡形势的需要，走向了旨在唤起民众觉醒的政治化和大众化的道路。于是，时为"草根"的赵树理才有了"破土而出"的历史机遇。

赵树理作为一个乡村小知识分子，在战争年代，一度是默默担起教育农民的历史责任的。赵树理说："我不想上文坛，不想做文坛文学家，我只想上'文摊'，写些小本子夹在卖唱本的摊子里去赶庙会，三两个铜板可以买一本，这样一步一步地去夺取那些封建小唱本的阵地。做这样一个'文摊'文学家，就是我的志愿。"[①]

也就是说，赵树理只是一个文摊作家、通俗作家；而不是一个文坛作家。1942 年毛泽东的《在延安文艺座谈会上的讲话》的发表，戏剧性地改变了赵树理的创作命运。农民作家赵树理的小说创作机遇性地迎

[①] 赵树理：《欧化与大众语》，《赵树理文集》第 4 卷，工人出版社 1980 年版，第 1856 页。

合了战争时期政治、文化的需要,成了毛泽东《在延安文艺座谈会上的讲话》精神的实践者。于是,"赵树理方向"被提出来了,赵树理被推到了农民革命时代的文化潮头,成为方向式的作家。

尽管毛泽东的《在延安文艺座谈会上的讲话》发表在前,赵树理的《小二黑结婚》发表在后。但是,赵树理在太行山,毛泽东在延安的讲话,赵树理在写《小二黑结婚》的时候并不知道。毛泽东也不知道他的讲话会落实在赵树理的创作上。然而,正是这么一个机缘巧合,毛泽东的讲话发表了,赵树理的作品也发表了。赵树理的作品正好迎合了毛泽东讲话的精神——大众化。于是,赵树理一时大红大紫。这固然是赵树理个人的幸事,也是赵树理个人的不幸。因为,赵树理是"一位在成名以前已经相当成熟了的作家。"[①] 当"赵树理方向"被作为党对文艺创作的口号提出来的时候,其主要精神是强调文艺的政治化和大众化。这与赵树理"老百姓喜欢看,政治上起作用"的创作主张是大体一致的。所不同的是,赵树理把"老百姓喜欢看"摆在第一位,表现了其民间文化本位的创作立场。赵树理的创作更关注的是农民的利益,农民看得懂,喜欢看;而当"赵树理方向"被明确下来以后,政治性必然被推到首当其冲的位置。这一次序的微妙变化,在赵树理20世纪40年代的小说创作中,还未构成明显的外在制约。新中国成立后,赵树理的创作呈现出严重的滑坡,这固然有"公务繁忙"的原因,但更为主要的是作者创作观念与时代要求的潜在抵触。到20世纪50年代后期,以至于赵树理也越来越表现出与"赵树理方向"的种种不适了。

究其原因,赵树理只是一个小学毕业生,他并没有革命文艺规范的政治觉悟。赵树理实在是不懂得政治的。政治理论的严重缺失导致了赵树理后来的种种不幸。比如,在《三里湾》中,他要表现两条路线的斗争,他把"两条路线的斗争"改成了"两条道路的斗争。"诚如董大中先生所说:"作家在写这部小说时,他的指导思想是混乱的。"[②] 不唯如此,作者还对两条路线斗争做了性质上的转化。认为"这篇小说里对

[①] 周扬:《论赵树理的创作》,复旦大学中文系《赵树理研究资料编辑组》,《赵树理专集》,福建人民出版社1981年版,第179页。

[②] 董大中:《赵树理评传》,百花文艺出版社1986年版,第267页。

资本主义思想和右倾保守思想进行了批判,是作为人民内部矛盾写的"。① 小说"说他们'走的是两条道路',不过是为了说话方便打的一些比方,实际上这两种势力的区别,不像打仗或者走路那样容易叫人看出个彼此来。尽管是同在一块干活、同在一个锅里吃饭的一家人,甚而是夫妇两口,在这两条道路的斗争中,也不一定站在同一方面。就以一个人来说,也有今天站在这方面,明天又倒向那方面,在一件事上站在这方面,在另一件事上又站在那方面的"。② 而实际上,两条路线的斗争是走社会主义和走资本主义的斗争,是你死我活的。赵树理将它看作两条道路的斗争,看起来就像一个人说走右边,另一个人说走左边,一个人说吃稀饭,另一个人说吃干饭。最后却能"花好月圆"似的,走到一起去了。善良的赵树理把本来非常严肃的政治想得太简单化了,结果是创作总赶不上趟,老犯错误。赵树理新中国成立后写的小说,常常是写一篇被批评一篇,最后只好不写了。可见他"文革"中的不幸也是必然的。

从文学史的角度看,赵树理毕竟领导过一个政治化、大众化的时代。文学一度因为救亡的"战时文化"需要,表现出强烈的政治化倾向,文学成为唤醒民众觉醒的有力的宣传教育工具,赵树理在这个时候迎合了时代需要,从草根演变成为主流。新中国成立,赵树理的创作已然赶不上"赵树理方向"的要求了,于是,赵树理到新中国成立后仅仅只是一个虚位,而"赵树理方向"的政治化主流倾向则被周立波、柳青等取代。"文革"中,最能代表"赵树理方向"的则要数浩然的创作了。

第四节 沈从文的草根性
——开启了一个去政治化的时期

沈从文在20世纪20年代末、30年代初就开始创作了,为什么将他摆放在第三位呢?这是出于文学史角度来考虑的。因为,作为京派代表

---

① 赵树理:《当前创作中的几个问题》,《赵树理文集》第4卷,工人出版社1980年版,第142页。

② 赵树理:《与读者谈〈三里湾〉》,复旦大学中文系编:《赵树理研究资料编辑组》,《赵树理专集》,福建人民出版社1981年版,第154页。

的沈从文,在20世纪二三十年代的创作是非主流的、边缘化的。沈从文在当时的中国作家中是没有多大市场的。沈从文真正被人们看好那是在20世纪80年代,这跟社会时代的转变有很大关系,跟夏志清有很大关系。虽然,沈从文也是一个小学毕业生,但是,他的文人气息是很强的。从中国传统文人的立场看,中国文人一般都有儒道两方面的心性,即所谓"达者兼济天下,穷则独善其身"。但也不尽然,"穷"的人也可能不独善其身,草根文人每每具有济天下的气度,所谓国家兴亡,匹夫有责。而沈从文显然不是这类人,他没有杜甫、陆游这样沉重的忧国忧民情怀,沈从文承接的显然是陶渊明,寄情于山水,从"田园"的角度表现对"南山"、"庙堂"的不满的。

也就是说,以沈从文为代表的京派作家接受更多的是陶渊明的情怀,即中国隐士派文人那种路数。当然,隐士派也同样有对民族国家的忧怀。只是他们自觉人微言轻,多以抒写一己之情而已。所以我说他是文人中的草根。沈从文就自命自己是一个"乡下人"。这也是沈从文自认也是草根的一个明证。他说:"我实在是个乡下人。说乡下人我毫无骄傲,也不在自贬,乡下人照例有根深蒂固永远是乡巴佬的性情,爱憎和哀乐有它独特的式样,与城市中人截然不同!"[①]

那么,沈从文在20世纪80年代的兴起意味着什么?这与赵树理的时代有关系。因为赵树理时代是政治化时代,赵树理是因为大众化的语言成了时代主流的。但是,赵树理小说的政治性跟不上时代的政治步伐,于是,到后来,赵树理时代的代表不是赵树理了,而是柳青、浩然们了。文学为政治服务的标准是毛泽东1942年在《讲话》中确立的。这一标准从延安文学开始,一直影响到20世纪80年代初、中期。20世纪80年代以后,中国的经济、社会情况发生了改变,特别是改革开放以后,各种文化思潮的涌入,文学开始出现对政治的某种疏离。文学疏离政治这本来是一种草根现象。而20世纪80年代由汪曾祺《受戒》引发的乡土文学思潮,让人们追怀起沈从文。也由于海外学者夏志清的《中国现代小说史》对沈从文、张爱玲、钱锺书的特别推崇,文学场域出现了去政治化态势。新时期文学渐渐告别了伤痕、反思、改革的单一

[①] 沈从文:《沈从文自传》,人民文学出版社1997年版,第43页。

政治主题，呈现出真正的多元化趋势。沈从文、张爱玲、钱锺书热即是一种外在表现形式，它意味着人们对文学的政治言说的一种淡化，和对温情、对人性美的一种欣赏。新时期的"新"就新在它改变了战时文化的二元对立模式，开始了"告别革命"。所以，沈从文在文学史上的意义不在20世纪30年代，而在20世纪80年代以后。虽然，这个作家的创作是在20世纪30年代，他的作品真正产生了文学史影响却是在20世纪80年代以及现在。这是沈从文创作的一种现实意义——对政治化书写的疏离，和对人性的一种回归，他选择了一种诗性的表现形式，这种诗性的表现形式又成了20世纪80年代的时代选择。沈从文现象亦只是一个时代的标志。标志着文学思潮的又一次重要转换。

这几个人物的起起落落，实际上标示出20世纪中国文学演化的几个转折，呈现了中国现代文化重心变迁的历史轨迹。从鲁迅的思想启蒙，到赵树理表象上的大众化语言和实质上的政治化的文学规范，再到沈从文的情感价值取向的一种去政治化诉求，正好呈现了文学的一个正反合的轮回。那么，莫言的出现又给现代文学带来了什么新的变化呢？

第五节 莫言的草根性
——引领着当下颠覆传统的一个混合体

莫言曾说过这样一句话："我曾经半开玩笑、半认真地说，因为我读书比较少，所以我的想象力发达。如果我读上三十年的书成了硕士、博士，可能想象力要大打折扣。这个听起来是在调侃，实际上我觉得还是有一定道理的。小学五年级辍学，七八岁的孩子到田野里放牧牛羊，天天和牛羊在一起，很早就跟大自然打成一片，经常一个人独处，当时的胡思乱想现在看起来就是一种想象力的培养、开掘。"[①] 莫言是一个农民的后代，同样也是小学没有毕业，草根性也是很自然的。莫言有两本书也证明它是属于草根，一本是《食草家族》，另一本是《红高粱》。莫言出现于20世纪80年代，这不是一个单纯的抒情年代。在这个年

---

① 莫言、刘慧：《莫言：读书少所以想象力发达把自己当罪人来写》，《北京晚报》2012年10月16日。

代，我们可以欣赏沈从文，但沈从文这样的人很难在20世纪80年代产生。20世纪80年代的思想是很驳杂的，中西文化资源强烈地碰撞，造成了人们非常复杂的一种观念，这一点从莫言的小说中也可以看出来。莫言的小说表现了一种断裂、一种变化，莫言自己其实也是很矛盾的。我对莫言还是有长期追踪的，追踪发现莫言的观念在逐渐变化，逐渐地适应和引领了当下中国社会的文化历史变迁。

莫言的一大特点在于驳杂。莫言说过："现在看《红高粱》，第一个感觉就是当时真敢写。现在带着一种技术的眼光来看，你会发现当时的那种道具，用词的大胆、野蛮，那种勇气是今天不具备的。我现在写得很规范，很符合语法，没有了当初对语言的挑战，也没想过创新，当时就感觉到只有这样写才过瘾，才能够表达我心中这种强烈的情绪。尽管我现在可以从《红高粱》里面读出很多弱点、毛病，但是让我再写《红高粱》，我写不出来了，再写也不是那样了，肯定是另外一个《红高粱》。"①《红高粱》就是这样一本书。《红高粱》有很多的错误。比如，书中讲"我"在城市中，看到城里人都长着家兔的眼睛；回到老家，看到老家中的那些人，现在也变成了家兔的眼睛。进而才怀念起我爷爷和我奶奶。因为，他们不是家兔，是野兔。野兔的眼睛是清纯的。我爷爷我奶奶是山东高密乡的纯种高粱，而我们现在这些不肖子孙都是"杂种"。这一纯种优势的观念显然是不科学的。但在写《红高粱》时，莫言还认为是纯种优势的，我爷爷奶奶都是很"纯种"的。他们纵情人生，想哭就哭，想笑就笑，想杀人就杀人。我爷爷余占鳌就是这么一个纯情的、本真的人。他为了尊严地活下去，杀了与他妈妈偷情的和尚，为了九儿杀了土匪，他还滥杀无辜，自己也变成了土匪，他杀了日本人，就成了民族英雄了，杀八路军则就成了反革命。而对于余占鳌来说，他并不在意他杀的是谁，他奉行的准则是，谁阻碍了他的生存，他就杀谁。显然，莫言在这个时候思维是混沌状态的。因为，20世纪80年代人的思维一度是混沌状态的。莫言以恣意纵横的思想、恣意纵横的小说形式、恣意纵横的语言，把政治化年代压抑已久的情感宣泄了出来。莫言最初的成名作是《透明的红萝卜》，那个"黑孩"、"红萝卜"就是莫言作为"草根"的外化物，还有"红高粱"，

---

① 莫言：《再写〈红高粱〉，我写不出来了》，《文学报》2012年10月18日。

那也是莫言"草根"性的自况。在这里，我们可以看到，莫言是以反叛传统的姿态浮出水面的。

莫言小说的草根性表现在其创作观念、人物塑造、历史叙事、语言、结构形式等方面。也就是说，莫言的草根性表现得很强，他的创作观念不一样，他的人物塑造不一样，他的历史叙事也不一样。他的创作观念主要表现在他不满意"军艺"的老师提出的看法：好人就很好，坏人就很坏。他就想把好人写得很坏，坏人写得好，这样来选择对人物的把握。人无完人，金无足赤。在历史叙事上，中国作家一向有神圣的史家意识，在写小说时总要表现民族的大历史，每每习惯于站在正史的、权威的角度上以小人物、小事件演绎大历史。莫言不一样，他站在家族的角度，《红高粱》电影第一幕出现了一个十八九岁的女孩子，旁白：这是我奶奶，这给人一种强悍的视觉冲击力，后面一想可以理解，这就是他在历史叙事时避免了我们以前的历史学家的叙事态度，而表现了一种家族叙事、个人叙事。可以看到，我们整个中国文学、中国的影视，个人叙事一向是没有地位的。莫言的《红高粱》开了一个头，是很早作了这种新历史主义叙事的一部力作。

莫言有很多的新起点，源于他的草根性。颠覆了传统文学路径，给我们的文学增添了新鲜血液。《红高粱》开篇的这一段话是很特别的："一九三九年古历八月初九（中西结合的，1939年是西历，而'古历八月初九'是中国的，一个是阳历，另一个是阴历），我父亲这个土匪种（这样的语言交汇在一起，这是一个农民、一个草根才会写的，一个严肃作家是不会用这样的语言的）十四岁多一点。他跟着后来名满天下的传奇英雄余占鳌司令的队伍去胶平公路伏击日本人的汽车队。奶奶披着夹袄，送他们到村头。"[①] 这一段话就看出莫言这个人的创作是一个"拼盘"，这样一种夹杂着狂放的情感性、个性化语言的叙述，既是一种历史叙述，又是一种个人化的情感叙事。因为在中国很讲究，历史叙事是站在史家角度的，说书人一说出来就是很中规中矩的所谓客观叙事。莫言则一方面是像模像样的历史叙述，另一方面则又表现出很强的个人化情感倾向。写我爷爷、我奶奶，他们是土匪，他们又是英雄。这

[①] 莫言：《红高粱》，《莫言文集》第1卷，作家出版社1995年版，第1页。

中间就有很多矛盾并存的现象。也就是这样一种文本,增添了历史的鲜活性、多样性。这是一般人写不出来的。因为莫言的草根性:他的农民出生的根性,他的文学偏好,才会出现这种语言。而莫言的崛起适逢变革时代的社会需要。那时还出现了王朔,王朔其实是一个文化人,他以反文化的姿态获得了文化人的支持。文化人采取了一种草根立场对文化进行了反叛,反叛后吸引了文化人的认同。因为时代处在一个颠覆传统的变革时期,变革的社会使得莫言的草根有了市场,变革的时代需要开创一个新的空间,而莫言的小说提供了这样一种可能。

莫言小说表现了我与我爷爷、我奶奶之间的一种时空落差。小说中的"我"是一个中规中矩的所谓"现代人",而我爷爷、我奶奶在干什么?我爷爷在摸人家的小脚、在与人家偷情、在杀麻风病人、在酒缸里和高粱地里撒尿。我爷爷尽干的是一些不是正常人干的事情。但是,"我"却觉得我爷爷是正常人。我们不正常。最后,我们这些不肖子孙,只有怀着崇敬的心情,看着爷爷奶奶非常快意的、辉煌的人生的份。整部小说是以一种野性的眼光来看取现代文明的,这就颠覆了我们的传统,也给了我们非常强烈的冲击力。因为"现代人"感觉到活在这个世界很累、很不自在,所以他怀念起爷爷、奶奶那种恣情纵意的人生:乌合的、杀人越货的、野合的、偷情的。而我们所谓的"现代人"是怎么样的?最后,莫言发出了人在所谓的文明社会中"种的退化"的呼声。这就是《红高粱》。这里面涵盖了一种"纯种"与"杂种"的差别。从体质人类学的角度看,这种观念显然是错误的。但是,从文化的视角看,它又具有合理性,表现了多元文化磨合初期,人类精神的委顿。

莫言在《丰乳肥臀》中就改变了"纯种优势"的错误观念。《丰乳肥臀》中的上官鲁氏的孩子都是正宗的"杂种"了。上官鲁氏的一生因为丈夫对她不好,她跟别的8个男人生了8个女儿和一个儿子,最后一胎是龙凤胎。上官鲁氏只有在跟8个男人生下9个孩子后,她才能代表中华文化的多样性。这几个女孩又分别嫁给了国民党、八路军、土匪等,还有一个嫁给了美国人。但是,上官鲁氏却并没有因为女婿的得势而得志。因为,不论是国民党、共产党、土匪来了,哪怕是美国人来,上官鲁氏始终是艰辛生活的承受者。不论在什么年代,上官鲁氏都是受苦受难的。她的任何一个女婿的到来,不仅没有给她带来任何好处,反而给她带来了无尽的灾难。这似乎是一种寓言式的表达。上官鲁氏因此获得了中华民族的象征性。这是《丰乳肥臀》这部小说的出彩之处,这也显示了莫言的草根性:母亲、大地、农民、大众,在任何时代都是处下的"草根"。

最后,我们再谈谈莫言的《檀香刑》,如果说莫言的《丰乳肥臀》是对20世纪中国的寓言化表达,那么《檀香刑》则是对中国几千年文化的透视。莫言的《檀香刑》表现了中国文化的多元性、复杂性。檀香刑是一种中国人折腾人的刑,它象征着中国文化的某种特点,表现了中国传统文化的复杂性,即一方面是官方文化的专制性,用残酷的刑罚文化制裁人;另一方面是官方文化的道德性,以虚伪的仕宦文化诱导人。在这一高压文化背景下的民间文化也同样存在两面性。小说中的"猫腔文化"就是民间文化的表征。一方面"猫腔文化"具有哭调般的凄美内涵,另一方面"猫腔文化"又表现为乐观的狂放形式。这就像民间的红白喜事一样。《檀香刑》通过赵甲、孙丙、钱丁,这些人物都是作为孙媚娘的"公爹"、"亲爹"、"干爹"出现的,从而构成了中华文化的一体性。官方文化、民间文化、外来文化等的一体性。表现了中华文化的显性传统和隐性传统,而二者的浑然一体,最后整合在"檀香刑"中。小说中的"檀香刑",是对孙丙的一种惩罚,也是成就孙丙作为英雄的一个机会。因为孙丙很愿意在"檀香刑"这样一种刑罚下成为"英雄";而作为刽子手的赵甲,在行刑过程中,让老百姓欣赏到他的杰作,他也成了"英雄";县长钱丁以幕后人的儒雅身份,既表征了官方文化的道德感,也表征了刑罚文化"惩恶扬善"的功德,似乎他才是幕后的真"英雄";而老百姓也觉得这是一场别开生面的"戏剧"演出,就是外国人也为其精彩而惊叹不已。一场"檀香刑"获得的是全民狂欢的皆大欢喜的完美结局。鲁迅所说的中国人的"看客"心理,在这里有了直观的呈现。莫言是很具有文化反思性的,一部《檀香刑》,让我们看到全民狂欢下上演的一幕人生悲剧。莫言在我们当代又是很异类的,他似乎接受了鲁迅但又不完全接受鲁迅,他总是摇摆在中国传统的官方文化和民间文化之间、西方文化和中国现代文化之间。莫言实在是一个混合体。他的创作、语言、形式、文化、人物塑造都走出了一条自己独特的道路,这是莫言的可取之处,这也是我们中国现代文化的一种新的包容。

第八章　20世纪中国的"贵族文学"

第一节　问题的提出

周作人在1922年写的《贵族的与平民的》一文曾经阐述他的这种思想,全文如下:

> 关于文艺上贵族的与平民的精神这个问题,已经有许多人讨论过,大都以为平民的最好,贵族的是全坏的。我自己以前也是这样想,现在却觉得有点怀疑。变动而相连续的文艺,是否可以这样截然的划分;或者拿来代表一时代的趋势,未尝不可,但是可以这样显然的判出优劣么?我想这不免有点不妥,因为我们离开了实际的社会问题,只就文艺上说,贵族的与平民的精神,都是人的表现,不能指定谁是谁非,正如规律的普遍的古典精神与自由的特殊的传奇精神,虽似相反而实并存,没有消灭的时候。
>
> 人家说近代文学是平民的,十九世纪以前的文学是贵族的,虽然也是事实,但未免有点皮相。在文艺不能维持生活的时代,固然只有那些贵族或中产阶级才能去弄文学,但是推上去到了古代,却见文艺的初期又是平民的了。我们看见史诗的歌咏神人英雄的事迹,容易误解以为"歌功颂德",是贵族文学的滥觞,其实他正是平民的文学的真鼎呢。所以拿了社会阶级上的贵族与平民这两个称号,照着本义移用到文学上来,想划分两种阶级的作品,当然是不可能的事。即使如我先前在《平民的文学》一篇文里,用普遍与真挚两个条件,去做区分平民的与贵族的文学的标准,也觉得不很妥当。我觉得古代的贵族文学里并不缺乏真挚的作品,而真挚的作品

便自有普遍的可能性，不论思想与形式的如何。我现在的意见，以为在文艺上可以假定有贵族的与平民的这两种精神，但只是对于人生的两样态度，是人类共通的，并不专属于某一阶级，虽然他的分布最初与经济状况有关——这便是两个名称的来源。

平民的精神可以说是淑本好耳所说的求生意志，贵族的精神便是尼采所说的求胜意志了。前者是要求有限的平凡的存在，后者是要求无限的超越的发展；前者完全是入世的，后者却几乎有点出世的了。这些渺茫的话，我们倘引中国文学的例，略略比较，就可以得到具体的释解。中国汉晋六朝的诗歌，大家承认是贵族文学，元代的戏剧是平民文学。两者的差异，不仅在于一是用古文所写，一是用白话所写，也不在于一是士大夫所作，一是无名的人所作，乃是在于两者的人生观的不同。我们倘以历史的眼光看去，觉得这是国语文学发达的正轨，但是我们将这两者比较的读去，总觉得对于后者有一种漠然的不满足。这当然是因个人的气质而异，但我同我的朋友疑古君谈及，他也是这样感想。我们所不满足的，是这一代里平民文学的思想，大是现世的利禄的了，没有超越现代的精神，他们是认人生，只是太乐天了，就是对于现状太满意了。贵族阶级在社会上凭借了自己的特殊权利，世间一切可能的幸福都得享受，更没有什么欲羡与留恋，因此引起一种超越的追求，在诗歌上的隐逸神仙的思想即是这样精神的表现。至于平民，于人们应得的生活的悦乐还不能得到，他的理想自然是限于这可望而不可即的贵族生活，此外更没有别的希冀，所以在文学上表现出来的是那些功名妻妾的团圆思想了。我并不想因此来判分那两种精神的优劣，因为求生意志原是人性的，只是这一种意志不能包括人生的全体，却也是自明的事实。

我不相信某一时代的某一倾向可以做文艺上永久的模范，但我相信真正的文学发达的时代必须多少含有贵族的精神。求生意志固然是生活的根据，但如没有求胜意志叫人努力的去求"全而善美"的生活，则适应的生存容易是退化的而非进化的了。人们赞美文艺上的平民的精神，却竭力的反对旧剧，其实旧剧正是平民文学的极峰，只因他的缺点大显露了，所以遭大家的攻击。贵族的精神走进歧路,要变成威廉第二的态度,当然也应该注意。我想文艺当以平民的精神为基调,再加以贵族的洗礼,这才能够造成真正的人的文学。倘若把社会上一时的阶级争斗硬移到艺术上来,要实行劳农专政,他的结果一定与经济政治上的相反,是一种退化的现象,旧剧就是他的一个影子。从文艺上说来,最好的事是平民的贵族化——凡人的超人化,因为凡人如不想化为超人,便要化为末人了。①

周作人从1921年6月开始滋生了隐逸思想,这使他的"流氓鬼"思想慢慢遁去,"绅士鬼"思想逐渐抬头。他的这篇文章即体现了他对文学的一种新的理解。周作人在1919年1月《每周评论》第5号上的《平民的文学》一文还是积极倡导平民的文学的,认为"平民文学应以普通的文体,记普遍的思想与事情"。然而,两年后,他在这篇文章中却对自己的思想作了纠正说,用"普遍与真挚""去做区分平民的与贵族的文学的标准,也觉得不很妥当"。认为"平民的精神"和"贵族的精神"是"人生的两样态度"。前者是"求生"的"入世"的,后者是"求胜"的"出世"的。进而认为"这一代里平民文学的思想,大是现世的利禄的了""没有超越现代的精神"。认为贵族文学"我们倘以历史的眼光看去,觉得这是国语文学发达的正轨"。所以他才提出"以平民的精神为基调,再加以贵族的洗礼,这才能够造成真正的人的文学"的观点。周作人这一时期鼓吹的《闭户读书论》,他对"美文"的重视,以至于他的文风的转变。其实都与他的文艺思想从平民化走向贵族化,从"载道"走向"言志"有关。如果我们抛开意识形态的成见看,周作人是五四时期最早步入纯文学殿堂的文学理论家和实践创作者,这大概是可以言之成理的。因为五四时期开创的中国现代文学是受梁启超思想影响的,以鲁迅为旗手的,以改造现实为己任的"平民"文学。而周作人的文学史功绩就在于从文学的"贵族化"立场去提高文学应当具有的艺术品格,从而在更高层次上营造完整的"人的文学"。

关于"贵族",它最早起源于欧洲,是人的一种身份和地位的封

---

① 1922年2月作,选自《自己的园地》。

号。作为一种历史文化现象,贵族不仅仅只是意味着一种地位和头衔,它也意味着一种社会价值标准。这就是我们所说的"贵族精神"。

当然,中国自古是没有欧洲式的贵族的。在中国历史上,所谓的贵族阶级,在夏、商、周指的是具有公、侯、伯、子、男称谓的世家,以及诸侯之世臣。在魏、晋、南北朝时期,指的是大家世族。如南方的王、谢世家,北方的崔、卢、李、郑世家等。我们现在说的贵族,一般指的是中国古代的绅士或者士绅阶层。他们一般是由有学问的地主或告退的官员构成,平时在地方上主持一地的纠纷,维系民风、正义;战乱时,则结民自保,维持地方治安。在现代社会,贵族阶级正走向式微,特别是在中国,经历了一百多年的动荡和不断的反传统。因为,贵族阶级的形成是需要稳定的时代、稳定的环境和稳定的高端的家庭地位来保障的,比如我们现在说的"官二代"、"富二代",其本质上可能只是现代意义的"土豪"或暴发户,而如果能出现"官十代"、"富十代",那么,这个家族可能就有某种精神上的特异之处,足以引起世人的刮目了。当然,这一切还仅仅只是外在基础。严格意义上的贵族是需要三代以上的传统熏陶。且除了与出身相关的家世外,还要有后天的教育。特别是那种悲天悯人的人文情怀。从一般意义上看,贵族精神是普通大众希望贵族阶层普遍能拥有的美好品格。因此,所谓的贵族精神,指的是有高尚的文化教养,能抵御物欲主义的诱惑;有社会责任感,自律严,惜荣誉,重尊严;且有独立意志,有知性与道德的自主性,能够超越时尚与潮流,不为强权政治与多数人所左右的某种精神楷模。与之相应的贵族文学当是指那种超脱于当下时代的,立足于理想人性建构的一种文学创作状态。它是体现真善美的一种纯文学。这在20世纪中国现代文学史上亦表现出与"草根"文学互逆、互补的三股波澜。

第二节 周作人的"隐士"与林语堂的"绅士"写作

其实,从中国现代文学发轫之初,新文学就表现出"平民化"和"贵族化"两种态势。陈平原在《现代中国的"魏晋风度"与"六朝散文"》一文中就说:"胡适的《文学改良刍议》与陈独秀的《文学革命论》，也能看二者微妙的差别。前者之推崇'但丁、路德之伟业'，与后者的全面排斥贵族文学、古典文学、山林文学，各自心目中'庄严灿烂之欧洲'不尽相同，文学革命的取径自然也就有不小的差异。"① 认为五四时期文学上主导的是效法启蒙运动，而胡适向往的则是文艺复兴。说"在一个以'西学东渐'为主要的标志，以'救亡图存'为主要目标的时代，相对冷淡'遥远的'文艺复兴，实在是再自然不过的了"。② 也就是说，现代文学的发生是在一个社会变革的年代，它使文学一度成为改造国民性的有力工具，文学在获得社会功用目的的同时，文学自身的熏染人心的作用就被淡化了。在20世纪初叶的中国，胡适倡议的"文艺复兴"其意义就在于此。然而，胡适的理论阐述，以及他对白话文学史的梳理，却并没有造就纯文学的繁荣。在五四时期，倒是周作人在散文理论和散文创作上开辟的一块《自己的园地》，给中国现代散文开辟了一块纯文学的天地，同时也是给中国新文学开辟了一块"自己的园地"。

周作人在《地方与文艺》一文中说"近来三百年的文艺界里可以看出有两种潮流，虽然别处也有，总是以浙江为最明显，我们姑且称作飘逸与深刻。第一种如名士清谈，庄谐杂出，或清丽，或幽玄，或奔放，不必定含妙理而自觉可喜。第二种如老吏断狱，下笔辛辣，其特色不在词华，在其着眼的洞彻与措语的犀利"。③ 这可以看着是五四时期以周作人为代表的贵族文学和以鲁迅代表的草根文学的注释。陈平原所说的现代中国的"魏晋风度"和鲁迅对嵇康的推崇与"六朝散文"和周作人对陶渊明的崇尚大概就具有平民文学与贵族文学的特定指向性吧！

周作人1921年隐逸思想的抬头得益于他不同于五四时期占主导地位的新文化建设者的进化论历史观，周作人秉持的是中国传统的循环论历史观。他在《中国新文学源流》一书中认为，中国文学始终是在"言志"和"载道"两股潮流的相互消长中运作的。他在历史上以反叛

---

① 转引自王晓明《二十世纪中国文学史论》，东方出版中心2005年版，第301—302页。
② 同上书，第306页。
③ 周作人：《民俗学论集·地方与文艺》，上海文艺出版社1999年版，第303页。

唐宋八大家"载道"之文而后起的晚明"言志"小品文中为五四新文学找到了传统的渊源。并寻着这一新的思路，告别了年轻浮躁的自己的"叛徒"生涯，走进了纯文学的《自己的园地》。周作人在晚明"言志"小品，特别是陶渊明的平淡自然中找到了"苟全性命于乱世"的自保策略，亦找到了纯文学的传统资源。于是，他渐渐地在"闭户读书"中以陶渊明式的"隐士"自况。开始了大学教授在悠闲、安逸的贵族式生活中体会自然、平淡的散文创作的意境。他在1924年写的《北京的茶食》似能体现他这一时期的生活状态和创作风貌。文中写到"北京建都已有五百余年之久，论理于衣食住方面应有多少精微的造就，但实际似乎并不如此，郎以茶食而论，就不曾知道什么特殊的有滋味的东西"。又说："我对于二十世纪的中国货色，有点不大喜欢，粗恶的模仿品，美其名曰国货，要卖得比外国货更贵些。新房子里卖的东西，便不免都有点怀疑，虽然这样说好像遗老的口吻，但总之关于风流享乐的事我是颇迷信传统的。我在西四牌楼以南走过，望着异馥斋的丈许高的独木招牌，不禁神往，因为这不但表示他是义和团以前的老店，那模糊阴暗的字迹又引起我一种焚香静坐的安闲而丰腴的生活的幻想。我不曾焚过什么香，却对于这件事很有趣味，然而终于不敢进香店去，因为怕他们在香盒上已放着花露水与日光皂了。我们于日用必需的东西以外，必须还有一点无用的游戏与享乐，生活才觉得有意思。我们看夕阳，看秋河，看花，听雨，闻香，喝不求解渴的酒，吃不求饱的点心，都是生活上必要的——虽然是无用的装点，而且是愈精练愈好。可怜现在的中国生活，却是极端地干燥粗鄙，别的不说，我在北京彷徨了十年，终未曾吃到好点心。"（《北京的茶食》）

固然，周作人似乎很爱写吃，但其实，周作人并不仅仅是现在意义上的"吃货"。周作人在他的散文创作中是力图通过"吃"以及生活中的花鸟鱼虫等其他方面，来表现人所应当有的一种优雅的生活，尤其是生存于乱世的文人。这种"隐士"般的生活，是周作人这一时期以及后来所一力追求、向往的。但是，对他来说又是毕生都无法实现的。因为，周作人生活的年代是他无法选择的，加之周作人毕竟还是有浓厚的感时忧世情怀的文人。诚如他说的"我所写的东西，无论怎么努力想专谈或多谈风月，可是结果是大部分还都有道德的意义"。（周作人《苦茶庵打油诗》,《立春以前》)周作人在后来一方面对人们颂扬他的散文平淡、自然诚惶诚恐,说"平淡而有情味的小品文我是向来仰慕,至今爱读,也是极想仿做的,可是如上文所述实力不够,一直未能写出一篇满意的东西来"(周作人《两个鬼的文章》);另一方面又对人们的此种评价表现出由衷的苦恼,说道:"拙文貌似闲适,往往误人,惟一二旧友知其苦味,废名昔日文中曾约略说及,近见日本友人议论拙文,谓有时读之颇感苦闷,鄙人甚感其言。"(周作人《〈药味集〉序》)周作人的散文总是在貌似有闲中透出一丝淡淡的苦愁;他实在还只是个想隐而不得的乱世文人,他只有用创作去排遣他在生活中的寂寞和忧愁。因此,他的散文表现了贵族化的倾向,在选材上、情调上表现了出世的情怀,但终究是心向往之,而身却未能从现实的泥沼中超拔出来。然而,周作人的贵族化文学理论却直接影响了废名、沈从文的京派小说创作和以林语堂为代表的论语派的小说、散文创作。从而引发了20世纪30年代的第一波贵族化文学思潮。

废名、沈从文的小说创作倒着实表现了贵族文学的情调。在京派小说家中,最早师承周作人贵族化文学理论的是废名。废名在20世纪二三十年代写下的《竹林的故事》、《桃园》、《菱荡》及长篇小说《桥》等,作者以平淡、悠远的抒情笔调,营造了一个"不知有汉,无论魏晋"的乌托邦世界。严家炎亦认为"作者用一枝抒情性的淡淡的笔,着力刻画幽静的农村风物,显示平和的人性之美"。[1] 而同样接受周作人贵族化文学理论的沈从文,从小说创作上看,则直接师承的是废名山水田园的题材和抒情的笔调,但在废名笔下,"其作品显出的人格,是在各样题目下皆建筑到'平静'上面的……这些灵魂,仍然不会骚动,一切与自然谐和,非常宁静,缺少冲突"。[2] 而在沈从文笔下,则"同样去努力为仿佛我们世界以外那一个被人疏忽遗忘的世界,加以详细的注解,使人有对于那另一世界憧憬以外的认识",在这一方面"似较冯

---

[1] 严家炎:《中国现代小说流派史》,人民文学出版社1989年版,第211页。
[2] 沈从文:《论冯文炳》,《沈从文文集》第11卷,生活·读书·新知三联书店香港分店1984年版,第100页。

文炳君为宽且优"。① 也就是说,废名的小说营造了桃花源式的封闭世界,而沈从文的小说"则展示出乡村社会历史文化的常数与现代文化的变数交织而导致的矛盾冲突及人的生存悲剧"。② 无怪乎王晓明在《"乡下人"的文体与"土绅士"的理想》一文中,要把沈从文比喻为"土绅士"。因为构成京派的是以周作人为代表的偏重纯文学、讲性灵的作家。他们是政治中心南移后仍然留居在北京的自由主义知识分子,他们大多在大学校园及一些文化机构任职,他们一般有着丰厚的学识、优越的生活地位,以及理性的精神和古典的趣味。他们更加追求超拔于世事人性之美。而后来进入这个圈子的"乡下人"沈从文终究保留着自己的"土"气,从贵族文学的角度看,沈从文对人生的超越和出世精神还是很有些不足的。诚如他自己所说的,他写的是桃花源下游七百里的地方所发生的事情。固然,沈从文的小说以记"梦"的抒情笔调歌颂了纯朴、原始的人性美,他的语言古朴、淡远、明净。从整体上看是显出贵族文学的情调的。但是,如果从建构理想人性的角度看,沈从文的小说却并非是乌托邦的世界,这使他的小说表象上似乎是田园牧歌,而实际上却总流露出挽歌的情调。既如《长河》中象征着夭夭们的生活的落日,《边城》中老摆渡人的溘然去世,白塔的坍塌,傩送的出走等,都喻示了世事不可抗拒的变局的到来。这种游走于出世和入世之间的写作姿态,反而造就了沈从文独特的文体,使他在京派作家中显示出自己的个性。

在20世纪30年代,真正能表现出文学贵族化的闲适的创作姿态的是林语堂。

林语堂,福建龙溪人,原名和乐,后改玉堂、语堂,中国现代著名作家、学者、翻译家、语言学家,新道家代表人物。林语堂出生在一个牧师家庭,早年在基督教主办的学校读书,成绩一向优异,后来留学美国、德国,获哈佛大学文学硕士,莱比锡大学语言学博士。回国后又在清华大学、北京大学、厦门大学任教。林语堂于1940年和1950年先后

---

① 沈从文:《论冯文炳》,《沈从文文集》第11卷,生活·读书·新知三联书店香港分店1984年版,第100页。

② 凌宇:《沈从文〈乡土小说〉序》,上海文艺出版社1993年版。

两度获得诺贝尔文学奖提名。曾创办《论语》《人间世》《宇宙风》等刊物，作品包括小说《京华烟云》《啼笑皆非》。散文和杂文文集《人生的盛宴》《生活的艺术》以及译著《东坡诗文选》《浮生六记》等。林语堂除了出身较低微外，其一生过得都较为平顺，他性格又宽容、乐观、幽默，西方的留学经历熏陶了他的绅士风度，在对中国传统文学的吸纳上，他又特别偏爱率性、逍遥、自然的道家一派，特别崇尚明代的"公安三袁"，这使他又具有"名士才情"般的作派。林语堂的出身、经历、学养，特别是他的性格和文化偏好，造就了他出世的人生情怀和旁观的人生态度。他的胸襟、识见、气度堪称不凡。故而在创作中表现出一种优越的气质。林语堂从他五四提倡的"费尔泼赖"，到20世纪30年代的宣扬"幽默"，以及对"性灵"文学的推崇，可以感受到他整体创作旨趣的贵族化倾向。陈旋波在《绅士文化与林语堂的文学品格》一文中，就对林语堂绅士的文化性格生成作了分析，并认为林语堂的小说有浓厚的"贵族气息"。

林语堂的小说《京华烟云》通过北平姚、曾、牛三大家族从1901年义和团运动到抗日战争30多年间的悲欢离合和恩怨情仇，全景式地展现了近代中国社会发生的急剧而深刻的变化。作者选择姚家为叙事的切入点，以姚思安的道家思想统领全文，展开了内容涵盖袁世凯篡国、张勋复辟、直奉大战、军阀割据、"五四"运动、"三·一八"惨案、抗战爆发等系列历史事件的宏大叙事。表现了林语堂贵族思想的处世观和对现实的态度。这在小说主人公姚木兰的形象塑造中突出地体现了出来。

从家庭的文化背景看，姚木兰是其父亲姚思安用他的道家思想培育出来的一种理想人格的化身。她贤淑貌美，举手投足都有大家闺秀的高雅风范。姚木兰是受着西洋文化教育和中国学堂的传统教育长大的，她热爱自由，识大局、明大理；又会写诗词歌赋，还喜欢甲骨文。她实在是中西方文化完美结合的一个现代淑女形象。姚木兰和一般的富家小姐一样又不一样，她不缠足，但却会烧饭，又喜欢出去玩。她也能压抑自己的真实感情，而接受父母为自己安排的婚姻；她似乎具有中国传统女性"三从四德"的一应优点。无怪乎在小说的开头林语堂的女儿林如斯要说，"若为女儿身，必做木兰也"。由此可见，姚木兰是林语堂塑造的超拔于现实世界的理想的女性形象。

从姚木兰的思想性格看,她又是一个敢作敢为的女子,她从小就希望自己是一个男孩子,所以她敢于尝试各种新鲜事物。但就是这样一个大胆的女子,却会顺从父亲的意愿和一个自己不爱的人结婚。尽管她的丈夫荪亚爱慕虚荣、好色,但木兰却并不否定他是一个好丈夫。小说开初时还可能是由于木兰想要保住她富足而优越的贵族生活,而迁就丈夫。但随着生活的变迁,她失去了一切贵族般的生活条件,过起村妇的生活时,她依然能在贴近自然的原始状态的生活中享受着简单、自由、淳朴所带来的安逸和宁静。也就是说姚木兰的高贵处,不仅仅是外在的优越生活地位决定的,她的贵族气质已经内化为一种精神品格。由此可见,姚木兰的所作所为实在是她的心性使然。她是一个在任何环境下都能保持优雅生活的人。姚木兰的形象充分体现了林语堂的人生理想。

如果说木兰表现了人格高雅的一面的话,那么,莫愁则表现了人格理性、顺从、忍耐的另一面。莫愁最懂得现实世界中人与人之间的相处之道,因此,她与立夫的结合,似乎是更加完美的。因为立夫太自我,容易戳伤别人。所以立夫拥有莫愁似乎是更为幸运的。

林语堂并不只是在构筑理想的人生天堂,而只是在力图表达宽容、忍让、豁达的人生愿望。小说以姚思安的离家和归来为结构线索,以木兰和莫愁这两个道家的女儿为中心人物,力图要阐述的就是林语堂的道家世界观。姚思安的形象隐喻着林语堂对世事的认知和态度。

林语堂的散文更直接地表露了他的贵族文化心态。他总是以一种超然的心态来旁观人世,用他的话说是"热心冷眼看人间"。表现了他的人生智慧。他以悠闲的心境、闲适的笔调来率性地表达个人的通达情怀,从而呈现了他幽默的人生观。从思想渊源看,林语堂继承的是道家思想。以超然和旁观的姿态,过率真的生活。固然,林语堂的不少文字也写了儒家、写了孔子,但是,他笔下的儒家是有浩然之气的真性情的儒家,笔下的孔子亦是讲人情,懂幽默的。林语堂是以站在高于现实之处,用自由主义精神来追求一种人生的豁达境界。他展示的不是现实怎么样,而是现实应当怎么样。

综观五四以来的散文小品,林语堂这种融汇了东西方智慧的冲淡的心境和幽默的意趣,虽然,在当时特定的历史时代显得不合时宜,且缺乏现实主义的批判力度，却也拓展了现代散文的审美维度，对当时，尤其是未来的读者具有心灵启悟的重要意义。诚如周作人在谈到纯文学时说的："文学不是实录，乃是一个梦；梦并不是醒生活的复写，然而离开了醒生活梦也就没有了材料。无论所做的是反应的或是满愿的梦。"[①]其实，现实和理想本身就是紧密结合在一起的，贵族文学写的是一种理想的生活，或人间上达的可能性；他写的不是民族大众的普通的生活，但确是民族大众的普遍的愿望，使人们通过文学"明白人生实在的情状，与理想生活比较出差异与改善的方法"。[②]因此，贵族文学是意在提升人的生存品位的。

第三节 "贵族文学"的经典：钱锺书《围城》的文学史价值

在中国现代文学史上，贵族文学的第二波思潮是由20世纪40年代的张爱玲和钱锺书来代表的。

张爱玲算得上是个现代贵族。她是李鸿章的重外孙女，张佩伦的孙女。张爱玲之父亦有着典型的贵族遗少作风，性情暴戾、又喜欢弄风捧月，颇有文才。母亲是南京黄军门的女儿，从小受西方文化熏陶，是清丽孤傲的漂亮才女。张爱玲生长在一个充满官宦气和书香气，兼具东方文化传统和西洋文化组合而成的一个家庭环境中。加之她的聪慧和细腻的天性，使她与生俱来就带有贵族气息。胡兰成曾经说过：任何人站在张爱玲边上，就会感觉到自己的俗气。这说明现实中的张爱玲确有一股贵族气质。然而，周岁的"抓周"。似乎昭示了她只能是通俗小说家的命运。

张爱玲三岁会背唐诗，七岁就写姑嫂相杀的故事，小学阶段则写了三角恋爱的手抄小说。十四岁写的《摩登红楼梦》是她第一部长篇纯鸳鸯蝴蝶派的章回小说。

张爱玲在香港大学，因能揣摩教授的心思，各门功课总考第一，英文出奇的好。1942年张爱玲回到上海，开始卖文生涯。1943—1944年

---

① 周作人：《谈龙集·竹林的故事序》，上海书店影印1987年版，第56页。
② 周作人：《民俗学论集·人的文学》，上海文艺出版社1999年版，第273页。

是张爱玲最辉煌的两年,中篇《沉香屑——第一炉香》,代表作《倾城之恋》和《金锁记》都在这个时候发表。1944年小说集《传奇》出版,1945年抗战胜利后,张爱玲再无力作问世。1995年在美国去世。

综观张爱玲一生的文学创作,尽管张爱玲生长在贵族式的家庭,但是,由于张爱玲父母关系的不睦,特别是时代的变乱和家庭中落以及家庭中中西方两种文化的巨大反差,培养了张爱玲的敏感和对人生悲苦的洞察,亦形成了她更多的是从社会、人生的阴暗面来描绘名门世家的生活情景,以及它们的种种病态和萎靡。她擅长于从表面的亲情、友情、爱情中窥探到潜藏着的金钱与利益的关系,从而揭示人物心理的畸态,表现人生的苍凉。这使张爱玲只能成为通俗小说家而非贵族文学的典型代表。张爱玲充其量也只是写了已经"飞入寻常百姓家"的"旧时王谢堂前燕"。从这一视角看,她的小说的浓浓怀旧气息,似乎保留着些许贵族的底色。因此,这一时期最能代表贵族文学的还是钱锺书。

钱锺书于1910年出生于无锡的一个书香门第。父亲钱基博在文学上颇有造诣,这使钱锺书早年受到良好的古典文学熏陶。他在家里开办的私学接受教育,后来到苏州从属于上海圣约翰大学的中学读书。因为语言上的天赋,在学校成了"老师的宠儿,同学的克星"。钱锺书有过目不忘的超常记忆力,国文、英文特别好,但数学则极为差。中学毕业后被清华大学破格录取。1933年毕业于清华大学外文系。

钱锺书在大学期间因才气给老师和同学留下了深刻印象。他在大二时就敢在谈话中挑剔当时清华大学中文系主任朱自清和哲学系主任冯友兰的学问,并说他父亲的学问也"还不完备",他佩服的是哈佛大学毕业的时任清华大学外文系教授的吴宓,说:"中国的实际批评家中只有他一人具备对欧洲文学史的对照的学识。"他的才气亦受到吴宓的赏识,还在二年级时就被吴宓推荐替补外文系的一个临时教职。钱锺书在大学时就已在校内外发表书评和作品。1935年,他考取了英国牛津大学外文系,1937年获得硕士学位后又赴巴黎大学专攻法国文学博士学位。1938年学成回国任西南联大外文系教授,后来因期望能和父亲共事,出任国立蓝田师范学院英语系主任(《围城》中的三闾大学即以此校为原型)。新中国成立后任清华大学外文系教授,中国科学院文学研究所研究员。钱锺书讲课生动,词锋尖锐。他的主要成就有1946年的小说集《人·兽·鬼》(包括

《上帝的梦》、《猫》、《灵感》、《纪念》四个短篇），显示他擅长文人讽刺和心理刻画的特点。1947年出版《围城》，此外还有散文集《写在人生边上》（1941年）论文集《谈艺录》、《宋诗选注》、《管锥篇》等。

钱锺书的长篇小说《围城》是一幅抗日战争时期知识分子丑陋生活的浮世图，是中国乃至世界的讽刺文学的代表之作。夏志清评价说："《围城》是中国近代文学中最有趣和最用心经营的小说，可能亦是最伟大的一部。"[①] 关于《围城》的主题，夏志清认为："《围城》是一部探讨人的孤立和彼此间的无法沟通的小说。"[②] 温儒敏则从社会历史层面、文化层面和人生哲理层面提出了《围城》主题的三重意蕴说。而解志熙则以存在主义哲学作《围城》主题的归结。其实，三者的论述都指向了现代人生存的"围城"尴尬，只是文化视角的不同罢了。钱锺书在《围城》中对小说主题也有过三次解释，即在第三章通过所谓的大哲学家褚慎明援引罗素的话说："结婚仿佛金漆的鸟笼，笼子外面的鸟想住进去，笼内的鸟想飞出来；所以结而离，离而结，没有了局。"苏文纨补充说是"被围困的城堡"，"城外的人想冲进去，城里的人想逃出来。"（《围城》第127页）第三次是在小说的第五章，方鸿渐作的总结："我还记得那次褚慎明还是苏小姐讲的什么'围城'。我近来对人生万事，都有这个感想。"从小说三次的解释看，显然，方鸿渐的总结涵盖面最广。作品正是通过"围城"的意象象征着人生的方方面面。小说主要围绕方鸿渐的恋爱、婚姻和他的人生寻梦，表现现代知识分子彷徨于无地的历史宿命和中国知识分子阶层日益仕官化和商业化的趋势，揭示了现代人特别是知识分子在生存和精神上的双重困境。

从小说的结构上看，全书共九章，以"船"意象开头，以"钟"意象结束，情节上则以方鸿渐的三次乘船表现方鸿渐的初到上海的恋爱、内地的教书和重回上海的婚姻生活三个部分。

第一部分是前四章。小说从邮轮船写起，把时间设定为1937年7月下旬，重点描绘了留学生涯中一事无成的方鸿渐和与他同船回国的两位女性的三角恋爱关系。一位是欧化而风骚的鲍小姐，另一位是文雅而

[①] 夏志清：《中国现代小说史》，复旦大学出版社2005年版，第282页。

[②] 同上书，第286页。

矜持的苏小姐。旁及对留学生们"麻将爱国"的讽刺。

第二章描述了书香门第的方家和富有商贾的周家的矛盾，以及方鸿渐的两次传奇经历，一次是演讲的照搬西方价值观念，被校长中止了；另一次是到买办家庭做客，目睹了中国人对美国生活的效仿。

第三章围绕方鸿渐与苏文纨和唐晓芙的三角恋爱关系，表现人总是追求不可企及的事物，而对唾手可得的东西却永不满足。既照应了第一章，也映衬了主题。

前三章整体上主要是以方鸿渐的三角恋爱关系为叙述重点。又通过方、周两家的矛盾，构成了方鸿渐恋爱关系上的圆圈。于是，方鸿渐在恋爱上又回到了原点。

第四章向出行过渡，引出了李梅亭、顾尔谦两个学术骗子。方鸿渐与赵辛楣在失恋上构成了同盟，结伴而行的还有孙柔嘉。小说在对上海诸事的交代中完结了第一部分的叙事。

第二部分，从第五章开始，首先是全景式的表现了战乱时期的民风世态，而重点在讽刺旅途中李梅亭、顾尔谦二人的道德败坏。这部分的叙述中，讽刺更为辛辣、趣味横生，是小说写得最为精彩的部分之一。

第六章、第七章是第五章的自然延续。写方鸿渐一行来到三闾大学后的状况。表现了学校从校长高松年到师生的官、商化、腐败化行径。本来还可以受到赵辛楣保护的方鸿渐，却由于赵辛楣与国文系主任的太太有暧昧关系，被发现后的一怒而走，方鸿渐这个还算正直、善良，但被赵辛楣评价为"不讨厌，可是全无用处"的知识分子便失去了继续在三闾大学存在下去的条件。最后，方鸿渐在舆论的指使下宣告与孙柔嘉谈恋爱。并与孙柔嘉一起离开了学校。小说描绘了原本还有知识分子的自尊和品性的方鸿渐，渐渐的连自我超越的意识也失去了。从而在与李梅亭、顾尔谦所代表的腐朽社会中，丧失了选择的自由。

第三部分从第八章开始，一系列的事件，都是照应第一章到第三章，先是与赵辛楣在重庆的会面，又巧遇了苏文纨。然后是第三次乘船又回到上海。在船上，方鸿渐的一番话，疏远了方鸿渐与孙柔嘉的关系，亦埋下了后来离异的伏笔。

第九章回到上海后，方鸿渐在世俗化社会中的随波逐流，又不愿意随波逐流，使他与孙柔嘉的关系进一步恶化。最后，由于方鸿渐所在的报馆屈服日本人的压力,改变编辑方针,方鸿渐与同事一起出于爱国情怀,愤然辞职。孙柔嘉介绍方鸿渐到做买办的姑妈厂里谋职,又遭到方鸿渐的拒绝。两人在争吵后由于阴差阳错的事件而分道扬镳。当方鸿渐睡着后,小说以反讽的笔调写了那座孙柔嘉认为象征着方鸿渐慢了五个小时的钟而结束。

　　钱锺书的《围城》可谓是一部天下奇书。从文学创作的视角看,《围城》要获得极高的评价实属不易,因为我们在评价机制上从来就有"悲剧易巧,喜剧难工"之说,更何况以往的文学史对作品的评价也一向是重悲剧,而轻讽喻的。尤其是作为以表现人物为主的小说。讽刺在揭露人物性格方面虽然能入木三分,但似乎总没有悲悯情怀更易于打动读者。这也成为讽刺性作品难以讨好读者的一个重要原因。尽管批评家们因袭着历史流传的既定成见。但钱锺书的《围城》中表现出的才情和学识,还是受到了人们的一定程度的注目。在国内现有的文学史教程中,钱锺书的《围城》大抵是作为20世纪40年代讽刺文学的代表作出现的,而至今未能从空前的文学史高度予以认识和评价。可喜的是海外学者夏志清发掘了钱锺书的《围城》的文学史价值,但谨慎的夏志清亦未给钱锺书以明确的定位。夏志清说"《围城》尤其比任何中国古典讽刺小说优秀。由于它对当时中国风情的有趣写照,它的喜剧气氛和悲剧意识,我们可以肯定地说,对未来世代的中国读者,这将是民国时代的小说中最受他们喜爱的作品"。[①]

　　那么,钱锺书《围城》的艺术价值何在?笔者试从其道德情怀、现实批判力度和心理洞透三个方面给予阐释。

　　夏志清在评价时说"我们察觉到钱锺书与他所模仿的诗人的确相似。像德莱敦、蒲伯和拜伦一样,在故事中他对充塞当代文坛及树立批判标准的愚昧文人显露出一种表示贵族气骨的轻蔑。他很像是英国18世纪早期蒲伯这一派的文人,在自己的文章中为反浮夸、疾虚妄的理智与精确明晰的风格作以身作则的辩护。除此之外,他常用半开玩笑半怀敌意的笔调去谴责当代中国文学界与学术界水准之低落。现代中国文学的讽刺作品,通常是对社会罪恶的一种抗议方式。钱锺书看法独特,把

[①] 夏志清:《中国现代小说史》,复旦大学出版社2005年版,第276页。

作家本身看作社会文化堕落的一个重要成分。"① 这就是说，钱锺书小说的独特之处在于其道德视角的高贵气息，他以其获得的中西方学养和个人天生禀赋的才情，藐视一切人类的弱点，同时又对人的有局限的善寄予一定的同情，表现出人的超越现实，建构理想人性的最大可能性。对于大多数作者而言，面对不合理的社会现象和人性的丑恶，叙事者流露出自我倾诉、自我宣泄的倾向，或同情、或揭露，这也是再自然不过的事情了。而鲁迅的深刻性在于，他能以自我融入其中的姿态，最大限度地去抒发一切与"我"有关的悲悯情怀，去针砭社会现象的不合理性。而钱锺书的做法则似乎是超越了怨天尤人的感伤，而以"好谐谑而无牢骚"的姿态，用理性去调侃这整个的世界。去发掘包含自己在内的"无毛两足动物的基本根性"，因此，他对于笔下的人物都给了玩世傲物的嘲讽和自嘲，体现了道德视角的高邈。鲁迅在《再论雷峰塔的倒掉》一文说过"悲剧将人生的有价值的东西毁灭给人看，喜剧将那无价值的撕破给人看"。诚如老黑格尔所说的，前者是诗人所为，后者是哲人所做。如果我们把大陆的中华民国文学看成一个封闭的系统的话，那么，鲁迅的开端和钱锺书的终结正好印证了马克思的螺旋式发展的历史观："黑格尔说过，一切伟大的世界历史事变和人物，可以说都出现两次。他忘记补充一点，第一次是作为悲剧出现，第二次是作为喜剧出现。"② 因此，鲁迅与钱锺书是中国现代文学的两个丰碑。而钱锺书的《围城》即使放在世界文学的大框架中来评价，也堪称是经典中的佼佼者。钱锺书的文学史价值还有待后人来确认，笔者姑妄言之罢了。

钱锺书在《围城》中，站在人类道德的制高点上对除了唐晓芙以外的一切人都予以谴责。即使是对唐晓芙，作者也是不忍心对她的单纯、幼稚再作深一步的针砭。而对鲍小姐却作了这样的描写："有人叫她'熟食铺子'，因为只有熟食店会把那许多颜色温暖的肉公开陈列；又有人叫她'真理'，因为据说'真理是赤裸裸的'。鲍小姐并未一丝不挂，所以他们修正为'局部的真理'。"③ 如果说对鲍小姐还仅仅只是流

---

① 夏志清：《中国现代小说史》，复旦大学出版社2005年版，第278页。
② 马克思：《路易·波拿巴的雾月十八》。
③ 钱锺书：《围城》，生活·读书·新知三联书店2009年版，第53页。

于对着装的嘲讽的话,那么,对苏文纨这个虽然出身名门,有着大家闺秀的气度、外表漂亮的、得体的,巴黎大学毕业的女博士,作者也依然把她描绘成一个沾染上巴黎上流社会交际圈中的贵妇人的矜持与自负、擅长于矫揉造作,又盛气凌人的刁钻女人。还有对汪处厚胡子的描写。《围城》展示的是知识分子的群丑图,更何况笔下的知识分子都算得上是所谓的"高级知识分子"。对"上海的大商家及旧派绅士;内地的小官吏、公务员、客栈老板及妓女——这些人物通通在书中以大骗小诈、外强中干的荒唐姿态出现。钱锺书不像狄更斯那样,要求读者纵溺这些角色的缺点,他亦不爱用古典讽刺文学的说教口吻。他知道得很清楚,愚昧和自私在任何情况下都会存在,而讽刺家的职务,就是透过高度的智慧和素养去把这些众生相刻画出来"。[①] 因此,钱锺书的现实批判力度是强悍的。所谓现实,指的自然是人物的真实性以及与社会文化环境的统一性,然而,现实的实际生活样貌往往未必是生活的本真状态,高明的艺术家就是擅长于剥开人物的种种伪饰,而以智者的慧眼把人物的实际情态呈现出来。小说对孙柔嘉的相貌描写可谓是一石三鸟:"孙小姐长脸,旧象牙色的颧颊上微有雀斑,两眼分得太开,使她常带着惊异的表情;打扮甚为素净,怕生得一句话也不敢讲,脸滚滚不断的红晕。"身为小家碧玉的孙柔嘉外表上似乎是个柔弱、害羞的小女人,然而,随着情节的展开,孙柔嘉那种中国旧式家庭造就出来的外柔内悍、多疑善妒、敏感自持的天性就暴露无遗,叙事者有意强化了人物外貌和性格的反差,又以方鸿渐的天真和赵辛楣的老道披露了孙柔嘉外表的造作和本然的真实状态。从更加深沉的心理层面看,讽刺家总是能拉开叙事者和笔下人物的心理距离,以知性的洞透,直指人心。而高明的讽刺家不仅仅只做到这一点,他还能运用体谅现实人物的"慧性"予以一定的宽容和释怀。钱锺书做到了这一点。诚如他在《人・兽・鬼》序文中说的"书里的人物情事都是凭空臆造的。不但人是安分守法的良民,兽是驯服的家畜,而且鬼也并非没管束的野鬼;他们都只在本书范围里生活,决不越规溜出书外"。钱锺书正是本着对人的"两足无毛动物"的历史宿命的清醒和无奈,才有了他的身入其中和心游其外的调侃。对主

[①] 夏志清:《中国现代小说史》,复旦大学出版社2005年版,第284页。

人公方鸿渐的天真与善良，懦弱与虚荣；赵辛楣的豪爽与儒雅，浮夸与世故都缘于此。如果说鲁迅是个倾向于入世的诗人兼有哲人思想的道德家的话，那么，钱锺书则更像是个倾向于出世的哲人兼有诗人情怀的道德家。这大概是平民文学和贵族文学所能体现的对人物性格刻画的最大边界点了吧。

第四节　京派文人的另一面：汪曾祺的"贵族"情怀

新时期当汪曾祺回忆起"四十三年前的一个梦"的时候，那正是对表现理想生活的文学的一种书写，那正是对贵族文学的历史追忆。从而引发了中国现代文学史上，贵族文学的第三波思潮。

在中国当代文学史上，汪曾祺被认为是中国"最后一个士大夫"，这应该是不无道理的吧。汪曾祺小时候受过良好的传统教育，他说："我是一个中国人，中国人必然接受中国传统文化思想的影响。我接受了什么影响？道家？中国化的佛家——禅宗？都很少。比较起来，我还是接受儒家的思想多一些。"[①] 应当说，中国传统思想文化中儒、道、佛思想共同影响着汪曾祺的创作。这其中，各种思想有对立统一，也有互补和谐，像儒家的入世和道家的出世，儒家的乐观与道家的逍遥等，都是很自然的现象。然而，在儒、道、佛三种思想中，究竟何者在汪曾祺小说中占主导地位？虽然，作者本人多次作出了明确的表态。但是，考察一个作家的思想并不能仅仅以其个人的表态来定夺，而更应该从他的全部作品去把握。汪曾祺的小说整体上充溢着仁爱的精神，这固然有着儒家思想文化的成分，但作者对人生的悲悯情怀，主人公淡泊名利的胸襟，以及作者怀旧，崇尚返璞归真的自然生活环境，应当说蕴含更多的是道家思想的基因。汪曾祺的人生经历和创作思想也都受到道家思想的深刻影响。

汪曾祺出身于一个书香世家。祖父有过功名，父亲极富生活情趣，爱好广泛，诗书琴画在当地都很有些名气。汪曾祺十八岁以前是在家乡度过的，他对家乡的风俗人情非常感兴趣，像红白喜事、放河灯、迎神赛会、踩高跷等。他对世俗化的人生，特别是家乡传统的各色艺人兴趣

[①] 汪曾祺：《晓翠文谈》，浙江文艺出版社1988年版，第38页。

尤为浓厚，显示了其秉承传统道家思想的性情。在西南联大读书期间，汪曾祺主要受沈从文思想影响，表现出一种儒道结合的思想状态。汪曾祺在一篇文章中谈到沈从文对他的影响，说："我在旧社会，因为生活的穷困和卑屈，对于现实的不满而又找不到出路，又读了一些西方现代派的作品，对于生活形成了一种带有悲观色彩的尖刻、嘲弄、玩世不恭的态度。这在我的一些作品里也有流露。沈先生发觉了这一点，在昆明时就跟我说过；我到上海后，又写信给我讲到这点。他要求的是对于生活的'执着'，要对生活充满热情，即使在严酷的现实面前，也不能觉得'世事一无可取，也一无可为'。"[①] 这段文字尽管表达了汪曾祺思想向儒家思想的靠拢，但亦显示了汪曾祺早期较为浓厚的道家思想底蕴。只是在沈从文的影响下，汪曾祺才由消极、悲观的道家立场逐渐转到了较为积极、乐观的道家思想而已。汪曾祺新中国成立后的生活道路，尤其是曾经被划成右派的经历，促使他的心性更加宁静、淡泊了。他的人生即可以看作道家化的人生：不追逐名利，守身自好，崇尚率真、淳朴，表现出一个修道者的风范。

　　从创作思想倾向上看，贵族文学与道家有着深刻的联系。汪曾祺的小说包括废名，沈从文的小说，都更多地吸纳的是道家的超脱思想。汪曾祺1980年发表的短篇小说《受戒》，流溢的就是道家超越现实的人生情愫。《受戒》写的是乡村一位叫明海的少年，因家境贫寒，出家当和尚以维持生计，在菩提庵那似僧非俗，倒有点道家氛围的环境中，过着逍遥自在，恬淡悠然的生活。小说以明海受戒后与乡村女孩小英子朦胧的爱情，苏北明丽的水乡风光，营造了如诗如画，既融汇着质朴、自在的民俗风情，又相当封闭、自足的人文环境，表现了作者非常浓厚的超拔精神。给当时文坛吹来一股清幽的气息，唤起了人们对废名，沈从文抒情小说的历史记忆。应当说20世纪80年代以后的沈从文热，从内生性看是由汪曾祺小说照亮的。在20世纪中国文学史上，沈从文一度是被边缘化的，既如他的《边城》。在新时期以前，中国现代文学中占主流地位的一直是表现忧国忧民情怀的现实主义小说。新时期（1978年）以后，汪曾祺以告别政治，采用童年视角或道家的回眸心态，去表

[①] 汪曾祺：《晚翠文谈》，浙江文艺出版社1988年版，第129页。

现一种自然率性的人生形式,才唤醒了人们心底久远的对沈从文的湘西世界的历史记忆。作为京派文学的最后一个传人,汪曾祺以其淡化时间的艺术处理,摆脱了当下政治因素的强力羁绊。用消去火气的平静心态描绘了江苏水乡的自然环境和奇异风俗下凡夫俗子的淳朴真挚的人情人性。显示了人类对理想生活的由衷憧憬。客观上也由于社会的转型,人们在告别革命以后,对如何诗意地生活有了普遍的自觉。于是有了沈从文热、张爱玲热、钱锺书热。而这一切都喻示着人们对贵族文学的青睐,对理想生活方式的向往。

在中国当代社会中,百年的时局动乱,贵族早已荡然无存了。汪曾祺作为中国"最后一个士大夫",他只能是表现传统文化熏陶下的普通人身上留存的些许贵族品格。汪曾祺小说中的这些普通人,往往都有着一技之长。像《塞下人物记》中的赶车能手陈银娃,《异秉》中摆熏烧摊的王二,保全堂药店的"先生们",《故里三陈》中,专治难产的男接生陈小手,踩高跷的能人陈四,水性极好的救生船水手陈泥鳅等。汪曾祺着力要展示的是他们在精神上都有一种高贵气。像《钓鱼的先生》中的王淡人,他是守着祖业的民间中医,在这个医院四起的年代,他给乡下人看病。他看病所配制的药都是自己配制的,因为他对药铺卖的药不太相信。对于看病收钱一向也不以为意,因此日子过得并不宽裕,但他却能泰然处之,他的医室里挂着郑板桥的"一庭春雨瓢儿菜,满架秋风扁豆花"的对子。作者写道:"他很喜欢这副对子。这点淡泊的风雅,和一个不求闻达的寒士是非常配称的。"① 平时没有病人,就在家的门前门后钓鱼、种菜。他钓鱼的样子俨然是一个当代隐士,不用浮标,即钓即吃。种菜则刻意从外地找了清苦清苦的瓢菜种子和扁豆配对着种,以对应板桥的对联。可见他对具有道骨仙风的郑板桥诗意仙境的痴迷,亦显示了人物洁身自好的高贵品格。作者详细地叙述了王淡人干的两件傻事。一是顶着洪水,冒死为一村人治病;二是给少时的朋友,沦落得一名不文的败家子汪炳,白吃、白喝、白治病。综观汪曾祺小说人物,他们大抵都深受中国传统文化的濡染,没有某些现代人的自私和贪欲。他们恪守着自己的文化,富不张狂,穷不卑微。在自己的天地

---

① 汪曾祺:《菰蒲深处》,浙江文艺出版社2002年版,第158页。

中，保持着人的职业操守和高贵的道德品格。

汪曾祺在散文《泰山很大》中，以泰山比喻人的性格和写作的类型，说道："我是写不了泰山的，因为泰山太大，我对泰山不能认同。我对一切伟大的东西总有点格格不入。我十年间两登泰山，可谓了不相干。泰山既不能进入我的内部，我也不能外化为泰山。山自山，我自我，不能达到物我同一，山即是我，我即是山。泰山是强者之山——我自认为这个提法很合适，我不是强者，不论是登山还是处世。我是生长在水边的人，一个平常的，平和的人。我已经过了七十岁，对于高山，只好仰止。我是个安于竹篱茅舍、小桥流水的人。以惯写小桥流水之笔而写高大雄奇之山，殆矣。"① 正如俗语说的"仁者爱山，智者乐水"。汪曾祺和他的老师沈从文相似，天性中与"水"有缘。这种对"水"的情有独钟，造就了汪曾祺平和疏淡的人生情怀和态度，也显示了汪曾祺追求的理想生活情状。

汪曾祺的小说展示的就是一幅水乡人家的诗意风俗画。作者不仅仅只是描绘了水乡的自然风光和水乡的奇异风俗，而且人物、结构、语言、情感也都洋溢着淡雅的水性，诚如作者所说："水影响了我的性格，也影响了我的作品的风格。"② 作者还在《回乡杂咏·水乡》一诗中不无自我调侃地写道："少年橐笔走天涯，赢得人称小说家。怪底篇篇都是水，只因家住在高沙。"③ 汪曾祺对水的情有独钟，在这一点上与他的老师沈从文也有一定的关系。从文化的角度上看，水与道家文化有着深厚的渊源。与天人合一的世界观有关系，与和谐有关系，也与贵族精神有关系。

受汪曾祺的创作影响，80年代引发的一场"寻根文学"运动。可以看成是贵族文学的最后晚唱，尽管它是不太充分的，但毕竟表现了人类对高贵的、诗意的生活的一种探索的努力。

---

① 徐柏容、郑法清主编：《汪曾祺散文选集》，百花文艺出版社1996年版，第175页。
② 李辉主编：《汪曾祺自述·谈谈风俗画》，大象出版社2002年版，第12页。
③ 同上书，第18页。

下篇

第一章　生成、繁荣与变迁
——现代化进程中的大陆与台湾乡土文学

第一节　总述

丁帆在《中国大陆与台湾乡土小说比较史论》中说道:"在全球性的资本主义工业化进程中,历史的进化必然带来了污秽和血,打破静态的农业文明秩序,对农民的剥削和对大自然的破坏一样的残酷无情。于是,作为一个有着人道主义和理想主义目光的作家,无疑是要将批判资本主义的非人道性和回到乌托邦的人性精神家园作为自己的写作立场和视角。因此,从这个意义上来说,自19世纪到20世纪的乡土文学中的人道主义批判精神和理想主义的乌托邦精神几乎成为一个世界性的乡土小说母题。或许,我们在解析任何空间意义上的乡土文学时,这有可能就是最重要的文化解码符号"。① 该论高屋建瓴,从文化学视角映射出对具有世界性意义的乡土文学的洞透与理解。遗憾的是,丁著未能在整体上秉承其宏阔的文学视界,而在具体的论述中,则把乡土文学划定在乡村或特定的地域文学上面去了。

其实,就20世纪中国乡土小说的发生来看,它显然与20世纪中国社会的现代化历史有着直接的渊源关系。因为,当"西方文明以各种不同的形式逐渐破坏了传统文化的稳定性和连贯性,而且在总的方面影响了中国思想和文化的发展方向"② 的时候,它必然导致民族自身文化的反弹,导致中国知识分子的文化抗争。也就是说,以鲁迅为代表的20

---

① 丁帆:《中国大陆与台湾乡土小说比较史论》,南京大学出版社2001年版,第4页。
② 林毓生:《中国意识的危机》,穆善培译,贵州人民出版社1986年版,第15页。

世纪乡土小说,实质上是一种以乡村或特定地域为背景,以知识分子的思想和价值情感为主要抒写内容的文化小说或寓言小说,其主题具有知识分子寻找文化精神故乡的独特意涵。这正是丁帆先生所说的,理解"任何空间意义上的乡土文学时""最重要的文化解码符号"。本文秉持这种文化乡土小说的概念。以区别于宽泛意义上的乡土小说,并从文化学的宏观视角,鸟瞰大陆与台湾乡土小说与现代化的同步关系及其因地域、政治和时代背景的不同而造成的差异性。

第二节 大陆与台湾乡土文学理论内涵的同质性

中国大陆对乡土文学进行理论阐述最早的当是周作人,早在20世纪20年代,周作人就在文章中表达了自己"对于乡土艺术很是爱重",认为"民族的殊异的文化是个人与社会的遗传的结果,是自然而且当然的,我们如要知道一国的艺术作品,便有知道这特异的民众文化的必要"。[①] 周作人从民俗学的角度提出了他的乡土文学观,并针对当时中国新文化的概念化倾向,说道:"这几年来中国新兴文艺""太抽象化了,执着于普通的一个要求,努力去写出预定的概念,却没有真实地强烈地表现出自己的个性,其结果当然是一个单调。"[②] 认为改变这种局面的一个办法是加强"地方色彩","自由地发展那从土里滋长出来的个性"[③]。

应当说,周作人对乡土文学地方色彩的重视,抓住了民族文化建设的一个侧面,他对地方风景、风俗、风情的强调,客观上也纠正了当时文艺抽象化、概念化的弊端,并对后来的有着鲜明地域特色,充满特殊的民俗风情的京派文学产生了重要影响。

但是,周作人的乡土文学观在张扬民族的民俗文化时,忽略了现代西方文化的背景,这使得京派乡土文学只具有民俗学的价值意义,而缺乏对中西文化急剧冲突背景下,民族文化重建上的思考与探索。

---

① 周作人:《民俗学论集·在希腊诸岛》,上海文艺出版社1999年版,第348页。
② 周作人:《民俗学论集·地方与文艺》,上海文艺出版社1999年版,第302页。
③ 同上。

与周作人强调地方特色不同,茅盾的乡土文学观侧重的显然是民族的共性。茅盾认为:"要使创作确是民族的文学,则于创作之外更须有国民性。所谓国民性并非指一国的风土民情,乃是指这一国国民共有的美的特性。"① 茅盾是从政治革命的立场去规范乡土文学的。这使他尤为关注农人的疾苦和出路,关注一切被压迫阶级,关注民族文化的重建。他说:"我相信一个民族既有几千年的历史,他的民族性里一定藏着善美的特点;把他发扬光大起来,是该民族义不容辞的神圣责任。"② 显然,茅盾在这里阐述的是他政治学意义上的乡土文化观。

应当说,20 世纪 20 年代周作人、茅盾、郑振铎等提出的乡土文学观念,还不具有理论上的自觉性。"乡土文学"或"乡土小说"概念的正式提出,当是 20 世纪 30 年代中期鲁迅《中国新文学大系·小说二集导言》和茅盾的《关于乡土文学》。茅盾在 1936 年 2 月 1 日的《文学》第 6 卷第 2 号的《关于乡土文学》一文中写道:"关于'乡土文学',我以为单有了特殊的风土人情的描写,只不过像看一幅异域的图画,虽能引起我们的惊异,然而给我们的,只是好奇心的餍足。因此在特殊的风土人情之外,应当还有普遍性的与我们共同的对于命运的挣扎。一个只具有游历家的眼光的作者,往往只能给我们以前者;必须是一个具有一定的世界观与人生观的作者方能把后者作为主要的一点而给与了我们。"③ 茅盾深刻的理性意识,使他超越了周作人对乡土文学中地方色彩的单方面注意,认为单有"特殊的风土人情","只不过像看一幅异域的图画",提出"应当还有普遍性的与我们共同的对于命运的挣扎"。而要做到这一点,则"必须是一个具有一定的世界观与人生观的作者"。在这里,茅盾显然意识到了乡土文学的作者,必须具有对乡土社会的超越意识。然而,由于茅盾对政治的偏执,使他把乡土作家的超越意识引向了阶级的、政治的单一视角,这使他的乡土文学理论,在突出时代政治因素的同时,却把乡土文学的丰富文化内涵给限制住了。

---

① 茅盾:《文学研究者的责任为努力》,《茅盾全集》第 18 卷,人民文学出版社 1989 年版,第 71 页。

② 同上。

③ 茅盾:《关于乡土文学》,《茅盾全集》第 21 卷,人民文学出版社 1991 年版,第 89 页。

与周作人、茅盾20世纪20年代对乡土文学的理论拓荒不同。鲁迅在这个时期却是以乡土文学的实践为前导的,张定璜于1925年1月在《现代评论》上发表的《鲁迅先生》一文,就说到"他的作品满熏着中国的土气,他可以说是眼前我们唯一的乡土艺术家"。① 的确,鲁迅笔下的乡村充满着浙东水乡浓郁的地方色彩。那水乡土场上傍晚的小桌子和矮凳,河道上缓缓行驶的乌篷船,鲁镇祝福时祭祖的仪式,赵庄临河空地上的社戏,无不标示出特定历史时期东南沿海一带的水乡生活气息。还有那充满地域色彩的乡土人物和乡民们个性化、地方化的语言,展示了浙东特有的乡村文化景观。在鲁迅充满浙东水乡风情的小说触动下,才有了20年代的乡土小说流派。而如果把鲁迅的乡土小说和此一时期的其他乡土作家的创作比较,可以看出,鲁迅乡土小说中的中西方文化冲突的"复调"情感,在其他乡土小说家笔下,则变成了"单调"的文化批判或文化眷恋。也就是说,鲁迅不仅在乡土小说创作上是开拓者,而且也是乡土小说创作的最优者。在实践的基础上,1935年鲁迅阐述了他的文化学意义上的乡土文学观,说"蹇先艾叙述过贵州,裴文中关心着榆关,凡在北京用笔写出他的胸臆来的人们,无论他自称用主观或客观,其实往往是乡土文学。从北京这方面说,则是侨寓文学的作者。但这又非勃兰兑斯所说的'侨民文学',侨寓的只是作者自己,却不是这作者所写的文章,因此也只见隐现着乡愁,很难有异域情调来开拓读者的心胸,或者炫耀他的眼界"。② 鲁迅侧重的是"侨寓"的作者隐现出的"乡愁",侧重的是乡土文学中知识分子对现实故乡的批判与认同和对精神故乡的追觅。由于鲁迅站在中西方文化冲突的宏阔历史角度,透视中国的乡土社会,使他笔下的乡村,已不再是孤立、独特的一隅,而是具有了中华传统文明的整体象征。而知识分子的乡愁,也赋有文化意识的深厚内涵。也就是说,鲁迅的乡土文学观超越了周作人单纯的风土人情描绘,克服了茅盾对农民现实政治的偏执,显示出极大的包容性。鲁迅从文化乡愁的视角明确了乡土文学的民族性、本土性的根本

---

① 转引自严家炎《中国现代小说流派史》,人民文学出版社1989年版,第48页。
② 鲁迅:《中国新文学大系·小说二集导言》,《鲁迅全集》第6卷,人民文学出版社1981年版,第247页。

特征。

台湾关于乡土文学的理论阐述主要有两次：第一次是20世纪20—30年代。由于当时台湾正被日本占据，特殊的历史文化背景，使得第一次的乡土文学论争，仅仅只是停留在语言运用上的"白话文"和"台湾话文"之争，因而不具有深度的理论性。台湾乡土文学理论的真正建树，当是20世纪70—80年代的第二次乡土文学论战的成果。综观台湾乡土文学的论争，可以看到，论争使得民族意识、民族文化成了乡土作家的共识。所不同的是，对于民族文化、民族意识的内含理解，呈现为三种主要形态。其一是以陈映真为代表的中国文化本位意识。陈映真在《乡土文学的盲点》、《文学来自社会反映社会》、《建立民族文学的风格》等系列文章中阐述了"中国的、民族主义的、自强自立的精神"。[①] 使之"具有反对东方和西方经济帝国主义和文化帝国主义的意义"。[②] 其二是以叶石涛为代表的"台湾意识"和"台湾立场"的乡土文学观。其三是以王拓为代表的具有强烈现实政治指向的乡土文学理论观。

如果把大陆20世纪20—30年代的乡土文学理论与台湾20世纪70—80年代的乡土文学理论进行比较，可以看到，台湾乡土文学真正继承鲁迅乡土文学观的是陈映真，而叶石涛秉承的是周作人强调地域色彩的乡土文学观。王拓的乡土文学观则具有茅盾的政治学和周作人民俗学乡土文学观的双重色调。正是由于叶石涛、王拓乡土文学观的地方主义的偏狭性、政治功利性，使之背离了文化范畴。因而，缺乏学理的内涵。这种对民族文化乡愁的偏离，亦是他们的乡土文学观逐渐向地方主义和政治台独迁移的根底。关于这一点，笔者将以专文阐述。

综上，从乡土文学理论的建设上看，乡土文学是以全球现代化背景下的文化冲突为旨归的，它必然与现代化进程中的社会有着文化上的种种关联。乡土文学实质上体现的是民族化和全球一体化之间的文化矛盾，而在这一组矛盾关系中，民族化、本土化自然成为各民族的价值选

---

① 陈映真：《建立民族文学的风格》，尉天骢编：《乡土文学讨论集》，台北远景出版业有限公司1980年版，第66、336页。

② 同上。

择。因为，伴随现代化孕生出的是一种超文化，它只有融合各民族固有的文化传统，才能保持各民族自身的文化特色，才能保证各民族屹立于世界文化之林，也才能确保世界文化上的多元格局。这在今天，已成为人们普遍的共识。

第三节　现代化进程与两岸乡土文学的繁荣

从全球现代化的历史进程来看，17世纪40年代，英国资产阶级革命标志着世界进入了现代社会。诚如列宁所说："这是资产阶级上升的阶段，一般说，这是资产阶级民主运动的时代，特别是资产阶级民族运动的时代，是迅速摧毁过时的封建专制制度的时代。"[①] 英国资产阶级革命的胜利促使了资本主义工业的迅速成长。资本主义的圈地运动和手工工场的扩大，导致了农村的凋敝和大量农民流向城市。这在英国18世纪作家菲尔丁的乡土小说和19世纪的哈代的乡土小说中都有了较为充分的表现。哈代的乡土小说《德伯家的苔丝》和《还乡》，通过主人公苔丝、克莱和姚伯表现了人类向往诗意的生存环境的愿望，通过亚雷等表现了资产阶级对金钱、权势的膜拜和人性的虚伪、冷酷。小说在不同程度上呈现了资本主义势力侵入农村后造成的农民破产的社会现实图景，揭露了资本主义的时代罪恶，亦流溢了具有人道主义情怀的作家对于诗意乡村的向往。这种对现代物质主义的反动和对以传统文化为背景的人性化的"家园"的向往，构成了乡土小说的必然的价值旨归。而英国资产阶级革命不仅促使英国走向了工业化，而且对于整个欧洲，进而对于整个世界格局产生了深远的影响。促成了全球的或自发或后发的现代化运动的到来。这种现代化运动目前仍在进行时态中。这必然对世界的经济、政治产生重要影响。也必然波及文化和艺术领域。世界性的乡土文学正是在这一特定历史时空背景下诞生的。

中国作为一个后发现代化国家，加之中国文化与西方现代文化相较有着鲜明的异质性。这使得以文化冲突为表征的中国乡土文学命定地具有世界性的文化代表意义。随着中国现代化的延伸，这种以文化乡愁为

---

① 列宁：《打着别人的旗帜》，《列宁全集》第21卷，第125页。

中心的乡土文学势必有着广泛的书写空间，也必将产生长河式的巨著，这是我们可以翘首以待的。

中国现代化道路显然是从 1840 年开始的。所不同的是，当优越的现代西方文化步入古老的、落后的、封闭的中国之初，国人更多的是从理性上、机械技术上去接纳它、效仿它。只是到了五四新文化运动时期，这种中西文化的冲突才被提到议事日程上来。这正是五四时期一代知识分子呈现出来的理性上的西方文化观和情感价值观的反西方化的矛盾的根源。这使得中国文化大转型时期的知识分子的本土意识与外来意识的矛盾，传统文化与西方文化的纠结，民族主义与世界主义的缠绕被彰显了出来。特定的历史时代，中西方文化的激烈碰撞。使得 20 世纪 20 年代形成了以鲁迅为代表的大陆乡土文学创作大潮。使得 20 世纪 20—30 年代爆发了长达十几年的"中西文化大论战"。在五四新文化运动的影响下，一大批"被故乡所放逐"的知识分子在欧风美雨的思想激荡下，毅然地以现代理性观念揭示中国传统乡村为表征的传统文化的愚昧与落后。另外，现代都市的物质至上、人性蜕变，又使他们感念过往的以乡村为表征的人性化生活环境，使得乡土文学很好地表达了现代化初期的中华民族的国民心态。与此同时，台湾由于受到大陆新文化运动的影响，加之台湾特殊的历史境遇——日本资本主义的殖民统治，使得民族矛盾异常尖锐。正是在这种现实的文化冲击背景下，台湾乡土小说应时而生，像署名无知的《神秘的自制岛》和施文杞的《台娘悲史》等都具有很强的文化冲突和文化寓意，表现了民族文化的自觉。而后，产生了以赖和为代表的一大批台湾乡土作家，并在 20 世纪 30 年代展开了一场关于乡土文学的"白话文"和"台湾话文"的语体之争。

历史地分析大陆与台湾 20 世纪 20—30 年代的乡土文学，可以得出，现实的文化冲突和矛盾是乡土文学产生的根本原因。也由于大陆和台湾都处于西方文化冲击的初期，使得这一时期的乡土文学创作，从整体上看批判传统文化的成分大于揭露西方文化种种弊端的成分。表现了中西方文化冲突的初期中国知识分子的理性自觉。

大陆乡土文学的第二个繁荣时期是在 20 世纪的 80—90 年代，其时，正是自五四以来中西方文化相融合的第二次高潮。中国大陆的改革开放，促使了文化上的现代主义思潮的运生。紧接着，作为对现代主义思潮的反动，乡土文学得以高扬。在中国大陆它是以"寻根文学"的面目出现的。"寻根文学"以强烈的民族自觉意识挖掘和捍卫民族的文化传统，这使得此一时期的乡土小说，揭示以城市为表征的西方文化弊端的成分大于对传统文化的批判的成分。这在汪曾祺的乡土小说中最先表现了出来。而在1985年"寻根文学"大潮后，形成了寻找民族文化"优根"的强势。笔者认为所谓"寻根文学"就是乡土文学的另一种表述，扛起"寻根文学"大旗的韩少功，其乡土小说越到后期越显现出强烈的反对西方文明诸种弊端的色调。而90年代的陕西作家群的创作，更是在整体上形成了以中国文化为本位的文化保守主义态势。时至今日，文化保守主义已成为中国大陆文化现代性的一种重要价值导向。以探索一种有中国特色的文化现代性的道路。

台湾乡土文学的第二个繁荣时期应当追溯到20世纪60年代。那时，由于台湾政治上采取了开放经济的策略，使得台湾的经济在大力吸引外资的基础上实现了腾飞，台湾社会迅速由原来的农业型经济向现代工业社会转型。这种社会经济的巨变必然影响到精神文化产业。于是，追续大陆30年代，台湾20世纪60年代也引发了一场"中西文化大论战"。以李敖为代表的"西化派"一时占据了主动。配合经济上、政治上的西方化，文化产业上的西方现代主义思潮也弥漫于台湾社会的方方面面，并俨然成为社会的主导潮流。而乡土文学作为现代主义思潮的反动。也正伴随着现代主义思潮而渐渐孕生，许多现代主义作家在借鉴西方现代主义的创作后，感受到缺乏民族文化内涵的全盘西化必然脱离现实，缺乏生命力。于是在60年代末到70年代逐渐回归到现实的乡土。诚如丁帆先生所说："现代主义文学并未扼杀乡土文学，相反，它还促进着乡土文学的发展。"[①] 客观地说，正是因为20世纪60年代的台湾现代主义文学思潮疏离了现实，疏离了民族文化传统，才爆发了70年代的台湾乡土文学的大论战，并使台湾文学回归到中华文化的主航道上来。一个极为有趣的现象是：尽管台湾第二次乡土文学思潮比大陆的"寻根文学"思潮早了些年，但是，文化背景是极为相似的，即都发生在改革开放的经济调整之后，都有一个现代主义思潮的过渡时期，并且

[①] 丁帆：《中国大陆与台湾乡土小说比较史论》，南京大学出版社2001年版，第288页。

在文化选择上都表现出揭示西方文化诸种弊端的成分大于对传统文化批判的成分的趋势。表现出中西方文化冲突背景下中华民族共同的文化价值取向。以此，也实证了乡土文学与现代化社会发展的同步性。

第四节　现代化进程中两岸乡土文学发生地的空间位移

从地理区域上看，中国的现代化进程是从东南沿海一带逐渐向内陆的西北一带推进的。这使得20世纪初期，得现代化风气之先的东南沿海一带最先遭遇西方文明的熏染。东南沿海一带的知识分子亦率先踏上了向西方学习的"走异路"的征程。尤其是素有走异路传统的浙江一带。以至于现代文学和乡土文学的开创者鲁迅是浙江人。文学研究会的主帅茅盾是浙江人，现代美文的奠基者周作人是浙江人，其他像郁达夫、丰子恺、徐志摩等。诚如严家炎说的："如果说'五四'时期文学的天空群星灿烂，那么，浙江上空的星星特别多，特别亮。"严家炎进而说道："这种突出的文学现实应该怎样解释？除了越人自古以来自强不息，耻为人后这些文化心理因素之外，是不是和最近100多年浙江得风气之先，反清救国走在前列，去外国的留学生也特别多有关系呢？"[①]应当说，20世纪20年代形成的以鲁迅为主帅，地域上以浙江为中心的乡土小说作家群与这个区域较早受到西方文化的影响不无关系。也由于他们生活在中国现代化之初，客观上又较早接受西方启蒙思想，使他们的乡土小说带有启蒙理性的共同倾向，表现出与鲁迅一致的创作态势。或表现"几乎无事的悲剧"，以"揭出病苦，引起疗救"，或抒发"感伤的故乡风"。开启了以西方理性意识批判传统文化为主旋律的乡土文学思潮。很好地配合了五四时期传统文化思想批判的社会文化主调。这一时期以鲁迅为首的浙江乡土小说作家群有王鲁彦、许钦文、许杰、柔石、潘漠华等。非浙江籍的南方乡土小说家还有蹇先艾、台静农、彭家煌等。他们的作品共同展示了现代化初期阶段，南方乡土社会的世俗民情，以及乡民们闭塞、迷信、守旧的文化人格。由于现代化运动在南方

[①] 转引自李继凯《秦地小说与〈三秦文化〉·总序》，湖南教育出版社1997年版，第5页。

一带的深入,一些和鲁迅大抵相仿的从南方乡村流寓到现代化都市的游子们,他们在完成自我思想从传统到现代化转化的过程中,一方面体验着以西方文化为表征的都市物质上的辉煌和精神上的贫弱,另一方面由于他们命定的中国文化情怀以及与传统乡村的千丝万缕的联系,使他们步鲁迅后尘,创作了大量的乡土小说,形成了20世纪20年代的乡土小说大潮。

到20世纪30年代,乡土文学中出现了以抒情为主调的京派乡土小说作家群。他们的创作承继的是周作人的以地域风情为主调的乡土小说,当然也延续了鲁迅《社戏》、《故乡》的抒情路数,表现了知识分子的还乡愿望和怀乡情怀。这些作家虽然居住在北京,但祖籍大多在南方的北部一带。如废名、沈从文、汪曾祺等。同样显示了乡土小说渐渐向北迁移的行程。

而20世纪40年代,乡土小说在北方的山西出现了又一个流派。以赵树理为代表的"山药蛋派",着力于表现乡民在现代观念变革过程中的思想情感嬗变。显示了中西方文化思想融合过程中乡民们或悲或喜的人生情态。其乡土性是以民间的轻喜剧形态呈现的,在此不作赘言。

从20世纪50—70年代,由于中国大陆采取了自封闭的行政管理机制,使得这一时期的乡土小说着力于表现农村两条路线的斗争,阶级矛盾取代了民族矛盾,也使得这一时期的乡土小说其乡土性遭到极大的忽略。因此,虽然仍表现的是农村和农民的生活。却很难以乡土小说来涵盖。学界大抵以"农村题材小说"的命名来界定这一特殊的文学现象。而这也正从反面印证了乡土小说与现代化的同步关系。

20世纪80—90年代,随着改革开放的深入和中西方文化的急剧碰撞,乡土小说出现了又一个创作高潮。引领这一次高潮的显然是陕西乡土小说作家群,陕西由于地理位置的边缘性、封闭性和历史悠久性、文化的厚重性使之在改革开放,经济大开发时期,中西方两种文化的冲突表现得尤为尖锐。像陈忠实的《白鹿原》,贾平凹的《土门》、《高老庄》,高建群的《最后一个匈奴》,京夫的《八里情仇》,程海的《热爱生命》,以及同一时期路遥、邹志安、莫申、杨争光等的乡土文学创作,一时间在中国大陆刮起了强劲的"西北风"。陕西乡土小说作家群展示了现代化语境中,国人务实求变,又恋乡怀土的两难心境,表现了知识分子对传统儒家文化和现代物质主义文化观的双重反思，发出了民族文化救亡的呼告。与此同时，中国大陆的乡土小说随着历史时间的推进和地域空间的位移，向着中国北部的广大领域渗透，勾勒出全球一体化时代，民族文化面临的严峻挑战，表达了中国知识分子对弘扬民族文化精神的思考。

台湾自19世纪以后，由于清朝政府的腐败和台湾边远的地理位置，使它逐渐从中国汉族的移民社会过渡到日本政府统治的殖民社会，从刚刚建立起来的农业文明逐渐过渡到近现代的工业文明。伴随着这种改变，台湾新文学从它产生之时起就具有文化反省和探索的内涵。日据时期的赖和、吕赫若、吴浊流等以小说的方式表达了台湾人民的理性觉醒和文化自强的愿望。而台湾20世纪60—70年代从农耕社会急剧向工业社会的转变，使得这一时期乡土小说创作异常活跃，乡土文学亦呈现了与现代化同步的关系。在此借尉天骢的言语陈述："因为就这个时代而言，陈映真、黄春明、王祯和都是第二次世界大战前后出生的作家。陈映真生长于离台北不远的莺歌，黄春明生长于台湾东北部的宜兰，王祯和生长于台湾开发最晚的东部花莲。这三个地区，不仅因为地理位置和开发先后，以及经济与现实发展之不同而有着彼此的差异，而透过他们个人的生活背景和经验，透过文学作品的表现，更有着不同的面貌和情调；但总的来说，在他们的小说中，都存在着两个世界，一个是台湾首善之区的台北，另一个则是他们生于斯、长于斯的小市镇。这些小市镇与台北之间，原有着相距较远的风貌，人们的生活态度与意识形态更是有着显著的差异。但是在韩战、越战以后，受到美、日的强大介入，这些小市镇，越来越受到外来的资本社会的影响，生活的节奏也越来越加接近和相似。起先是莺歌，接着是宜兰，再接着便是花莲……就这样，到了六七十年代以后，整个台湾的面貌和节奏都成了美、日社会的另一版本。"[①] 也就是说，20世纪60—70年代，台湾乡土小说较早的是陈映真对台北附近的"莺歌"的现实描绘。而后到黄春明笔下，着力表现的是台湾东北部的"宜兰"世界，最终在王祯和的创作中，呈现出的

---

① 尉天骢：《读陈映真、黄春明、王祯和乡土小说的随想（代序）》，转引自陈映真《归乡》，昆仑出版社2001年版，第3页。

是台湾现代化开发较晚的东部"花莲"的乡土现实。如果把台湾乡土文学区域上的从西北向东南迁移的现象与大陆乡土文学在区域上从东南向西北的延伸进行比照。可以认识到,这绝不是巧合,而恰恰证明了两岸乡土文学与现代化进程的同步关系。

综上所述,20世纪中国大陆和台湾的乡土文学,都是一种以地域为象征背景,以知识分子的思想、情感价值取向为表现中心的一种文化小说,其主题具有在东西方文化冲突境遇下,寻找中华民族的文化精神家园的意味。而台湾由于历史与空间环境的因素:中国传统文化的根基相对于大陆不够厚重,另外,台湾一度面临着西方文化更强悍的冲击,加之其现代化起程比之中国大陆也更早些。台湾文化构成上的这种特殊性和复杂性,使得台湾的乡土文学在跨文化的现实背景下,更具有世界范围的典型性,因此更值得我们关注。台湾知识者从乡土文学中流溢出的文化乡愁是具有世界意义的,其文化的归途亦具有世界文化的某种象征性。

(本文为"2009年度福建省社会科学规划项目",项目编号:2009B135)

第二章 从"风情"到"风云"
——20世纪乡土小说向"农村题材小说"的演化

在中国现当代文学史上,农村题材小说曾经构筑过一道耀眼夺目的风景。新时期以降,作为特定历史时代小说概念的"农村题材小说"渐渐式微。尽管新时期仍存在大量的写农村的小说,然而,它似乎不再以"农村题材小说"自命,而更多地是以"乡村小说"或"乡土小说"来命名。时至今日,"农村题材小说"已成了一个特定历史时期小说某种范式的狭义概念。而今天言及的乡村小说则成了与工业题材、军事题材、商业题材等意义上等同的题材分类学上的概念。尽管一度繁盛的"农村题材小说"似乎已成了昔日黄花,但是,作为一种历史存在,它却给文学史留下了一段难以磨灭的印记,尤其是农村题材小说与乡土小说的内在渊源关系,有必要给予誊清和疏理。本书试图从农村题材小说发生学上的追溯,探讨这一独特的文本现象,及其与乡土小说的同源和异流关系。

第一节 农村题材小说的发生

农村题材小说从发生意义上说,当属于新文学中乡土小说的一个变种。早在"五四"时期,鲁迅、周作人、茅盾等在创作上的拓荒和理论上的呼吁,就为新文学写农民、写农村的乡土小说奠定了基础。尤其是鲁迅的创作,他高屋建瓴地站在社会历史文化大转折的时代高度,以现代文化观念透视乡村社会,并以乡村和农民为表征,展开了对封建传统文化价值观的深刻批判。不仅如此,鲁迅思想的深邃性,使他又能以现代文明反观传统文明的美质。在看到乡村贫困、丑恶的同时,亦流溢出对传统文明某些精神亮点的眷顾。鲁迅这种建立在现代理性视角上的宏阔意识，开创了中国新文学乡土小说"还乡"与"怀乡"的两种基本范型。五四以后的乡土小说，从总体倾向上看，即是延着鲁迅《祝福》、《风波》等乡土小说的路数，展开了现代知识分子对乡土中国文化批判的宏阔历史叙述。像茅盾、萧红、赵树理、韩少功等的乡土小说，它构成了20世纪乡土小说中，知识分子以理性的姿态对乡村传统文化批判的支脉。而鲁迅的《故乡》、《社戏》等作品，流溢的现代知识分子对传统文明的人性美质的依依眷念，则被废名、沈从文、汪曾祺、贾平凹等作家所承继，从而构成了20世纪乡土小说中，知识分子对乡村文明消亡的淡淡忧愁的抒情性乡土小说支脉。与之不同的是，农村题材小说是以革命家、政治家的政治文化视域，或进一步说，是以阶级的意识对中国农村社会的别一种观照。因此，从逻辑上说，农村题材小说，当是乡土小说的一个独特支脉或变种。

在中国现代文学史上，最早以阶级意识关注农村、关注农人的小说家是茅盾。茅盾的《农村三部曲》以革命家的视角，"真实地反映了农民的深重苦难和他们从守旧、迷惘中觉醒，终于起来抗争的历史动向"[①]。作家在这里，是怀着人民会走向斗争的确信看取生活的，并恰当地反映了人民觉醒起来走向斗争的转化过程。如果说，鲁迅的乡土小说带有浓厚的文化批判色彩的话，那么，茅盾的乡土小说则更多地体现为社会政治批判的锋芒。这主要是源于两个人的视点各不相同，以及时代的变迁中，政治对文艺的社会功能的强烈呼唤所致。30年代风起云涌的阶级矛盾、民族矛盾，迫切要求文学反映现实的阶级矛盾和阶级斗争，反映时代的新的变化。作为中国共产党最早的党员之一的茅盾，其小说创作流溢出的阶级倾向性也是再自然不过的了。客观地说，正是时代的阶级斗争和民族矛盾不断激化，使30年代以降，文学的阶级倾向性越演越烈。特别是在茅盾的《农村三部曲》发表以后，一时间以阶级意识、民族意识反映农村经济破产的小说蔚然成风。像叶圣陶的《多收了三五斗》、叶紫的《丰收》、夏征农的《禾场上》等。这类反映农村生活的小说，已不同于一般意义上的乡土小说了，它突出的不再是乡村中的自然景观、风俗民情，而是转向了对农村阶级斗争的描绘。显示

[①] 唐弢：《中国现代文学史》（二），人民文学出版社1979年版，第155页。

出作家逐渐从知识分子视角向革命家、政治家视角的转移。尽管30年代反映农村阶级矛盾与民族矛盾的小说已不同于一般意义上的乡土小说了，但是，由于这些作家以写实主义的笔法，真实地描绘了农民破产后走向革命的过程。因此，它当是作家以小说为武器，自觉地表现农村中的阶级风云的政治小说。诚如严家炎所说，是"社会剖析派的小说"。评论家吴亮曾对狭义的农村题材小说作过如下的界定，说："在以往所谓'农村题材小说'的总的题目下，总或此或彼或兼而有之地包含着诸如阶级斗争、土改、农村改革、包产到户、个体经营和联营等三十余年中不断的政治或经济的活动和事件……这些所谓'农村题材小说'通常都有意无意地顺应着一时一地的流行观念，用情节和形象的虚构来阐释作家对农村生活现实及农村历史的见解与价值立场。"[①] 这种概括，虽然是较为浮泛的，但却明显地表露"农村题材小说"在思想政治内容上的他律性原则，即"顺应着一时一地的流行观念"的模式化创作。那么，这种模式化的创作起源于何时？又是在怎样的时代环境下繁衍的呢？

从历史的发展过程上看，狭义上的农村题材小说，当是毛泽东1942年《在延安文艺工作座谈会上的讲话》发表以后的产物。毛泽东的《在延安文艺工作座谈会上的讲话》，作为党对文艺工作的指导性文件，对文艺的宣传教育作用进行了大力的强调，它引导了文学的政治化、通俗化的一个他律过程。它是特定历史时代，强势的政治对文学进行的干预和操纵，体现了特定历史时代，政治对文学的一种规范和要求。而茅盾等作家30年代的农村政治小说，仅仅只能说是文学家走向革命的一种自觉。尽管从客观效果上看，茅盾的农村小说成了后来的农村题材小说的先声，但是，与狭义的农村题材小说相较，显然它从内容到形式上都存在质的区别。应当说，特定意义上的农村题材小说，指的是50年代到70年代反映农村合作化运动中两种思想斗争，路线斗争的一种小说类型。它从茅盾的农村小说中孕育，在赵树理的创作中成型，最终在浩然的创作中走向极致，它是一种独特的文本形式。

就赵树理的农村小说而言，农村题材小说类型的出现，也是一个渐

---

① 吴亮：《中国乡村小说里的若干现代主义倾向》，《文艺报》1988年2月6日。

变的过程。尽管赵树理在新中国成立以前的农村小说，一度被认为是毛泽东文艺思想的伟大实践。但是，作者的创作，显然是本乎自我的一种政治选择，是以个人的政治意识反映农村生活环境的新变化。只是由于新中国成立后政治对文学的过多制约，使赵树理越来越感到自己在政治上跟不上时代，而又力图去适应时代政治需要的时候，其小说创作，才有了质的转变。可以说，赵树理新中国成立后的首部长篇小说《三里湾》，才是狭义的"农村题材小说"最早的蓝本。

第二节 作为个案的赵树理的《三里湾》

赵树理的《三里湾》是围绕着三里湾农业生产合作社秋收、扩社、开渠和整党的主干情节来展开的。作者根据农民们对合作社的"向心力"和"离心力"构筑了两大人物系列。以党支部书记王金生为代表的"向心力"是合作社的中坚力量，其基本成员以"小字辈"和贫下中农为主。而"离心力"集团，则由两部分成员构成，一是以富裕中农马多寿为代表的"马家院"落后农民群体。二是代表着土改中"翻得高"的，又掌握着乡村权力的党内反合作化的新富裕户。于是，农村的丰富生活被纳入了两条路线斗争的轨道。其实赵树理在创作《三里湾》时的思想观念是极为矛盾的。从《三里湾》的结构上看，按作者原计划，《三里湾》是力图通过"一夜、一天、一月、一冬"的时间线索，展示农村的秋收、整社、扩社和开渠等系列事件中的两条路线斗争的。然而，小说并没有按照原先的计划写下去，而是在写了一半后就很快的结束了。这使得小说在整体框架上显得前松后紧，也造成了结构上的紊乱。那么，究竟是什么因素打乱了作者原来的结构布置呢？从赵树理以往的小说创作，以及这部小说的开头看，显然，作者擅长的是表现农民的日常生活，特别是家庭生活中的矛盾和生活情趣，并借以因小见大，透射整个时代的历史风貌。在小说结构上，赵树理亦以运用传统手法讲故事为擅长。《三里湾》开头，作者就是采用"从旗杆院说起"这种娓娓道来的渐入方式。小说用占全书1/4的篇幅描绘了三里湾一个夜晚发生的系列小事件。尽管作者描写的无非是农村青年上识字班，家庭成员之间充满生活情味的对话，以及家庭内部的小矛盾。但是作者却能以这些生活琐事、儿女情长,勾勒三里湾的整体社会面貌,并使主要人物纷纷亮相。仅此一斑,就可以看出赵树理驾驭长篇小说的非凡艺术功力。然而,两条路线斗争主题的介入,改变了作者的写作思路。从作品的情节看,如果说王玉生与小俊离婚揭开了农村两种生活方式的矛盾序幕的话,那么,王家和马家势必代表着社会主义和资本主义道路的两个大本营。于是,小说矛盾展开也因主题需要而必须尖锐化。马多寿则当然要成为众矢之的。小说在情节上正是沿着这一态势发展的:一方面以何科长的参观,展现合作社公有制的整体规模;另一方面以菊英为线索,历数马家私有制条件下的分配不公。两相对比是鲜明的。作者的倾向也是明确的。小说还通过秋收时"三个场"的比较,突出合作社的优越性。从小说整体结构上看,无疑王家和马家分别代表了社会主义和资本主义两大阵营,小说的主要情节,都是围绕着王、马两家展开。结尾也以三对青年的结婚,象征着王家代表的社会主义阵营的壮大,以菊英、有翼分家,天成"革命",喻示着马家代表的资本主义私有制阵营的分崩离析,最终连马多寿自己也入了社。然而,可谓是半路上杀出个程咬金,范登高人物形象的塑造,竟反客为主地替代了马多寿,成了走资本主义的"当然代表",使两条路线斗争突出地在党内反映出来了。这固然是作者政治理性作用的结果,但在小说结构上,却打乱了原先的布局,造成线索上的紊乱无序。从赵树理两篇关于《三里湾》的创作经验谈,也可以看出,作者始终是把马多寿放在走资本主义道路的核心地位,范登高只是"挂着先进的假招牌,暗自和资本主义势力联合起来的人"。小说对这两个人物的描写,显然出现了角色的错位。如果从赵树理潜在的情感态度上分析,则可以认为,它体现了作者对农民的关爱和理解,体现了作者鲜明的农民本位立场。

　　赵树理深知"原来的农民毕竟是小生产者,思想上都具有倾向发展资本主义的那一面"。[①] 赵树理对此是同情和理解的。因此,在情感态度上,他并不想把马多寿写得太坏。马家毕竟是个中农家庭,马多寿还是一个志愿军战士和一个革命干部的父亲。这使得马多寿这个人物在角

[①] 赵树理:《〈三里湾〉写作前后》,引自《赵树理专集》,福建人民出版社1981年版,第102页。

色定位上具有复杂的两面性：一方面他是走资本主义道路的代表，另一方面他又代表着中国农村大多数农民。马多寿形象的这一矛盾性，实际上是作者显在政治理性意识与潜在农民情感态度之间矛盾的产物。赵树理在创作中，为了调和马多寿形象的矛盾，真是煞费苦心：一方面要把他"说得坏一点"，另一方面又不愿意把他写得太坏；一方面说他是走资本主义的代表，另一方面却不忍心让他具有代表资格。于是，在人物塑造上，就把范登高推了出来，极力表现范登高对合作化的抵触，而马多寿倒成了反对合作社的配角。这种创作进程中的角色迁移，必然动摇小说原先的结构，从而形成小说显在的势不两立的两条路线斗争与潜在的传统"大团圆"结局这两种对立模式的杂糅，导致小说整体结构上的混乱。

《三里湾》结构上的矛盾，归根结底是作者思想认识的矛盾。诚如董大中先生所言："作家在写这部小说时，他的指导思想是混乱的。"① 这种以既定的阶级斗争、路线斗争的矛盾来演绎农村变革的小说，赵树理的《三里湾》是首创，但却是充满矛盾的。而后农村题材小说经周立波的《山乡巨变》、柳青的《创业史》、浩然的《艳阳天》，有了越来越趋于模式化、类型化的倾向。最终，在所谓的《金光大道》上，失去了小说本应具有的形象的鲜活性、生动性，它宣告了农村题材小说模式的定型，亦宣告了农村题材小说模式的寿终正寝。

第三节　农村题材小说模式化的表现

农村题材小说的模式化、概念化倾向，主要表现在以下三个方面：

其一是思维方式上的二元对立模式。

狭义的农村题材小说和乡土小说的最大区别在于：如果说乡土小说展现的是农村历史现实生活的自然"风情"的话，那么，农村题材小说，则是突出农村当下的政治"风云"。由于农村题材小说把内容设定在特定历史时期的政治领域，根据时代的政治要求，又必须突出两条路线斗争。这就必然地导致小说思维观上的二元对立模式。于是，丰富的

---

① 董大中：《赵树理评传》，百花文艺出版社1986年版，第267页。

农村现实生活被简单地规范到两条路线斗争的麾下，具体的人物和事件也都成了走社会主义合作化，还是走资本主义个人发家道路的焦点。而赵树理的《三里湾》最早露出了这一基本情节线索的端倪。赵树理对中国传统民间戏曲忠奸对立的艺术形式的熟悉，以及大团圆结局的设计，都使他在艺术上较易于适应这种反映路线斗争的小说样式。《三里湾》着力表现了走社会主义合作化道路的王家，和以马多寿、范登高为代表的走资本主义发家道路的人的两种观念之间的斗争。这种路线斗争，在农村特定的历史情境中，本是尖锐的、不可调和的。然而，由于赵树理对农村实际生活的熟悉，对农民心理的体察，特别是他对政治工作的单纯性理解，使他在《三里湾》中，并没有把这种路线斗争推向水火不相容的冲突境地。赵树理本着农村现实的实际情况，本着个人的善良愿望，竟把路线斗争说成是"两条道路的斗争"了，用他的话说，"这篇小说里对资本主义思想和右倾保守思想进行了批判，是作为人民内部矛盾写的"。[1] 小说"说他们'走的是两条道路'，不过是为了说话方便打的一些比方，实际上这两种势力的区别，不像打仗或者走路那样容易叫人看出个彼此来。尽管是同在一块干活、同在一个锅里吃饭的一家人，甚而是夫妇两口，在这两条道路的斗争中，也不一定站在同一方面。就以一个人来说，也有今天站在这方面，明天又倒向那方面，在一件事上站在这方面，在另一件事上又站在那方面的"。[2] 这显然是赵树理式的两条路线斗争，它带有明显的折中主义倾向。反映出赵树理试图调和政治斗争和现实农村人际关系的一种善良愿望。赵树理的《三里湾》发表以后，其路线斗争的调和色彩，受到了来自体制内的严厉批评。而这也从另一个侧面显示了赵树理创作农村题材小说时情感与理智的内心矛盾。也就是说，反映农村生活的路线斗争的主题，并不是来自作家自发、自为，而是时代政治对文学家的一种他律。赵树理显然对路线斗争的内在意义领悟不够。尽管他根据现实理念的需要，已经把拥护合作化的人物写得"好一点"，把不愿意入社的人写得"坏一点"了。

---

[1] 赵树理：《当前创作中的几个问题》，《赵树理文集》第4卷，工人出版社1980年版，第142页。

[2] 赵树理：《与读者谈〈三里湾〉》，引自《赵树理专集》，福建人民出版社1981年版，第154页。

但是，这与体制对文学的规范和要求还存在非常大的距离。然而，《三里湾》毕竟演绎了农村两大人物阵营的路线斗争，从而奠定了农村题材小说思维观上的一种类型图式。严格地说，《三里湾》并没有遵循特定时期政治的规定性。因而，它还只是农村题材小说的雏形。然而，借助于批评的机制，它却成了农村题材小说最早的蓝本。农村题材小说二元对立的思维模式的真正建立，应当是柳青的《创业史》发表以后逐渐形成的。

《创业史》叙述了发生在渭河平原的下堡乡第五村（蛤蟆滩）的农业互助合作组带头人梁生宝与一切反对互助合作的人的斗争过程，小说营造了鲜明的两条路线斗争的氛围，以党支部书记梁生宝为代表的贫下中农构成了坚决走社会主义道路的中坚。与之相对应的是蛤蟆滩的"三大能人"。小说显示的创业难，走集体富裕道路更难的主题，就是在梁生宝与以"三大能人"为代表的阻碍集体化道路的势力斗争中鲜明起来的。在"三大能人"中，村长郭振山，这个蛤蟆滩最早的党员代表着党内的颓败分子。郭振山凭借着其村长的威望和关系，土改中获得了极大的利益，并使他成为村里的"新富"。于是，他滋生了革命到头，搞个人发家的思想。郭振山的人物形象，体现了土改后农村社会的阶级分化在党内的存在。而富裕中农郭世富，则代表着农村中新的剥削阶级的端倪。郭世富是土改后蛤蟆滩农民中的新贵。他自己也意识到他的地位，意识到"他必须站在蛤蟆滩一切新老中农的前头"。于是，他暗暗与互助组较劲。盖新瓦房，购买超过互助组一倍的新稻种，采用新法育秧，积极买化肥，以致放高利贷、抵制活跃借贷、投机卖粮等。郭世富的人物形象显示了农村富裕中农的两面性特点。如果说，郭振山与郭世富的形象，仅仅还是体现了人民内部的矛盾的分化的话，那么，姚士杰这位富农的加盟"三大能人"则使矛盾性质有了根本性的转化。姚士杰这个"财痨"之孙，"铁爪子"之子，在土改中受到了严厉的制约，由此，他对党深怀仇恨。新中国成立以后，他表面上"老实"、"积极"，暗地里处处和互助组对着干，他腐蚀贫雇农，放高利贷，为郭世富出主意，唆使白占魁与互助组捣乱。表现了农村阶级斗争的潜流。小说开端就以郭世富的"架梁宴会"，把"三大能人"汇集在一起，从而构成了其反对互助组的共同联盟。尽管"三大能人"之间有恩有怨，时疏时近，性格、地位也各不相同，但共同的发家思想和"能"，使他们构成了"统一战线"。于是，《创业史》二元对立思维观上的两条路线斗争模式建立起来了。梁生宝与"三大能人"代表的是两种阶级力量的冲突。而人民内部矛盾，则主要是体现在梁生宝与梁三老汉这一老农的形象之间。

如果说，《创业史》中反对社会主义集体化道路的"三大能人"构成的只是一个松散和临时的统一战线的话，那么，浩然的《艳阳天》和《金光大道》，反对社会主义集体化道路的力量，就已发展成一个更加严密的组织和阵营了。《艳阳天》以1957年夏天，京郊一个农业合作社的麦收为背景，围绕农村土地分红、闹粮、退社等一系列事件，把矛盾冲突集中在十几天的生活中，表现了以党支部书记萧长春为代表的贫下中农与老党员老村长马之悦代表的地、富、反、坏、右之间的一场尖锐冲突。小说中的马家大本营，已不是《三里湾》中的"马家院"，而是一个有组织、有规模的反革命集团了。马之悦是混进党内的阴险、狡诈的反动头目。在他的麾下，有地主马小辫、富农马斋、诡计多端的富裕中农"弯弯绕"，蛮横霸道的"马大炮"，以及贪婪胆小怕事的韩百安，好逸恶劳的会计马立本等。而且，作者还把他们的所作所为，与城市中的"大鸣大放"联系起来，营造了剑拔弩张的冲突氛围。使得两条路线斗争异常鲜明。于是，二元对立的情节模式得到了最集中的呈现。并成为农村题材小说表现两条路线斗争的情节范本。

其二是突出了农民中的新英雄形象。

农村题材小说，在人物塑造上，有着鲜明的理念色彩，即为了突出农村中的社会主义新人。早在赵树理的《小二黑结婚》、《李家庄的变迁》等小说中，农村中的小字辈形象就越来越趋向于正面的意义。而与之相较，老一辈的农民则大抵呈现为保守和落后的。在小说《三里湾》中，这种小字辈与老一辈的划分就更加明显了。当然这其中也有个例，但就主要正面人物和主要反面人物来看，则无一例外。造成这种格局的原因在于，当时党的文艺政策极力强调塑造工农兵新英雄形象，而客观上，农村中的新英雄形象尚处于萌芽状态。这就使得写农村题材的小说家，不仅要熟悉农村、熟悉农民，而且要善于用政治的眼光去发现农村社会的新的英雄。一向以生活原型的典型化手法塑造人物的赵树理，在

《三里湾》中就是根据现实生活中的农业社社长郭玉恩的原型来塑造王金生的形象的。小说中的王金生，作为三里湾的党支部书记，是一个文化水平不高，但很有组织能力，善于从大局考虑问题的党的基层干部。小说开端就以王金生的奇怪的笔记本，记录了"高大好剥拆"，表现了他对三里湾全村工作的成竹在胸。他善于做耐心细致的思想工作，很少发脾气。然而，由于王金生客观上代表着党的形象，新英雄的形象，使得作者在对这个人物的性格刻画上，既不能一味地搬取生活中的原型。而且还要注入时代的政治理性。这使得王金生的形象比之落后人物，甚至是郭振山等中间人物来显得较为苍白。人物性格不是从具体行动中展现出来，而更多地是以人物的理念活动来间接烘托、渲染。出于时代政治的需要，赵树理"从《邪不压正》开始，在十几年的时间里，赵树理一共写了九个党支部书记，其中有的一笔带过（《工作鉴定》），有的没有姓名（《表明态度》），写得比较多的是《邪不压正》中的元孩、《三里湾》中的王金生、《求雨》中的于长水、《开渠》中的潘永年、《'锻炼锻炼'》中的王镇海、《老定额》中的李占魁，以及《十里店》中的王瑞。这许多支书，除于长水略有气魄以外，基本上是一个类型，属于'王金生型'，好像同一个人出现在不同的场合"。① 造成这种格局的原因，诚如董大中所分析的，一是赵树理"有个熟悉农村的包袱"，他对新人物的了解就不够积极、主动。二是他对"好人"、"新人"的看法有关。这就形成了他观念中的党支部书记的审美定式。三是作家在写党支部书记形象时，囿于共产党员的标准，把复杂的人物性格简单化了。其实，综观农村题材小说中的新英雄农民形象，或党支部书记形象，可以看出，无论是周立波的《山乡巨变》中的刘雨生，还是柳青《创业史》中的梁生宝，抑或是浩然笔下的萧长春、高大泉等，人物形象都表现出"王金生型"的特点。这说明不是作家个人对农村不熟悉，对农村中的新人不了解。而是当时的文艺政策片面地强调了新英雄、新农民的理想人格，使得作家不可能从现实生活中找到理想的人物原型。只能以既定的观念营造出符合时代规范要求的新英雄形象。而且，从郭玉恩到王金生，从王金生到梁生宝，再到萧长春和高大泉。在党支部书

---

① 董大中：《赵树理评传》，百花文艺出版社1986年版，第326页。

记益愈显出理想化的光环的同时,人物形象也益愈显示出概念化的倾向了。导致农村题材小说人物塑造的普遍状况是"有心栽花花不发,无心插柳柳成荫"。即英雄人物形象不如反面人物形象鲜明,更不如中间人物形象生动。

其三是运用了两结合的创作方法。

由于农村中的两条路线斗争,是特定时代的政治对农村丰富多样的生活的一种理念性概括。农村现实生活并不如小说表现的路线斗争那么尖锐、突出。因此,当赵树理用现实主义创作方法对农村现实进行书写时,他根本无法实现政治家的规范要求。尽管赵树理已运用了现实主义的典型化方式,把坚持走社会主义道路的人写得"好一点",把反对合作化的人写得"坏一点",但拘泥于现实因素,他无法把王金生写得"更好一点",把马多寿、范登高写得更"坏一点"。而这正是时代对农村题材小说人物的特定要求。于是农村题材小说在二结合的口号声中,逐渐加强了浪漫主义的色彩。柳青的《创业史》就为梁生宝的少年设置了几个浪漫的故事。梁生宝的童年和少年是在苦难中度过的。他从小丧父,随母亲逃荒到了蛤蟆滩,被梁三收留,成了梁三的义子。梁生宝在少年时代就显露了其不凡的见识。小说叙述了他青少年时代的三个故事:一是买了地主家的一只快死的小牛犊。小牛犊牵回家后,遭到了梁三的责怪。然而,梁生宝却对义父细细地算了一笔账,显示了其不凡的远见,而结果小牛犊果然养活并长大了。二是欢喜的父亲任老三在临终前硬是要等在终南山劳动的梁生宝回来,当梁生宝赶到后,他把欢喜托付给梁生宝才安然瞑目。一位农村青少年受到临终托孤的待遇,可见梁生宝在贫下中农心目中的威望了。三是梁生宝少年时给富农看护桃林,对掉落地下的桃子,他既没有自己吃掉,也没有私自带回家,而是把桃子卖得的铜钱如数交给主人,以至于富农颇感吃惊,认为这孩子将来了不得。小说为梁生宝的青少年设置了层层的光圈,并着力描绘其朴实、谦逊,善于思考、公而忘私的性格。应当说,梁生宝比之《三里湾》中的王金生,无论是在个人品质上,还是精神境界上都有了大跨度的提升。然而,也正是由于作者过分地提升了人物的思想境界,以至于人物的个性"消融到原则里"去了。他忙得竟顾不上谈恋爱,并"考虑到对事业的责任心和党在群众中的威信"多次拒绝改霞的爱情要求。早在

60年代，严家炎就指出梁生宝形象塑造上的"三多三不足"，即"理念活动多，性格刻画不足；外围烘托多，冲突表现不足；抒情议论多，客观描绘不足"。由此必然造成人物思想境界提升了，但性格个性则趋于模糊了，而这也正是农村题材小说新英雄人物表现出的共同弊端。

其实，严家炎对梁生宝形象塑造上的"三多三不足"的概括，既切中了梁生宝形象塑造上的要处，同时，它也是对农村题材小说中的新英雄人物普遍存在的通病的概括批评。究其原因，主要是时代政治对农村中的新人产生了超出于现实的理想要求。而文艺的批评理念又不断地强调新英雄形象的完美性，导致农村题材小说中的正面英雄不断被拔高，从王金生到梁生宝、到萧长春，再到高大泉就体现了英雄人物光环递增的轨迹。以至于在1968年，"四人帮"的亲信于会泳总结出了人物创作的模式化原则，即后来经姚文元定型后的"三突出原则"："在所有的人物中要突出正面人物；在正面人物中要突出英雄人物，在英雄人物中要突出主要英雄人物。"《金光大道》中的"高大全"就是这一人物创作模式的范本。与此相对应，反面人物亦逐渐走向了概念化、脸谱画。而情节则一再地显示出"前途是光明的，道路是曲折的"这一颠扑不破的真理，环境则总透射出社会"缩型"的象征功能。基调也一味是颂扬党的政策英明。农村题材小说在二结合的创作方法推动下，合理地进入了"浪漫"的模式化作坊，同时也宣告了它的终结。只是为文学史留下了一个特定历史时期小说模式化的一种独特范本。

第三章 论舒婷诗的复调情感

中国"诗言志"的传统，曾几何时被"文以载道"的命题所取代，并俨然占立于中国文学的正堂，成为正宗的传统，无独有偶，新诗六十年的发展，亦以五四时期的言志起讫、渐渐地被强大的文以载道的传统牵进了社会生活的功利圈，使新诗重新面临着两难的选择，这就是舒婷这一代诗人所面临的现实困境，一方面是诗作为表现情感本身的强烈内驱力的诱使，另一方面是根深蒂固的社会功利性的强力指向，然而，舒婷这一代诗人的成功，也正在于借着浪漫主义精神的张扬，挣脱了社会功利的束缚，使诗的情感生命得以突现，从而拨正了新诗的滑行轨道，为新诗的发展、繁荣确立了又一个坚实的基点。

作为诗歌观念嬗变过程中涌现出的带有过渡性质的诗人，舒婷的创作道路亦是充满荆棘的，它需要诗人摆脱传统的心理惰性和思想轨迹，并用全新的目光窥探客观世界和主观世界，追寻自然、自我的生存真谛。这种艰巨性不仅仅在于诗人对传统的除旧布新，而且由于读者思维定式的凝固性、排斥性，愈益增加了观念嬗变的复杂度，也使得舒婷的诗，留有独特历史时代的特殊印记，表现了观念嬗变中一代人的情感矛盾的复杂心态，使她的诗呈现为过渡性的复调情感形式。

第一节 古典与现代情感的交织

舒婷是个古典文学根底深厚的诗人，她的诗所流露的情感，亦带有浓重的古典情感的倾向，如她在《赠》中写道："我在你身边的步子/放得多么慢/如果你是火/我愿是炭/想这样安慰你/然而我不敢。"这种带有传统女性的纤弱和温柔的诗情，在《馈赠》中，则表现为一种小草的献身精神。有如顾诚《希望的归————赠舒婷》所言："好象世界是一个黑孩子/已经哭够了/你哄着他，像大姐姐一样/抚柔了他打湿的卷发"，以致诗论家也作出这样的比喻，说北岛像个坚强的大哥，顾城如同纤弱的小弟，而舒婷则仿佛是个温柔的大姐姐。综观舒婷的诗情，也的确具有女性的温柔和淡淡的忧伤的色彩，然而这仅仅是诗人情感的一个侧面。当舒婷写下了《秋夜送友》、当她为《惠安女子》"画像"，为《神女峰》哀婉时，古典的建立在牺牲个性之上的温存情感已经不存，而流露出的是现代的独立人格，即如她的《致橡树》，犹如女性恋爱观的独立宣言，诗人用了六个比喻，否定了依势的、附和的、陪衬的婚姻，而代之以现代的人格独立的新的婚姻品格，体现出现代人的情感价值取向，这使她的诗摆脱了古典情感的羁绊而向着现代情感过渡。

然而，由于诗人处于特殊的观念嬗变时期，尤其是受古典情感的长期陶冶，以及女性所特有的情感的复杂状态，使诗人并没有完全从古典的情结跨入现代的情绪，而是更多地摇摆于古典与现代情感的二极之间，呈现为一种对逆的复调形式，并在对逆的过程中完成复杂心境的整合，她的《心愿》最能体现这种复调：

愿风不要像今夜这样咆哮
愿夜不要像今夜这样遥迢
愿你的旅行不要这样危险呀
愿危险不要把你的勇气吞灭掉

愿崖树代我把手摇一摇
愿星儿为我多瞧你一瞧
愿每一朵三角梅都送一送你呀
愿你的脚步不要被家乡的泪容牵绕

愿你不要抛却柔心去换取残暴
愿你不要儿女情长挥不起意志的宝刀
愿你依然爱的深，爱的专一啊
愿你的恨，不要被爱剁去手脚

> 夜，藏进了你的身影像坟墓也像摇篮
> 风，掩没了你的足迹像送丧也像吹号
> 我的心裂成两半一半为你担忧，一半为你骄傲

在诗中，诗人一方面为"你"的危险的旅行担忧，另一方面又鼓励"你"的出征；一方面流露着离别缠绵，另一方面又鼓足"你"的勇气；一方面需要"你"的柔心，另一方面又坚定"你"斗争的意志；一方面劝"你"要爱所爱，另一方面又劝"你"要恨所恨；一方面感到"你"的出征，如同进入夜的坟墓，风在送丧；另一方面又感到出征是"你"获得了新生，风在为"你"吹响战斗的号角。二种对逆的情感，节奏上越来越紧促，最终糅合于一个裂成两半的心中，从而达到复杂情绪的一统，这种古典与现代情感的交织，在她的《土地情诗》、《礁石与灯标》、《馈赠》等中都得到较充分地体现，表现出变革的社会，柔韧的女性先觉者所特有的情感复杂状态

第二节 现实与理想的冲突与妥协

舒婷诗中流露的古典情感与现代情感的复调形式，只是一种外在的情绪的表现，究其内在的原因，主要是在于诗人生活的现实社会与诗人理想的矛盾所致，因而，从现实与理想的冲突，可以进一层地把握到这种复调情感乃是客观生活与诗人主观情感的不调和所致，而诗人往往又较多地站在理想的高度面对现实，于是有了对"我唯独不能感觉到我自己的存在"（《流水线》）的现实的否决，而这种否决在《也许》、《献给我的同代人》中则上升为一种英雄式的改造现实的献身精神，而《在诗歌的十字架上》、则把这种为理想而奋起的精神，赋予基督受难的形象比喻："我钉在/我的诗歌的十字架上/任合唱似的欢呼/星雨一般落在我的身旁/任天谴似的神鹰/天天啄食我的五脏/我不属于我自己，而是属于/那篇寓言/那个理想/即使就这样/我成了一尊化石/那被我的歌声/所祝福过的生命/将叩开一扇一扇紧闭的百叶窗……"表现出对理想的执着追求，体现了诗人对现实的彻底批判精神和绝望抗争的气概。

但是舒婷毕竟是一个坚强的弱女子，她的感情也不是那么单一而冷

峻的，这使她即使在强烈否决不合理的现实时，又至始至终流露着对现实生活的依恋，"我给你留下了仇恨，／并非要你／恨一切东西，／不要恨那因我的血／颜色变深了的土地；／不要恨无知觉的弹头；／甚至那在枪托下／簌簌发抖的手臂"，"孩子，不要忘记，／我留下了比恨百倍强烈，／千倍珍贵的东西，／那是爱情，不变质的爱情，／而且真诚无比，／爱给你肤色和语言的国土，／尽管她暂时这么冷淡贫瘠；／爱给你信念使你向上的阶级／可能她表面好象把你抛弃；／爱阳光，爱欢笑；／也爱每一声发自肺腑的叹息"，（《遗产》）表现了一个柔韧女性对现实和未来的痛苦而沉重的理性思考。

在《祖国呵，我亲爱的祖国》、《土地情诗》等诗篇中，诗人亦抒写着对现实生活、对祖国、对土地的"痛苦与欢乐"、"爱情与仇恨"的夹杂的复合情感，呈示诗人徘徊于现实与理想之间复杂的矛盾情绪。舒婷的诗，崛起于20世纪70年代末和80年代初期，她以自身的独特经历和感受，准确而又及时地传达了特定年代人的痛苦追求的矛盾心态。并以个人的复杂情感的个性化表述，标示出生活留给一代青年的特定色彩和痕迹，舒婷的感情，正如《双桅船》中的船，时时眷念着现实的岸，"昨天刚刚和你告别／今天你又在这里／明天我们将在／另一个纬度相遇"，如果说冷峻的"岛"是北岛诗的反叛精神和悲剧意识的基座的话，那么漂泊的"船"则形象地喻示了舒婷的失落与追求，而"双桅船"的诗歌意象，则进一步标示了她的复调情感特征，使她的诗表现出感伤而执着的双重色调。

第三节 爱人与自爱情感的复递

舒婷诗的情感复调形式，从外在表现看呈现为古典情感与现代情感的交织，从主观原因看，则是理想与现实的矛盾，与妥协的结晶，如果更进一层地对诗人心理进行透视，则可以体察到，它是诗人在人道主义总范畴下的爱人与自爱的潜在交替。

王光明、唐晓渡在《舒婷论》（《当代文学研究丛刊》第6期）中说，舒婷早期诗存在"社会性失恋的情绪和色调"，我认为，这是对诗人被社会抛弃后的孤独感，失落感以及希冀回到集体怀抱的社会认同感，责任感的概括，这类诗的例子不难找到，如诗人写于 1975 年 6 月的《船》，诗以三节分别表现"小船"（自我）的搁浅，与大海的隔离，以及由此而运生的孤独感，于是发出"难道飞翔的灵魂/将终生监禁在自由的门槛"的对生活的强烈呼唤，诗人在《海滨晨曲》、《初春》、《秋夜送友》等诗行中也同样表现出对生活、对希望、对风暴的呼号，表达诗人对社会的一种参与愿望和对孤独的哀叹，这是常人被社会抛弃后所具有的共同感觉，我们可以从唐代的陈子昂《登幽州台歌》、柳宗元《江雪》等古典诗歌中得到确证，亦可以从舒婷前一辈的许多诗人对孤独感的表现找到这种感情与传统的联系，如曾卓被打成右派，被生活所遗弃时写下的《悬崖边的树》流露出对生活的强烈呼求，因此，舒婷这种为社会所抛弃而产生孤独感，与传统诗歌流露的情感有直接联系，流露的是对社会对集体的依恋和爱，其价值充其量不过是传统的一种普遍情感在 20 世纪 70 年代诗中的重现。从现实的角度看，亦不过是对一代人的被遗弃的哀叹，故而不足以显示舒婷的情感个性，而舒婷诗的情感的独特恰恰在于，当她被社会抛弃的时候，她孤独，进而由孤独走向自我的发现，并由此而对压抑个性的社会的审视，从而抛弃社会，在情感的历程上完成了由个体的孤独（抑或是对社会的依附）走向个性的觉醒，从对社会的爱人走向对个性的自爱，她在 1973 年的《致大海》写道："傍晚的海岸夜一样冷清，/冷夜的巉岩死一般严峻，/从海岸到巉岩，/多么寂寞我的影；从黄昏到夜阑，/多么骄傲我的心"，流露出对个体生命的超越和对精神释放的欢呼。于是诗人感受到"这个世界/有沉沦的痛苦，/也有苏醒的欢乐"，诗人摆脱了"社会性失恋的情绪和色调"这一情感模式，而跨入个性觉醒的现代情感行列，觉醒后的诗人，发出了《一代人的呼声》、"我推翻了一道道定义，/我打碎了一层层枷锁；/心中只剩下/一片触目的废墟……"，"但是，我站起来了，/站在广阔的地平线上，/再没有人，没有任何手段/能把我重新推下去"，表现出现代人对人格独立的追求。在《致橡树》和《神女峰》的诗行中，诗人亦分别从正、反两个侧面表现了对自我人格独立的热烈追求。

舒婷在《和读者朋友说几句话》（《飞天》1981 年第 6 号）说："当做一个正直的普通人都很不容易的时候，我不奢想当英雄"，因此，她的诗较多的流露出自我的复杂情感状态，然而，作为诗人，她不能，也不可能仅仅只是表现自我，这使她的诗依然流露出对压抑个性的社会的抨击，对普通人起码权益的呼唤，用诗人自己的话说，她是"用诗来表现我对人的一种关切"，这使她的诗经历了依恋社会到抛弃社会，从自我的独立到呼唤人的独立的情感历程，显示了在人道主义精神下的自爱与爱人的复合情感状态。

第四节　曲折断裂的句式营构

舒婷诗的复调情感，使得她的诗柔婉多姿，深沉细腻，具有曲径通幽的独特情感特点，她的诗往往不是从单一的层面，而是从时代的社会的和个人的多重矛盾冲突中来表现那种难以用理性界定的复杂情感状态的，鉴于此，诗人在形式上亦形成了其独特的语式和结构，像关联词的运用，"我在你身边的步子/放得多么慢/如果你是火/我愿是炭/想这样安慰你/然而我不敢"（赠），"纵然呼唤能穿透黄土，/我怎敢惊动你的安眠？"（《呵，母亲》），"即使冰雪封住了/每一条道路/仍有向远方出发的人"（《赠别》）等，关联词的运用增强了诗意的假想性、夸张性，在这里，诗人首先是将某种性质或可能推向一个极致，挑起某种感情的波峰，而后笔锋一转，有意制造情绪的曲折断裂，使感情波澜在貌似断裂，实为承接的逆境中上升到更高一个层次，断裂，增强情感的内在张力，而关联词的运用，则造成了一种情理上的雄辩力量，舒婷有时省略了部分关联词，有时甚至变换成另一种方式，而对汹涌的情感进行冷处理，通过转折的语式，造成一种深沉的含蓄，如"要歌唱你就歌唱吧，但请/轻轻，轻轻，温柔地"。（《四月的黄昏》）"也许有一个约会/至今尚未如期；/也许有一次热恋/永不能相许。"（《四月的黄昏》）"也许藏有一个重洋，/但流出来，/只是两颗泪珠"（《思念》）等欲言又止，不说还说的精细表达，强化了复杂的情感意绪和余味，舒婷诗中虚词的大量使用，在中国新诗史上具有开创性的意义。

舒婷还善于运用一系列极普通的句式，像"让我做个宁静的梦吧"（《会唱歌的鸢尾花》），"让所有粘住的翅膀，/都颤抖着飞开去吧"（《黄昏剪辑》）的祈使句式。"这个夏天依旧寒冷"、"我们永远到达不了，/我们将要到达的地方"(《黄昏剪辑》)"那条很短很短的街/我们已走了很长的岁月"(《会唱歌的鸢尾花》)的矛盾句式，此外她还运用否定句式、对称句式、转折句式等。而运用最多、也最为出色的是排比句式。如"它是无数拥抱，/无数泣别，/无数悲喜，/被抛弃的最崇高的诗节，/它是无数雾晨，/无数雨夜，/无数年代/被遗忘的最和谐的音乐。"(《珠贝——大海的眼泪》)在《一代人的呼声》中，诗人用了8个"为了"，《也许》用了9个"也许"，《心愿》中则一气用了12个"愿"，构成极为大胆、独特的篇章结构。而在《莺萝岁月》中，诗人干脆用3个"如果……就"来构成整首6行的诗，舒婷诗的排比，并不像一般的排比用法，仅是表达等值的感情，她是以排比来构筑诗的意象：增强诗的内涵容量。如《这也是一切》，诗人在33行的整首诗中，连续运用15处之多的"不是一切"，它时而是并列，时而是递进，时而为实写、时而为虚写，以多种意象的堆砌，多视角地表现了青年一代痛苦的理想追求。

舒婷的诗，不是"佯装咆哮"，不是"虚伪的平静"，她留下的是"沙沙作响的相思树林/日夜向土地倾诉着/永不变质的爱情"，表现了一代青年对祖国、对人民的炽热、深切的爱。

第四章　毛泽东诗词的人格个性

　　一代伟人毛泽东以其独特的人格思想影响着20世纪的中国，而20世纪动荡的文明大国的现实土壤亦铸造了毛泽东独特的人格。这使毛泽东在哲学、政治、军事以及文学等多方面领导了一个时代的潮流，亦使他代表着我们这个时代在历史上留下了深刻的印记。中国历史之所以选择了毛泽东，是因为毛泽东的青年时代正处于传统的价值观念和道德标准崩溃的时代，他内心强烈的崇动意识，加之后天的知识、实践的熏陶与锻炼，导致他选择了革命的人生，并在革命的紧要关头作出了明智的抉择。在1917年4月的《新青年·体育之研究》中他写道："人者，动物也，则动尚矣。……动以营生也，此浅言之也，动以卫国也，此大言之也；皆非本义。动也者，盖养乎吾生，乐乎吾心而已。"认为动是天地人生的本性。而"豪杰之士发展其所得于天之本性，伸张其本性中至伟至大之力，因以成其为豪杰焉。"（《伦理学原理批注》）他极力强调体格意志的训练，写下"自信人生二百年，会当击水三千里"的诗行，直至八十高龄，仍能"万里长江横渡"。毛泽东的体格意志训练是和他的人生观紧密结合的，他说"欲文明其精神，先自野蛮其体魄。苟野蛮其体魄矣，则文明之精神随之，体全则而知识之事以全"。（《新青年·体育之研究》）从而实现体—德—智—美的全面发展。

　　青年毛泽东生活于社会的大变革时期，传统的文化观念已然解体，新的道德观念正在孕育、形成之中。当时社会上各种文化思潮极为复杂多样，而他明智地选择了"山河大地，一无可据，而恃者唯我"的现实态度。又说，"以往之事，追悔何益？未来之事，预测何益？求其可据，惟在目前"。提出"重现在有两要义，一贵我（求已不责人），二通今，如读史必重近世，以其与我有关也"。（《讲堂录》）这种"崇动"的人生追求,"贵我"的道德原则和"通今"的实践理性,构成了毛泽东革命人格的基因。使他面对变革,能从自我的素质培养,能力发挥着眼,并从客观现实社会的实际情况出发,博古以通今,显示了他的实践理性的聪明才智。他把马克思主义和儒学传统有机地结合起来,并通过实践的艰难探索创立了毛泽东思想,他灵活地运用中国古代兵家的辩证法,在军事上和政治上游刃有余。他的独特的人格特性,使他对古人古事每每有着独具的见解,对现实社会有着清醒的认识。可以说他在掌握领导权之前,就早已引导着中国革命的实际进程。而丰富的知识修养、实践经验又进一步强化着他的革命人格。促动着他把人格的终极追求指向"改造中国与世界"这一崇高的理想境界。同时他的立足于现实理性的人格特征,又使他能清醒地意识到:"人不能达到根本之理想。人只能达到借以达到理想之事。及事达到,理想又高一层,故理想终不能达到,推事能达到。"(《伦理学原理批注》)这种对终极理想和阶段性理想目标的辩证联系,构成了他的革命人格的乐观性和永恒性,使其始终处于一种亢奋激昂的状态,同时也在客观上实现了理想目标和现实追求的有机统一。毛泽东的革命人格在他的诗词中得到了充分的体现。本书拟从三个方面来阐述。

第一节 政治家的胆识——"问苍茫大地,谁主沉浮?"

俗话说:"文如其人。"毛泽东作为一个政治家、军事家,他的诗词也必然打上其人格的色彩。毛泽东由于他的政治家、革命家的非凡抱负和军事家的博大胸襟,以及丰富的革命实践,使他的诗词有着深邃的胆略和高屋建瓴的艺术视野。他的诗词,无论是记事、写景,还是抒情、议论,都显示了他的远见、他的深刻、他的自信。1955年,毛泽东会见法国前总理孚尔时自称他的诗都是"骑在马背上"哼成的。孚尔事后则说道:"诗歌不仅仅是毛泽东生平中的一件大事。我确相信它是了解毛泽东的性格的关键之一。"确实,革命生涯的实践经验和感受,远大的革命目标,坚定的革命意志,崇高的浪漫主义精神,造就了毛泽东的精神个性,也构成了毛泽东诗词的思想精髓。他的诗词取材广阔,有描写和反映革命战争生活的作品,如《西江月·

井冈山》、《清平乐·蒋桂战争》、《渔家傲·反第一次大围剿》、《七律·长征》等；有歌颂社会主义革命和建设的词章，如《浪淘沙·北戴河》、《水调歌头·游泳》、《七律二首·送瘟神》等；还有表现国际斗争的诗篇，如《七律·和郭沫若同志》、《念奴娇·鸟儿问答》等；另有一些咏物抒怀，酬赠悼友之作。而无论是哪种题材，通观他的诗词，无不显示了他的政治家、革命家的胆识、气魄。如他的《七律·人民解放军占领南京》，诗以高昂的激情表现了"虎踞龙盘"的"钟山"，在"百万雄师"的威逼下，"沧海桑田"的惊人变化，表现了人民对南京"翻天覆地"的"慨而慷"的欣喜之情，全诗艺术地再现了一场伟大的历史战役，表现了诗人高远博大的艺术视野。而颈联的"宜将剩勇追穷寇，不可沽名学霸王"，则以历史为鉴，发出了"将革命进行到底"的伟大号召，显示出诗人不被胜利冲昏头脑的远见卓识。即便是作者青少年时期的咏物小诗，亦表现了诗人的过人才识和独见。1910年，毛泽东进湘乡县立高等小学堂后写下了一首《咏蛙》："独坐池塘如虎踞，绿杨树下养精神。春来我不先开口，哪个虫儿敢作声。"全诗托物寄兴，构思别致，立意高远；表现了少年毛泽东卓而不群的非凡气魄和胆识。他这时期的许多文章也被当时的国文教师激赏之，说是"似视君身有仙骨，寰观气宇，似黄河之水，一泻千里"。写于1925年的《沁园春·长沙》则突出地表现了诗人那种高屋建瓴的艺术视野和深邃的胆略。

独立寒秋，湘江北去，橘子洲头。看万山红遍，层林尽染，漫江碧透，百舸争流。鹰击长空，鱼翔浅底，万类霜天竞自由。怅寥廓，问苍茫大地，谁主沉浮？

携来百侣曾游。忆往昔峥嵘岁月稠。恰同学少年，风华正茂；书生意气，挥斥方遒。指点江山，激扬文字，粪土当年万户侯。曾记否，到中流击水，浪遏飞舟？

词一开头就以寒秋独立营造了一种苍凉的氛围，北去的湘江给人一种时间流逝的感怀，诗人站在橘子洲头，一览万物，"湘江"、"万山"尽收眼底，或仰望"鹰击长空"，或俯察"鱼翔浅底"，表现了诗人博览时空的宽阔胸襟和敢问"谁主沉浮"的远大政治抱负。下阕以回忆的方式、赞赏的笔调叙写了一群少年"粪土当年万户侯"的"书生意气"。而上阕的空间展示和下阕的时间纵度正好形成鲜明的反差，以此来显示"谁主沉浮"的深沉思考。而结句则进一步突出了诗人高远的政治志向，那种到"中流击水"的革命人生。全诗写得既挥洒自如，纵横捭阖，又洞若观火，明察世事，表现了诗人奋斗的精神和惊人的胆魄。

大凡一个人的人格思想、性格、地位、知识修养，对其创作的思想境界，艺术旨趣都有着重要的影响，如同是登楼，李煜凭栏感怀的是好梦已去的"一江春水向东流"，陈子昂《登幽州台歌》流露的是感世伤怀的怜人与自怜，杜甫抒发的总是士子的忧国忧民的情绪，而春风得意的王之涣则有"更上一层楼"的情趣，到王安石、林则徐笔下则有了"不畏浮云遮望眼，只缘身在最高层"，"山临绝顶我为峰"的博大胸襟。而毛泽东的《七律·登庐山》却以"冷眼向洋看世界，热风吹雨洒江天"的豪放奔腾，展示出领袖者的风度"看世界"如"小小寰球"的恢宏境界。既使是在落魄时期写下的《菩萨蛮·黄鹤楼》，亦是"茫茫九派流中国，沉沉一线穿南北"，点示了诗人对祖国前途的忧虑和一代伟人为理想而抗争的惊人胆略。

第二节　军事家的气度——"欲与天公试比高"

中国古代文论家把风格概括为"八体""二十四品"，又溯源于作家的刚柔二气。阳刚者，雄浑、劲健、豪放、壮丽，阴柔者淡雅、飘逸、婉约、清新。毛泽东的诗词无疑是属于阳刚之列的。

毛泽东对中国古典诗词有着浓厚的兴趣和深入的研究。这包括《诗经》、《楚辞》，汉魏乐府，两晋南北朝，唐宋金元明清诸朝代，涉略的诗人有四百多位。直到晚年，他还想编一部中国古代诗歌选集（计划选五百首诗、词，三百首曲、二十篇赋）。在众多的诗文中，他的审美趣味显然是倾向于阳刚一类。如他赞叹刘邦的大风歌，认为"写得很好，很有气魄"。说曹操的诗"气魄雄伟，慷慨悲凉，是真男子，大手笔。"对唐朝的三李（李白、李贺、李商隐），宋代的苏轼、陆游，以及唐宋的边塞诗都有深久的研究。他还经常吟咏岳飞的《满江红》。而他读得最多的是辛弃疾的词。诗人臧克家《毛泽东同志与诗》（见《红旗》1984年2月）一文中说道："在他的某些词作中，也可以感到一点辛稼轩的味道。"如他的《沁园春·雪》起句和全诗就有辛弃疾《永遇乐·京口北固亭怀古》，"千古江山，英雄无觅，孙仲谋处"的韵味。毛泽东的诗词秉承了辛词的激励奋发的一面，思想内容深厚，题材博大，感情昂扬，充沛，而气魄上比辛词更加雄伟、豪迈。在这一点上，他又兼有曹操诗的豁达通脱和王安石的高瞻远瞩。毛泽东作于1936年的《沁园春·雪》堪称是他的诗词的代表作：

  北国风光，千里冰封，万里雪飘。望长城内外，唯余莽莽，大河上下，顿失滔滔。山舞银蛇，原驰蜡象，欲与天公试比高。须晴日，看红装素裹，分外妖娆。江山如此多娇，引无数英雄竞折腰。惜秦皇汉武，略输文采，唐宗宋祖，稍逊风骚。一代天骄，成吉思汗，只识弯弓射大雕。俱往矣，数风流人物，还看今朝。

词的上阕以千里、万里，长城内外，大河上下，山舞，原驰由静及动，以广阔的空间展开，极尽铺陈写景，概览博大，壮丽的北国风光。至"欲与天公试比高"把北国雪景推向水天一色的空间极致。紧接着诗人笔调突转，借用艺术想象，把对祖国河山的赞美又递进到一个多彩的新境界。下阕则采用直接抒情，欲扬故抑的笔法，以古代最卓越的人物来极力烘托今天之英雄。全词不饰雕凿，写景壮阔，气雄万古。这首词于1945年毛泽东到重庆谈判时，书赠柳亚子，柳云："余词坛跋扈，不自讳其狂，技痒效颦，以示润之，始逊一筹，殊自愧汗耳！"次韵和了一首《沁园春》，并在《新华日报》上发表，词中写道："才华信美多娇，看千古词人共折腰。算黄州太守，犹输气概，稼轩居士，只解牢骚。"盛赞毛泽东的词。柳词发表后，引起社会各界人士的重视，人们从柳词的小序中知道毛泽东有首咏雪词，于是竞相传抄，当时民办的《新民报晚刊》副刊编辑吴祖光看到毛泽东的词稿，认为："从风格上的洒浑奔放看，颇近苏辛词派，但是找遍苏辛词亦找不出任何一首这样大气磅礴的词作，真可谓睥睨六合，气雄万古，一空倚傍，自铸伟词。"

于是决定发表,并在编者按中说,毛泽东的词"风调独绝,文情并茂,而气魄之大乃不可及"。《沁园春·雪》的发表,在山城引起了轩然大波,蒋帮御用文人以"和词"进行攻讦,进步文化人士则以"和词"予以反击,一时间发表的和词近三十首,另外还有文章十几篇。蒋帮御用文人说,毛泽东的这首词是"抒怀之作",有"帝王思想",柳亚子的和词是"奉和圣制"。对此,仅郭沫若同志就连续发表了两首词给予反击,赞扬毛泽东的词是"气度雍容格调高",后来他在《满江红》一词中,又赞毛泽东的词,"经纶外,诗词余事,泰山北斗"。对毛泽东诗词推崇备至。

毛泽东诗词,之所以受到人们极高的评价,根本原因在于其诗词的气度非凡,诗人"崇动"的人格,"贵我"的道德修养,尤其是革命战争的炉火熏陶和领袖地位的高瞻远瞩,中国革命翻天覆地步步走向胜利的革命实践过程,造就了他"笼天地于形内,挫万物于笔端"的舒卷磅礴的气概,强化了他的乐观浪漫精神。那"十万工农下吉安","横扫千军如卷席""不周山下红旗乱"的战争经历;那"敌军围困万千重,我自岿然不动","敢教日月换新天"的斗争气概,使得他长征路上"万水千山只等闲",六盘山吟:"何时缚住苍龙",长沙水里"胜似闲庭信步",或上"九天揽月",或下"五洋捉鳖",充分显示出领袖者豪壮自信的人格,雄伟挺拔的气势,和不畏艰险的革命意志。清代学者姚鼐的一段文字,似乎正是毛泽东诗词的最好说明:"其文如霆,如电,如长风之出谷,如崇山峻崖,如决大川,如奔骐骥,其光也,如杲日,如火,如金镠铁,其于人也,如凭高视远,如君而朝万众,如鼓万勇士而战之。"(引自《中国历代文论选》卷三姚鼐《复鲁吉非书》)可谓豪气冲天,气贯山河。

第三节 文学家的奇情——"战地黄花分外香"

如前所言,毛泽东首先是个伟大的革命家、实践家,诗词乃是其"余事"。然而,他的过人的智慧和胆气,使他对世事,包括文学往往有着独具的认识。毛泽东"崇动"的性格个性和对旧世界的反叛意识,使他对现存的社会秩序有着极大的不满,他常常把目光投向未来、投向理想。而他的经验理性的认识方式，以及长期的革命实践，又制约了他的无限膨胀的个人主观意志，使之牢固地立足于现实的基点上。在文学方面，则表现为对革命的浪漫主义的强烈追求，他的想象，大胆、夸张、奇特、诡异。毛泽东自云："性不好束缚"，他的情感富有浪漫情调。他在给黎锦熙的信中说："可惜我太富于感情，中了慷慨的弊病"，"我因易被感情所驱使，总难厉行规则的生活"。这使他的诗词充满着创新的意识，情感表达方式也带有强悍的个性色彩。描写战争，在他笔下是"天兵怒气冲霄汉"，以至于"枯木朽株齐努力"，显示出战略家"横扫千军如卷席"的惊人气度和调动万物的从容自信。作为战略家，诗人对战争有着特别的感情。因此，战争在他笔下写得风起云涌，展现了诗人内心的满怀豪气。而激烈残酷的战斗以及死亡，在诗人看来，亦是"为有牺牲多壮志，敢教日月换新天"。表现出革命理想使死亡获得了崇高、悲壮的美感。那战后的凄凉场面，在诗人看来也是一幅别致的画面。《菩萨蛮·大柏地》写道："赤橙黄绿青蓝紫，谁持彩练当空舞？雨后复斜阳，关山阵阵苍。当年鏖战急，弹洞前村壁。装点此关山，今朝更好看。"当年鏖战的旧战场，留下了斑斑点点的弹洞，一片颓败的景色，在诗人眼里，反倒把关山装点得更加苍劲了。关山也因此获得了苍凉的历史感。既如赤壁之战增强了赤壁的壮丽；项羽自杀，使乌江亭生辉一样。在《忆秦娥·娄山关》中诗人则以"苍山如海，残阳如血"。极有悲壮气度地概括了那残酷的战后场面。在诗人眼里，正是由于残酷激烈的战争，才使得"战地黄花分外香。"多么迥异于常人的情怀！又是多么合情合理的识见。显示了革命的战略家对崇高的死亡的理解和赞赏。

毛泽东不唯把战争写得诡丽、动人，他的情感本身就激荡着一种奇突的境界。在他笔下可以是"红雨随心翻作浪，青山着意化为桥"。（《七律二首·送瘟神》）以此表现"中华儿女"，"不爱红装爱武装"的奇情异志。他咏梅花，也一扫前人对冷傲、孤洁的梅花的哀怜，他笔下的梅，既没有怀人的凄苦情态，也没有背时的落伍之忧；而是领先于群芳，独斗严寒的"战士"，是甘于寂寞的"先觉者"。梅花获得了革命者虚怀若谷，高尚无私的形象的象征。他笔下的山的形象也奔突怪异，《十六字令三首》分别是以"离天三尺三""万马战犹酣""刺破青天愕未残"来极力显现山的高、山的力、山的坚的,表现了诗人不同凡响的情感力度。即使是诗中的用典,毛泽东也常常能一反前人的窠臼,而翻出新意来。在《七律·人民解放军占领南京》中,诗人排开了楚汉之争的是非史实,一反"穷寇勿追"的古训,而翻出"不可沽名学霸王"的新意,使之和誓将革命进行到底的现实使命相结合。体现了毛泽东古为今用的创造精神。在对神话传说,旧寓言故事的运用上,毛泽东也显示了他灵活自如的特点。如怒触不周山的共工,天上的牛郎、天兵,山中的神女,水里的龟蛇,以及鲲鹏、黄鹤、蓬间雀等,在他笔下也获得了新鲜的质感。毛泽东善于抓住这些形象某个侧面的特质,对旧故事形象或删头、或去尾,本着唯我所需,为我所用的精神,表达自己的主题旨趣。使他的诗词在借鉴传统的基础上,或反其意,或借形发挥,或深化意境,表现出着眼今天,推陈出新的艺术追求。这种崇尚创新的浪漫色彩,在《蝶恋花·答李淑一》中有着更为充分的表现:"我失骄杨君失柳,杨柳轻飏直上重霄九。问讯吴刚何所有,吴刚捧出桂花酒。寂寞嫦娥舒广袖,万里长空且为忠魂舞。忽报人间曾伏虎,泪飞顿作倾盆雨。"词巧借杨开慧和柳直荀两位烈士的姓氏,语意双关,且直奔主题,创造了烈士忠魂升天的奇异景象。同时,也一反神话传说中分别象征着苦恼和寂寞的吴刚、嫦娥形象,使之为忠魂献酒、献舞。表达了神话中的仙人对忠魂的热情款待和无限敬意,展示了一幅神奇、瑰丽的幻想境界。而结句,又以大胆的夸张,使人间天上相沟通,描绘身在月宫的忠魂,对人间革命的关注和对喜讯欢欣至极的形态,全篇除首句,皆以浪漫主义的幻想来营构。而尾句又紧密地结合现实斗争,表现出乐观的浪漫主义的战斗精神。毛泽东对浪漫主义有着极大的偏好,他说过:"艺术上的浪漫主义并不是完全没有道理的……浪漫主义原来的主要精神是不满现状,用一种革命的热情憧憬将来,此种思潮在历史上曾发生过伟大的积极作用。一种艺术作品只是流水账式地记述现状,而没有对将来的理想是不好的。在现状中看出缺点,同时看出将来的光明希望,才是马克思主义的精神。"(毛泽东1938年4月28日在延安"鲁艺"做《怎样做艺术家》的演讲)毛泽东对革命的浪漫主义的理解和实践,给他的诗词创造了一种雄奇、诡丽的境界。从师承上看,这与诗仙李白、诗鬼李贺有着某种内在的联系。然而就根本上说，毛泽东的人格个性中崇动的力，促使他的诗有一种恢宏的气度，他的"贵我"的道，促成了他的通达的远识，而毛泽东泼洒的情，造就了他的奇突、诡异的浪漫主义文采，而识、力、情三者的对应统一构成了毛泽东人格的基本特征，也构成了毛泽东诗词的精髓所在。如果以"冷眼"来比喻毛泽东诡异的情采，以"向洋"来表现他博大的气势。用"看世界"来说明他笼观全球的识见的话。那么，可以用他自己的诗词来概括其特征，这就是——"冷眼向洋看世界"。

后　记

　　仅有36学时的《中国现当代文学史论》课程，如何教学，是一个棘手的问题。从现有的几种教材看，不仅容量大，而且内容十分庞杂。如王瑶的《中国现代文学史论集》其32篇论文分为6辑，分别从现代文学理论、思潮、作家、文体等方面进行宏论。也有从作家专题角度或流派来论述的。如夏志清的《中国现代小说史》、严家炎的《中国现代小说流派史》、温儒敏的《中国现当代文学专题》。甚至有从作品的人物形象系列来构建文学史地图的，如田仲济、孙昌熙主编的《中国现代小说史》。笔者对以上的权威论著怀着崇高的敬意，因为正是这诸多的宏论，拓宽了笔者的视野，并给笔者以多方面的启迪。再结合美国新批评文论家韦勒克提出的文学史建构类型，对文学史建构主要有树状模式、类型模式和白天、黑夜交替模式有了更直观、形象的体悟。从而萌生了个人的史论观。随着历史的延续、时代的变迁，特别是文学观念和方法的更迭，文学史的重写总是在前人的基础上不断出新的一个动态过程。笔者在总结三十多年的经验基础上，拟从类型模式和白天、黑夜交替模式的双重立场尝试一种个人化的史论建构。笔者认为所谓"史论"，就是要有宏阔的历史内容，它必须以大跨度的历史发展脉络为经，并具有法国新史学大师费尔南·布罗代尔的"长时段"历史观念，中国现当代历史学家黄仁宇的《中国"大历史"》就是吸纳了布罗代尔的"长时段"历史观念，从而呈现了中国社会"结构"的大历史。它既是一种大历史，又是一种"消肿"的历史。从而把历史的新质呈现出来。中国现当代文学史论的建构似可从这里获得一些启示。从"论"的方面看，既是史论，就必须具有类型的特点，或者说具有专向性，从而在某一方面的纵论中达到预期的历史深度。并通过"白天、黑夜"两种类型之间的比较，对文学史的全貌有一个整体的把握。

　　本书秉持的基本观点是,以百年的文学史为观照面,以不同类型为观察视角,以代表作家为观察点,"挂一漏万"地尽可能凸显对文学史作出突出贡献的作家作品。即使是提到的作家,也不作全面的论述,而把侧重点放在某些具体作品或人物上。即在宏观上追求宏观,在微观上追求微观,从而在"面"和"点"的张力下实现史论的"消肿"。在观点上,不拘泥当下的定见,有些方面将采取个人化的理解和表述,以表达一种个人化的史论观。

　　在具体内容上:除第一部分的总论外,将确立鲁迅"捣乱"与创新共存的原点,鲁迅对传统文学的反叛与继承,鲁迅对现代文学的开创与疏离,使之成为真正的游走在思想家、革命家、社会改造家和文学家之间的"历史中间物"。鲁迅实在是一个不想成为文学家的文学家。在此基础上论述鲁迅小说的现代性主题和形式上的范式意义。

　　在诗歌方面以郭沫若、艾青、舒婷为个案,力图勾勒20世纪初期、中期和后期中国浪漫派诗歌发展从萌生到写实与象征的变调,再到现代主义的复调的整体流变过程。三位诗人分别完成了把19世纪西方的浪漫主义思潮在中国扎根和弘扬,把浪漫主义与现实主义结合,或把浪漫主义与现代主义结合。从而呈现出中国现代浪漫派诗歌的主潮与流变轨迹。

　　在现代散文方面,则以周树人、周作人兄弟的创作最具开创性。相比较而言,周作人对中国现代散文的建构更具开创之功。是他吸纳了英、法散文的随笔体与谈话风,并继承了晚明小品抒写个人化的真性情的审美趣味,从而才有了现代意义上的"美文"。周作人毕其一生于"美文"的建设,并把"美文"提高到文学的最高境界,才有了现代文学的小说、诗歌、散文、戏剧的四分法。而鲁迅对现代散文则起了拓宽的作用,其建树主要表现在散文诗和杂文上。

　　在现代戏剧(主要是话剧)方面重点将放在曹禺和高行建两位剧作家的创作上,前者的文学史意义主要在于引进,并把现代话剧推向现实主义的巅峰,后者的文学史意义主要在于探索,并把现代话剧推向现代主义的荒诞。遗憾的是由于资料的不足,这方面的内容没有写在书中,谨在此说明一下本书不够完备之憾,以供来者参照。

后半部分则以类型的概括，梳理现代小说中两两相对的几组文学史现象。

第一组：家国合一的小说叙事模式。茅盾的创作揭开了中国现当代小说的史诗性建构传统。从茅盾的《子夜》，到柳青的《创业史》和梁斌的《红旗谱》，再到陈忠实的《白鹿原》，这一类史诗性长篇小说，侧重于国对家的统摄；而以巴金为代表的现代家族小说，则表现为家对国的缩影和象征。

第二组：在乡土小说与都市文学这一组对立统一的文学类型中，将主要梳理鲁迅开创的乡土小说的两种范式：其写实的被茅盾、赵树理、韩少功、贾平凹所继承和流变；其抒情的被沈从文、汪曾祺所接纳和改造。而莫言则体现了乡土小说的人类学的新视野。（在乡土小说方面，笔者已有专著）与乡土小说对应的都市文学在现代文学史上一度不如乡土小说彰显，然而，如果说乡土小说在作家笔下是"无限好"的"夕阳"的话，那么，都市文学应当是文学表现的"朝阳"。在中国现代文学史上，较早在都市文学领域作出尝试的是沈从文的好朋友、中期海派的代表施蛰存。他的小说较早表现了进城的"乡巴佬"的种种心理变化，其他如穆时英、张爱玲侧重表现了怪异的都市面影，而新时期以后出现的王安忆，则在20世纪后期的都市文学的描写上，勾勒出现代人性的种种心理裂变。如果说，乡土小说旨在表现作家对美好人性在现代文明冲击下的消遁的话，那么，都市文学更注重的是表现人的现代化过程中的心理裂变，因此，都市文学更具有文学的当下性、前瞻性。

第三组：战争文学与女性文学似乎毫不相干，然而，当人们说文学的两大母题是英雄加美人的时候，涉及的正是主"气"的、注重社会外在环境的、以男性为主的战争文学；而女性文学则呈现为主"情"的、注重女性内在心理的一面。百年战争文学叙事的文体流变呈现为民国战争文学叙事的纪实与演义，革命战争叙事的压迫与解放，商业化时代战争叙事的鲜血与鲜花。整体上表现为主"气"向主"情"的逆动；无独有偶，女性文学的前奏表现为冰心的童心、母性与张爱玲笔下女性的"妖"性，女性文学的发端是以丁玲笔下叛逆的女性为开端，新时期女性文学在经历了"春"、"夏"、"秋"的情感表达后,有了王安忆对女性文学的冷思考,整体上则表现为主"情"向主"气"的靠拢。预示了人类审美情感从追求单纯到体现复杂的变化。

第四组:长期以来,中国儒道互补的文化给中国知识分子以极大的影响,形成了文化人普遍具有的"达"者兼济天下,穷则独善其身般的"表"为两种"实"为一体的心态。对中国知识分子而言,所谓的"达",并不仅仅只是"入仕"或身处高位,而更主要的是一种入世的心境。只要有这种入世的心境,那么"位卑未敢忘国忧"亦是属于"达者"。而"穷则独善其身"也不是指物资上的匮乏,它主要体现为陶渊明式的"出世"心境。有趣的是,从作家的创作立场看,"贵族"情怀的写作往往与"出世"心境有关,而"草根"写作则每每表达出作者的"入世"态度。更有意思的是,在中国现代文学史上,周家俩兄弟又一次联手打造了"草根"情怀的写人生与"贵族"血脉的写性情的两种创作风范。更更有意思的是,在中国现代文学史上,从鲁迅到赵树理、到沈从文,再到莫言。现实社会迅猛的更迭,每每使原来的"草根"成为下一个时代的主流。而从周作人,到钱锺书,再到沈从文、汪曾祺的"贵族"情怀的写作亦每每有隔世的共鸣和灿烂。

笔者以大历史观来写作此书时,每每产生通达的快感,仿佛是与老朋友们交心。因为时空的距离打消了。这些"伟人"们,流露的都是一种"平常心"而已。只是缘于时代、地位、文化、心境的不同罢了。大千世界,人世浮沉,而心是相通的。这也许就是搞文学的乐趣。既如笔者此在于斗室,却感于和万物相关联。诚如李泽厚说的,在这个"物"的绝对制控下,人却建立了""人类历史主体性"。于是就有了一己人生的悲悲喜喜。尤其是在我们所处的"客观化"时代。我怀疑只能"主观"的人,如何"客观"?在茫茫宇宙,任何的个人都是微乎其微的,而整体上的"人类历史主体性",则给苍白的宇宙带来了生命之气。人类还在不断地营构着生命之气。以张扬着"人类历史主体性"。因此,"主观"的文学将恒久地延续下去,这似乎是毋庸置疑的。

最后,本书的出版应当感谢中国社会科学院出版社,任明编辑为此付出了大量心血，还要感谢集美大学和集美大学文学院提供了全部资金的支持。感谢集美大学文学院的领导和老师给予的多方面帮助。我的研究生高杰、罗斐然、许子斌、肖雨婷、黄心文和本科生王雯莹都对本书的整理和校对付出了辛劳，在此一并表示感谢。

2016 年 5 月写于厦门